美国追欢

Grandness, Madness, and the American Roads

费海凌 / 著

江苏凤凰文艺出版社

图书在版编目(CIP)数据

美国追欢 / 费海凌著. —南京：江苏凤凰文艺出版社，2018.9

ISBN 978-7-5594-0700-9

Ⅰ.①美… Ⅱ.①费… Ⅲ.①长篇小说-中国-当代 Ⅳ.①I247.5

中国版本图书馆 CIP 数据核字(2017)第 326014 号

书　　　名	美国追欢
著　　　者	费海凌
责 任 编 辑	查品才　胡　泊
出 版 发 行	江苏凤凰文艺出版社
出版社地址	南京市中央路 165 号，邮编:210009
出版社网址	http://www.jswenyi.com
印　　　刷	江苏凤凰通达印刷有限公司
开　　　本	890×1240 毫米　1/32
印　　　张	10.75
字　　　数	295 千字
版　　　次	2018 年 9 月第 1 版　2018 年 9 月第 1 次印刷
标 准 书 号	ISBN 978-7-5594-0700-9
定　　　价	39.00 元

(江苏文艺版图书凡印刷、装订错误可随时向承印厂调换)

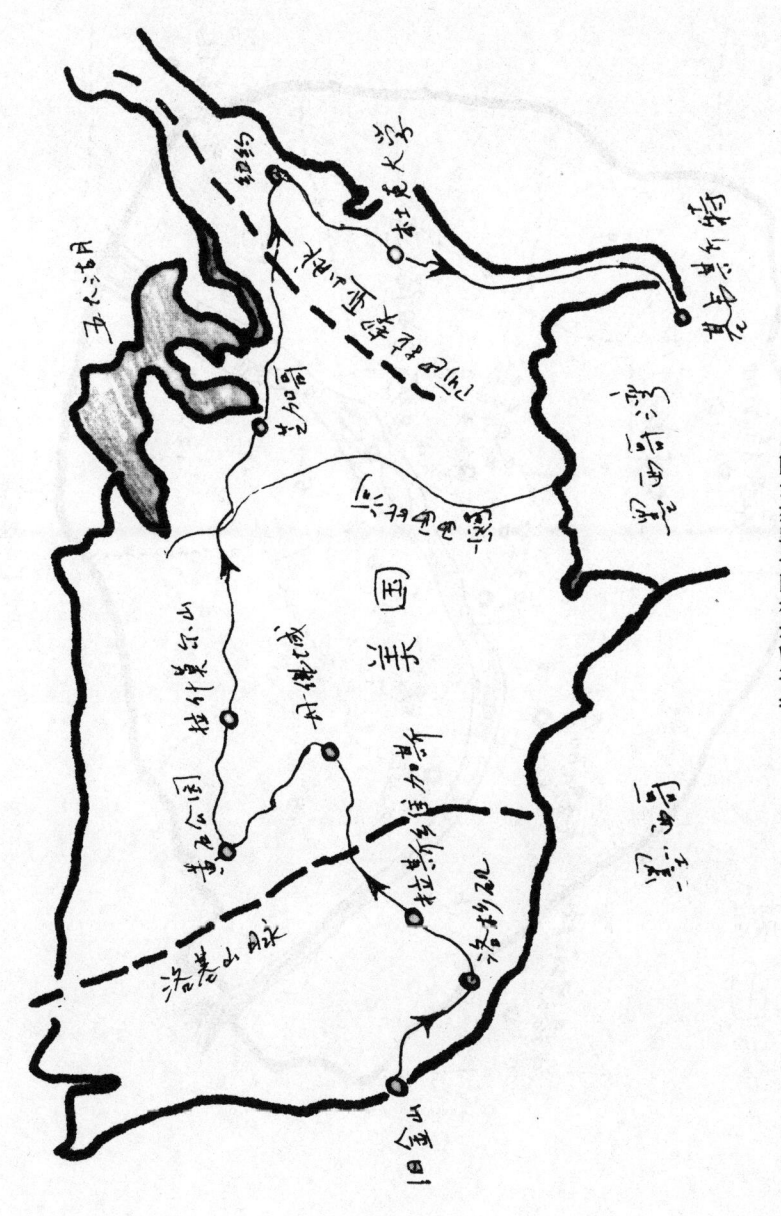

作者手绘美国自驾游地图

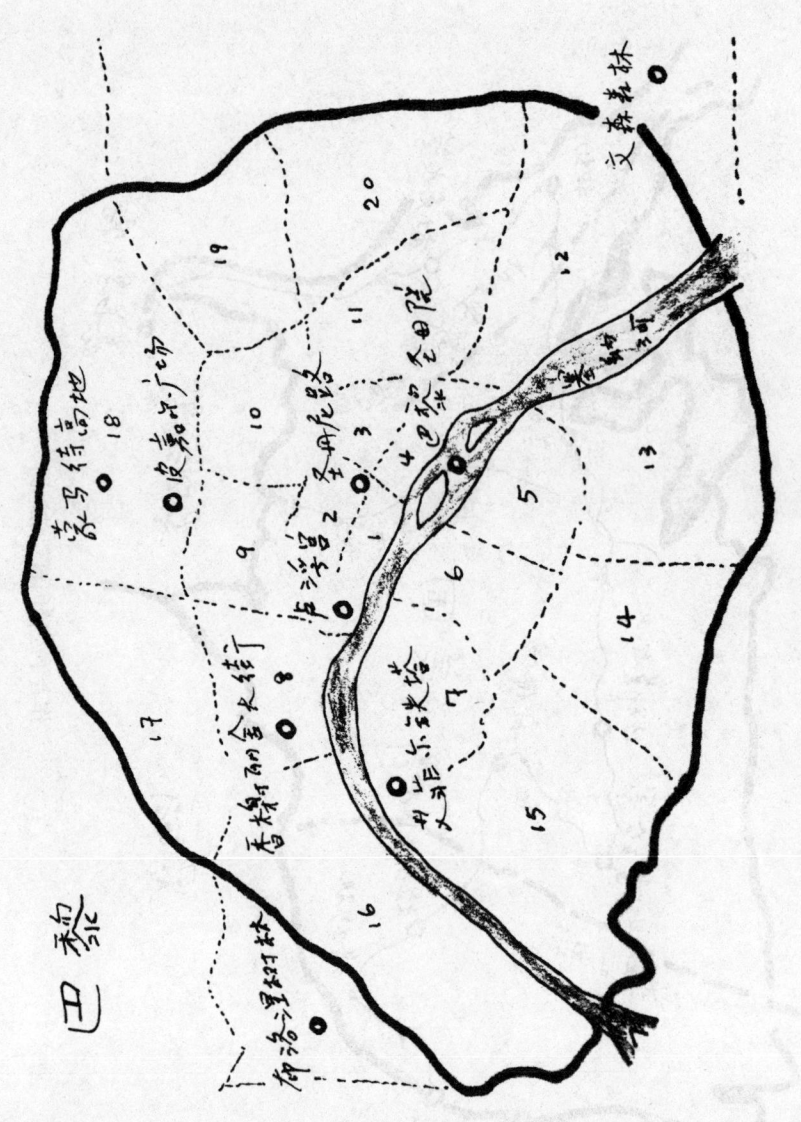

作者手绘巴黎地图

序

(1)

朋友,如果你不认识贾子渊,你不在这个盛世里。

陪着贾子渊周游美国,二月的海风,二月的阳光,二月的阴雨,二月的冰天雪地,任性地游。向南、朝北、东进,随心所欲地自驾,不分昼夜地自驾。今宵接着明夜,一夜又一夜;在黑夜里追欢,夜晚太短,移动月亮寻求更漫长的长夜,更辉煌的黑夜,只为了疯狂。

巴黎的奢侈令人恍惚,到新大陆去。太平洋的茫茫艰苦,爬上美利坚西岸,以俄罗斯河为起点,穿越洛基山脉,横穿美洲大平原,飘过阿巴拉契亚山脉。一路是西部乡村牛仔歌的怀旧,爵士音乐随意悠扬,印第安人吆喝的天高地厚。纵情驾到美洲大陆东岸,芝加哥的夜色,纽约摩天大楼飘忽的美女红唇,吹出大西洋寒风,没有土地了,转身,从东北的冰天雪地,纵深到美国南部,到南方最后一寸土地,胡乱地歌唱。

追欢,尽情地欢乐;舞蹈,高举义远蹈。放纵着自己欢唱,毫无遮盖地享受,不为别人,只为一生一次的解放。不再被过去、现在、将来的道德左右;管不了破嗓子的羞耻,看不见旁人的取笑,纵情喊唱。

月亮持续着黑夜漫长,尽情地疯狂。天生我材,让黑夜围绕,让疯狂继续。人生难得得意,不需睡觉。穷尽了美利坚的最后一寸土地,别了美洲大陆,别了大西洋,别了加勒比海,跳入墨西哥海湾,消失在二月暖风海洋里。

这一路是雪是雨、是痴是狂、是成是败,都是展开中的疯狂,是疯狂后的悲伤……

(2)

小时候淘气,和一群没上学的孩子满世界玩耍,外婆站在土丘上的樟树下喊我们:"小魙头,野到啥地方去了?别去湖水里游泳,知道不知道!"

外婆说"魙"是江浙一带的"没头的鬼",不知道外婆说的"小魙头"到底有没有头。当我们胡乱地狂欢,疯狂地玩乐,恶作剧地闯祸,没头没脑地哈哈大笑,外婆说我们是"笑魙头"。我从小纳闷,无头的鬼怎么笑?笑魙头一定是疯狂到了极点哈哈大笑,一定是无头鬼的手舞足蹈。

没头没脑的我们,没日没夜的我们,没有规矩过的我们,被外婆亲昵成"笑魙头"的我们,是这个故事中的人物,子渊、南容、原宪、伯牛、乐歆、之常,都有着孔圣人弟子的名字,都是我童年或青少年时的同学,都在周游列国。我们从小不上学,现在也是一群不上学的人,没有圣人带领我们,我们周游列国,胡乱地狂欢,疯狂地玩乐,恶作剧地闯祸,没头没脑地哈哈大笑。

(3)

子渊是个疯子,他是个狂人,他道听途说了许多名言,他的语言从上海人的"册那"造句,带着强烈的"贾式"批评性。他不认为人之初性本善,也否定性本恶,贾子渊认为人之初,性非恶亦非善。他无休无止地追踪长夜疯狂,他的恶与善,不是他与生俱来的人性,而是他的一路人性的疯狂展现。

我苦思冥想这次周游意义,想了许久还是空的,还是无聊的,还是盛衰由天。如果老外婆还在世,她一定唱:"小笑魙头臭股股,遇见小尼姑,红红布衫绿绿裤,露着屁股打腰鼓!"外婆的"笑魙头"比北方人的"小鬼头"更咬牙切齿,对孩子更愤怒地溺爱,是对无头鬼的慈爱。

但毕竟是在盛世,是子渊的盛世,盛世里的故事一定有酒,一定是风流,我们这些天生之材才有的疯狂,却已有不尽的忧愁。我将这段"美国自驾游"写了下来,是疯狂记录疯狂,是长夜写下长夜,竟然写成了人生得意的盛世疯狂,写了一群心有余悸的"笑魙头"的周游世界。

这个故事的任性"美国自驾游",是从一年前我们在巴黎的聚会开始的。

目 录

第一部

第一章　塞纳河畔的聚会 ·· 001
　(1) 中国的巴黎 ··· 001
　(2) 巴黎舞会 ·· 004
　(3) 南容的 N 个男人 ·· 009

第二章　城堡　酒庄　葡萄园 ····································· 013
　(1) 柔光下的唯美 ·· 013
　(2) 自以为是的美国人 ··· 018
　(3) 祝你生日快乐 ·· 024

第三章　巴黎之夜 ··· 026
　(1) 棉花高高 ·· 026
　(2) 红灯绿灯 ·· 029
　(3) 洗礼 ·· 033

第二部

第四章　贾子渊到旧金山 ·· 037
　(1) 空巢与怀旧 ··· 037
　(2) 货轮与奴化 ··· 038
　(3) 林肯美人 ·· 041

第五章　从旧金山到洛杉矶 ······································· 043
　(1) 俄罗斯河的错爱 ·· 043

001

（2）伯牛与翁梅秀才 ·················· 046
　　（3）梅花为谁开 ······················ 050
　　（4）伯牛的幽默 ······················ 055

第六章　维加斯，拉斯维加斯！ ············ 060
　　（1）七情六欲五味 ···················· 060
　　（2）百乐宫的《小苹果》 ·············· 065
　　（3）争风吃醋的法国人 ················ 068
　　（4）前世今生 ························ 076

第七章　美国脊梁上烦恼 ·················· 083
　　（1）情是花开 ························ 083
　　（2）罪孽从哪里来？ ·················· 087
　　（3）冰钓　阴雪　流浪 ················ 094

第八章　自驾黄石公园 ···················· 102
　　（1）寻找子渊的情人 ·················· 102
　　（2）阿籁！弗拉明戈 ·················· 104

第九章　黄石冰雪与野性 ·················· 110
　　（1）子渊发誓 ························ 110
　　（2）野狼生态 ························ 113
　　（3）冰雪热水河 ······················ 114
　　（4）干枯的莫斯伯格霰弹枪 ············ 118

第十章　穿越洛基山脉 ···················· 124
　　（1）荷花与泥潭 ······················ 124
　　（2）别了！玛利亚 ···················· 128
　　（3）怀俄明州的奇遇 ·················· 129
　　（4）印第安人的大风歌 ················ 133

第十一章　横穿美洲大平原 ················ 138
　　（1）山梁雌雉，时哉！时哉！ ·········· 138
　　（2）三千里风雪东进 ·················· 144
　　（3）芝加哥的情人节 ·················· 147

第十二章　天知道将如何收场 ·············· 156
　(1) 芝加哥的爵士夜 ·············· 156
　(2) 我们回不去了 ·············· 159
　(3) 无家可归 ·············· 164
　(4) 金满箱，银满箱 ·············· 166
　(5) 柴小姐的疯狂 ·············· 169

第十三章　纽约　纽约　纽约 ·············· 173
　(1) 翻越阿巴拉契亚山脉 ·············· 173
　(2) 领悟音乐史 ·············· 174
　(3) 自由女神下的消沉 ·············· 178
　(4)《欢乐颂》 ·············· 182

第十四章　纽约的错乱 ·············· 194
　(1) 哈德逊河畔空中别墅 ·············· 194
　(2) 亿万富翁的小刺激 ·············· 198
　(3) 征服瑜伽印度辣 ·············· 203
　(4) 天池的冷暖 ·············· 206

第 三 部

第十五章　杜克大学 ·············· 211
　(1) 疯狂八州南下 ·············· 211
　(2) 杜克大学的帐篷村 ·············· 213
　(3) 两代精英的色欲爱 ·············· 218

第十六章　信任是一种礼物 ·············· 229
　(1) 存在先于本质 ·············· 229
　(2) 妈妈，你在干吗？ ·············· 232
　(3) 原宪，我们离婚吧！ ·············· 240

第十七章　瞬间的自由 ·············· 246
　(1) 唯有饮者留其名 ·············· 246
　(2) 南容与辛格拉 ·············· 250

（3）伯牛驾到 ································· 257

第十八章　卡梅伦疯子与球队 ················· 260
　　（1）但愿如此感受久长 ····················· 260
　　（2）巴西勒叛变 ····························· 267
　　（3）变态的乐欸叔叔 ························ 269

第十九章　把理想放到遥远的过去 ············ 273
　　（1）埃及在哪里？ ·························· 273
　　（2）爱是个错觉 ····························· 279

第二十章　最伟大对抗赛前夕 ·················· 282
　　（1）妈妈我恨你 ····························· 282
　　（2）碎了醋坛子 ····························· 287
　　（3）疯狂没有根 ····························· 289

第二十一章　最伟大对抗赛 ····················· 290
　　（1）我的经历才是我这个人 ················ 290
　　（2）疯狂中展开自我 ························ 295
　　（3）你兄弟没输有多好！ ··················· 307
　　（4）告别南容 ································ 312

第二十二章　疯狂后的凄凉 ····················· 313
　　（1）何以解忧，唯有杜康 ··················· 313
　　（2）自驾，继续向南 ························ 316
　　（3）佛罗里达的橄榄树 ····················· 317

第二十三章　迈阿密夜总会的芭蕾 ············ 319
　　（1）人生难得几回醉 ························ 319
　　（2）他们来自中国！ ························ 321

第二十四章　别了，天涯海角 ··················· 325

后记　Merde 62 的册那！ ························ 327

第 一 部

第一章 塞纳河畔的聚会

（1）中国的巴黎

从旧金山到巴黎，睡了一觉，看了三场电影，法国空中小姐，绿色菱形茶壶，立方形红色茶杯，就这些记忆。最后一场电影是《美国大美人》，只记得电影里那空中的塑料袋随风吹拂，胡乱地飘荡，划出毫无意义的弧线，雨中的录像机和徘徊潦倒的主人。

戴高乐机场，跟旧金山机场一样，落地茶色大玻璃墙，近处是跑道，远处是山脉。我们出了机场，分不清东南西北，坐火车进入巴黎城。前几次到巴黎，都住在塞纳河南岸的拉丁区，喜欢那里的咖啡店、书店、圣米歇尔大道气氛，以及分岔小街上的阿拉伯海鲜馆。这次不一样，微信把乐欸给联系上了，他帮忙预订的旅馆，在香榭丽舍大道上，无限繁华之地，全世界俊男秀女云集的地方。

旅馆的颜色大红大绿，进了法式房间，有落地窗通向阳台，往下俯视华盛顿大街，向右是香榭丽舍大道。我们洗了澡，一家三人出了旅馆，左转到Lacasila 菜馆，点了引食、香槟和勃艮弟蜗牛，静下心来慢吃。想起了乐欸，跟他打个电话，传来他的法国腔："Allo（法语，喂）！聆海兄，旅馆还可以吗？"

"旅馆不错，房间的玫瑰比维多利亚玫瑰更红！"

"Merde(法语,他妈的),在嘲笑巴黎人的审美观吗?"乐欸的口音没变。

乐欸是一匹富有想象力的野马,半个左派诗人。大学的时候,他深爱着杨南容,毕业后分配到北京,在北京他追求一位已婚女人,徐志摩式疯狂,几乎是个痴人。那女人到美国留学,乐欸一气之下去了法国,从此以后他恨美国,强迫式的仇恨。在出国前,他赌气与另一位素不相识的女人结了婚,生了一个女儿,又突然离开了她,消失得无影无踪,后来他们离了婚。乐欸全世界地跑,他跑去柬埔寨做生意,与好几个金边美女同住过,不知他是否再结过婚。这次是子渊找到了他。他们都成了生意人。我这次来巴黎,将是大学毕业后第一次与乐欸见面,他安排了我们的巴黎旅程。

"明天有什么打算?"乐欸在电话里问。

"买苹果!我答应过子秀与小C的。"我回答。

"给夫人和女儿到巴黎买苹果,从来没听说过,美国没苹果?"

"还恨美国?"我问。

"我不恨美国,我恨他们虚伪。哪里去买苹果?"

"协和广场里的苹果摊,有没有尝过?"

"C'est n'importe quoi.(法语,无稽之谈。)"

"Cut out of your French!(去你的法语!)"我说。乐欸不愿学英语,法国人天生是英国人的对手,但乐欸不恨英国人,他就不喜欢美国人。他说明天来接我们,也没说去哪里。

第二天中午,子秀与小C去逛商场。乐欸到旅馆,他一身巴黎深蓝休闲西装,深灰色修身型长裤,石磨牛津衬衫,他瘦长得像巴黎男模。寒暄后一起朝香榭丽舍大道走去,穿过马路,对面是精品大楼,乘电梯到顶层,进一家饭店,面对面靠窗坐下。乐欸不再玩世不恭,他感叹地说道:"几十年了,总算又见面了。上次来巴黎,怎么不打个招呼?"说完,他自己笑了,他知道没人能找到他,他喜欢全世界到处跑。

"聆海,去年去了古巴,从美国佬眼皮底下走私古巴雪茄,在中国买卖法国葡萄酒,在朝鲜做高丽参生意,你看我生意怎么样?从不挑剔生意,但女人就不一样。Merde(他妈的),没想到这辈子成了商人,我应该是诗人,我是靠生意养诗的,乔之庸就是这样的人。你看看楼下这一群又一群的中国人,都是我的顾客。"乐欤逢人喜欢争辩,反对西方民主在中国的实现,愤恨西方也包括法国,但他不愿回国发展,又把女儿送到美国读书,他恨资本虚伪,却满天下赚钱,但乐欤不是一个虚伪的人,他看不出自己思想与行为的矛盾。巴黎是他的理想地。

"Allo(喂),怎么没人上菜单?"他用法语大声问。

服务员端来一瓶法国矿泉水,又问我们喝什么酒,乐欤回答:"不要加州霞多丽,其他什么都行。"法国服务员满意了,问:"香槟?""杯酪悦香槟!"服务员刚离开,他又大声叫喊:"服务员!"另一位服务员过来,乐欤点了菜。"知道怎么做法国蜗牛吗?"他问,自己接着说:"先让蜗牛饿上几天,再把头部取了,用大蒜、黄油、鸡汤和葡萄酒煮熟煮软。煮不是炒,不是炖,你懂的。再放入百里香、欧芹,再将蜗牛重新放回蜗牛壳里。法国的蜗牛要配红葡萄酒和法式面包吃的。"

"谈谈现在的诗作!"我请求着。

"臆境!"他说。

"怎么讲?"

"读过这句'面朝大海,春暖花开'没有?"乐欤问。

"海市蜃楼?"我问。

"他写了这句,两个月后自杀了。"

"他要是你就不会自杀的。我告诉你为什么,因为大海的那一边真有春暖花开,太平洋上的中途岛、夏威夷以及四季如春的旧金山,你是知道的,那些春暖花开世界不是臆境,只是他视线不够远。"

"也只有你会这样讲。"乐欤说。

"照你的说法看,诗人只有自杀了。"我说。

"别说些晦气的事。"乐欤说。

服务员过来,左右手里是波多(Badoit)气泡水和依云(Evian)矿泉水。钢琴手进来,老鹰样长指弹出肖邦小夜曲的引子,接着出来几个小提琴手,拉出熟悉的《城南旧事》主题曲,他们的后面是收钱的,我们躺着也破了费。

直到上了香槟,喝了酒,乐歆高兴起来,他说赵原宪也在巴黎,他是为杭州一家医院采购全套医疗仪器,他要在杭州建造一家医疗水平最先进的医院。乐歆说还有几个人也在巴黎,他不能告诉我,明天见到他们就知道了。我纳闷,他就是不说。他起身告辞,明天下午来接我们,命令我们一定得参加,有重要人物会来接见。

我还在纳闷,哪有没吃完就告辞的? 也许是巴黎习惯,也许是乐歆的怪脾气,说不定是法籍诗人的风格,但他早就付了钱,现在的富人都喜欢替别人付饭钱。

(2) 巴黎舞会

第二天傍晚,我在旅馆大厅等乐歆。他开了一辆保时捷 Panomera Turbo 来接我们,Panomera Turbo 是四门跑车,全巴黎找不到几辆这样的运动跑车。保时捷在旅馆前刹车,乐歆将钥匙扔给法国人门卫,见到我又一阵子"Allo(喂)"。

五月的巴黎到处是七叶树花,绚丽多彩,微风带着塞纳河水的清凉。我们上了车,还没等坐稳,保时捷就飞驰在香榭丽舍大道上,凯旋门向东闪去,夜灯与法式建筑成了耀眼的流线。乐歆说:"这辆车是最新款式,全法国也才五十辆。"他摇下车窗,让巴黎夜景迎着保时捷。他说子渊已在别墅里等我们。我还没来得及惊讶,他又说孙伯牛和赵原宪也到了,还有施之常的太太张有若。张有若是来巴黎参加奢侈品广告会议的。

跑车通过林荫大道,两边是奥斯曼式的建筑,乐歆说:"请你们全家的那位还没到,我还不能说是谁,你们等一会儿就知道了,一个惊讶。Merde(他妈的),现在全世界都是这个样子了,只要保时捷在马路上露面,007 美女就出现,东京、上海、北京都这样,柬埔寨也是这个样子了。你是没见过保时捷与黄牛一起溜达,中国人演的 007 主角。"

前面迎来崭新的现代建筑,驶入咖啡色的隧道,两侧隧道灯引向前方,看不到尽头,行驶十几分钟,终于出了隧道。乐歆加速,超越,沿着塞纳河南岸炫耀豪华。他提起赵原宪,说道:"原宪的经历更复杂,他是上世纪九十年代去的美国,将老婆吴子祺和儿子带到美国,自己又海归,听说他成了杭州最年轻的医院院长。"

"施之常和张有若现在怎么样?"我问。

"张有若在上海,成了美国总公司在亚太分公司的总经理,施之常却在芝加哥,你知道的。"

"他们两地牛郎织女好些年了,是不是?孙伯牛与翁后处呢?"

"不知道,伯牛在别墅里,你自己去问他。"

保时捷在一幢复式公寓前停下,砂石外墙,洋洋大观的装饰风艺术建筑。从私人电梯进去,到了顶楼。推门进大厅,快节奏的音乐扑面而来,底下的大理石地板延向阳台,四周法式落地窗,窗外埃菲尔铁塔。大厅里无数摩登法兰西女郎,不知有多少,一样的长短胖瘦标致,美艳的笑容,在场的男男女女都由衷兴奋,看得出来他们正有着好时光。乐欻抱怨说:"这些都是子渊的馊主意,他也不考虑,今晚有女同学和孩子啊!"

子秀带小C去了阳台。从人群中看见子渊正与金发女郎跳舞,不知道他跳的是什么舞,但他是合拍的。伯牛兴高采烈抱着法兰西女郎,他跳慢舞,两拍只当一拍跳。那一边是张有若,捧着酒杯与人交谈着。招待员托着酒盘穿梭在舞蹈人群中。也有几张中国脸的美女,大家有说不出的高兴。我这个人怕高楼阳台,不敢到阳台去,只好挤在大厅里。别墅里卧室的门紧关着,没多久门开了,走出一对。

子渊过来,紧紧地拥抱我,他的身体贴在我的胸口,又拍了我的背,说道:"在巴黎自己兄弟家里开派对,跟我在上海环球中心顶楼开派对一样。乐欻兄厉害啊!"他招手,伯牛过来打招呼,子渊问他:"泡妞了没有?"伯牛没回答他。子渊认真地说:"有什么难为情的?伯牛兄是急性子,泡完妞就修养。我告诉你,在西方国家不胖是修养,瘦子才有钱,瘦不是饿出来的,而是吃出来的,有营养但不胖。派对也一样,要瘦,不能成了一时的胖子,你懂了吗?"他自己哈哈地笑了起来。子渊调侃着伯牛,伯牛也不与他计较,自己拿了一杯红葡萄酒,喝了几口问我:"刚到巴黎吗?"我们俩聊了一会儿。

乐欻回来了,进了门就跟子渊对上了,两个亿万富翁见了面,也像在大学时一样,总是争个不休。子渊对我说:"乐欻兄能干,这别墅好,地段一流,法国总统也住在这一地段,是不是?"乐欻否认别墅是他的,但他洋洋自得地介绍,这个别墅建在公寓楼的顶层,塞纳河畔,四周空旷,四壁是窗,是整个巴黎建筑中的极品。

赵原宪过来,与我打了招呼。客厅里音乐太嘈杂,不知是法国哪种流派,法兰西女郎起劲地跳着舞。乐欻也扭起他的身体,他几个舞步到大厅中心,随意地搂上金发女郎胯部,他们一起性感地摆动,引起尖叫喝彩。子渊拿起麦克风,竟然能唱,他声音响亮,犹如廉价的烧酒,生酒精味刺激整个大厅。

"兄弟,抱上美女一起跳!"子渊喊着。"Hell,no!(绝对不行!)"说罢,我离开了客厅。张有若跟了出来,她穿着法式连衣裙,像一朵花,笑着说:"旧金山来的大医生不喜欢巴黎吗?"

"我是被绑架来的,还在倒时差!"

"巴黎像不像上海?"她问。

"以为飞错了地方。"

"知道你喝的是什么酒吗?"张有若是奢侈品专家,没等我回答,品着酒接着说:"玛姆香槟是王者香槟,欧洲王室喜欢喝的,瓶颈上是英国王室御用证书。乐欻的保时捷值四百万元人民币,这幢空中别墅是数亿元人民币标价,还有这些名牌酒,有钱也不一定买到。"

"乐欻与子渊,哪个更有钱?"我问。

"哈哈,哪一个? 我告诉你,大医生,看他们俩争斗的样子,都不是自己创造的富裕。我见过富豪多的去了,真正白手起家的从不会斗嘴。"我正想问她与施之常的事,赵原宪推开落地窗门出来了,他深深地吸了一口气,问我:"喜欢巴黎吗?"

"不想喜欢了!"我回答。

"跟子渊在一起,走到哪里都是上海。"原宪说。

乐欸握着一瓶香槟到阳台，见到我们说："怎么都躲在这里，我们的酒不好喝吗？子渊这个家伙是个疯子，他在巴黎塞纳河边唱《血染的风采》，疯子，哈哈哈，他真是个疯子。"歌声从客厅里传了出来，的确是子渊的《血染的风采》，他还在教法兰西女郎唱，断断续续的歌声，嘲笑起哄声不断，大家都开心。

一曲结束后，子渊唱法语歌，又是一阵子的欢笑。子渊搂了一位华裔美女出来，说："哈哈，你们都在这里，徐大姐的英文歌唱得哆哆，这位是徐大姐。有若大姐今天怎么不唱啊？我们合唱《泰坦尼克号》主题曲怎么样？我唱杰克，你来萝丝，哈哈，肯定卖座，徐大姐你说对不对？我现在跟徐大姐搞好关系，徐大姐来伴舞，我跟张有若大姐来摆个姿势，《泰坦尼克号》的经典动作，比翼齐飞，你们都进来给我们捧场。册那，乐欸兄弟的派对都躲在阳台上，你们是什么意思？"

张有若瞪了子渊一眼，问："谁是你大姐？"她不再理睬子渊，转身问子秀："小C会讲中文吗？"子秀回答："学了几年中文，还是不会说。"有若说："幸亏她不懂，否则还以为我们中国人都是些流氓。"说完张有若离开了。

看着有若离开，乐欸对子渊说："人家有若比你年轻多了，怎么成了你大姐？"

"难道叫她'小姐'？现在'小姐'都给了东莞那些姐姐了，也不能叫'美女'，只能叫大姐，是对她的尊重，你懂不懂？"他举起酒杯，赶着大家进了客厅。子渊换了徐大姐合唱《我心永恒》，由法兰西女郎伴舞。音乐婉转凄凉，子渊的声音洪亮，徐大姐走调着唱，没人计较他们，大家就是高兴。法兰西女郎跳着跳着，跳出了钢管舞的艳姿，几乎要脱衣，引起一阵阵加油。子渊高兴极了，边唱边走向法兰西女郎，金发女郎配合着，完成《泰坦尼克号》的经典镜头，派对到了高潮，再也没有羞答答了。

乐欸也拉着一位金发女郎跳舞，这一曲结束，他向我们告辞，说要去接一位重要人物，向我眨眨眼睛，还是不肯说出去接谁。子渊正在兴头上，不让乐欸走，他拉住乐欸问："派对后带我们去什么好地方？听说巴黎红灯区热闹。"乐欸上下打量子渊，搞不清他的意思。子渊哈哈大笑起来："册那，你盯着我干什么？我们明天去怎么样？我今天不能再泡妞了，但是人是要有计划的，计划我们明天去哪里。"

乐欬说："我可没这个闲工夫。你自己花钱找人去。"

子渊严肃地说："你认为我没研究过，我晓得巴黎的几个重点，圣但尼路、皮嘉尔广场、十二区的万圣门，还有十六区的布洛涅树林，对不对？我就搞不清楚怎么进攻最内行。乐欬你来上海，我陪你去最想去的地方，从来是唯命是从，是不是？我不懂法语，到了圣但尼路会被人宰得一塌糊涂。"

"你不是会说 bonjour（法语，你好）吗？"乐欬说。

"就一个 bonjour（你好），法兰西女郎不会上车的！"

乐欬抱怨子渊总教唆他做坏事，他提醒子渊不要去布洛涅树林，因为那里有人妖，子渊一个劲地点头，口里奶奶地抱怨太复杂了，没有上海来得简单。乐欬急着去接人，他甩开子渊，便说："你回上海去享福，为什么要法兰西女郎呢？"

子渊认真地告诉："兄弟，我这辈子就想有一个混血女儿，我长得英俊，女儿一定会很漂亮。"乐欬上下看了子渊，他矮小的个子，圆圆的肚，怎么也说不到英俊。乐欬让他去阿拉伯国家，中东的非洲的都行，想娶几个女人都可以，生下的全是混血儿。子渊哈哈地笑，回答说："取笑归取笑，还是回到严肃主题上，我当然是和金发女郎生几个混血儿。你们认真听听，是不是有道理，包一个法兰西女郎，就是法二奶法三奶，和她们共同拥有一幢别墅，才一百多万欧元一幢，等生下混血女儿，一人一半家产，哈哈才不过五十多万欧元一个混血儿，说不定房地产涨价，我早就算好了，生混血儿比生纯种上海女儿还便宜。册那，虽然我数学不好，但做大买卖的只要算术好就可以了。"

伯牛躺在沙发上捂上了耳朵，子渊揪他起来，要他介绍加州金发女郎。伯牛喘着气说："到拉斯维加斯去，满街都是金发女郎。"子渊还在兴头上，他要的是蓝眼睛的金发，要纯金发女郎，他说这样的纯种要到法国乡下、爱尔兰岛上，或者美国的南方去找，他说印度北方有纯日耳曼女人，但他不喜欢德国女人,她们太认真,生个混血儿不需要像造宝马车那样专业。乐欤不跟子渊磨嘴了,他出门去接人。

才离开二十分钟,乐欤兴冲冲带了一拨子人回来了,女的穿得单薄,男的不知是哪里来的,穿得像"地下党":老式中山装、军帽,脚下大头鞋。乐欤将他们放入客厅,叮咛子渊好好招待他们,他自己又出去接人。子渊更高兴,和美女们一一拥抱,他几乎发疯了,和"地下党们"握手行军礼,因人而异。大家也高兴,跟新来的美女跳舞,什么音乐都有。伯牛早就累得不行了,坐在沙发上喘气。原宪最是文雅,对每个人都彬彬有礼。子秀早带着小C到楼上的卧室,安顿女儿睡下。已经是凌晨两点多了。

大厅里还是音乐,子渊的歌声,"地下党们"唱着《南泥湾》《上甘岭》。子渊以洋泾浜普通话与法兰西女郎对话,让"地下党们"做翻译,他认真地拜托大厅里人做红娘,答应红娘的报酬。"地下党们"有人提议,让子渊带回在场的法国女郎就是了,子渊想了想,找了几个试试,由"地下党"做翻译,子渊说:"和我结婚,结婚是为了离婚,但有一个过程,这个过程就是养一个混血儿。"子渊是认真的,金发女郎也是认真听着,"地下党们"已经笑得前俯后仰,只是一味地跟子渊开玩笑,子渊只好不了了之。大家哈哈地乐了一场,接着又跳舞。

(3) 南容的N个男人

乐欤终于回来了,提着大包小包的精品,满脸愉快。他放下东西,在大厅人群里找到我,他后面又进来一群人。"兄弟,看谁来了!"乐欤幸福地指向一个人,她是南容。

"My god! It is her.(上帝啊!是她。)"我感叹地自言自语。

南容是我们大学同级的校花,嫁给我儿时异姓兄弟毛阿大,这样算来也成了我的嫂子。看着乐欤的样子,回想起当年他对南容的暗恋,但何止乐欤,大学时有一群人追她。一天毛阿大到我所上的大学,与南容见了面。过了那么多年,毛阿大一路当官,现在更是青云直上,他还记得她。毛阿大与原配杨慧芳离了婚,没几天后就和南容结了婚,婚宴办在杭州,派人来旧金山请我,还送了一大堆礼物。我去杭州参加他们婚礼,整个西湖成了他们婚礼的宴会场。乐欸、子渊与赵原宪也在,不少吃醋的。

今晚南容一身休闲黑色晚礼服,完美衬托出她的曲线,细细长袖,低领细褶花边,颈上钻石坠项链,蓬松的长发垂在左肩上,给人一种冷冷的艳丽感,一股神秘的性感。她顺着乐欸的手看见了我,挥手让我过去。舞厅顿时静了下来,乐欸兴奋地又说了一次:"聆海,见谁来了?"

走近面对面,南容说:"Chérie, où habites—tu? (法语,亲爱的,住在哪里?)"子渊哈哈地看着我。乐欸翻译道:"亲爱的,住在哪里?"子渊佩服地说:"我英语还是三脚猫,我们容领导已经精通法语了,厉害不厉害!"南容笑着说:"Juste pour vous faire peur! (法语,只是吓唬你们的!)"她拉出身后的法国人,介绍他的名字是巴西勒,她的法语老师,我们握手。巴西勒会说法国腔中文,他说:"我教南容法语是免费的,我搞城市设计的。"

南容的右边是大C,她的英文名字是Cindy;而我的女儿小C,英文是Cynthia,大C比小C大六个月。大C是南容与毛阿大的唯一女儿,语言天赋像毛阿大,说急了常张冠李戴。南容说了一个笑话:"有一次在上海商店买东西,大C见到她二姨,急了就说成'买姨啊?二东西'!"乐欸听了笑得高兴,伯牛与原宪也笑了起来。音乐再起,悠悠扬扬,南容接着说:"我妹妹也绝,顺着大C的语句,说:'看你这么大的话,连个人都不会说。'"南容艳艳地笑,笑着靠在巴西勒身上。乐欸小心翼翼地请她跳舞,南容却说她跟我跳第一支舞。巴西勒微笑着摸摸大C的头。

南容的笑惊艳了舞场,连法兰西金发女郎也自知不如。音乐突然变得快节奏,巴西勒带着南容进入舞厅的中央,他是个法国绅士,回来请我与南容共舞。众目之下,我只得答应。南容今晚的情绪好极了,我们跳了几步,她问:"喜欢巴黎吗?"这是今天第四次被问了。

我谢了她与巴西勒的礼遇,将舞台还给了他们。

他们俩是天生的一对舞伴,舞在阿根廷探戈的挑逗里,激烈的追逐,舒展着性感,大舞步行走音乐里,还有紧贴着旋转,南容不愧是当年的校花。乐欸找到他当年痴爱她的缘由,不可抗拒的诱惑。音乐在进行,派对升华到典雅华丽,感觉也好些了。但南容与巴西勒舞得如此戏剧性,在场的也疯狂起来,他们要求更多的刺激与挑逗,激情中就连"地下党们"也舞蹈起来。没人在乎歌声,没人在乎节奏。子渊的脖子在痉挛中,他与法兰西女郎在狂舞中翻腾在一起,灯光耀眼,谁也看不清谁了,各自在自己的节奏中,混乱里还能看到无数双手伸向空中,划出舞蹈在灯光里。子渊跌倒又爬起,他呻吟,他又突然像在号啕大哭,像在绝望中,音乐永远,快节奏,永远在疯狂。唯有乐欤没有跳舞,他的眼睛从没离开过南容,他在等待音乐的间歇,等待下一轮与她共舞。

我拍拍乐欤的肩膀,大声喊道:"还有什么好酒?"让子渊听到了,从痉挛中清醒过来,他跳出舞厅,跑到隔壁的厨房,捧着两瓶香槟回到舞厅,他大声喊着:"Yes,yes,香槟,香槟,沉默之船!"

巴西勒惊叫:"上帝啊!这太过分了!"

连乐欤也惊叹:"子渊,你这个疯子,这是世界末日的奢侈!"

舞厅里的扭动渐渐停了下来,我还在纳闷中,张有若介绍说"沉默之船"是世界上最昂贵的香槟,原本是供俄国沙皇用的,1910年运酒船被德国鱼雷击中,沉没了,香槟在海底酿了八十多年,1998年才打捞上来,现在拍卖行情是三十多万美元一瓶。子渊开了香槟,气泡在郁金香酒杯里翻腾,纯色的,香气四溢。在夜色深醇中,一百年的俄罗斯皇家品位也不过是两瓶"沉默之船",只花了子渊的七十万美元。

"Darling,cheers!(亲爱的,干杯!)"南容与我干杯,我们一起走出舞厅。到了阳台,顿时万籁俱寂,南容说:"十几年了,没想到在巴黎塞纳河畔见面,是不是?都在做梦,犹如夜上海的梦,但做梦是真的,说到上海,到了上海你怎么也不来见你兄弟?"

"怕他改了我们的计划。"我回答。巴黎夜灯下的南容很美。

"我还没说呢,你就想封了我的嘴,明天有什么计划?"她问,她手握着香槟酒杯,望着不远的埃菲尔铁塔,冷漠的神情略有忧愁。见到南容更想毛阿大,这几年有关他的消息满天飞,香港竟然有写他生平的书。我知道自己在躲避他们,躲避与阿大的争论。从小与他一起争论长大的,但现在不同,争论伤着感情了,争论伤着兄弟情谊的根底了,争论沦为憎恨,所以还是不见,心不烦。我说:"在巴黎城逛逛,也想去莫奈故居。

"我为你们安排好了。"她小心翼翼地说,眼睛还注视着前方。

"我就怕这个!"

"有什么不可以呢?我们难得见面的,我们一起到葡萄庄园去住几天。"

"谁的葡萄庄园,在哪里?"

"大巴黎的东北,离这里一百多公里,开车两个小时。别先说不,这一路风景宜人,你会喜欢的,我派车子来接你们,巴黎外省小镇是另样的世界,我喜欢,将来就在那里过日子了。"南容说着,转身看了我一眼,她的脸色沉重。

"我可以不去吗?"

"海,十几年不见,就不能陪我一次?"

"是不是我听错了,是你们的葡萄庄园?我还是下次去吧。"

"Why has to be a 'no'?(为什么一定要说不呢?)你在休假,我也有空,我亲自陪你们,我们两家好好聚聚,让大C和小C也有时间亲热一下,为什么还是一个'No'?"

"既然如此,在什么地方聚聚都一样的。"

"怕我吃了你们全家?海,别这样,我们有事跟你商量。"

"找我商量?毛阿大也有事求别人?"

"阿大谁都不求,只找你这个兄弟商量。"

"别找我商量……"

乐歖找到南容,邀她共舞,于是他们疯狂在阳台上,信风子萦绕郁金香,再不能比南容更性感,比乐歖更激情了,乐歖满足了。他也想跟着去葡萄庄园,南容笑着说:"这次是我和聆海的约会。"她艳艳地看了乐歖一眼,夜色滤去了她的疲倦,香槟诱出她一脸红润。子渊他们都来了,大家在阳台上跳舞,远处天空泛出朦胧晨曦,音乐停止了,一切结束了,仿佛上帝离开了塞纳河的巴黎,离开了南容的空中别墅。

该休息了,子渊抽着雪茄睡着了,已经是第二天的早晨。

第二章 城堡 酒庄 葡萄园

（1）柔光下的唯美

醒来的时候是中午，南容的专车已在旅馆外面等候，出来见到巴黎五月艳阳天，好天气。全家上了车，崭新的奔驰 GL 越野车，深蓝色。驾驶员是杭州人，脸色忧郁。转了几个弯，到蒙田大道，南容、大 C 和巴西勒从 Plaza Athene Hotel 出来。

"Bonjour mesdames et messieurs!（法语，女士们、先生们，你们好！）"南容向我招手。

又被南容的法语困惑，困惑中经过香奈儿、路易威登、克里斯汀、奥迪、纪梵希(Givenchy)，整街的奥斯曼建筑，旧帝国辉煌，不可思议的繁华，世界在奢侈中炫耀。

出市区后在巴黎的田园风光中，空气也甜。香槟生长在葡萄架上，漫山遍野的葡萄，新枝穿向天空，秀丽如巴黎街上玉女金童，葡萄架排排爬向山坡，消失在阳光里，宁静、辉煌，没有什么地方能比这里金黄，比这里更翠绿了。车行驶了半小时，仍然在万顷葡萄园中，连绵起伏，没有尽头，蜿蜒山路倾斜着村庄，远去的是红色屋顶、十字架和中世纪卵石路。

南容陶醉着，快到毛阿大买下的世外桃源，毛阿大要的就是这样的山高皇帝远，要的就是逃避远离，要的就是他爷爷的逍遥。南容兴奋不已，奔驰 LG 驶到山顶，整个世界是葡萄，远处是她的葡萄庄园，她指点着："就在前面！Oh, mon chéri, il est si beau!（法语，哦，亲爱的，多美啊！）"下山的路狭窄，车子震荡在卵石路上。穿梭到一个小镇，美丽的法国小镇，南容让杭州人停了车，走出奔驰，光芒耀眼，灿烂的教堂式建筑，到处是十字架，南容与教士打了个哈利路亚。

在教堂外墙,一对英国中年夫妇坐在长板凳上,女的说她有多么爱他,没了他不知道怎么生活!男的看看女的,看看女的手中的酒杯,不知道刚才是女人在说话,还是自己的酒杯在说蠢话。那女的哈哈大笑,说道:"我对我酒杯说话呢!你糊涂什么呀!"我们几个忍不住笑了起来,被英国佬瞪了白眼,南容怕得罪了新邻居,拉着我们上了奔驰。车内再没有中国式的沉默,巴西勒与我交流,说起了加州葡萄的索瑙玛,说起美国式的平等、法国新政府高税收、欧洲的世袭等等,巴西勒大大地赞赏中国的盛世,但没人听他的社会观察。南容笑着说:"呵呵,巴西勒,你是法国的书呆子!"

"我是你的书呆子。"巴西勒说。

"这就对了,这个世界上只有两种人,我们的人和不是我们的人。是不是,聆海?"

"哪有傻瓜不想成为南容的男人?"巴西勒的法式中文优美。巴西勒自以为懂了南容的说法,他的糊涂不在起点上,也不在终点。这个法国人真奇怪,看不起世界上所有的人,却拜倒在南容的石榴裙下。

奔驰 LG 离开开阔高地,穿过葡萄园,进入一个城堡,南容的世外桃源在天主教建筑旁,她喜欢寺庙的浑厚钟声。到了南容的葡萄庄园,她环视她的领地,满心喜悦,骄傲地说:"城堡、酒庄、葡萄园,三位一体!你们好好住上几天,不会冤枉你们的。"子秀给了她足够的赞扬,南容更加兴奋,说道:"世外桃源?这里是天堂,巴西勒的杰作!"巴西勒也高兴,说:"你的钱还怕买不到庄园?"

巴西勒是中国通,一位法国社会党党员,读的《毛泽东选集》比中国人还多。他支持劫富济贫,平均社会收入,他发疯地赞助社会党竞选,来回北京、巴黎替法国社会党竞选,还真的成功了,但他离开了法国,提着旅行袋回到上海。巴西勒和乐欤是镜中的一对,乐欤不喜欢住在北京。而巴西勒不喜欢住在法国,他模仿着莫奈,迷恋东方文化,他收藏日本版画,收藏中国花鸟和仕女画,他的收藏就为了诱惑东方美女。巴西勒的钱财只有毛阿大和南容知道,他的前妻拿不到他的钱。但乐欤不喜欢巴西勒,说他帮助社会党上台,自己住在中国偷税漏税。乐欤也骂美国,却将女儿送到美国,把钱存在加勒比海离岸中心，省得在法国多交税。

　　走进南容的城堡，宽敞的空间，中世纪的花玻璃窗光芒斜照，城堡里黑白各半个世界。书房在左侧，壁炉内燃烧着木头。书房正中是厚台面中世纪桌案，绕过桌案经过小门是卧室。整个城堡有数不清的卧室，楼上是主卧房，窗台上一尊如来佛像。草草地参观了城堡，出门到后花园，典型的法国庭院，近处是花草，细长的游泳池，像大城堡的护城河，远处一排法国杨树，杨树后面游走着马群，有八匹纯种欧洲赤马。大C和小C见了，兴奋地向马群挥手，仆人们迁着马群，绕着游泳池走过来。

　　大C和小C换上马裤、马靴和帽子，说不尽的清丽脱俗，她们跟着巴西勒一起上马，神采飞扬地离开了。南容邀子秀上马，子秀谢了南容，她有些累。我的最后一次骑马在夏威夷，从菠萝庄园下坡到海滩，也是这样居高临下，马鬃在风中飘逸，挡不住骑马的诱惑。子秀不放心，南容穿着靴子取笑说："你就放心吧，不会吃了你的聆海的。"

　　"想吃了他，随你的便。"子秀说。

　　"你不怕就好，等我们回来，看看聆海还是不是同一个人。"南容笑着上了马，用膝盖稳住了马，回头对子秀说："有人总说我这样不好，那样不好，坏了多少男人，不怕我坏了你家的聆海？"子秀一拳打在她的马腿上，说道："别说这样中国式大话，骑马小心，走吧！"

　　农场和葡萄园占地一百多顷，农场那边另有别墅、品酒室和地窖，地窖连着城堡的地下室。农场上到处是果树，遍地鸡鸭成群，鸽房的信鸽期待着飞翔。南方人从来不善骑马，连这些马匹也欺侮着生人。南容的马边走边拉屎，我的马开小差，遛到路边吃草。我们俩左右拉着缰绳，两匹马还是原地拉屎吃草。南容跳下马背，拿着马鞭调教了它们一场，让马匹整齐排队，再次出发。几个小跑跑出农场，策马进入葡萄园。有了马步的节奏，南容有了感觉，高高在上，扭头找到我，做了个鬼脸，这以后不再窝窝囊囊了。没多久赶上了巴西勒他们，马队由低坡向山坡上跑，茫茫无际的葡萄架，纵向排列着。马队过处，卷起一阵阵风，吹摆串串葡萄。前面山坡一片阳光辐射下的光环，欧洲神话一般神秘。

纵情策马十几分钟,南容停了下来,喊住了我。巴西勒带领大C和小C继续向山坡去。从山顶望去,毛阿大的葡萄园简直是伊甸园,柔光下一切唯美,再没有比这里更宁静,比这里更似天堂的地方了。我们站在橡树底下,南容沉默了好久,心事重重,她说:"你兄弟还没来住过,他打算明年来。"

"阿大会喜欢这里吗?"我问。

南容没回答。山坡上的风寒冷,橡树挡去了阳光,突然有些寒意。我又问:"海洋在哪个方向?"南容还是没回答,她突然倒在我怀里,说:"Darling(亲爱的),我怕,你不知道我有多害怕!"她是认真的,不像在开玩笑。不知道怎么去回应,一阵子的沉默。我问:"怕什么呢?怕你们经营不了葡萄园?"她脱下帽子,长发披散下来,她整了整头发,挨着我说道:"葡萄园经营算不了什么。葡萄园和别墅是给大C的家产。我不懂酿酒,巴西勒替我们留住了工人,这些法国人比我们还认真,酿酒是他们的事。"

"是啊!再坏的酒,贴上法国香槟商标,在中国也能赚大钱。那你害怕什么呢?"

南容毫无反应,她的身子在颤抖:"Darling(亲爱的),抱住我,我冷。"

"你是这样来调教我?"

"海,别把我看成一个坏女人,我调教过好多男人,但我不会这样对待你,你是我老同学,阿大的兄弟,我真的冷。"

听她这样楚楚述说,我脱下外套,把她紧紧裹了起来,问:"这样好些了吗?"

"抱得紧一些,我怕。"

"你把我搞糊涂了。"

"别胡思乱想,你们男人就喜欢这样。你兄弟是从来不守规矩的。"

"谁都知道,要是毛阿大安分守己,他就不是毛阿大。"

"我知道!劝他来巴黎,这里虽不是天堂,也算半个世外桃源,但阿大不会这样想,他是个狂人,他不会见好就收。"

"为什么呢?"

"他说只有靠运气成功的人,才见好就收。"

"他就这个脾气。"

"你知道他的脾气的,他从来听不进别人劝告。"

"就随他这个狂人好了,你与大C好好在这里过日子。"

"我们几个月都见不到他,我们简直成了孤儿寡母,我不责怪阿大,但我睡不着,我总失眠,晚上出冷汗。聆海,我怕,人人都羡慕我们,没人知道我们过的是什么生活,不能永远这样生活,我长怕黑夜,我怕,但我不怪阿大。"

"但你是爱他的,是不是?"

"抱紧点,抱住我,紧些。"她停了会儿,然后说道:"当年你暗示过我,我以为我是管得住男人的,我太自信了,但这些年过去了,我也不在乎他那些事。但他却总是与人争斗,哪有个尽头?"

"他不是好好的吗?如果他母亲在世,她会为阿大骄傲的。"

"别这样说,我知道你说反话。"

"你想让我说什么呢?"

"说真话!"

"好的,真是高处不胜寒!"

"海,谢谢你。"她转身望着周围的辉煌,她仍然毫无神情,呆滞的目光像苍白的云彩,但法国葡萄园真的美丽,南容吟着陶渊明的《饮酒》:"结庐在人境,而无车马喧。问君何能尔,心远地自偏。"

"心远地偏,哪里有偏到法国的?"我问。

"海,我知道你想说什么,别打歪了我的诗意,就是心远地偏,就是的!"

"你说是就是。"

"在你跟前,什么都一清二楚。你聪明,但看得太清就没意思了。看看你,上世纪的爱情家庭模式,你们保持得这样原汁原味。有人说男女间如没有爱情,就不能成为朋友,但真的成为朋友,又不能得到爱情,你说乐欸、子渊他们是我的朋友吗?"

"不知道,别问我这样的怪问题。"清风吹来,吹散了她的头发,乱在我的脸上,闻出她的幽幽法国香水味。南容继续对我说:"你对什么事都看得太透彻了,没了悬念,又近乎尖刻,这样做人一定很辛苦,是不是?我常想去一个地方,没人认识我的地方,去非洲或去美国。欧洲是不能再待下去了,你知道他们能在几分钟内找到我们,海,我害怕。"她说了害怕。我却没法去安慰她,毛阿大成了一方藩王,更不需要去安慰她。没几分钟南容自己好了,牵回她的马,顺手理了头发,戴上帽子,随手摘了她家葡萄园里的一串葡萄,尝了一颗,"好酸!"说完,扔了剩下的葡萄,骑马去追赶巴西勒他们。再也找不回刚才的好心情,我们一前一后踏过嫩草覆盖的土地,回到城堡,仆人牵过马,看这两匹马比人更吃力。大C与小C早已跳入游泳池,大C说:"妈妈,我的腿站不起来了。"巴西勒笑着,摇摇头,看我们也抱着膝盖走路,说道:"今晚吃马肉?"南容瞪了他一眼,用马鞭打了他的腿,说道:"但愿不是酸葡萄煮马肉。"

(2) 自以为是的美国人

小时候到乡下钓鱼,遇到大雨,被乡下朋友拉去他们家躲雨。乡下人热情,留我们吃饭,虽没有打过招呼,但他们总能摆上一桌子好饭菜,自己家养的鸡,自留地的青菜、萝卜,河里的鱼,田埂上的青蛙、野菜,渠沟里的泥鳅,都不是用钱买的。我总觉得乡下人与银行家相似,他们想吃什么就吃什么,银行家想花多少钱就拿多少钱。今晚南容在法国城堡内宴请我们,她是有吃的,也有钱。

正宗法国大餐,由巴西勒安排,法国人多酒,每道菜都配酒。先是冷盘、热盘后的开胃酒,主菜是牛排和羊排,配着红酒,主菜后上毡酒和香槟酒,冰激凌上浇白兰地,这以后是甜酒。巴西勒格外愉快,酒过三巡,他介绍说:"鹅肝酱是法兰西传统菜。春天的幼鹅,每天喂它们一公斤混合饲料,专门撑大鹅肝,八个月的鹅肝有一公斤重。吃饱喝足八个月,糊里糊涂一生,哈哈,但鹅肝是法兰西名牌。"

南容说:"日本人用啤酒喂牛,牛排里长出脂肪,那些牛也是糊里糊涂的生命。"

仆人不断地上菜,不断地给换杯盘,刀叉是和菜相配的。小C听了巴西勒的鹅肝故事,她就不吃鹅肝了。好在法国炸土豆条好吃,她更喜欢美国进口的番茄酱。大C不耐烦,她问:"妈,这么多的刀叉,我都要学会吗?"南容回答:"欧洲人就喜欢排场,美国人是不讲究这些的,他们随便。你还是跟你叔叔去美国,怎么样?"大C问:"妈妈,我去美国,你也去吗?"大C长得美丽,童年跟着南容全世界跑,享尽了好日子,但每到一处只不过几年,结交不了好朋友,她常将不同文化混淆,更不知道怀念哪种文化。她很小的时候,有一段时间在意大利学油画,意大利朋友取笑她,说她像是日本造成的亚洲娃娃,会说英文,但像墨西哥人说的英文,蹦蹦跳跳像个小黑人,抓钱样子像个犹太人。

南容回答说:"当然啦,你住在学校,妈妈就在学校外面买幢房子住,陪你读大学。"大C问:"那你不住城堡,不等待你的青蛙王子了?"

南容感动了,她说女儿能体谅她的心,她流出眼泪,真的眼泪,美人流泪真美丽。巴西勒站了起来,他上前拥抱南容,认真地安慰她,南容露出了笑脸,说道:"我没事。"又对大C说:"爸爸妈妈在美国也可以买一幢城堡,妈妈不像以前那样年轻了,不能永远这样奔波,妈妈和你一起住美国城堡等王子,好不好?"她说着拍了巴西勒的手,谢谢他的体贴甜蜜,安慰他说:"Chérie, bien sûr, je l'aime Paris!(法语,亲爱的,我当然热爱巴黎!)"巴西勒吻了她的手臂,把她的手放在自己胸口上。

南容将手抽了回来,给大C讲了一个故事:"很久以前,在遥远的土地上,一位美丽和自信的公主,坐在池塘岸边,她发现一只青蛙。青蛙跳进公主怀抱说:'我曾是一位英俊的王子,只要你的一个吻,我就会变回到年轻王子,然后,我亲爱的,我们可以结婚,和我的母亲一起住在你的城堡里,你可以准备我的饭菜,清洗我的衣服,怀上我的孩子,永远感激我,永远快乐。'那天晚上,公主炒了青蛙腿,用白葡萄酒和奶油酱调味,津津有味地吃着,她说:'鬼才相信你呢!'"

巴西勒哈哈大笑。大C没听懂,她问上美国哪所学校,南容没问答,她看了看我。我突然明白我被绑架的原因,世界上没有免费的午餐,来到毛阿大的城堡也是这样。南容总是异想天开,我还不知道小 C 能上哪所大学,怎么能替大 C 找大学?但她的异想天开常常会实现。

南容说:"小 C 上哪一所大学,大 C 就上哪所大学。"她怕大 C 语言表达力差,又常常犯牛脾气,她有着几百个不放心。南容说有一次大 C 发牛脾气,拿着枪把人家几匹马给射死了。她说哈佛和耶鲁大学人多口杂,普林斯顿也一样,皇族、高官子弟都在那里,怕大 C 与他们在一起,美丽招来群蜂追,说不定大 C 哪一天发起脾气,拿着枪把那些皇亲贵胄射个半死不活,坏了大家的和气。

餐厅里放起了美国乡村音乐。巴西勒问:"斯坦福大学怎么样?"他与南容转身看我,等我回答。我说:"斯坦福大学录取率是万分之一,你们申请了?"南容认真地说:"所以要你这个当叔叔的来决定了。"她没有开玩笑,也不像无聊中闲谈。

我丈二和尚摸不着头,问:"我决定了,你们就能送大 C 进斯坦福大学?"巴西勒说:"条条大路通罗马!"我感到自己是外星人,想想也是,我在这个法国城堡是陌生人,去上海是陌生人,现在说起美国大学录取,还是个陌生人。我问:"毛阿大真有这样的法力?"南容回答:"如果你说斯坦福大学好,她们姐妹俩就送斯坦福大学!""别,你慢慢来,我怎么越来越糊涂了。说真话,小 C 明年上哪个大学,我们心中还慌着哪!这不,每天为 SAT(Scholastic Assessment Test,学术能力评估测试,申请美国大部分大学需要此考试成绩)成绩、课外活动操心。"

南容生气地说:"大 C,你聆海叔叔不管我们了!"

"你知道这不是事实,你也别跟我开这样大的玩笑。"

南容又问我:"斯坦福大学到底怎么样?你兄弟可能会喜欢。"听不懂这话了,这个世界真的是有钱人的天下,真能喝着香槟上斯坦福大学?我纳闷着,也不知说些什么。子秀问:"进斯坦福大学也能靠'鬼推磨'?"

小 C 不愉快地问:"到底是我上大学,还是毛伯伯上大学?"

大 C 站了起来,取下了餐巾,不知道是她对巴西勒讨厌,还是对她母亲的"艳艳取笑"反感,她不愉快地说:"Cynthia(小 C)问得有道理,喝了半天酒,你们还没有问我喜欢去哪儿,到底谁上大学了?"

这才注意到,大C后面的墙上摆置着中世纪兵器,全身金属盔甲。还有城堡前主人的照片也挂在墙上,一个蓝眼睛留胡须的,看上去他很不高兴,估计是个吝啬商人坏家伙。大C转身从墙上取下了十字弓与箭,没好气地走出了餐厅。巴西勒说:"她的牛脾气来了。"他做了个怪脸。

城堡外传来几声尖叫,鬼哭狼嚎一样,我们面面相觑。没几分钟,法国仆人进来告状,大C的十字弓箭射中了他宠狗的屁股。狗在花园里乱跑,疼得它追着自己尾巴转,没人敢接近它。看宠狗的样子,它一定在哭。大C不懂法国人在说什么,她见势不好溜回餐厅,将十字弓挂在墙上。法国人见她装出可怜害怕样子,且恨且爱,他们将怨气泄在巴西勒身上。巴西勒打了电话,兽医没半小时开车赶到,那条宠犬就不让人碰它,麻醉针射入它的屁股,它左屁股是中世纪短箭,右屁股是麻醉针,像只刺猬。宠犬睡去,兽医取出箭,晚宴也结束了。

"海,有没有想过在加州购置葡萄庄园?"南容突然问。

"我又不喝酒,怎么会想这个?"

与南容和巴西勒闲聊了一会儿,向他们告辞,和子秀、小C进了客房。洗了澡,刚想入睡,南容的人来请我,只得再下楼,通过狭窄的中世纪石头通道,才想起法国城堡的原始功用,通道通到镇上,原先是为平定暴乱用的,现在连接着地窖。到了书房,四面的门紧闭着,仔细观看中世纪的建筑,惊叹八百年古老建筑的坚固,感叹我竟然坐在欧洲中世纪书房里,灯光暗淡,人头、神像和怪兽的石雕碎片堆在书房角落,中世纪的十字圆柱留着战争的刀光剑影。书房的正中一排是时尚的法国皮制沙发,靠着歌德式窗户摆着单人精致沙发,我坐了下来,怕这时南容单独接见。

南容刚从温泉里出浴,套着浴衣,头发里冒着蒸汽,不知道从哪里进的书房,她满脸的红晕,捧着葡萄酒瓶问我:"葡萄酒?"她保养得好,妩媚依旧,跟大学时没什么两样。我说:"我已经讨厌香槟了,就喝红葡萄酒吧!"南容问了晚餐,我给了十二分的赞扬,她说我学会客套了。

"好吧,我就直说了,你兄弟和我想请你帮忙,听听你的意见。"

"为什么是我?"

"哪有比自己兄弟更可靠的?"她说着,靠着我坐了下来。能闻到她的体香,我总觉得不自在,南容接着说:"想请你帮忙几件事,阿大说了即便是兄弟,他仍要付你百分之十中介费,你知道你家兄弟做的都是大生意,如果百分之十不合你们美国常规,你给个数字!"

"我可不可以不参与?"

"为什么?海,我还没说要你帮什么,你就又想回避我们!别人如果有这个机会,不给我们磕头,就会替我们烧香的。当然,你永远另当别论。"她的语气重了起来,她喝了几口红葡萄酒,等我回答。

"还是找会烧香磕头的人吧!"

"好了,别磨嘴皮了,我说几件事吧。"

她的第一件事,在美国加州或纽约买几处房产,五千万美元一栋,我听到这个数字就头晕。她的第二件事还是大C要上的大学,她想让大C与小C上同一所大学,毛阿大是个疯子,他将美国常青藤大学简单化了,哪有这么容易的事。我打断南容说:"你先别说第三件了,我办不了第一件;第二件由你们决定,等小C决定后我们通知你,但愿第三件事容易些。"

南容看着我,拉住我的手说:"我还想再生个孩子。"见到我惶恐不安的样子,她笑了出来,说:"别误会,看你目瞪口呆的,我说得太快了,当然是跟阿大生孩子。"我喘了一口气,放心了问她:"这个也托我办?"南容感到我的挖苦,但也是幽默,哈哈笑得前仰后合,说道:"当然是你,这件事还非你不可,你看我们都到这个年龄了,青春尾巴,靠不了天赋了,你知道谁是美国最杰出不孕科专家吗?当着你的面说说你兄弟长短也没关系,阿大的小虫虫不多了,才一千万,但我只要一个就够了,看你们美国高科技了。这个还不算难,我的子宫怕是托不住你侄子,你得为我们找一个年轻女人,借她的子宫。别嘲笑我们,这个孩子将是美国人,我们不违反一胎政策,钱没有问题,我先汇几百万过来,怎么样?"

"把他的虫虫空运过来?"我问。

"是啊!不过半天的时间。他是不在乎再有孩子的,你知道你兄弟外面有野种。"

"男孩女孩都可以?"

"向阿大要虫虫,赔着笑脸,花这么大精力生个孩子,一定要男孩。美国有植入前基因诊断技术,两万五千美元测定一次,百分之九十九选出男胚胎。"

"大C会怎么想?"

"有个亲弟弟将来也是依靠,比野弟弟强几百倍。"

"母随子贵?"

"你又来了!"

我心里长叹喊苦,美国人说"世界上没有免费午餐"是对的,毛阿大葡萄庄园晚饭不便宜,真不知道怎么帮他们,找个不孕科专家简单,几百万美元不知花谁的钱,也可算是小事,但找个年轻健康女人替他们怀孕!真Goddamnit(该死)想得出来!感觉洗澡比吃饭还吃力,吃得更比烧菜吃力。我这十几年躲着毛阿大,没有对他反感,也管不了他是不是百姓的好官,我就怕他们这些事,怕成为他们的人。也许办与不办他的事都一样,在别人的眼里,我们都是一家人,中国人的家是社会结构,君君臣臣那种,毛阿大是个聪明人,他知道我不喜欢他的君君臣臣。在他的世外桃源般的法国葡萄园,我又糊涂了,他到底是喜欢山高皇帝远,还是要建立自己的家天下?

"伯牛也在加州,他是搞房地产的,是帮你的最合适人选,他也一定会烧香磕头的。"

"你似乎看不起你兄弟的成就,是不是?"南容放下了我的手。

"为什么一定要拉上我呢?南容,我烟蓑雨笠逍遥惯了,没能力,真的没这个能力,也真帮不了你们什么的。"

"正因为这样才使阿大发疯,他多想跟你一起干一番轰轰烈烈的大事。你兄弟现在有了基础,你可以回国发展,也可以和我们一起在国外发展,有什么不好呢?"

"我不知道,我真的不知道。"

有人在敲门,然后传入巴西勒声音,他请我们去吃夜宵。南容开了门,见到巴西勒后,她倒在他怀里,伤心地说:"亲爱的,你不知道我有多沮丧,我现在懂得你为什么嫉恨美国人,美国人真是一群自以为是的人!亲爱的抱紧我。"巴西勒紧紧地抱住她,深情地吻她的头发,说道:"亲爱的,你这个样子让我难过,我们走,谢谢你理解我,Que les américains aillent se faire voir!(法语,美国佬见鬼去!)我的最亲爱的,喝些白兰地会好的。"巴西勒几乎抱着南容离开书房,在门口他回头,请我一起吃夜宵,我说太累了,婉谢了他的好意。"巴,不要求他了,他是不会答应我们的,我们成了他眼中的坏人。"南容生气了。"不,不,你是天使,不是坏人。"巴西勒吻着她说。南容这才高兴地说:"巴,你真好,我们到厨房去。聆海,对不起让你看到我这个样子,别见怪,我也是个女人。"巴西勒还有醉意,他伸出手与我握手,说道:"再见,早上好!"但他似乎不认识我,又道了声"晚安"。

他们俩跌跌撞撞地离开了,已是深夜三点多,在法国又熬了一夜,我拖着疲倦的身子上楼睡觉去。

(3) 祝你生日快乐

当我醒来的时候,太阳已经在头顶上,从城堡的花玻璃窗望出去,葡萄园又是一个好天。远处驶来一辆保时捷四门跑车,这地方太富裕,人人都开豪车,我胡思乱想着。到了楼下,法国仆人倒上了浓咖啡,喝了几口,这才校正了时间空间。突然,厨房里一片欢乐声。"祝你生日快乐,Happy birthday to you!"子渊出现在客厅里,提着香槟向我祝贺生日,乐欸、伯牛、原宪都来了。子渊高兴得不得了,高嗓门说:"册那!你们躲在这个好地方,好……好地方!"我以为昨天喝得太多,把自己的生日给忘了,但五月份不是我的生日!纳闷之间,子渊倒了一杯香槟给我,还是"沉默之船",他自己一干而尽。

"哈哈哈,就是你的生日,领导决定的。"

我说:"又在胡闹了!"

没人在乎是不是我的生日,他们就高兴,寻事借口来参观南容的葡萄园和城堡。他们四人围住我,高唱生日快乐,闹得城堡里的人都来祝贺,我没法跟法国人说明,假戏真唱着把南容给闹下来了。她下楼,比昨天更艳丽,乐欸站到她身边,感到幸福,变成一个腼腆的小男人。再也没人阻止"生日派对",南容也跟着他们唱。巴西勒穿着睡衣下楼,不管三七二十一,唱起法语歌。城堡里一片欢腾。

  Joyeux anniversaire,

  Accepter de bon cœur,

  Mes voeux les plus sincères,

  De joie et de Bonheur.

(法语,祝你生日快乐,请诚恳接受我由衷的祝愿,祝你快乐和幸福。)

  法国仆人还真找到蛋糕,胡乱插上几根蜡烛,点上火,还非得让我吹灭了。小C和子秀坐在一边的沙发上,看这群亿万富翁寻开心。

  客厅外面传来一阵子犬吠。一群宠犬,包括昨晚被大C射中的那一条,见到不远的野兔子撒腿就追,野兔不知真假,拼命地逃窜,在空中腾跃,跳出狗群,乱闯客厅,宠狗追到城堡内,东奔西突,摆着花样子追兔子。客厅里乱了一阵子,开了后门让野兔逃命,宠犬追着跑了出去,子渊在后面起哄着。

  乐欸怕它们踩乱了花园,也跟着出了后门,他巡视了后花园,极不高兴,说着法语对巴西勒抱怨,不时地露出几句中文,才知道他埋怨暖房里金鱼池太小,抱怨中国名贵金鱼还没运来,巴西勒与他争辩。南容过来,她不喜欢这样杂乱,坏了她的好情绪,她把乐欸、子渊、伯牛和原宪一起打发走。

  我趁机与子渊他们一起离开,南容也不反对。留下小C与子秀在葡萄庄园,让大C与小C有相互熟悉的机会。

第三章　巴黎之夜

（1）棉花高高

等回到巴黎时，已是傍晚。在法国餐馆进晚宴，少不了红葡萄酒、法国蜗牛、马赛鱼汤。伯牛第一次品尝马赛鱼汤，喝了几口就说不好，子渊说鱼腥气太重，还没有他老家的黄鱼汤好喝。

"走了,走啊,没啥味道的,我们赶路！"子渊催着大家走,关上车门,保时捷就在巴黎的霓虹灯下行驶。

后面上来一辆布加迪威龙跑车,从车窗伸出阿拉伯头巾,一个中东男子对着子渊说:"好车,太棒了！山西来的吗？"他的中文不错。子渊伸出手想与他握手,但车距太远,他大喊:"王子,你们国王太有钱了。"

"你们去外滩吗？"中东人问。我不知他是醉了,还是在开玩笑。

"刚从外滩回来,你们去哪里啊？"子渊顺着他说。

他们对着车窗举杯,胡言乱语地说了一通,好像是多年不见的老朋友,还说了再见。子渊兴奋得手舞足蹈,他说王子喝醉了,要乐欵拍下王子的车牌,没有人理睬他。他拍着车身说:"乐欵兄,我要纯的,纯法兰西女郎,你也别装难为情,到巴黎就是为了这个,是不是？"说着,他从口袋里掏出一叠五百块面值欧元,将欧元分成五叠,每人一叠。巴黎夜灯挑逗着他,他的双腿不停地打着快节奏,口里自言自语:"大上海,爱上海,巴黎夜,真的爱上海。"

乐欵说:"怎么说到上海了？你在巴黎！"他又高声讲演道:"你们在上海这些年,KTV、领袖包厢等等刺激,都成为毛毛雨,忘记你们过去的一切经验,忘记你们所有的战绩,冲洗干净以前的快乐,我告诉你们,我们已经进入未知区,你们已成为留法五月花！"

子渊激动得不知说什么,赞同一切,他语无伦次地说:"乐兄高见,高高的见啊!册那精辟,精辟啊!"乐欻神采飞扬,指着前面说:"从这里看出去,有片七叶树森林,想象在森林中有石榴花、桃花、喇叭花!桃花是小女人,石榴花是放荡女人,喇叭花是低贱女人,这森林开出人妖花!看见没有?"

"没有啊,看不见!怎么挑了这个日子得近视眼?就这片森林?"子渊问。

乐欻重重地拍着方向盘,与子渊的脚拍同步,保时捷兴奋地驶入公园小径,乐欻骄傲地说:"就这个地方,这段公路,好好观察。"子渊大幅度地点头,赞同说:"对,对,好好观察,忘记过去经历,好好观察!"

一辆敞篷车开来,停下按了两声喇叭,两个高身材女人从森林的面包车出来,走到敞篷车两侧,弯下腰,敞篷车里的男人将手放入她们胸内,亲吻拥抱,然后敞篷车就离开了。子渊手脚并用,瞪着眼说:"忘记过去经历,就这样完了?"乐欻说:"好好观察,看见什么了?东欧人上女下男!"子渊更起劲了,站了起来,头撞到车顶上,说道:"好地方,上女下男怎么玩?我们也上去按两声喇叭,给他们些欧元,让他们自己上下玩,噱头啊!真有噱头!"

保时捷去追女人,森林里有池塘,几只木鸭划着水,月亮挂在树梢上,上女下男的女人消失了,前面出现几个金发女郎,她们走近保时捷,在一旁喊着法语:"中国佬,去哪里啊?"子渊听了,仿佛突然开窍,听懂了法语,语无伦次地说:"我全听懂了,现在怎么办?兴奋激动,她们是正宗法兰西女郎,这个我保证,我太兴奋了,你们说我们该怎么办?我们已经进入天堂,这里太巴黎了,太激动了,梆梆响。乐兄,开回去啊?带她们上来,这保时捷坐五人太小,坐上八人又太大,哈哈哈,太大了。"

保时捷打了个回转,沿原路去找金发女郎,等乐欻开到原地,那几位金发法兰西女郎已经上了别人车子。子渊瞪大眼睛不敢相信,点头赞叹巴黎浪漫:"就是羡慕,名不虚传的天堂,上不封顶,下不刨底,酷布洛涅,酷巴黎,酷法兰西,酷漂亮,人就是这么一回事,想通了就能酷。"前面车子抛下了我们,子渊心里一个劲地感慨,乐欻又打了一个回转,说道:"蒙马特!"飕的一声驶出了布洛涅森林,照蒙马特方向飞奔而去。

穿过凯旋门,展现灯火辉煌夜巴黎,水晶流川香榭丽舍大街,艳丽如同法兰西女郎,这城市没人睡觉。伯牛睁着眼睛扫描。原宪总是心不在焉,在看他的手机,与国内发短信,有时呆呆地望着车窗,也不兴奋。乐欤退下所有车窗,车内车外是香榭丽舍的香气。子渊伸出手,向所有人招手,路人向他招手,他像一个拿到压岁钱的小孩,激动地向路人高喊:"菩萨保佑你们!"俊男倩女,巴黎当地人,路上游客,大家都在享受好时光,没人在乎子渊说什么。原宪突然醒了,对子渊说:"62(杭州话'盏儿'的谐音,有愚蠢、不合时宜的意思),他们不懂菩萨,这里信上帝。"伯牛笑着说:"应该说上帝保佑你们。"子渊听了,拍着车顶,茅塞顿开地说:"对,对,忘了这个。乐欤兄,'上帝保佑'怎么说?"

"Dieu te bénisse!"乐欤说了一遍。

"说慢一点,用中文拼音!"

"简露被你湿。"乐欤极不情愿地帮着子渊。

子渊从乐欤那里学到了法语,将头伸出车窗,对着大街就喊:"上帝保佑你们,简露被你湿。"

沿街饭店伙计们享受着夜景,一根香烟和一杯葡萄酒,靠着马路边的梧桐树聊天,艺人吹着萨克斯,爵士音乐慢慢流出,吹得夜巴黎如爵士,是路易斯·阿姆斯特朗的《夏日时光》,几位歌手唱着:"夏日生活容易,鱼儿跳跃,棉花高高,你爸有钱,你妈美艳,嘘!小宝贝,哭什么?……你爸有钱,你妈美艳……"保时捷惊飞了巴黎城街上的鸽子,向山坡驶去。乐欤说着夜还太早,初夜没有好女人,深夜的女人像白兰地,越沉越好。子渊听懂了,说道:"哈哈,有道理,这巴黎城哪有初夜女人?哈哈,兄弟你别哄我。"乐欤朝着蒙马特山顶教堂驶去,子渊问:"去教堂有什么名堂吗?"乐欤回答:"巴黎,巴黎!"

乐欤是对的,巴黎的夜生活刚刚开始。通过画家广场的小街,琳琅满目的纪念品店,热闹,五光十色的热闹,露天餐厅挂着广告,淡菜配法国炸土豆条,免费啤酒,十欧元,我们五人喝了啤酒,吃了夜宵,路边的小吃比大餐有味。血液里流淌着德国啤酒,人在半醉时看见的巴黎城如旋转木马,高高低低不知道画家广场奏的是什么怪调。子渊唱着歌,乐欶带着我们跌跌撞撞走向蒙马特高地,圣心堂在夜灯下成为子渊的花红柳绿。

进入蒙马特高地的圣心堂,大殿内更热闹,俄罗斯人、西欧人、美国人、更多的是中国人挤在教堂里,几万支蜡烛燃烧着,犹如大雄宝殿的烟火。子渊掏出几张五百欧元大钞,买了几十盒白蜡烛,送给各路游客,口里说着刚学会的法语:"简露被你湿,简露被你湿。"乐欶在一旁祈祷,也许他真的是基督徒。原宪和伯牛各自祭拜自己的土神,教堂成了土地庙。教堂钟声响起,人群流出圣心堂。

站在教堂前门正面,全巴黎在视野下,原宪懂了"巴黎,巴黎"的内容,沿街而下,巴黎的灯火如同宝石连接天际,凉风徐徐吹来,吹得子渊他们开始伤感,这茫茫世界,百万人家,到底有几处温暖?原宪说太冷了,子渊翻上外套高领,离开了蒙马特高地。

(2) 红灯绿灯

回到皮嘉尔广场,保时捷跳跃在卵石路上,穿在小巷之中,听到强烈音响。停车找到音响源头,乐欶按了门铃,黑色门窗开了小孔,几双眼睛巡视我们,随后铁门开出一条缝,世界末日般强烈音乐传到路上,吓着了原宪和伯牛。出来的是法国光头保镖,世界上最高大的保镖,巨人说着柔软法语,就像北极熊说着苏州话。

夜总会!巴黎的夜总会,屋里弥漫着百年的旧空气,酒味烟气,万宝路混杂,香水女人,灯光幻碎,令人恍惚。进门一排酒吧,酒从天花板上流下来。半裸女人紧偎着男人,男人抽着雪茄,筋疲力尽地观看台球,保镖内外穿梭。夜总会老板跟子渊打招呼,问:"要吗?有发票。"乐欶跟夜总会老板拥抱,像一对久违了的朋友。

子渊连声称赞:"好地方,喂,哈喽,bonjour!(你好!)"他与夜总会老板交流,谁都听不懂谁,两个疯子努力装着听懂对方,子渊又试了一下普通话:"先生,马奈母(英文 my name 的粗糙读音)子渊,孔子弟子的子渊。"夜总会老板拍拍他的肩膀,不需要听懂子渊的话,他能说几句中文:"包你满意,我们有发票。"音乐停了下来,顿时只有子渊的声音:"哈哈,中国通,中国通啊!好地方啊!"夜总会老板也用英文说:"Yes, yes, let us go inside.(是,是,我们到里面去。)"

进了里屋,找到纯正法兰西女郎,五彩缤纷的舞台灯光旋转着,小块光点闪耀在男男女女身上。美女跳钢管舞,全身快速颤动,喝彩声也疯狂。突然,音乐变化,舞女们推开男人,涌向舞台,顿时台上群芳争艳,台下一片欢呼骚动,狂欢、叫喊、拿着欧元向舞女招手,子渊点头伸出大拇指,对乐欻说:"正宗啊!"正说着,舞女们扭摆着下了舞台,她们各自寻找舞伴,子渊挑中金发女郎朱丽叶,原宪被舞女选中,伯牛拖住一个就跟着跳了起来,乐欻与我靠着墙感受旋转震动的世界。

没几分钟,朱丽叶展现了她的魔鬼身段,她一定喝了不少酒,挑逗着子渊,她要子渊去买酒。"哈啊哈",子渊高兴得手舞足蹈,这档子买卖他熟悉,他要朱丽叶陪他喝真酒,看法兰西女人能喝多少。"法国兄弟,我懂这行,我在中国开夜总会,油(英文 you)信不信?"夜总会酒保张着眼睛,乐欻做翻译,酒保哈哈大笑说:"我们是同行,一家人不说两家子话,一杯是水,你的一杯是白兰地。"子渊与酒保成了兄弟,他买了一巡酒给夜总会所有人,大家举杯向子渊致敬。朱丽叶喝了几杯真白兰地,身体发热,音乐转成抒情慢节奏,子渊搂着朱丽叶跳舞,享受每一分钟的诱惑。子渊是认真的,他的每一次艳遇如同第一次,成为他的初遇。前几天的快乐早已洗白,没有留下任何记忆,今天还得重新开始。他抱着朱丽叶,满足了,这次来巴黎也值得了。子渊与朱丽叶交谈,他搂着她,她将秀腮贴在他脸上。巴黎,巴黎,感觉终于到了巴黎,像他爷爷从淮北沿着淮河到上海租界一样。纤夫的后代与法兰西金发女郎跳舞,还有比这更高的理想境界?几个舞步到我面前,子渊跟我打哈哈:"兄弟,当年八国联军炮轰紫禁城,你今天不报一箭之仇了?上呀!"还没说完,他转着舞步离开了,继续他的民族复仇舞。

乐欻的目光在舞场另一个角落,一位中国舞女,身材、容貌像南容,乐欻盯上了她,她却还在法国男人怀抱,她的每一个转身,一对乳房在法国人面前颤动,乐欸莫名其妙地嫉妒,他也有民族尊严,他感叹说:"从中国东北到巴黎夜总会,无奈人生,躲不远的中国巴黎,荒唐世界啊!"她向乐欸微笑,探戈舞姿,她为乐欸显露。音乐太伤感,在深沉巴黎夜晚,乐欸在这一时刻爱上了她。伯牛和一个胖女人跳着慢步,酒过三巡,伯牛热血沸腾,随音乐他们俩弹跳起来。

乐欸与东北女人交谈,寻找他的感觉,他喜欢她的微笑,太像南容了,乐欸像诗人一样表达着,轻轻地述说,不想打乱他波光里的艳境,她成了乐欸异国舞场上的新娘。原宪更懂得中国女人的脾气,他从乐欸身边拉过东北女人就跳舞。她的身影太像南容了,原宪简直就把她当成南容,混乱深夜中,原宪仿佛感到搂着自己的暗恋情人。轮转到重金属音乐,男歌星的嘶哑狂吼咆哮,失真电吉他,鼓点打得舞场地震,乐欸、子渊几乎到了疯狂。极限音响,从来没听到过的震荡,贝司低沉,绞挤着每个人的心脏。

重金属音乐在快速破坏中爆炸,疯狂消失在婉转中,转出中文歌曲,竟然有周璇唱的《蔷薇蔷薇处处开》:

蔷薇蔷薇处处开,
青春青春处处在,
挡不住的春风吹进胸怀,
蔷薇蔷薇处处开……

当唱到"满地蔷薇是她的嫁妆"时,东北女人推开了舞伴,走到我跟前,问:"跳舞?"我没回答,她在我身边坐了下来,继续问:"怎么了,亲,你不高兴吗?"她捏住我的手,拉到她的腿上,"他们都是你的朋友吗?"

"我们都是同学。"

"就你一个人坐着,伤心了?喜欢巴黎吗?"

"你呢?怎么找到这个夜总会的?"我问。

"同学介绍的,今天没事来赚几个小钱。"

"怎么称呼你?"

"茉莉花。"

"茉莉花是你的艺名?"我问。

"你真逗,还有几个幽默细胞,你怎么这样安分守己,像我爷爷似的,他也只喜欢看,其实他会跳舞,他就是没钱,还怕伤了身体。"

"我的确是你的大爷!"我说。

随后我给了她陪说费,她笑了,站起来在我面前跳了艳舞,她真的长得不错,但想不到她是个大学生。我欣赏着她的舞姿和身段,感到快乐,一曲结束给了她钱,又闲聊了几分钟。她披上斗篷式针织衫,瞬间变身成了时尚巴黎女,她离开了。巴黎,巴黎,永远的美丽,茉莉花消失在舞厅外。乐欤一直在我们身边,他无限迷恋的,是她那南容般的身影。

子渊换了几个法兰西女郎,最后还是与朱丽叶,他灌她香槟、白兰地,朱丽叶没有子渊的酒量大,她脸色发红,在强光下显得柔嫩可爱,他带着她跳舞,已是三更夜,四小时不间断的疯狂,朱丽叶几乎不能靠自己双腿站立,她与子渊浑然成为一体。

舞厅里只有子渊还在疯狂,他想换个新舞女,老板告诉他再过半小时就关门了。意犹未尽,子渊仿佛置身在奇异阿拉伯天堂,他要他的金发女郎,他要他的混血儿,朱丽叶倒在他怀里,再也没有力气了,他抱着她出了舞厅,音乐突然停止了。朱丽叶不省人事睡着了,子渊叫唤不醒她,他将她放在沙发上,与她的肤色相比,他成了混血儿,子渊用他的外套盖在朱丽叶身上。

舞台后隐隐约约传来婴儿哭声,凄凄凉凉,冲破四更的黑暗,子渊他们被哭声惊醒,打了冷战,感到孤独,说不出的荒凉,再也没有精力了,像是被阉割了似的。夜总会老板与子渊告别,子渊付了钱,他有的是钱,给了朱丽叶好多的五百欧元小费,老板说:"兄弟,明天再来!"子渊说了再见,他拿了一大沓发票离开了夜总会。

进了保时捷时,子渊又兴奋起来:"兄弟什么时候去日本,到日本爱国一下!"原宪说那样是阿Q式爱国,子渊不同意:"阿Q怎么了? 阿Q是没成功的勾践!"

"哈哈!"伯牛、原宪、乐欬有气无力地取笑他。

(3) 洗礼

南容找乐欬谈话,乐欬满心欢喜,他扬眉吐气地走出葡萄庄园。他找伯牛喝茶,与伯牛谈了一次,伯牛听了高兴几天没睡着。伯牛这次来法国,原本是私访,侦查他老婆的事,他觉得他老婆与人有染,这个人常来法国做生意,结果无心插柳接了一笔大生意。乐欬吩咐伯牛与子渊谈谈,从子渊那里拨款,但这几天子渊不见了。

子渊不见了,他不回短信,不接电话,人也不在旅馆里。乐欬找到原宪,原宪这几天像二奶进了奢侈品商店,进了就不出来了,他纵情地采购,花钱似流水,最贵的医疗仪器,最昂贵华丽的东西,都是从毛阿大那里批下来的钱。

我过几天离开巴黎,想在旅馆里回请这次碰见的人,南容找借口没来,估计她还在生气。乐欬、原宪、伯牛来了,都说找不到子渊,乐欬借了我的手机给子渊发短信,谎称给他找到法兰西女郎,而且她同意为他生混血儿。子渊没几分钟就浮出水面,打电话给我:"好兄弟,找到了? 长得怎么样?"乐欬接的电话,他对子渊说:"你这几天混到哪里去了?"

子渊说:"一天只有二十四小时,时间不够用啊! 张大姐帮了我大忙,她是绝对忠诚的人,她是个大忙人。"我们哈哈大笑,子渊这几天搞上张大姐了,但谁都不认识张大姐。乐欬问:"谁是张大姐?"子渊没有回答。乐欬换了问题问:"今天有什么计划?"

子渊在手机里回答:"下午一点才起床,找张大姐喝咖啡,张大姐只给我两个小时,她离开后我找朱丽叶,朱丽叶晚上八点上班,我陪她去夜总会,然后我再去红磨坊,也许能在那里找到张大姐。我在巴黎认识了几个兄弟,你们猜他们是做什么生意的,你们肯定猜不出来,他们是法国政府军火商! 我们谈了几次,册那导弹的利润就是高! 从前我们卖花生,一船的花生卖给日本人,日本人给我们几台电视机,还记得那个时代没有? 时间不够了,今天我们去谈判,做导弹飞机生意。"

"你住在哪里?"乐欻问。

"兄弟,我不知道,是张大姐安排的。"

"你没被别人绑票了吧?"

"哈哈哈!兄弟,被张大姐绑票是男人最大的福气,但是,我没有被绑票。"子渊在旅馆里找地址,从旅馆信笺里读出法语字母。

我们上了保时捷,没几分钟就到了摇摇晃晃的巴黎老区,下车找子渊,卵石路被舞裙歌扇磨得光滑,犹如走在盛世唐朝的长安街。子渊的旅馆外墙是罗马帝国的石砖,攀爬着沿墙草,墙角下有白蜡树。走进旅馆,找到子渊房间,他开门,穿着法式睡袍开着胸,内间大床上睡着女人,粉嫩大腿上盖着绣花蕾丝。

"乐欻兄,原宪兄,伯牛,嘿嘿,聆海也在,我们去哪里啊?"他一把将乐欻拉入怀抱,吻了乐欻脸颊,接着拥抱伯牛、原宪,也吻他们。他拥抱着我,能感触到他的赤身体热,从来没和男人有这样的肉体感觉,我打了个寒战。他走到内屋那女人床边,弯下腰说:"我的四位兄弟来了,你跟我们一起出去遛遛?"那女人不是张大姐,但身段熟悉,女人要他早点回来,子渊套上衣服,我们五人走在卵石路上。

深入巴黎老区胡同,街上没人,只有中东人的家庭小餐馆开着,子渊说那是阿里巴巴夫妻店,店里飘出焙烘着的土耳其旋转烤肉香味。靠窗那位享受着土耳其肉夹馍,从小篮子里拿着针尖青辣椒咬着。老板捧着菜单出来,子渊用新打滚出来的法语与他交谈。我们进去点了菜,小锅淡菜加法国炸土豆条,土耳其烤羊肉甩饼卷,生菜沙拉和清汤。

"怎么住在这里,成了阿里巴巴的邻居?"乐欻问。

"你们不知道,阿里巴巴是智慧的象征,张大姐是异性阿里巴巴,我们在红磨坊认识的。说起游山玩水,她是先驱,什么都玩过。我告诉你们,我决定向张大姐学习,这下辈子就学做徐霞客了,册那,难啊!还要等大哥一句话,需他批准。"子渊有自驾美国游的打算,要我一起去,我只当他在吹牛,也就随便答应了他,子渊听了,感动得站立起来,他是真心感谢我,真的激动,他又一次拥抱我,这一次他吻到我的脸颊,嘴唇湿漉漉黏着土耳其羊奶,这以后是举起啤酒杯干杯,再一次拥抱我,他建议他们四人为我干杯,周游美国的事就此决定了,仿佛已经"歃血盟誓"过了。子渊是个疯子。

伯牛问:"张大姐什么时候过来啊?"子渊举起啤酒杯,对伯牛说:"我们干一杯!你也知道张大姐了,伯牛进步不小啊!"伯牛听不懂子渊的浑话,却还是莫名其妙地与子渊干杯。突然,乐欸、原宪、子渊三人向伯牛恭喜:"恭喜发财!"伯牛咧着嘴笑,子渊一拳打在伯牛肋骨上,说道:"购买美国房产赚百分之七中介费!"他替伯牛高兴,他要为他洗礼,他对伯牛说:"说起做生意,你是我们老同学中最早下海的。当年你成为省委头头的私人保健医生,搞了几百万美元跑了,到美国享福养老,真是三十年河东,三十年河西,现在变成贫下中农了,是不是?"伯牛一个劲点头,继续听子渊洗礼,"说到我们大哥,他最恨平均主义,最恨不劳而获,我这几天喝多了一些,但是我有了新思维,'前不见古人后不见来者'的新思维。伯牛兄,你找到你老婆的情人没有?"

没人跟得上子渊的思维,伯牛更是糊涂了,子渊又问:"找到他后,你有没有打算,敢不敢与他决一死战?敢不敢与你老婆离婚?"

原宪被逗乐了,问子渊:"这是你'前不见古人后不见来者'新思维?"子渊瞪了原宪一眼,对原宪说:"伯牛不懂,我可以原谅他,但你也不懂,为你担心,做大事的往往栽在女人身上,张大姐告诉我的。册那,看起来你们还是没领会婚姻的真谛,我再归纳一次,结婚是为了离婚!你看看你们,自己在巴黎吃喝嫖赌,与金发女郎亲热,却还在巴黎侦探老婆的情人!我忘记是哪一位革命领袖说过,'己所不欲,臭施于人'。"大家哈哈大笑,只当子渊喝多了,但子渊认真说:"我这个新思维就是……知道了吗?"大家又是一阵子哈哈大笑,取笑他的语无伦次,但子渊接着说:"我这个新思维是一个'忠'字,你们晓得了吗?"他环视在土耳其菜馆的所有人,然后继续说他的新思维:"这个'忠'字是'不二',原宪兄你说对不对?"原宪点点头,他懂得'不二'的含义。

乐欸没点头,他说这是孔孟之道。子渊拥抱乐欸,谢谢他的提醒,"对,对,新思维就是儒家",又说他已经能背《四书》《五经》,但没人相信他,子渊让大家拿出手机录像,他清了清嗓子,他竟然背出这样一段:"孟子见梁惠王,王曰:'叟不远千里而来,亦将有以利吾国乎?……'"没人知道子渊在说什么,伯牛在云雾里,等子渊背完《孟子》好几段,乐欤也认同了"不二",伯牛恍然大悟,他说他是最"不二"的人了。只剩下我了,他们目光盯着我,像是要吃了我似的,真要命!

子渊哈哈大笑起来,说:"在巴黎土耳其餐馆,有吃有喝,过着没老婆的日子,聆海是有老婆的,他是不一样的,连大哥和南容领导也拿他没办法,但聆海兄也'不二',他已同意了,答应陪我周游美利坚。"于是大家举行"不二"礼仪,举着酒杯干杯,一干而尽。子渊邀请老板娘唱土耳其歌,小餐馆内放响了土耳其音乐,婉婉动人,听起来跟新疆音乐差不多,老板娘唱了几句,乐欤与她伴舞,餐馆内一阵叫好声。土耳其老板也加入,跳起正宗土耳其舞,又一阵子喝彩。子渊替他们打节拍,没人懂土耳其语。子渊想起《吐鲁番的葡萄熟了》,他唱了新疆歌,为土耳其人伴唱,酒店欢乐达到最高潮,"克里木参军去到边哨,临行时种下了一颗葡萄……"

大家不免有些伤感,我也几乎要想家了,伯牛说子渊是个好宣传家,他真的被洗礼了。乐欤在伤感中放声大唱:"啊……引来了雪水把它浇灌,搭起那藤架让阳光照耀……"子渊跳起新疆舞,伯牛与原宪也跟着跳,似曾相识的一幕又来了。土耳其餐馆在疯狂中,巴黎老区的游客越来越多,中国人合唱伴舞成了景点。等这场结束,我们又莫名其妙地喝了个半醉。这几天不是熬夜,就是喝个半醉,时光倒着行走。

欢乐是要传染的,隔壁印度人饭店也响起音乐,跳起印度肚皮舞,唱《大篷车》。子渊接到手机电话,他迫不及待地找张大姐去了,乐欤要去见南容,我们也散了。这以后几天我学子渊,关了手机,关了短信功能,与子秀和小C好好休假,然后回到旧金山。……

一年多过去了,我也渐渐忘了那次巴黎聚会,直到有一天,子渊突然在旧金山出现了。

第 二 部

第四章　贾子渊到旧金山

（1）空巢与怀旧

去年巴黎的那两个星期,是昼伏夜游的颠倒,就像半夜看电影,大脑失眠,杂乱无章,用电影整流奔驰的思维,看了一半昏睡过去,起来什么都不记得。但还是记得我们的聚会,不知南容、子渊、原宪他们现在在哪里了。

回到加州一年多了,小C考上了杜克大学。小C来消息,说大C也被杜克大学录取,她们经常来往,住在同一幢宿舍大楼里。她们俩开始组织黑色露营（black tenting）,十二个同学睡在帐篷内,露营在二月寒冬的风雪天,为期四十天。问了好几次,小C解释了多次,我还是不懂这是为什么。查了杜克大学露营资料,说露营是为了观看一场球赛,不懂！我纳闷了好些天,感觉如同去年的巴黎之旅,半夜失眠看了半场电影,什么都对不上号。上次在巴黎见到大C,她给我留下很好的印象,小C、大C不会做怪诞不经的事。再查杜克大学篮球队资料,这才知道杜克大学有学生二月露营的传统,而且有几十年了,据说是闻名全美国一年一度的事件。

空巢生活多出了好多时间,我又重新拥有了自由,想做些过去企望着做的事。自驾横跨美国是很刺激的探险,我十五年前横跨过一次,现在想起路过的每一个城市,仍然是甜蜜的回忆。记忆,犹新的记忆,每小时一百多英里的放纵,让地球向你旋转,陌生的城市,下一个陌生的村庄,不知道会遇见谁,不知道他们喝什么酒,也不知道将是沙漠还是湖泊。咖啡店是每个地方的窗口,三美元一杯,坐到他们中间,看风土人情。记得南卡罗来纳州的星巴克,少年男女,胖乎乎都是白人,打牌中的打情骂俏;乡村音乐首都到处是爵士和蓝调音乐;到西部硅谷,星巴克里坐的是少年百万富翁,他们双眼盯在平板笔记本或手机上;到了旧金山卡斯楚街,光着上身的同性恋坐在半裸男人身上。从东部西进,是几百年美国人开拓的路线。

我常想再次自驾横跨美国一次,但总下不了决心,也找不到人做伴,但想不到第二次横跨美国,是从西向东。

(2) 货轮与奴化

谁也不知道贾子渊有多少财产,拥有几家公司,但他富可敌国是毋庸置疑的。同学们凑在一起,总谈论贾子渊,有说他发财了,说他不做总经理了,也有说贾子渊公司不景气了,说他去北京发展。最近传来的消息,说他生意又红得发紫,可见传闻的消息总不能太过相信。

子渊讲江湖义气,可为朋友两肋插刀。同学到上海,他都请客。旅居国外的同学越来越土,不知道中国的行情,一条比目鱼在美国售价十美元,但子渊请客的餐馆,这一道菜就要耗费上千元人民币,一顿饭下来,花上几万元人民币是常事。同样一杯星巴克咖啡,美国人喝习惯了,但子渊的五星级餐馆,这杯咖啡价钱能吓死胆小的。

子渊祖籍在安徽。曾祖父是淮军勇士,忠勇不怕死,拿着洋人的刀枪进了上海,平定了太平天国,他曾祖父一夜间发了,阔了,不知道哪里来的钱,用不完的钱,生了好多个孩子,他能在李鸿章的丁香花园进进出出。李鸿章没了,淮军被收编,他曾祖父又成了一个贫困潦倒的人。子渊祖父不知是曾祖父哪个女人生的,从小生活艰苦,没过几天富裕日子,他投靠了上海黑帮头子张啸林,勇敢不怕死,富了,说富就富,自己也不知道怎么去花钱。戴笠手下结果了汉奸张啸林,他祖父一夜间又成了流浪汉。子渊父亲不知是他祖父哪个女人生的,国民政府倒台后跟嫡母到宁波避难,之后再回到上海。他在一系列政治运动中也像祖辈一样,忠勇不怕死,一度红火,有用不完的钱,但不幸靠山又倒台了,他父亲也就那么回事了,就像老电影重放,他还是个穷人。

子渊母亲是浙江宁波人,子渊算是个正宗上海人,他说话带着上海大亨口头禅,每一段话迟早会有"册那"。这词到了子渊口头上,被他运用得得心应手,变化自如,册那是助动词,如果他用了主语"吾册那"或"乃册那",他在表达他的愤怒。

一月份一个星期天,我突然接到子渊的电话,巴黎聚会后他来的第一个电话,地区号是415,从旧金山打来的,我问:"你在旧金山了吗?"他在电话另一头说:"吾册那坐了一个月的货轮,才到乃册那旧金山。册那欧洲人不将印第安人就地奴隶化,非得把黑人抓到美洲来当奴隶,你说册那在瞎搞,是不是?"一段话用了四个"册那",可见他愤怒到了极点。我丈二和尚摸不到头,问他:"怎么坐货轮来的? 谁在这年代坐货轮?"

"你知道欧洲人为什么把印第安人杀绝了,为什么把非洲人从老远押来,伊册那是有道理的,我坐了一个月货轮想出来的。"他愤怒。

"跟你坐货轮有什么关系?"

"有关系的。你想想,做奴隶需要一个过程,是不是? 那些黑人在非洲被绑架,每天被鞭打,没东西吃,赤身裸体,被随便买卖。这还不算,他们被押进货轮,在大海里颠簸几个月,吃喝拉撒睡都在一个点上,黑兄弟跟我一样是陆地鸭啊! 吐呀! 册那吐了几个星期,看着大便吃饭,活不下来自己跳海,生了病的被人贩子扔进大海,吾册那想起来就怕。"我问:"看起来你晕船了?"他说:"能活着到美洲大陆,那些黑兄弟就自然奴化了。我告诉你,坐货轮漂洋过海是个奴化过程。"

"你呢? 也被奴化了?"

"差不多了。"

"你在哪个旅馆?"我问。

子渊自称是红顶商人,他是我认识的人中最聪明的之一,但他总被别人看短了,也许他希望被这样误判。在红顶商人世界里,都要装成孙子儿子。我开车到旧金山市里,在渔人码头边五星级旅馆找到了他,他开门,只穿了红色低腰三角短裤,他没感到不自然,倒是我感到有些荒唐,他挺着圆滑的肚皮与我拥抱,去年在巴黎已经感受过他的肉感,正想避开,他拉着我说:"册那,没有火柴,你帮我找一盒火柴来。"我说:"哪有在无烟房间抽烟的?"

他套上西装裤,我们下了楼。等他抽了烟,开口说起在巴黎的事,他说他在找每一个巴黎聚会的人。问他为什么,他也没说清楚,却只是语无伦次地说:"你答应我们一起周游美国的,册那忘了?我坐了一个月货轮就是来找你的!"

想起我在巴黎有过的承诺,真是后悔不及,我也不追问了。子渊这个疯子不想坐飞机,他要我陪着自驾游,随心所欲地游,虽然他疯疯癫癫的样子让我担心,但自驾美国游,横跨美洲大陆依然吸引着我。这些年在美国,家里、诊所两点一线,一年过去也记不得做了什么。我想出去走走,再次横跨美国,不是人到中年的危机,而是平庸,平庸得像个愚公,没月没日地移山。今天有了子渊,他不管天高地厚的德行,跳跃式思维,语无伦次地引经据典,让我本能地觉得这次旅行不会乏味。我竟然期待着与他一起出游。子渊说巴黎聚会这些人都在美国,赵原宪早就离开杭州,他可能要与子祺离婚。孙伯牛出事了,他被美国鬼子整了,关在监狱里。

他问:"怎么你什么都不知道?"我真的什么都不知道,还想仔细问个明白,他要去小便。他将冒烟的香烟递给我保管,自己找卫生间,回来抽完烟,回到他的房间,打开旅行箱子,拉开底层拉链,里面都是百元美金,他拿出一沓美金说:"这些钱放到你那里去。"我纳闷,猜测他是否出事了,问:"跟老婆吵架了?"子渊把我拉近,认真地告诉我说:"册那,我所有的离婚都离得漂亮,我们照样一起吃饭,她们还是我孩子们的好母亲,让她们看好我那些公司,要和谐社会,是不是?"我不知道他到底离没离婚,但他带着巨额现金,坐一个月货轮漂流,准备横跨美国,像是男人中年危机,但自驾美国也用不了这么多钱,他说还有现金在路上,他不希望在路上用信用卡,我真的替他担心了。

"有没有枪?哈哈,我们俩'福尔摩斯与华生医生'周游美国,寻找兄弟们,送些钱给他们,怎么样?你决定了没有?"子渊盯着我,等待我的回答,他急了,又抽起烟来,这次是在自己房间。我说:"子秀正在上海休假,她公司三个月的 sabbatical(西方学术机构或大公司的长休假),反正家里没人,女儿又在杜克,也正想去看她,好吧,我们一起去兜风。"子渊抽着烟与我拥抱,没有了他的肉感,他的烟味也让人不好受。

我们这次周游美国就这样开始了,从旧金山出发。

(3) 林肯美人

一月的旧金山风和日丽,犹如早春,金色的山坡被风雨吹出"爱尔兰"的绿,渔人码头到处是人,喧闹中集市繁华,娱乐场的旋转灯马,街头表演的四重唱,天上的海鸥,海狮在礁石上晒着太阳。我们在街上结识了一位朋友,他是老潮州人,在这一带卖加州的邓津大蟹。子渊爱吃,让潮州人新鲜蒸了几只,调料是生姜、酱油、镇江醋,喝着啤酒到半醉,起身去坐帆船,冲着太平洋的海浪继续喝。

帆船上有欧洲女人、美国中西部牛仔女郎以及胆怯的美国东部人,子渊随着酒兴请大家喝酒,"类的士、吉托梦,海北伯士头!"海水拍打到帆船沿上,大家喝起了酒,跟着子渊唱"海北伯士头",帆船上人都真以为是我的生日,向我祝贺,子渊的游戏,已在巴黎领教过一次,我也不再惊讶。帆船在金门大桥下停了下来,四周空冥,海色烟茫,向西的太平洋是子渊货轮驶来的地方,大家寻找快乐,疯狂,唱着《生日快乐》……过了两小时,帆船醉醺醺地回到渔人码头靠岸。

第二天晚上子渊打电话给我,抱怨旧金山像乡下:"才九点灯就灭了,就连同性恋也躲起来了,册那,这算是美国吗?"我知道他的醉翁之意,他找不到旧金山的红灯区,在 Geary 大街游荡,进了一家按摩店,九点后被人赶了出来。也不知道他的世界应该是白天还是黑夜,他本来就是个夜神仙,在美洲大陆倒时差,他横竖睡不着,走到渔人码头,在商店里买了一份《世界日报》,想找到旧金山的金发女郎,他高兴得不得了,过了十二点他又来电话,兴奋地说:"要金发的还是红发的?Blonde 是金发,册那 brunette 是什么颜色啊?"

"你半夜三更研究什么女人头发颜色,还非得来咨询我?"我倒头睡去。

"不问你问谁啊?"

"Brunette 是黑色。"我随便给他一个答案。

"册那,黑色是 black,brunette 肯定不是黑色。"

我只好认真回答他,说 brunette 是黑棕色,他接受了。第二天中午他来电话,要我马上过去。我开车到渔人码头,他陪我到旅馆停车场,打电话给旅馆服务员,没几分钟一辆黑棕色的林肯 Navigator 停在我们面前,"哈哈!"子渊高兴极了,说道,"明天我们启程,横跨美利坚,由你驾驶这个 brunette 美人。"看来再也拦不住贾子渊了,他什么都有了。

这两天与子渊待在一起,他的兴奋状态有一种传染性,我仿佛回到大学时代,在校园的旧宿舍里,半夜依旧灯火通明,直到强行熄灯才去睡觉,就这个感觉。子渊要去洛杉矶找伯牛。我问他伯牛到底怎么了,他总藏着什么,说:"兄弟,你会知道的,有的是时间,我们路上聊。"我们决定先去洛杉矶,但我怎么也没想到去监狱看望伯牛,也许正是这个原因,盼望着早些开始这次旅行。子渊接着说:"这次旅行,我们想到哪里,就去哪里,人到我们这个岁数,该是发财花钱的时候,我爷爷的爷爷是这样,爷爷和爸爸也是这样。册那我告诉你,趁发财的时候好好享受,不知道什么时候钱就没了。放在你那里的钱如果不够,我再去拿些来。"被他这样一说,我想起他父亲,在大学时候见过一面,也是他这样一口一个"册那",但他比子渊更追求刺激,有永远说不完的话,而且永远自吹自擂。

我们在渔人码头逛街,购买了价值一千多美元的旅行必需品,从矿泉水、土豆片到子渊的香烟、啤酒,再到药品、电池、充电器、苹果手机、电影光盘,能想到的都买了。我回家准备,说好明天一早到子渊旅馆碰面,开始这次自驾美国游。

第五章　从旧金山到洛杉矶

（1）俄罗斯河的错爱

　　林肯 Navigator 成了子渊的 brunette 美人，子渊等不及，他要坐着美人去周游，这天半夜三更他又打电话找我，说周游美国从四更开始，还没等我同意，他的林肯美人已在我房子楼下。他倒着时差，像吃错了兴奋剂似的双手摩擦，四更的精力也能跑出几个马拉松。我开始后悔，怀疑自己的决定有差。子渊不由分说地拉我上了林肯美人，他踩上加速油门，嚓嚓，我们行驶在旧金山旧城区的老街上。

　　旧金山旧城坐落在陡峭的山坡上。子渊驾驶着林肯，今晚他没喝酒，但总感到他驾驶得天地颠倒，让人心揪。林肯美人直立着爬坡，豪宅沿着车窗下丢。我们躺在半空中，到了一个山坡顶，喘了一口气，顿时看见整个沿海山脉的灯火，辉煌蔓延长达几百里。我摇下车窗，感受海风吻着的月亮，感受云中舞蹈着的棕榈树，感受朝我们走来的金门大桥。上天怀抱着旧金山，沉默中的三藩市，却似乎又在唱着《我心留在旧金山》：

　　　　巴黎的美似乎带着伤感的快乐。
　　　　罗马的辉煌今已不再。
　　　　我一直非常孤独，被人遗忘。……
　　　　旧金山，我回到你的怀抱，你那金色阳光为我照耀。

　　林肯美人停在山坡顶上不动，直到后面的人按了喇叭，打断了我的唯美思绪，子渊却高兴地说："双子峰，册那，这个名字好。"他也按了两下喇叭，我们横跨美国就在四声喇叭声中。下坡的路简直是悬崖峭壁，连子渊也倒吸一口气,林肯美人在通往金门大桥的隧道里,出了隧道,随着车流过了金门大桥,才知道在向北行驶,继续随心所欲地行驶,过了美丽小镇索萨利托(Sausalito,金门大桥北面的旅游小镇),我对子渊说:"离洛杉矶越来越远了,你这样小方向随心所欲,我们永远到不了洛杉矶。"

既然错了方向,随着兴趣去了索诺玛和纳帕谷,北加州产葡萄酒圣地,向东沿116号公路到12号公路,穿过纳帕谷的心脏,左右都是葡萄园,犹如去年在法国香槟省葡萄圣地。我们退下林肯美人车窗,露着胸怀享受加利福尼亚美景。山谷还沉着仙雾,满山遍野是没有树叶的葡萄藤架。我们将错就错,沿着12号公路的另一端,向西,不知行驶了多久,再也没有土地了,林肯美人停在俄罗斯河镇(Russian River,北加州太平洋边上小镇)的悬崖上,俄罗斯河在羊岩滩注入太平洋。子渊惊讶着,不停地赞叹气势磅礴的北加州地貌,但总觉得错了什么,我们横跨美国的第一个早晨就错了,莫名其妙地来到俄罗斯河,子渊说:"美洲大陆跳入太平洋,册那,我们这是结束还是开始?"但四周景色神圣,岩石雄伟,当太阳升起在东方的地平面时,岩石上的大海是嫩嫩的早晨。

"记住了,向南,向南去洛杉矶。"子渊同意这个方向。林肯美人在海雾中飞翔,感觉不到车轮下公路,沿1号公路返回金门大桥,过中央公园。饿了,我们都饿,从中央公园向右,好不容易找到中国人饭店,陕西兵马俑饭店。子渊兴奋极了,隔着橱窗看菜单,有陕西羊肉泡馍、肉夹馍、辣子炒肉夹馍,但饭店还没开门!只好再上车,真是沮丧,像流浪汉一样等饭店开门。我们开着林肯美人沿着旧金山落日大道向南,发现一家咖啡店开着门,我们进去要了两杯黑咖啡,两只大松饼。去二楼的洗手间方便,发现里面全是涂鸦。

出了咖啡店,精神焕发,我们继续驾车沿着1号公路向南,左面是默塞德湖,右面是太平洋与海滩,雾气渐退,神仙般的景色,我们不得不停下来,走出林肯美人去感受天色湖海。子渊兴奋,拿出手机拍了三百六十度全景,就是不能将他自己摄入其中,他大声感叹大自然,仰望飞翔的群鸟,丝柏勾画的天空,他诗情大发,喊道:"旧金山,大自然。"他觉得要押韵,于是改成：

>我在旧金山路上，
>风是大自然，
>树是大自然，
>鸟是大自然。
>我站在湖海之间，
>天空是大自然，
>山脉是大自然，
>湖与海是大自然。
>在这个盛世里，
>疯狂继续
>全是大自然，
>册那，我也是大自然！

从来不知道子渊会写诗，他的即兴诗很有风格。我们继续向南，今天的目的地是洛杉矶，从凌晨到上午十一点，我们还没有驶出旧金山，这样随心所欲是到不了洛杉矶的，于是我们决定再也不在半路停留。

一杯咖啡，一只大松饼维持我们两个小时，饥饿成了我们唯一的感觉，斯坦福大学离我们不远，林肯美人几个转弯到了帕罗奥图（Palo Alto，斯坦福大学所在的城市），从大学街不远处传来电吉他伴奏的合唱声，我们循着歌声前往，原来是农贸市场的四人唱。停了林肯美人，步入农贸市场，找到垂直烘箱里烧烤着的全鸡，没有比烤鸡更诱人了。子渊排上队，给人家一百美金大钞。摊主是红头发白人，找了子渊零钱，将烤鸡包好，送上免费烧土豆条。我们终于有吃的了，走到农贸市场中心水果摊，尝了免费水果，赤血橘子、脐橘、大葡萄，一口一个大葡萄，甜甜地注入心脏。音乐再起，这次是无伴奏合唱《老枪的儿子》，好些人围观。太阳已在头顶向西，我们找到一个空位置，吃了烤鸡和土豆条，满足了，再不饥饿，与音乐和快乐同在。

我与子渊约法三章，除了需方便之外，不再停车。我们再上林肯美人，决定改走5号公路，横穿沿海山脉，绕过圣路易大水库，驶入美国西海岸两大山脉腹地，避开海岸线，避开旅游点，让林肯美人在中央谷地展现她的威力。我告诉子渊，横跨左面内华达山脉，我们可以到拉斯维加斯。子渊听了，几乎要从林肯美人窗口飞出去，但今天我们不去拉斯维加斯，而是向南去洛杉矶。他伸手到车外，抓了一把空气，闻了一下，哈哈大笑起来，笑声震动着林肯美人，他笑着问我："牛粪，你闻到伯牛兄味道了没有？"

（2）伯牛与翁梅秀才

林肯美人终于展现了威力，时速一百英里，车内平稳就像在电影院。中央谷的农田和沙漠，与林肯美人擦肩而过，只有飞虫打在车窗前，留下淡淡液体，行驶了几个小时，还在中央谷的七百多公里道路上爬行。

子渊说起伯牛："伯牛一直运气好，他是湄潭县人，老红军的后代。册那，我要也是这样的红二代，我不会在这里给你当驾驶员的。伯牛分配到贵州，做了贵州省头头的私人医生，在贵州通了天。册那，伯牛兄靠着贵州人这些东西，分了几亩地就去了日本，上世纪九十年代就躲到美国来了。"

伯牛的家谱也很有意思，他高祖父是一个季节农民，农忙季节沿山挨村帮人做农，没农活的时候，闲在山里找寡妇寻开心。石达开西征打到贵州，他高祖父等着均田，反正闲着没事，参加了太平天国。石达开军队被湘军击败，退到广西，他高祖父被关在河南监狱里，谁都不知道他怎么出来的，他娶了个女人，养了几个孩子。伯牛曾祖父也一样，袁世凯在的时候河南闹饥荒，白朗起义了，他曾祖父拿起铁耙参加了起义。白朗军被袁世凯军队追着打，败了，他被袁世凯关进监狱，过了几年他溜达在老家街上。伯牛的祖父仍然是一个季节农民，第二次北伐战争后，又有农民起义，这次是工农红军。他祖父参加了红军走长征，走着走着走散了，被国民党抓了，关进监狱，后来不知怎么也出了狱，还是回到湄潭县老家。轮到他父亲的时候没有农民起义，"文革"的时候乱哄哄，他父亲以为又起义了，轰轰烈烈闹了一场，被关了几天监狱。到了伯牛，真的没有农民起义了，孙家终于出了个秀才,几千年来的第一个大学生。

翁后处是省医院护士,据说是翁同龢的后代。翁后处出生在北京,跟着父母到的贵州。她见过世面,听她父亲讲过朝代更替的故事,知道纨绔子弟的来来去去,她不知道怎么就喜欢上伯牛,喜欢伯牛不一样的穷样,他穷得有潜力。伯牛被公派到日本留学,翁同龢的后代与湄潭县穷小子结了婚。现在没人知道翁同龢了,他可是清朝末年两代帝师。

子渊说:"伯牛兄如果还在中国,他说不定也是帝师了。上世纪九十年代我们在北京碰面,册那,他跟着领导调到北京,拥有非凡的人脉,就拿了几百万美元投资移民了,肯定是翁同龢后代翁秀才的馊主意。哈哈,翁同龢会写几个破字,我们跟翁秀才那里买几幅翁同龢的字迹,怎么样?"

"别开玩笑,伯牛怎么被美国佬关进了监狱?"我问。

"这正是我们去洛杉矶的原因。"

林肯美人在飞翔,请子渊驾驶得慢一点,他抱怨中央谷高速公路太直。谈起伯牛与翁后处,中央谷也不单调了,他说:"钱是个催化剂。伯牛与翁后处,穷人和穷人结婚,册那,加了钱就催化成怪东西。你不要以为我这个人不懂,我也读过大学,这个你可以作证。翁后处有了钱,就真像一个翁同龢的后代了,那个贵族显郝样子,成了翁梅秀才,《金瓶梅》的梅,哈哈你懂的。但伯牛不一样,上次在巴黎,你老兄挑他上梁山,又发大财,册那,伯牛有钱催化成什么了?册那他不催化,他还原!他还原成贵州流氓,谁懂这个化学公式?哈哈,他什么都不干了,辞了工作,专找寡妇寻开心。我告诉你,有梅秀才这样女人,不能随便寻寡妇找开心的!"

子渊驾驶得太快,我又提醒了他一次,让他慢下来,他却在兴头上,踩着油门追赶所有车辆,就像穿梭在上海弄堂里一样,从车群中找出夹缝,超赶。他喜欢读别人车牌,仿佛在解密甲骨文。车速每小时一百一十英里,林肯美人从车群中穿出,又向前一群穿入,加速到最前面,轻松地擦着一辆长卡车开。那辆长卡车像火车,红头发胖子坐在驾驶室,跟着子渊哈哈笑,都像吃错药,他给子渊一个翘中指,十分满意的一个中指。子渊得到足够刺激,继续讲翁后处的故事,他说:"我活到这个岁数,得出一个结论,一个已婚的女人还上学,还读书,她就是不满意,你说对不对? 梅秀才在美国玩股票,美国股票泡沫破了;她上电脑数据库课程,册那美国电脑产业玩出泡沫,莫名其妙破裂了;她改上房地产课程,咦! 美国房地产也就泡沫了,册那也破裂! 哈哈哈,梅秀才是美国经济克星。她上次到上海,我请她吃饭,她对上海股票有兴趣,我这个人迷信,马上卖了我所有股票,抛了我所有上市股,赚了一大笔钱,见到先知就得相信先知,这就是信仰,对不对? 我这次见到梅秀才,一定要好好拜谢她。"

"失败是成功之母,她失败三次,说不定她现在很成功!"我说。

"对呀! 失败是妈妈,梅秀才到底有几个妈妈,三个还是四个,我们到洛杉矶就知道了。至少有三个妈妈,美国股票泡泡是她一妈妈,听说她在上海玩股票很成功。美国科技产业达康('.com'的中文译音)泡泡是她二妈妈;美国房地产破裂,她有了三妈妈,她跑到中国玩房地产,妈妈让她成功。"

"那她的四妈妈又是什么?"我问。

"伯牛兄可能是她最大的失败,咦! 她就有了四妈妈。"子渊就是会捣糨糊。

"四妈妈也让她成功?"我再问。

"四妈妈肯定让她成功,还记得伯牛去年为什么到巴黎吗? 册那,他在侦探,暗里跟踪梅秀才情人的踪迹。"

"照你的理论,翁后处有了新男人?"我问。

子渊重重地按住喇叭,一声鸣叫,他大声地说:"洛杉矶,我们就要知道了。"说话间,五个小时就这样快速流逝了。我们实在憋不住,下车到加油站方便,才知道已经进入横向山脉里,穿过这些山就是洛杉矶。我们在加油站又买一大包东西,重新回归林肯美人,一个油门,驶入横向山脉,爬坡,继续爬坡,然后像滑翔机一样飞下山脉,我们兴高采烈地进入洛杉矶高速公路上。

子渊的GPS指向罗迪欧大道(Rodeo Drive),全世界闻名的奢侈品店林立大街左右,好莱坞的比弗利山庄,翁后处就住在这附近。观看罗迪欧大道的服装潮流,感觉时空变化,不再为巴黎骄傲。这里的时装展现西部牛仔风格,土旧色衣服毫无光彩,却风流出牛仔马匹与枪支的坏色,只有女人肌肤性感艳丽。子渊懂得规矩,给翁后处买进门礼。我们进入一家精品店,里面五花八门什么都有,首饰、玉器、英国乡村油画、刻着日本文身裸体女人的版画,角落里挂着钉着耶稣的十字架,下面是两个中国童男幼女接吻的根雕。罗迪欧精品只追求感念,不分新旧,只要你喜欢,他们找出甲骨文来卖,价格永远是糊涂,没人讨价还价。走出这里的精品商店,别想找相同的玩意。子渊买了好些礼品,他喜欢这些。

找到翁后处的别墅,敲门。翁后处开了半个脸的门,没等子渊露出笑脸,她狠狠地砸上门,非得砸出重重的响声,犹如给了子渊一个清脆的巴掌。翁后处在墙内喊:"走开,不走我要喊警察了。"我拉着子渊到街对面,让她有足够的安全感。子渊被她搞糊涂了,他还想过去,我拉住了他。我拿了子渊给翁后处的礼物,独自小心翼翼地想再去敲门,子渊叮咛:"册那,伯牛的女人厉害啊!你小心她放狗出来。"

我没理他,过了街再敲门,翁后处开门放我进去,马上又关了门。她穿着白色半透明短款上衣,黑色条纹降腰半身短裙,露着性感小肚,真看不出她是有两个孩子的女人。她警告我:"你如有诡计,我把你也告到警察局去。"

"你不认识贾子渊了?他千里迢迢特意来拜访你们的。""认识他,贾子渊!看他玉树临风,英俊潇洒,想必一定是人渣中的极品!"后处说。我更加糊涂了,想问个明白,她接着说:"和人接触时间太长了,我现在喜欢狗,狗永远是狗,但人有时候不是人。"看起来她与子渊关系不怎么样,替子渊呈上礼品,说明我们来意。与她聊了几句,才知道她与伯牛早就离婚了。

我问:"怎么与伯牛离婚了?"

后处说:"我也不知道,你说我家的奶牛好好的,去了一趟巴黎,不在家吃草了,就这样飞走了。但你那个子渊兄弟是坐过监狱的,我本来早就忘记这厮的模样,印象中他长得胖,像得了前列腺,尿尿都会有分叉的。"我还是糊涂!问明了伯牛监狱地址,我刚想离开她的豪宅别墅,见有一辆奥迪

049

车慢慢驶进,翁后处下了逐客令,我只好退出。

子渊听了,哈哈大笑起来,连声说厉害。我们上了高速公路,像逃离追杀一样快速,直到肚子饿了,想吃饭了才慢了下来。从公路广告牌上看见韩国豆腐店,寻找过去。豆腐店像大食堂,满屋子的吃客,子渊上前给足了小费,有了座位。在印象中,韩国女人的脸总像葱油饼一样圆,以前的朝鲜电影都是如此,但豆腐店的韩国女人是瓜子脸、苗条身材,好莱坞明星一样美丽,子渊喜欢上韩国豆腐店了。泡菜、滚热的辣豆腐汤、韩国棕色糯米。豆腐店吵闹,根本听不见子渊在说什么,但我们听到了世界上最响亮的笑声,笑声穿过重重吵声,传到我们的桌上,转头去找,见到一位金发女郎,漂亮极了,坐在她对面是黑女人,笑声来自她们,快乐属于我们。

吃完饭,再不想赶路了,回到罗迪欧大道,找到一家五星级大旅馆住下,与子渊交谈,说起伯牛与梅秀才已经离婚,子渊反而高兴,他赞扬伯牛高瞻远瞩。网上找到监狱位置,打入伯牛的名字,竟然找到有关他案子的报道,连照片都有。说伯牛在一个晚上刺伤翁后处女士,伯牛自己报的警,洛杉矶警察包围了他们的别墅,伯牛举着双手投降,他自己走进美国佬警车,毫无畏惧,就这样被美国鬼子关了。子渊听着我的翻译,一个劲地点头,赞赏伯牛的英雄气概。

在比弗利山庄的五星级旅馆,按了电梯,像乘火箭一样上楼,到了自己的房间洗了就睡。今晚睡得好,子渊没有找中文报纸。

(3) 梅花为谁开

第二天早上在五星级旅馆吃了早饭,坐进林肯美人,去监狱找伯牛。继续朝南,向圣地亚哥方向,一小时后到了监狱。子渊有经验,走入大厅办理手续,里面都是穿深蓝警服带电棒的美国佬,威严得让人战战兢兢。我们找到个头最矮的小警察,问他:"伯牛·孙是不是在这座监狱?""查理,伯牛·孙是不是在重刑犯楼层?"矮个子声音特别洪亮,大嗓门冲着我们来,几乎震破我的耳膜。将矮个子的话翻译给子渊,子渊用拳头打在我胸口,连声说:"高级别!册那,伯牛兄厉害!"我瞪了他一眼,让他别与矮个子美国佬比嗓门。

到监狱找大学同学,真感到荒唐,这辈子第一次来监狱,一来就到重刑犯楼层,人生真是一场游戏,今天见世面了。查理全副武装,高高个子,带我们进入一间房间。里面全是探狱的人,黑人奶奶躺在座椅上搓肩,她的混血孙女玩着手机;墨西哥妈妈吆喝着,露着屁股男孩发着羊痫风。等了好久,查理再进来,带我们进到里间,我们掏空口袋,抽去皮带,子渊的圆肚皮撑不住裤子,每走几步得提一下,他哈哈笑了,问我:"大嗓门和高个子会不会是同志?想调戏我们不用扒我的裤子,册那,我的裤子自己退下来了。"

"这世界上没人想强奸你!"我没好气地说。子渊不同意,反驳说:"我看过美国电影,重刑犯监狱里,乱得一塌糊涂,台湾小男人成了大姑娘,册那,我们进去见识见识。"他睁大眼睛,等不及就想进去。电梯门开了,里面坐着一位低能儿白人,和蔼可亲,跟高个子和大嗓门交接班后,驾驶电梯到大楼第十四层,跟我们挥手告别:"一小时后准时来接你们!"他驾驶电梯消失了。

我们俩挤在一个小房间里,隔窗厚厚防弹玻璃是小房间另一半,墙上两部电话,伯牛还没来。左隔壁小房间里,呆呆坐着墨西哥妈妈和她露着屁股的儿子;右边房间是黑奶奶和混血女儿,混血女没了手机,看起来也是个低能儿。子渊与他们打招呼,隔着玻璃向女人们问候:"猴渡有堵?(英文,how do you do?)"墨西哥妈妈有礼貌,拉了一下她露屁股的儿子,说:"Hola(西班牙语,你好)。"露出残缺不全的牙齿。正想与她们说话,小房间那一头门打开了,荷枪实弹的狱警站在玻璃窗对面,伯牛靠着墙站着,橙色囚服宽大了一点,他剃了个光头,像少林弟子。子渊向他招手,伯牛眨了眨眼,仍然站立着。

隔着玻璃窗提起电话筒说话,听不出伯牛在说什么,直到通话时间开始,子渊迫不及待地问翁后处的故事。伯牛说翁后处变了,她嫌伯牛太土,当初她就喜欢伯牛的土气,伯牛说翁后处有外遇。我替伯牛难过,但伯牛自己并不难过,也不生气,带着微笑说着他前妻的故事,像在闲聊隔壁邻居的桃花史,他说:"在家里,她从来不带孩子,孩子上托儿所,买衣服,孩子的家庭作业,这些她都不管!几乎每天晚上都很晚回家,在外面有应酬。"子渊说。"册那,她厉害,简直是我的妹妹。"

"做房地产生意的就是这样应酬多。"我说。

"真的!子渊说得正确,她也想生个混血儿!"伯牛说。

大家都哈哈笑了起来,近墨者黑,伯牛的笑声也比以往响亮。哈哈笑笑聊了几十分钟。伯牛早就不工作了,贵州的关系网也早不存在了。他去贵州重建关系网,花了不少钱,现在的潜规则费连伯牛都怕,做不了生意。翁后处去了贵州、上海、北京,她美丽得像电影明星,又是电脑、股票、房地产专家,成功比喝酒还容易。她跑来跑去,认识了香港大老板,他们俩搞上了,香港大老板跟着翁后处到的比弗利山庄。翁后处与伯牛少不了争吵,少不了要离婚,少不了要打打闹闹。

"我从巴黎回来,满心高兴,忘记了对翁后处的愤恨,想与她重新修好。我孙伯牛做成了一笔大生意,又成富人了。但那一天,家里的门反锁着,进不了自己家的别墅,按了门铃,没多久一辆陌生轿车从车道驶出来,隐约能看出里面的男人。翁后处这才开门,穿着鲜艳喇叭裙,靠着门框嘲笑我:'长出息了!姑奶奶教你挥棒,你却练剑,你上剑不练练下贱,这几星期去哪层地狱舞贱啊?'"伯牛学着翁后处的声音,子渊听了目瞪口呆,伯牛接着说:"我推开她,进了自己家别墅,闻到男人香水,我生气了,但我是个通情达理的人,我们自己在巴黎灯红酒绿的,翁梅秀才想生个混血儿也情有可原,我还想与她修好,她却不是这样想的。"伯牛停了下来。

子渊说:"册那,女人想生个混血儿跟我不一样,我们谈情说爱都是废话,她们往往会先动真情,翁梅秀才爱上了?"伯牛:"比弗利山庄到处是豪宅,美国电影明星,世界富豪都在这里,现在中国土豪也来了。翁后处做中国人房地产买卖,有一次她去经手一幢别墅,两层楼西班牙式建筑,像欧洲皇宫,几公顷的花园,数不清雕塑喷泉……"子渊插嘴说:"册那,我们容领导就想买这样的别墅,你办得怎么样?"我踩了子渊一脚,让他闭嘴,伯牛继续说:"西班牙别墅空着,她有钥匙,我总觉得她在别墅里撒腿。有一次她主持别墅公开参观日,我躲了进去。等参观结束,人群散尽,有一辆轿车进来,她却上楼到主卧室。她摸了摸床被,满意了,放下长发,松松地披在肩上,乳黄色喇叭裙,我也被她动情了。从后门上来一个男人,一脸整齐的胡子,长得高大,衬衫纽扣早已敞开,她叫他大卫,大卫见面就动手,抱着她就上床。他妈的,这厮功夫好,比子渊兄的好,就是不完成他的事,将床单盖在她身上,她脱了衣服,大卫这厮却走进浴室,自己洗干净了抱着她去洗,他是情场老手。"

子渊哈哈大笑起来,说:"大卫是按摩师,不是情夫!就为这个你拿刀动手了?"

"是情夫!难道我错伤了她?不可能的!哈哈,我还没说完呢。我躲在角落不知道该做什么,大卫是老手,他妈的就是不急,他将梅秀才翻过来倒过去地按摩,让她先发情,直到她失去理智……大卫还是无动于衷,老熟的他完成热身运动,才将他的胸膛贴到她的脊梁……一小时后大卫才完事,别以为这就完了,那厮将她抱起,抱到漂满花瓣的浴缸里,又为她按摩柔压一遍,她闭着眼睛,享受着,说整个中国只有她有过女人的幸福。"子渊听了,好久没有说话。

我问:"就为了这个,你跟她离婚了?"还没等伯牛回答,子渊突然醒过来,他插嘴说:"你在医科大学时候读了些什么书?册那,怎么不知道女人的事?"

伯牛说:"你当然是专家!"

子渊说:"哈哈,兄弟,我告诉你,大卫不是翁梅秀才的情人,即便他真的追求她,他也是另有所图,他是个阴谋家,你要当心了!"伯牛问:"哪个革命领袖的理论?"子渊回答说:"这个也不懂?册那,我问你,我们在巴黎出钱找乐子,就图个高质量服务,知道谁对谁提供服务,想通了没有?大卫很明显在向梅秀才提供服务,这点毫无疑问,有没有疑问?"他停了下来,没人反对他,子渊接着说:"如果他拿按摩师钱,他是一个杰出按摩师,但他拿'我爱你'钱,他比我们想象中更高明,他另有所图,有阴谋。"

我问子渊:"你懂得爱?"

053

"哈哈哈,大医生挑战我了!我告诉你们,听好了,世界上没有册那的爱,都是幻觉!容领导有吗?伯牛有过吗?原宪?乐欤?张大姐有若有吗?"他看了看我,变了口气:"也许你有!"

我说:"你是吃不到葡萄,就说葡萄酸!"

伯牛说:"我们巴黎那些事,翁后处全知道,我想我们俩打了个平手,为了孩子,我将就着她。"子渊点点头,大声赞同,说:"你们俩各自挣大钱,各干各的,和平相处,这才是真正的现代人!""你到监狱来布道了!"伯牛哈哈大笑,又说:"结婚就是为了离婚!"我不再问伯牛离婚的事了,心想他与翁后处这样一对混混,守在一起才是奇迹。

子渊问伯牛:"容领导的加州别墅买下了?"伯牛结结巴巴起来,说他自己在美国开了四家公司,在南非与翁后处一起开办了一家公司,准备收购南非金矿,都是翁后处的主意。她看不起伯牛的生意头脑,说他是一个'人见人爱,花见花开'的极品。翁后处教他做大生意,他听得糊涂,子渊早就明白了,说道:"梅秀才厉害,她懂这一套,就像在孤岛上开家公司,将钱从人民公社转出来,转来转去,啪!一家公司倒闭,钱就没了,人民公社大锅灶没米了!梅秀才的南非金矿是个噱头公司,她让你投资,你册那将容领导的钱投进去了?"

伯牛没回答,子渊瞪大眼睛,他被刺激了,拍着玻璃窗说:"奶奶的,厉害!我给你的那三千五百万美元,是雇你做两件事:买一处地产,将大C送进小C的大学。钱呢?"伯牛吞吞吐吐,子渊已经知道了大半。伯牛用这些钱在杜克大学建立基金会,等大C上学后,他将钱从基金会转移出来,放在翁后处的南非金矿账号里。之后,翁后处将钱提走了。

伯牛说:"翁后处答应与大卫分手的,她说我们重新和好的。"

子渊问:"你相信翁梅秀才这一套?"

伯牛回答:"我们的确好了一阵子,直到有一天半夜,她在自己家后花园与大卫约会,我他妈的真的受不了了,提出离婚。"伯牛又讲梅秀才搞外遇,子渊不在乎这些。翁后处要跟大卫结婚,才知道大卫是个六十多岁的老头,伯牛头撞墙问她:"为什么?为什么?为什么放弃比弗利山庄的家,跟六十多岁脏老头结婚?"翁后处说不出道理,但伯牛在南非账号的钱没了,被她提走了,这笔钱后来被大卫脏老头骗去了,伯牛是赔了夫人又损钱。他在南非的仓库里堆了一仓库石头,没有金子,破石头拥有权在他公司名下,一笔糊涂账,三千五百万美元就这样没了。

子渊不相信这个说法,他听了哈哈大笑起来:"啪!啪!册那你们的南非金矿公司就这样倒闭了?厉害,我也常用这个方法,你的保释金是多少?"伯牛说:"一百万美元。"子渊问:"想不想出来?伯牛兄,我保你出去,替你交一百万美元。你出去后找脏老头要钱,想不想?"伯牛竟然没答应保释,奇了怪了!

低能儿白人出现了,一小时探狱时间结束。子渊答应明天再来看他,再三叮咛伯牛:"你这次失败的妈妈还没有成功,你好好想想,明天就可以保你出去,然后跟我们一起自驾横跨美利坚,找金发女郎,生几个混血儿出来。册那,我这次来美利坚,坐了一个月的货轮,刺激!打算到洛杉矶山上骑马,拉斯维加斯去跳楼,人生得意需刺激!但与伯牛兄相比这些都成了毛毛雨。厉害,重刑犯牢房,被美国佬整,给你两个赞,明天我们再聊。"伯牛哈哈大笑。我们被低能儿白人赶了出来,伯牛在电话筒里喊:"去看看我的两个女儿!"我们答应了他。低能儿白人开了电梯门,驱赶着我们进去,还没站稳,我们就被赶出了监狱。

(4) 伯牛的幽默

坐进林肯美人,回到比弗利山庄,找到一家日本料理店。排队等座位,子渊没这个耐心,他又是个大能人,总有他的办法,没几分钟我们就坐在寿司吧前,欣赏日本厨师刀技。子渊说:"旅馆走廊墙上有照片,好莱坞天文台上能骑马,能看到整个洛杉矶,就像巴黎蒙马特高峰,你们旧金山的双子峰,我们一起去骑马?"

"我只骑过一次马。"我说。

"我连马屁股都没碰过。"子渊说,但他真的想去。

穿和服的日本姑娘端来刺身拼盘、酱汤、生菜色拉、盐烤秋刀鱼、日本乌龙面,经典的日本精细美观。黄狮鱼是从东京空运来的,黑白鲔鱼片,巨章鱼片,水灵灵的生鱼片诱发每一个味觉细胞。联想起美洲大陆,欧洲人给美洲大陆引进牛马猪鸡,日本人带来银子般的寿司米和料理,贾子渊给美洲大陆带来了钱。我胡思乱想着,夹了一块白鲔鱼片,蘸上酱油和山葵,放入口中,食物融化在舌尖上,我满足了,满满的日本料理精华就在我的刺身鱼片上。

吃完饭,任性驾驶到好莱坞山下,找到马场,导游问子渊:"会不会骑马?"子渊拍着胸脯说:"我是蒙古人!"我白了他一眼,他多喝了几杯日本米酒,今晚看他怎么从马背上下来。冈萨雷斯是墨西哥小伙子,说了几句破英文,他随后就将子渊护上马背,子渊这疯子才知道骑马不是靠吹牛的。他这个"蒙古人"伏在马背上,他的屁股与马屁股翘得一样高,两条大腿不够长,只能夹住马肚子。到了性命攸关的时刻,子渊愤恨自己的腿短,但他还要吹牛。看他吹牛骑马的熊样,我一鞭子打在他的马屁股上,好莱坞花花公子红鬃马扛着疯子遛在山坡上。我们这一队人马,由子渊的屁股做向导,登上好莱坞山顶,然后勒住马缰,看万家灯火连着繁星点点,美丽得让人不愿下山。

子渊还是不敢竖直身体,我问他:"是不是下马休息一下?"他伏在马背上仍然说狂话:"册那,我这匹是领头马,我伏下身体的目的,就是不阻挡你们的视线,你懂不懂!"我取笑着说:"别老是吹牛,挺起腰背,别让墨西哥马把你当山货拉,大丈夫视死如归,看你这个熊样!"贾子渊终于挺起腰背,见到下山的路,他倒吸一口冷气,仰天长叹:"册那,上天啊!今天我的命全是你的,救救我!"我们提心吊胆地下了山,骑马回马场。子渊被冈萨雷斯抱下马,他的两条大腿像青蛙,好久站不起来,他哈哈地苦笑着,自己也感到熊样。冈萨雷斯说喝瓶啤酒能解麻,他接过啤酒,蹬着马步与我干杯,喊着:"麻呀,麻!"喝着啤酒他站立起来,走出日本相扑运动员的跨步,又上了林肯美人,我开车回到旅馆。

子渊的腿好久不能动弹,他打电话给前台,问他们有没有当地俄罗斯报纸,他还是忘不了金发女郎的事。我们这一顿晚饭,骑马观光,才花了不到五百美元,贾子渊担心这辈子花不完他的钱。我回到自己房间,也不想知道今晚他再去哪里生混血儿。

第二天早上起来,洛杉矶天莫名其妙刮起风来,从五星级旅馆窗朝外望去,整个城市在狂风中摇曳,巨大桉树在分枝处折断。竟然还有人在草坪上遛狗,那个家伙弓背顶风,整个世界仿佛变得很情绪化,邓克尔犬惊慌失措地走,小心翼翼地靠近桉树断枝,嗅了一下,提起一腿,在断树里撒了一泡尿,又拉了大便,等主人拾起狗粪,洛杉矶的狂风停止了。

我给翁后处打了电话,今天她和气了许多,她刚挂了电话,我们在她的别墅门外。子渊与翁后处说了几句,她放子渊进别墅。翁后处说她是受害者,那一笔钱被人骗去了,她挨了伯牛好几刀。翁后处穿得花枝招展,站在后花园枇杷树下,像一朵月季花。伯牛的大女儿叫伊萨贝拉(Isabella),胖得像沙滩上的彩球,她被太阳晒得黝黑,有说不完的话。小女儿叫萨拉(Sara),也是《圣经》里的人名,萨拉像翁后处,很有几分秀色。有邻居家的男孩也在她们的别墅里玩,王华是对面一家二奶生的,李平也是二奶生的。子渊将伯牛的两个女儿从二奶孩子群中拣了出来,让她们听着,说她们父亲可能好久不能回来,但他非常非常想念她们。伊萨贝拉胸部暴露太多,子渊帮她扣紧衬衫纽扣,给她们礼物。他问萨拉想不想爸爸,萨拉摇摇头,子渊再问:"为什么不想爸爸啊?"萨拉不肯讲。伊萨贝拉胖得可爱,她却直言不讳地说:"爸爸是个杀人犯!"

子渊将她们拉到自己面前,他很少这样认真,他说:"伯牛,我的兄弟,你们的父亲,他不是杀人犯!"他接着说:"当年霸王别姬,是虞姬自己割的头颈!"

伊萨贝拉说:"我看见爸爸拿着生梨刀干的。"子渊说:"也许是她妈妈自己冲上去的。"翁后处听了,二话没说将我们赶了出来,她重重地关上门,歇斯底里地喊道:"贾子渊,你再敢靠近我一步,别怪我的手枪不长眼。"

我这一辈子还是第一次被人赶出门,子渊是有经验的,好在林肯美人不远,我们逃进车,挥手告别翁梅秀才,直接去见伯牛。转过几条大街,迎面是苹果电脑商店,透明的,看得见店内一切。我们感到沮丧,下车买了两杯咖啡。街头长凳上坐着一个流浪汉,享受着太阳,几个艺人坐在流浪汉身边,身上挂着吉他,几个浑厚音符弹响,他们唱起披头士的《只需爱》,"爱,爱,爱",流浪汉也唱出了和声,杰出的好低音,他边唱边打击自己的绒帽,身体摇摆着节律,"只需爱,只需爱",洛杉矶在爱的清风阳光里,大家都享受苹果建筑的流云清风。我们在地上放了几张碎钱,唱着:"All you need is love!(你所需要的只是爱!)"我们重新上车,到伯牛的监狱去。

再向南,车行一个小时后到达关押伯牛的监狱。这次熟门熟路,没人阻拦我们。又见那个低能儿白人,他竟然还认识我们,傻笑着与我们点点头。今天他开专车送我们到重刑犯十四楼。出了电梯,已经认识这层楼的邻居。子渊向墨西哥阿姨、黑人兄弟挥手打招呼,还没等低能儿离开,伯牛就出现在我们面前。我向伯牛汇报看望伊萨贝拉和萨拉的经过。说到霸王别姬,伯牛也伤心起来了,他说让子渊兄挑明了,他为了那三千五百万美元,演了霸王别姬。子渊大声叹气,说道:"我早就明白了,区区三千五百万美元,你太小看我家大哥了。"子渊说他不是来追杀伯牛的,只要伯牛想出去,他今天就保释他出去,子渊说:"不就一百万美元保释金嘛!我到楼下付钱,你跟我们一起去拉斯维加斯,怎么样?"

伯牛反而犹豫不决,不知他担心什么,他仿佛就怕被保释。他说他只能在监狱里住上四年,等风平浪静再出去。子渊赞扬声不绝,他拍拍玻璃隔墙,说等伯牛出狱时带他去拉斯维加斯,子渊感慨万千。伯牛高兴,答应了子渊的邀请。

子渊等不及要听美利坚监狱的故事,伯牛开讲,他先讲重刑监狱最刺激的故事:"我隔壁关着老单,2003年去西班牙购买油画,据说是伟大画家弗朗西斯科·戈雅的名画,老单相信那是真品,付了两万欧元订金。名画卖家要价二十七万欧元,但西班牙人不肯提供真品鉴定书,也没有一个专家肯担保。老单到西班牙法庭打官司,赢了,法官判定老单拥有油画肖像,也不需付剩下的二十五万欧元。过了一年半,老单自己在欧洲卖戈雅名画,卖价四百万欧元,买家是中东石油商。老单出示自己伪造的鉴定书,中东人相信他了,付了头款一百七十万,老单高兴极了,将自己银行里的三十万欧元划给中间人,然后提着巨款到银行存钱。哈哈,老单的欧元是真的,但中东人的欧元是假的,日内瓦银行不是吃素的,一眼就看出真假,将老单赶出银行,通知西班牙海关。他妈的,西班牙海关更绝,他们将老单遣回美国,在美国法庭控告他偷运伪钞罪!这不,我们成了邻居。"

子渊听得起劲,伯牛高兴,又讲了一个故事:"侯赛是哥伦比亚人,以前是电子游戏商店小头头,脑子不太好使,被老板炒了鱿鱼。一天,他走进另一家LED游戏商店,给柜台小姐递上一张纸条,上面写明他要抢劫商店,手上有枪。柜台小姐是明白人,二话不说,拉出柜台抽屉给他所有现金。他出门的时候又碰见另一位店员,也没阻拦他。过了半小时,侯赛被抓。他忘记他曾来这里讲过课,你说他猴不猴?抢钱也不套一个袜子!哈哈,他被判了重刑,持枪抢劫罪,他关在我左边。"

子渊听了,哈哈地笑,原来美国人这么笨!大家高兴交谈,还有几分钟时间,伯牛又给我们讲了个故事:"有一个吸毒酒鬼,喝醉了自己坐进没锁门的警车,警察买了咖啡回来,也没注意酒鬼坐在后面,开了警车回警察局。门卫与酒鬼打招呼时,才发现车里有酒鬼,让酒鬼出来,闻出大麻味,搜索酒鬼口袋,发现白粉一袋。嘣!他不用回家了,直接关在我的下面。"子渊笑得厉害,说道:"册那,美国人把监狱当成旅馆了!"大家说说笑笑,一小时探狱时间在听故事中过去。低能儿白人进来,我们不得不走,子渊与伯牛告别,说一定接伯牛出来,一起去拉斯维加斯。伯牛还在幽默中,挥手与我们告别,被他身后全副武装的警察带走了。

出了监狱,我问子渊:"真的不心疼三千五百万美元?"子渊情绪仍然高涨,回答说:"阿大手下人都发了,整箱子现钱,没工夫数钱,伯牛兄只要认个罪,说他的钱在大卫手上,也就完了。他与翁梅秀才离了婚,心里还喜欢她,娶了个霸王别姬小聪明,我册那一针见血,是不是?"

"就这样离开洛杉矶?"我问。

"美利坚警察保护着他!不说了,我们下一站去拉斯维加斯。"

第六章　维加斯，拉斯维加斯！

（1）七情六欲五味

休假在外，从不关心时间，也不知道今天是星期几，但去拉斯维加斯不一样，周末往往堵车，从洛杉矶到拉斯维加斯会堵上一天。手机显示星期四，我喘了一口气，心放了下来。子渊已经兴奋得不能自制，期待只有四小时的顺利驾驶。

驾车经过洛杉矶市区，一路等红灯变绿灯，等大卡车转弯，等行人走完斑马线。林肯美人驶出洛杉矶城，过了几十分钟，向北上15号高速公路，逆行驶向无人居住的沙漠，棕榈树消失在艳阳中，越向东北越荒芜。

在路边的加油站买了足够的矿泉水、啤酒、牛肉干，选了几张拉斯维加斯CD。林肯美人唱着赌城歌曲，赌城名歌星牛顿清唱，似流水在艳阳城流淌，他有英国、爱尔兰、苏格兰、德国和土著印第安人的血统，像期待中的赌城一样绚丽多彩。子渊心跳加快了，期待在沙漠中出现五彩缤纷的城市，但驶不完的高速公路，无聊中赛车成了游戏，有几辆破车持续高速，烧坏了引擎，不能再动弹了。去救援的内华达警车从林肯美人身边驶过，子渊放慢了速度，竟然有比子渊更疯狂的人，从警车身边超过，紧接着几声长长的警笛，那个超警车家伙被瞄上了。子渊趁机加速，玩着老鼠戏猫游戏，向警察行了军礼，幸灾乐祸地告别抛锚的车，假惺惺地同情被警察逮住的兄弟。子渊每赛过一辆车，就伸个小指头给人家，路上也就这点刺激。

拉斯维加斯，沙漠中的城市，能让人类所有潜意识里的欲望浮出水面，体验七情，满足六欲，品尝五味。我们由蓝天艳阳相伴已有四小时了，到达拉斯维加斯外围的时候，已是黄昏，沙漠上金色一片，远处蓝色的天空，太阳余晖打在赌城皇宫玻璃墙上，"拉斯维加斯，拉斯维加斯，拉斯维加斯！"

子渊大声地喊着。

　　林肯美人被堵在赌城大道上,只需再向前一英里,就是世界罪恶之城的心脏。彩灯四射,人群如流,纽约、恺撒宫、威尼斯人、皇宫……子渊认得这里的每一家赌场,仿佛见到了梦中情人。进了赌城大道中心,让林肯美人自由飞翔,经过美高梅、哈拉斯、巴黎酒店、好莱坞星球、大都会赌场。子渊不能决定进驻哪家,他将头颈伸出窗外,路上的一对对情人握着酒杯向他招呼,他再也不能等了,转弯回到百乐宫,是百乐宫的喷泉水舞蹈吸引了他。

　　走出林肯美人,音乐渐起,喷泉起舞,这一曲是电影《泰坦尼克号》主题歌,子渊最拿手的歌曲。喷泉细长水柱柔柔起舞,激情高扬向天空,散洒成雾。"穿越层层时空,随着风入我梦,你的心依旧……"泉水被光芒照亮,至善至美,如爱在升华,如此激情缠绵,如此纯洁无瑕,不能更好了,歌曲进入尾声,只留下两柱泉水,相与偕老,消失在庄严的爱中。子渊说:"册那,赞啊!"他坐在长凳上,好久没说话,百乐宫门卫过来,接过旅行箱和林肯美人的钥匙,子渊决定住在百乐宫。

　　坐在长凳上等着看喷泉舞蹈,免费看了好几个节目,来往路人停停走走,子渊对我说:"兄弟,有一件事想告诉你,原宪兄也住在这里。"

　　我问:"就原宪一个人?"

　　"就他一个人,兄弟,不是对你保密,我也刚知道的。"

　　"子渊,不必解释,我从前不想参与,现在也不必知道。"

　　子渊说:"真的没什么大事,原宪跟子祺在闹离婚,儿子看空尘世,杭州的小二逼着他结婚。册那,卫生局准备撤他的职。他来美国考察,解解闷,就这些屁事。"不知道子渊说的哪儿对哪儿的事,我问:"你慢慢说,先别说他儿子看空尘世,一年前原宪买断巴黎医疗器材,前途光明,他怎么要被撤职了呢?"

　　子渊靠近着我坐,几乎在拥抱我,说道:"革命导师马克思说得对,劳动人没有国家,原宪兄弟不是不爱国,他是劳动人,他先来美国,老婆留在杭州,老婆想生个儿子,啪!就生出来了,他花九牛二虎之力带他们出国,册那,美国制度害了他⋯⋯"我打断他,问:"美国制度怎么害了他?"

子渊又向我挪近,几乎能闻到他呼出的气,他接着说:"这也不懂,美国人讲人人平等,没人计较他的学历,我们都是医学院毕业的,拥有学士学位,啪!我们在美国成了医学博士,对不对?原宪做试验一只鼎,天生的科学家,他在哥伦比亚做得成功。册那,就是穷得没钱,做实验室没给他几个刀拉(英文dollar的音译)。他隔壁有个红头阿三,印度医科大学毕业。阿三参加美国医生资格考试,就一年工夫,红头阿三赚起美国医生大钱。原宪兄弟不服气,也复习准备考美国医生,他吃尽了苦头,你自己知道的。册那,原宪兄就是考不出,考了十次,还是考不出。朱熹说:'道理在人性中,大学之道,在明明德!'原宪兄理性被点亮了,觉悟开窍了。美国人害了他,人人平等是一把双刃剑,两边都可杀人,我告诉你,人人平等造就了不平等的社会阶级。"

他停顿下来,打量下我,知道我没跟上他那些逻辑,但子渊一定要我懂这层意思,他接着说:"原宪兄考不出美国医生资格,没钱又失败了,在美国人人平等证明了什么?证明了失败者的无能,想通了没有,看到这把双刃剑一面了没有?双刃剑的另一面,成功者又怎么样?比如跳高比赛,人人平等,就算夺了世界冠军,冲刺世界纪录,最终还是个失败者。双刃剑两面都是败,还要我再说简单一点?⋯⋯"

"OK,OK,我知道你说的双刃剑的意思,原宪后来怎么样?"

子渊长长喘了口气,知道我已经跟上了,他接着说:"原宪兄的中国老板到美国访问,三顾茅庐,啪!把他带回中国,老婆、儿子留在美国,他一只大脚踏在两只船上,多好啊!册那,在中国成功是把双刃剑⋯⋯"我拦住了子渊,他点点头说:"知道,知道,你的思路太慢。我慢慢讲。他在中国站对了队,成功就有钱。册那,有钱不是好事,有钱有权更不是好事。不知道是哪位革命领导说的,女人变坏就有钱,男人有钱就变坏。原宪兄一人在杭州,又有钱,他变坏了吗?我跟你讲一段故事。那一天他生日,我请他吃饭,开着奥迪Q7去接他,给足他面子。在他医院里碰到徐仪和,你知道徐仪和是谁吗?慢慢跟你讲,我们这辈子图个啥?册那,这世界上有五种女人、老婆、红颜知己、二奶、情妇和KTV陪唱女。KTV女人花些零碎钱玩,情妇是玫瑰、项链、LV包,二奶是房子和月租费,老婆是一家子家当。册那,红颜知己难找,有福气的男人才有红颜知己,原宪兄有福气啊!"

"红颜知己?那个徐仪和?"

子渊眉开眼笑,接着说:"就是她,你见到原宪兄不要提起,免得他想她。那天他生日,我接他出来,奥迪Q7上高速,几个转弯后有一辆出租车超过我们,车里后排女的坐在男的身上,他们竟然不回避司机。我认出那个女的,前几年跟她签了合同,包了她五年,两万月工资,买了一幢别墅让她住进去,长长人气,她监督里面装修。去年将别墅卖了,扣除二奶工资还赚了一千万。哈哈,人到该赚钱的时候,包个二奶也赚钱。但我从不想要红颜知己。原宪兄就不一样,文化人的追求,寻寻觅觅凄凄惨惨戚戚,喜欢红颜知己。我带他到西湖边最好的酒店,老板出来迎接,都是我的亲兄弟,先上饭局,到二楼老地方,我跟原宪坐下喝了几杯。进来两位小姐陪酒,我给她们取了名字,陪原宪兄的叫菊花,一花知秋;陪我的叫桃花,一花知春,看看我的文化程度。灌了她们几杯五粮液,大家找个游戏玩玩,原宪兄是个游戏专家……"

正说着,子渊的手机响了,传来原宪的声音,子渊哈哈大笑起来:"你怎么还不下来,说说我们玩过的游戏……啥游戏?……你发明的《红楼梦》游戏!"

原宪突然出现在我面前,一副学究气,我们寒暄了几句,他还是巴黎见面时的老样子。我们一起走进百乐宫,子渊继续讲他的故事:"所谓的《红楼梦》游戏,就是在'美人'一词后依次附上'悲''愁''喜''乐'四个字,再加一个成语,接着唱《忘不了》,说错了罚酒。册那,桃花姑娘聪明,她先玩的游戏。桃花姑娘说:'美人悲,悲喜交加旧情场。'她真有水平,是不是?"原宪说:"对!对!她的'愁'字呢?我记起来了,她说:'美人愁,愁眉苦脸闹情场。'子渊问她闹什么情场,桃花说:'猪八戒到KTV包厢,还不闹情场?'"他们俩哈哈地笑得开心,知道他们俩有过好时光。

原宪接着说:"桃花的下两句是:'美人喜,喜形于色赚大钱;美人乐,乐此不疲放炮仗。'哈哈,她自己知道说错了,自己罚了一口。接下来她唱《忘不了》:'忘不了,忘不了,忘不了你的错,忘不了你的好,忘不了漆黑中翻闹,也忘不了毛爷爷的味道。寂寞的后半夜,人去了床就凉,冷落的酒场……'子渊夸桃花是天才,无师自通。"

他们俩说到高兴处,哈哈不止。子渊说菊花是位研究生,出来赚点学费,菊花说得太悲,子渊没有复述。大家天南地北来相聚,不必太伤心。

"下面轮到原宪了,桃花姑娘叫他'真主',我敬了他们俩各一杯。哈哈,原宪兄全套:'美人悲,悲不自胜怨情场;美人愁,愁多夜长惧情场;美人喜,喜新厌旧撩情场;女人乐,乐天安命奈情场。'册那,我拍手啊!原宪兄厉害,到底是我们班才子,才子多情。大家开心,原宪兄唱《忘不了》:'忘不了,忘不了,忘不了你的错,忘不了你的好,忘不了异国的煎熬,也忘不了失落的惆怅,寂寞的长夜,而今鹊桥无鸟……'"原宪捂上了子渊的嘴,不让他唱,子渊声音响亮,每个音都能上。拉斯维加斯有的是怪事,没人在乎,只当我们喝多了,赢了钱。

子渊和原宪相互取笑着,那一晚子渊请客,花了不少钱。子渊停顿了一下,认真地问:"两位兄弟,我们现在在百乐宫了!两位兄弟,准备好了吗?准备生几个混血儿啊?"

我们登记,拿了房间钥匙,从赌场老虎机群中走过,子渊要试试今天的手气,拿出几千美元,喂上一台老虎机,二十五美元一转,五个转轮不停地转、转、转,LED光闪烁,一条龙自转,不停地转,像是一场惊心动魄的战役。不知道怎么赢钱,但子渊不在乎,他只要刺激。老虎机突然停止,让子渊选择五个大奖,然后又转了起来,转、转、转,直到转出钱。第一次转出三百美元基底,巨龙跳到中间,转出数字7、7、龙、7、7,又在变,过了一分钟,机器突然停了下来,瞬间光芒四射,子渊赢了一百五十美元。我们面面相对,子渊又按了键盘,这老虎机怎么了?没有了音乐,一个红球转到中间,转、转、转,转出四个免费次数,增加到十一次免费转,又到十六次免费转,老虎机不停地自转,又转出七个免费转,加起来已经有四十次免费转。子渊的老虎机发疯了,不停地给免费赌。老虎机还在自转,红红绿绿的灯光,刺激的金属碰撞声,红灯又亮,加了好多免费赌数,又自转、转、转,不停地转,奖金数在增加,红灯绿灯,这是一台疯子,老虎机在狂热中,发疯了,几十分钟过去了,老虎机还在自转。子渊睁大着眼睛,被刺激得想去拥抱发疯的老虎机。"哈哈!这一次是两百一十点奖金,看起来今天阿拉发财了!"上帝啊!这台疯子老虎机又给了十四次免费转,发疯了,已经八十五次免费转,整台老虎机金光闪闪,人群包围着子渊,水泄不通,老虎机又有节奏地自转着,不远处有金发女郎的歌声,叮叮叮的响声,转盘上又是7、7、7、7、7,发疯了,加了不知多少奖金,老虎机停不下来了。世界上真有疯人与疯赌,连机器也发疯,子渊无事可做,盯着疯狂的老虎机看,周围人群祝贺他,赌场工作人员也来了,祝贺他。大家等着老虎机停下来,但这台疯子又给了十次免费转。这一切是超现实的疯狂。也许就为了这样的刺激,不可预期的刺激,人们来到赌场。我挤出了人群去方便。等我回来,再也挤不进人群,这台疯子还在给免费自转,子渊像痴人一样看着老虎机,口中不断地说:"册那,册那,全发疯了!好!好!转到明天,我陪你不睡,陪你到明天。"这一轮还在继续,给子渊满足,给了持续的希望,给了满满刺激,不需任何知识,还不知道怎么赌,但灯光闪烁,永远地闪烁。等这台疯子玩累了,总共给子渊一百三十七次免费赌,巨龙上下转动,赢点像雪花一样加数。等一切结束,子渊赢了五万多美元。他像一个白痴,坐在那里感叹:"册那,册那,真是册那刺激!"

(2) 百乐宫的《小苹果》

三人到了顶层豪华公寓。我与原宪谈了几句,原来他被别人告状,医院里乱得一团糟。问他怎么回事,原宪指着子渊,要我问子渊。子渊将钱扔到床上,说道:"兄弟,不知哪位革命导师的语录,失败是成功妈妈,成功是失败爸爸,知道这个道理吗?"他的西装纽扣掉下来了,打电话给前台。

不一会儿旅馆派来一位服务员,三十岁左右,长得漂亮极了,一个欧亚美洲混血儿,她一口西班牙语,让我们更感兴趣的是她能讲几句中文。她带来一整套缝补针线,没几分钟就给子渊缝上了纽扣。子渊问:"阿姨,你是墨姐姐,墨西哥姐姐吗?"她被子渊逗乐了,讲了几句西班牙语,她真能听懂些中文,却讲不了多少中文,她叫玛利亚。子渊付了她钱,给足了小费,拿了她工作电话号码。玛利亚说她有中国血统,她曾祖父是中国人,她自己算墨西哥人,之后就离开了。

原宪取笑着子渊说:"你要的混血儿来了!"子渊说:"哈哈,你不懂还是装傻? 我有些饿了,先去吃,还是玩二十一点?"我取笑着他:"吃喝嫖赌,先上哪个?"子渊说:"这你就更不懂了,我们在罪恶之城,负负才能得正!"

原宪问:"凡事总有个先后的,我们先做什么?"子渊盯着原宪,觉得他突然不开窍了,这样简单的问题还问,他回道:"人以食为本,后富之,再教之! 不是我说的,想不起来是哪位革命导师说的。"原宪哈哈大笑,说道:"孔子成了革命导师了?"

中国人走到哪里都有中国饭菜,下楼找到一家上海菜馆,老板娘是上海人,老板曾是闸北区政府食堂厨师。上了菜,又请老板炒了几道菜单上没有的,茭白毛豆炒雪里蕻、炒上海青菜、腌笃鲜、马兰头拌香干,喝了几瓶青岛啤酒。喝着,喝着,子渊哈哈大笑起来,原宪也笑了,真想不通这样千里迢迢跑来,居然跑到拉斯维加斯吃起闸北区工地菜了! 吃饱喝足,夜生活开始,子渊决定去试试美国的二十一点。

回到百乐宫,已是晚上10点,百乐宫的新一天才开始,氧气从赌场四面八方灌入,五彩缤纷灯光闪亮,歌声绵绵。子渊凭借澳门概念穿梭在赌场内,寻找庄家,他说:"看见戆惰庄家,戆是笨的意思,惰是懒惰的人,碰到了我们就上去。"原宪问:"赌场会雇用戆惰?"子渊停下脚步,认真地说:"册那,不知哪位革命领袖说的,难得糊涂,我们找的不是真正低能儿,我们就找那些难得糊涂的,比如刚跟老婆打过架,脸上有乌青块的;吃错药没睡好的;跟老板赌气的;想跟我们做生意的。"

我问:"谁跟你做二十一点生意?""咦! 大医生不懂,做庄的是穷人,他靠小费过日子,我给他小费,赢一副牌给他一百美元,册那他就会跟你做生意,他希望我赢,想尽办法让我赢。我告诉你,只要他难得糊涂一次,牌风就转,人的欲望是有思想的,思想这东西有能量,他竭心尽力地跟我做生意。赌场每隔一段时间就换个做庄的,就是这个道理,懂了没有?"

最后有三位候选人,女同志佩丽明显不快活,但子渊不想跟她玩,怕她太正气。金发女郎珍妮佛,子渊怕美丽搞得他心神不宁。最后他选中一位从上海来的四眼男小姜。哈哈,上海同乡好说话。我们上了台,子渊拿出十万美元,吓得小姜一跳。小姜唤来压台经理,将十万美元现金换成百乐宫筹码,两千美元赌一副牌。小姜洗牌时,挤进来一位北京女人李小姐,她跟我们打了招呼,买了六千美元筹码,小姜将双手平放在赌台上,问:"还有谁要加入?"子渊拉着原宪上台,原宪也不简单,从西装内口袋里掏出一个红包,扔给姜女士。小姜拆开红包,里面是一叠百元美钞,数了一下,给了原宪五千美元筹码。再没有人坐下了,小姜宣布二十一点开始。发了牌,他们几个熟练地加牌、加倍、分牌、计算牌点输赢。小姜说着破烂英文,请他讲中文,他说赌场不允许。原宪输了两千美元,不高兴,骂小姜是汉奸。

李小姐做进出口大买卖,在北京投资房地产发了财,现在又跑到加州用现钱炒作房地产。她找子渊聊天,随便出牌。她长得不难看,一身名牌服装,就是不性感,打牌像个低能儿似的,她一面送美元给姜女士,一面送媚眼给原宪,又跟子渊调情说:"大哥,你打牌怎么这样认真啊?"子渊回说:"李大姐想热闹一下?我们唱唱歌?"

"贾大哥你唱我就伴唱,咱派对派对呀!"

"好好,跟李大姐派对了,唱什么呢?有了!"子渊唱了《小苹果》:"我种下一颗种子,终于长出果实,今天是个伟大日子!"李小姐高兴,也不看她手上的牌,莫名其妙地加倍,接着子渊又唱:"摘下星星送给你,拽下月亮送给你。"原宪不甘心自己被边缘化,坐在李小姐旁边也唱:"你是我的小呀小苹果,怎么爱你都不嫌多,红红的小脸儿温暖我的心窝……"李小姐转过身,她说原宪大哥多情,给原宪一个媚眼,他们三个莫名其妙地赢了钱。就这一副牌,子渊分了牌,加倍,赢了四千美元。李小姐也个数她的筹码,她赢了一千美元。小姜也高兴,他拿了两百美元小费。他们三人更兴奋地唱着《小苹果》,上了口就停不下来,身体也开始摆动,每拿到一张好牌,他们就加倍地唱。

百乐宫多得是中国人,《小苹果》像传染病,隔着台面的那几位也唱了,不同拍但同样快乐,有的唱着"火火火火",有的才开始"今天是个伟大日子",有的胡乱地编着唱"夏天夜晚陪着你呀"。赌场一片《小苹果》营造的欢乐,连小姜也哼起了《小苹果》。子渊又给他一百美元小费,哈哈地说:"册那,别哼哼了,唱出来,谁规定中国人不能说中文,哪个汉奸规定的?!"小姜终于憋不住了,他也豁出去了,放声唱了个痛快,跟着节奏发着牌,扭着屁股给子渊送钱,小费流向小姜。李小姐赢了一大把,娇滴滴地靠到子渊肩头上,子渊哈哈大笑,对她唱:"你是我的小呀小苹果,就像天边最美的云朵……"他们俩调着情。

唱上《小苹果》就像抽上了鸦片,没人停下来。赌场经理今天也管不了,五十桌以上的全是中国人的《小苹果》,俄罗斯战友也学着唱,传来老虎机那边"火火火火"的声音,叮叮叮叮地有人发了财。哈哈,大家像过中国年一样,大年初一、正月十五、国庆节,自己选个吉日过。好日子过得快,等我们感到肚子饿的时候,已是深夜3点,但百乐宫里人气正旺,如同白天,没人感到疲倦,金发女郎送来白兰地、咖啡,以及各种饮料。李小姐已经喝了十几小瓶饮料,原宪也饿极了,我们邀请李小姐一起到中国餐厅吃了夜宵。

回到二十一点台桌,小姜被换了下来,上来的是古巴战友,他真的不会说中文。古巴战友的手气好,为赌场赢回了不少钱,《小苹果》对他没有感染力。没人给古巴佬小费,原宪骂他"真臭"和"62"。古巴人听得懂中国的国骂,他态度好,总是笑眯眯的。子渊专心赌他的二十一点,唱歌也好,严肃也好,他知道玩哪副牌,放弃哪副牌,他是个有心人,计算着总赢着钱。等我们筋疲力尽的时候,站起来伸伸懒腰,已是早上6点,不能再玩了。李小姐跟着子渊走了。原宪拉着我想说几句话,我摆了摆手说:"原宪,明天再说,上楼睡觉去。"

(3) 争风吃醋的法国人

上午11点半醒来,脑子里仍然是百乐宫叮叮当当的声音,打开窗帘,太阳照得赌城一片辉煌,拉斯维加斯大道格外清静,没几个人在行走。我竟然还是个起早床的人,打电话给前台问早餐,早餐十二点才开始。发短信给子渊和原宪,都没起床,子渊与李小姐门前挂着写有"免打扰"的牌子。我洗漱完毕独自下楼,走在拉斯维加斯大道上。

喝完一杯咖啡,又到咖啡店买了一杯,走在路上喝着,总觉得两边路上的豪华悬在半空。后面一辆加长型凯迪拉克轿车驶到我跟前,停了下来,出来一位穿深蓝色西装的中国人,问:"您是聆海先生吗?"

我答:"是的,您是?"

他从口袋里掏出一封信给我,我打开取出信纸,上面写着:"聆海,王先生会带你到我这里来。南容。"这是南容的字迹?我问自己,但我身后也站着一位大汉,像是007电影中的绑架情节,我只得上车。加长轿车向拉斯维加斯城外开,兜了几圈回到赌城大道,进了一家豪华赌场。上电梯到顶层,被带入幽暗的华丽酒吧,又被领到半圆沙发边,坐下,感到软软的犹如坐在乳猪上。

酒吧乐队在奏乐,出来一位明星演唱,也没有人给他捧场,但明星是真的。我正在迷惑之际,南容从边门出来,穿着彩红 solacelondon(英国时装品牌名)宽松长裤,长袖尽端是钻石手镯,在巴黎住久了,走路都是法国味,她的脸蛋仍然是当年当校花时的艳丽,她向我招手说道:"Bonjour, Professeur!(法语,你好,教授!)"没等我开口,她继续说:"我越在沙漠,越喜欢泡浴,头发也来不及吹干,就下来见你,你好吗?"

"被你的人绑架来的,会好吗?"

"否则谁能请得动你?"

我告诉她原宪和子渊也在这里,她说她知道,但她不想请他们也一起来,说他们会去纽约找她。我还是不喜欢被绑架,没好气地问:"你来赌城做什么?想买下赌场?"

"我就喜欢你的讥讽语气!见了面也不问问你兄弟好,给你嫂子请个安?"

"毛阿大一定极好!"

"你就这样肯定?"她问。

"你在拉斯维加斯收购赌场,他能坏到哪里去呢?"

"又在跟你兄弟赌气?我问问你,你这是赌气,还是嫉妒?还是变得孤僻?"

"你说呢?"

"聆海,每次见到你,总是这样先斗嘴,好像我们有说不清的纠结似的。"她甜甜地看着我笑。她正说着,出来一位黑人歌星,顿时掌声四起,他走到钢琴前,向酒吧的人敬意,坐了下来,奏出《When I fall in love》(《当我坠入爱河》)的前奏,然后低音唱出:"我坠入爱河,将会天长地久……"我耸了耸肩,感到错乱,再不能比这首歌更错乱的了,南容却说:"你别胡思乱想,这不是我点的歌!"

"如真是你点的,我也不惊讶!"

"为什么?"

"我问你,谁跟你在一起?"

"巴西勒和乐歆。"

"也难为他们了!"

"我们在一起工作。"

"当然!但愿乐歆不会伤了巴西勒。"

"你越来越尖刻了,你知道有句话叫'难得糊涂',是个好哲学!但乐歆是个痴人。"

"乐歆最恨美国,你却把他带到拉斯维加斯,你也是难得糊涂?"

"我没带他,是他自己放心不下我与巴西勒。"

"恭喜你,总有这么多追随者。"

"那你呢?"南容喜欢别人这样说她,她就怕没男人追随。

"哈哈,你别抬举我,你开个玩笑容易,毛阿大的走狗到处都有,说不定他先把你休了,再来收拾我。"

"你兄弟会这样对我们下手?"南容问着,眼睛捕捉着猎物似的,这一套她最拿手,乐歆就是为此发的情疯。黑人歌星走到南容跟前,对着她唱着:

"在这烦躁不安的世界里,爱还没开始就结束了。"南容突然伤感地说:"聆海,毛阿大不会休我的,我也切断不了他与其他女人的关系,谁叫我没给他生个儿子,但想过来,即使给他生了一个儿子,也不会改变阿大的,谁都不会改变阿大的,这个你最明白。"

"谁又能改变你呢?"

"哦!聆海,别这样说我,本想请你来让我高兴的,你不知道我有多担心,晚上做噩梦,不知道自己在世界的哪个角落。今天我睡着后,突然听到一阵钢琴声,雅尼的新世界音乐《一个男人的梦》。我喜欢雅尼的音乐,但不喜欢在他的音乐世界里醒来,真是一个烦躁不安的世界。我喝了美式咖啡,才知道在拉斯维加斯。聆海,你兄弟的日子也不好过,现在人人自危,谁都不知道会出什么事。"

突然乐欻出现在眼前,像巴黎男模,他说:"刚才还准备打电话去旧金山,你怎么在这里?"乐欻刚从日本来,直飞拉斯维加斯,也没先去看看女儿。

我问:"怎么不先去看看女儿?"

乐欻说:"容领导还没给我放假呢!"

南容生硬地说:"没人要你整天跟着,你现在就可以走。"乐欻嬉皮笑脸地说:"我如真的走了,你又要生气的。""聆海,你听见了吧,乐欻就想赖在这里!"乐欻邀南容跳舞,南容笑着说:"在法国这些年,什么都没学会,就学会了法式虚礼。你这样急急忙忙从日本赶来,就为了跟我跳个舞?你喜欢拉斯维加斯,我看得出来。"

巴西勒也突然出现,走了过来,吻了南容的手背。他见到我高兴地说:"Bonjour(你好),聆海!"巴西勒对南容说:"乐先生不喜欢美国,但他喜欢拉斯维加斯,因为他想满足你!"南容听了笑得开心,艳艳地白了巴西勒一眼。巴西勒继续说:"乐欻先生不喜欢美国的,怎么把女儿送到美国了?"

南容忙打断巴西勒,说道:"巴,你怎么又说乐欻了?"

乐欻说:"巴先生是容领导的朋友,但不一定是中国人民的朋友。"

南容对我说:"看清了吗?乐欻来拉斯维加斯,不是为了跟我跳舞。

Darling(亲爱的),真没法忍受他们俩的争风吃醋,我们去跳舞。"她转身又对乐欸说:"你的脑子被漂白粉洗过了。"

南容和我跳舞,舞场里空空的就我们一对,乐队奏着慢四步,黑人鼓手点着鼓。通过舞场看乐欸和巴西勒他们,各自坐着喝闷酒,也不争吵了。南容说巴西勒跳舞很有激情,乐欸几乎是个专业舞蹈家,我知道她在挖苦我的水平,我说:"乐欸的确太专了,因为你需要有一个专业的。"

南容说:"是他更需要我。"

我问:"他幸福吗?"

"不知道! 聆海,你是醉翁之意不在酒! 别对着乐欸挖苦,你也别来挖苦我。"

一曲结束,进来四个生意人,和我们坐在一起。酒吧突然沸腾了,拉斯维加斯歌星牛顿出现了,女人们尖叫着牛顿名字,一群蜂似过来与他合影签名,牛顿给她们签了几个,其他的被俱乐部的人劝散了。马克是新加坡的房地产富豪,他对南容说:"恭喜、恭喜,ONE57 顶层公寓内部装潢完工了,今天特意给您送钥匙,ONE57 顶层是您的了。"马克向南容祝贺,大家兴高采烈,喝酒干杯。

牛顿为南容清唱,他拉起南容的手,边唱边吻着,引起酒吧女人们的嫉妒尖叫,牛顿引着南容玉手走到舞厅中央,清唱着,他的歌声像奶油冰激凌,融化在女人的心上。他带着南容翩翩起舞,又引出一阵歇斯底里的尖叫,女人们嫉妒得简直要杀了南容。我才懂得乐欸的用心,他这样急急忙忙从日本赶来,就是为了参加 ONE57 的钥匙交接仪式。他自豪地说:"容领导买下了纽约 ONE57 顶层公寓了!ONE57 每一英寸一万美元的价格,世界上装修最豪华、景观最好的房子,就在中央公园边。"

"比巴黎的还豪华?"我问。

"ONE57? 当然啦,巴西勒做的室内装潢设计,但太显眼,应该富而不露,巴西勒不知道中国人的内敛。"巴西勒听了,不以为然,他们俩又争吵起来。

南容回来了,她满脸红晕得像个大姑娘,兴奋地说:"哦,上帝啊,他是韦·牛顿,拉斯维加斯先生,真不敢相信我跟拉斯维加斯先生跳了舞!"巴西勒祝贺南容。乐歘没说话,南容做了个鬼脸问他:"你没吃醋吧?"

乐歘对巴西勒说:"他妈的,别假惺惺祝贺,牛顿最拿手的是什么?他每天换个女人睡!"

"聆海,看见了没有,你这两个朋友碰在一起就斗嘴。"她转身问乐歘:"别生气了,今天在拉斯维加斯,你喜欢什么呢?"又对巴西勒说:"Darling(亲爱的),你知道乐歘的,他就是这个脾气,为我高兴一点,谢谢你的杰作,我们请聆海去ONE57住几天,好不好?"她吻了巴西勒的脸颊。

马克挥手示意酒吧经理,酒吧灯光突然昏暗下来。正在惊愕之余,左右两道门开了,强劲跳出一群几乎裸着上身的舞女,拉斯维加斯艳丽风格,疯狂舞蹈,灯光也随之强烈。南容站了起来说:"我与聆海出去一会儿,你们继续欣赏。"我们离开,几个舞女抢在巴西勒和乐歘面前舞蹈,挡住了他们的去路。

下了楼,在赌场咖啡厅要了两杯咖啡,南容说:"看你的脸都红了!"我说:"我还会脸红吗?你又开玩笑了,有了去年巴黎的经验,现在跟着贾子渊闯荡拉斯维加斯,我早已习惯了。"南容惊讶地看了我一眼,说道:"你也学会吹牛了!说正经的,真受不了他们俩的争风吃醋,你不知道,巴西勒恐怕要离开我们了。"

"是这样,乐歘听了一定高兴。"

"他不会的。"

"为什么不会呢?"

"他天生喜欢追求不属于他的东西,如果真的属于他了,他这个人也不会喜欢的,就像他在巴黎不喜欢巴黎,而他在柬埔寨的时候,又天天对柬埔寨的美女炫耀巴黎,不说乐歘这个痴人了。"

"有他这样的追随者,你是不是有一种满足感?"

"Hell,no!(鬼才这样想!)我不喜欢乐歘,我越不喜欢他,他却越享受他的痛苦,他这一辈子像是我的阴影,不提他了,我们说说别的。孙伯牛什么样?他是个老实人,钱一定是被翁后处骗去的。孙伯牛的女人也是个疯子,怎么跟一个老头子撒腿?"

"也许翁后处喜欢老头味!大卫会按摩,她想生个儿子,有什么不好?"

"你神经病啊!这样尖刻。"

"对不起!但这是伯牛自己说的。"

但南容真的担心巴西勒,怕他离开。南容说:"每次巴西勒说要离开,我总提心吊胆,怕他离开,又给他很多生意。这次怕是给了他生意也留不住他了,他真的要离开我们了。"

"为什么他不能离开?"

"你不知道的!"

"我也不想知道。我该走了,子渊这个疯子肯定在找我。"

"想跟你商量件事。"

"别,我帮不上忙的。"

"上次在巴黎你也是这样,为什么不帮帮你兄弟?"

"你的巴黎生意把伯牛送进监狱,看看毛阿大的生意有多危险。"

"你还是不肯帮我们。"

"对不起。"

南容不说了,沉默了好久,然后说:"我也不勉强你,如果有一天我们走投无路,你还会这样清高吗?"

"不知道,咱们换个主题吧。"我请求她说,接着我又问:"下一站去哪里?"

"去纽约ONE57住几天。"

"恭喜你!"

南容冷冷地说:"口是心非!都是些口是心非的人!"

她的声音很冷,不像在开玩笑,我觉得这一刻的别扭,沉默了好久,感到说什么都不对劲。我喝着咖啡,听赌场叮叮当当的响声,又有人赢钱了。真想离开这里,南容自己换了个主题,说起孩子们的事。她从手机里找出一张照片给我看,雪地上有成片的帐篷,那是杜克大学的K村庄,他们在冬季野外露营,小C也曾送过我那些照片。南容感叹说:"不可思议,寒冬腊月野外露营,睡在帐篷内过夜,没有比这更疯狂的事了!荒唐,只有疯狂荒唐来形容。是不是?比赛年年有,孩子生病怎么办?"

"人家学校的文化,我也说不准,我们到杜克大学后会知道的。小C还在英国见习,过几天就回美国。大C和小C都会去露营。"我问南容:"你住过野外帐篷没有?"

她瞪大眼睛看着我,仿佛我问错题目似的,她回答说:"打一个电话给子渊,让他的工程队造些小木房,跟睡帐篷一样浪漫!"她突然挑战我,问道:"你会跟我一起睡帐篷吗?"南容还是南容,她总能找到挑逗的问题问,我笑着说:"当然了,只要不就我们俩,不然乐敦会先把我打个残废。你让子渊把所有篮球票买下来,省得你的几个疯子伤着人。哈哈,但话说回来,冬天搭帐篷是杜克文化,就像康乃尔大学的冰球,哈佛大学的划船,斯坦福大学与伯克利大学足球对抗赛,都是他们的独特文化。比赛年年有,但大学只有四年,就像我们的大学,输赢只有一次。"

"我还是担心孩子们,别冻出病来,我们怎么选中杜克大学的?怎么由着疯子K教练乱来?"她挽上我的胳膊,聊起大学的事了,我说:"没了杜克篮球队就不是杜克大学了。"南容将她的头靠在我肩上,咖啡店的确热,她却似乎找到了安静,也不争吵。我们俨然是一对"情人"。这个样子对她是常态,我总觉得时空的错乱,也许我真的变得老朽迂腐了,跟不上她的巴黎潮流,不习惯她的上海新腔。南容说她有大C的脸书帖子,从手机里找到帖子,她靠着我的肩膀,念起了大C的帖子:

"第一天,今天极其寒冷又下雨,我们来到K村,宣布成立黑色帐篷队,在我们前面已有七个黑色帐篷队。黑色帐篷队是杜克篮球队核心拉拉队,杜克精神的忠诚继承者。我们搭成了帐篷,太阳出来了,天气温暖了一点,我们吃了点心。几个陌生人好奇,访问了我们,说我们疯了,没法跟他们说明白,四十天露营被人看成是疯子,我们就是卡梅隆疯子。"

南容停了下来问我:"你听懂了吗?大C成了卡梅隆疯子!"坐在赌场咖啡店长板凳上读大C的帖子,我们俩都为大C感到骄傲,难得的清静。南容变得很平静,时光流逝得美好,就像我们自己在大学里有过的疯狂,甜甜的回忆。杜克篮球队的球迷是一群疯子,他们是世界上真正球迷,杜克的球迷能战胜任何球队。

南容问:"什么时候去杜克?"我说:"不知道,这个月底或二月初,你呢?"

"我也不知道。大C跟我们有距离了,孩子大了,需要独立时间。"

正享受难得的平常交谈,巴西勒找到我们,说楼上舞女跳得美,但没有巴黎红磨坊的好。乐欵也下楼了,抱怨南容就那样离开了他。乐欵最不喜欢单独与巴西勒相处,而南容却偏偏让他们凑在一起。我觉得无聊,起身告辞,南容也不再拦我。

答应南容每天跟她联系,巴西勒与我再见,我早不在乐欵的视野里,他见到的全是南容。出了赌场,感到心旷神怡,有加长凯迪拉克轿车在外等候,前后两位穿深蓝西装的开了门,由他们带着离开了南容。

(4) 前世今生

回到百乐宫,继续走在赌城大道上,一月的拉斯维加斯天气如春天,几个墨西哥人发着美女卡片,夜总会的门还紧闭着。没事干,我在百乐宫里找了一台老虎机消磨时光。子渊找到我,他与李小姐分别,各自交换名片,子渊说去北京找她,她到上海找他。

喝茶是个问题,找来玛利亚,美丽的玛利亚买来美式咖啡机,烧出热水冲杭州龙井,不管天涯海角,喝了龙井就顺当。子渊给玛利亚一百美元小费,玛利亚高兴得几乎哭了,她说子渊是"mi guapo(西班牙语,我的帅哥)"。她吻了子渊的脸颊,"米华波,米华波"地赞扬他。子渊问我"米华波"的意思,我告诉他是'我的帅哥'。子渊高兴地说:"册那,对呀,对呀!我就是你的华波,你是'麦华波'。"玛利亚捂着嘴笑,说子渊说错了,女的不叫华波,西班牙语帅哥是"华波",美女是"华芭",子渊及时纠正:"油啊麦华芭!(子渊的洋泾浜外语,你是我的美人!)"玛利亚的家在黄石公园,父母兄弟都住在那里,子渊正想去黄石公园,他说:"华波找华芭去!"玛利亚甜甜地说:"中国人住不惯的,冬天太冷,夏天才是好的。"子渊拿到她的电话号码,他们俩谈得投机,尽管一半意思都是靠猜的。

子渊玩了二十一点,晚上9点吃的晚饭,到百乐宫前欣赏喷泉舞。突然,子渊决定换个赌场旅馆,没人懂得为什么,原宪认为他怕李小姐再来,子渊不承认。上楼整理行李,用现金付了百乐宫旅馆住宿费,拿到好些自助餐奖券,免费住宿奖券,都是赌出来的奖券。打电话给玛利亚,他们俩再见面,将奖券都给了玛利亚,又一阵子华波和华芭的亲热。玛利亚拎着子渊的美式咖啡机,送我们去新赌场,我们四人到米高梅赌场酒店,玛利亚跟她华波再见,子渊拦住了她,要她去买一份中文报纸。

玛利亚回来,子渊研究中文报纸广告,打电话找金发女郎,玛利亚离开,子渊说:"麦华芭,兔毛篓思油!(子渊的洋泾浜外语,我的美人,明天见!)"

玛利亚刚走,电梯开门,进来三位金发女郎,蓝眼睛,身材火爆。子渊高兴得不得了,他没事干就想生混血儿,我正问原宪:"昨晚你想说什么?"子渊手舞足蹈,嘴里"册那,册那"个不停,不知他是兴奋,还是让我们停止交谈。我披上衣服离开,子渊说:"册那,懋不懋,你一人去哪里啊?""找玛利亚去。"我说。子渊哈哈大笑说:"册那,你的口味奇怪。"我也不理他,挤进下楼的电梯。

赶上玛利亚,说上西班牙语,没几分钟我的西班牙语词汇用完了。她说她的高祖父从中国来,他曾是将军,被人卖到秘鲁做奴隶,后来在秘鲁作战,又成为将军,一个自由人。她曾祖父辈的男人与西班牙人做生意,来回欧洲与南美洲。曾祖母跟着哥哥跑,嫁给了个西班牙吉卜赛人,成了中国的第一位吉卜赛女郎,四海为家,学了吉卜赛人的奔放,热爱弗拉明戈舞。从此以后,玛利亚家代代都会弗拉明戈舞,右肩挂吉他,左肩背枪,玛利亚牛头不对马嘴说着中文,她带有广东口音。以前传说太平天国失败,几万军士被卖到南美做奴隶,后来南美战争爆发,这些太平天国将士又去打仗,赎回了自由,说不定玛利亚就是太平天国军人的后代。问玛利亚怎么成了墨姐姐,她说她们家在南美有庄园,后来没了,全家就向北迁移,像吉卜赛人那样迁移。中国人能吃苦耐劳,全家迁移经过墨西哥,她出生在墨西哥。

我懂了，难怪玛利亚有西欧人肤色，吉卜赛人的奔放诱惑，墨西哥人的憨厚，中国人的美丽。

玛利亚父母兄弟都在黄石公园，生活不为工作，活着为了弗拉明戈的自由。玛利亚到拉斯维加斯，一年做几个月工，有些钱就回家。在蒙大拿州的黄石公园，她骑马狩猎，吉他和弗拉明戈舞蹈。问她为什么是黄石公园，玛利亚说："很大，像马鹿一样自由。爷爷的爷爷说要保护自己，中国人不是奴隶。"说完，她回百乐宫去了。

我一人游走在拉斯维加斯大道上，想到玛利亚一家迁移了整个世界，从中国广东到秘鲁，来回南美与欧洲，再向美国，定居在荒无人烟的黄石公园，她是自由的，她是自由的野性奔放。

回到米高梅，子渊他们精疲力竭地躺在沙发上。原宪无精打采，子渊抽着烟，窗户开着，吹进沙漠的热气，冲淡了他的烟味。我问他们生了几个混血儿，子渊笑了起来，站起来自己去泡茶，他问玛利亚怎么样。听到玛利亚的家谱，子渊又精神了，他说："册那，给力。玛利亚是我同乡啊！你知道我是广东人，说不定也是太平天国时候到上海的。说不定我们是一个村庄出来的。兄弟，我找到我失联的妹妹了。玛利亚，我的玛利亚。"

原宪阴阳怪气地问："你的祖宗专打太平天国，不是跟李鸿章从淮北来的吗？"

"误会了，大水冲了龙王庙，自家人打起自家人了。哦！圣母玛利亚！"子渊唱出了舒伯特《圣母颂》："阿浮玛利亚，阿浮玛利亚……"我不知道他在唱些什么。

原宪蜷缩着身体，目光无神，突然呜呜地哭了起来，伤心地哭，像是在忏悔："聆海，我这个人没救了，我上哪里去找回安宁，也许子渊是对的，成功是失败的爸爸，我怎么就这样不顺利呢？"

"你好好在杭州当院长、做院士，怎么就不顺当呢？"

"聆海，我还不是院士，就我们兄弟俩在这里，我知道你不会对别人说的，我来美国避避风头，总有人想整我，这次怕保不住了，地位、荣誉、爱情、金钱，一切怕是保不住了，就看你兄弟毛阿大。"他的样子让人难过，他接着说:"他们拿我的学位攻击我,拿我的论文攻击我,拿我桃色新闻攻击我,我是不怕的,62的!比我假的多的去了……"他突然停了下来。我问:"昨晚想跟我谈的就这个?你是五官科权威,这个没人攻击吧!当个好医生不容易。"

原宪越来越伤心,指着开着的门,我上去关上了门,挂上写着"免干扰"的牌子,回到原宪身边,他有气无力地坐了下来,镇静了一下,又哭了起来:"我完了,聆海我什么都完了,不是我给自己开脱,我也是男人,与子祺分居两地容易吗?前三年,我简直成了杭州城里的真戒和尚,比灵隐寺的和尚更洁身,但我不是出家人,我们是男人,是不是?我不是在给自己找借口。"原宪吞吞吐吐地说着他的事。

原宪家世代是举人学者。他曾祖父跟着康有为公车上书,满腔热血报效国家,百日维新后被清政府通缉。曾祖父潜逃到南洋,但后来成了保皇党,被人取笑。他祖父是汪精卫手下的文人,与曾祖父分道扬镳,主张宪政,跟着汪精卫暗杀摄政王,轰轰烈烈。暗杀不成,被人通缉,又被国民党其他派别排斥,总不得志,后来成了汉奸,跑到香港隐姓埋名。他父亲与祖父志不同道不合,原宪父亲参加新文化运动,被国民党通缉,千辛万苦从白区到延安,但后来成了反革命,自杀了。原宪与他父亲划清了界线,担历史总是重复,原宪考上大学,天生的读书人,没人比他读得有天赋,原宪留校。上世纪九十年代,他与子祺在杭州结婚,没多久他到纽约哥伦比亚大学,在实验室做博士后。一年后子祺也到了纽约,给他生了儿子凯文,从此原宪有了责任感。原宪爱凯文,要给他一块流奶流蜜的土地,贫困是把手术刀,切除了安于现状的肿瘤。他想成为拥有美国执照的中国第一位五官科医生,野心在膨大,他与子祺一起复习,生活充满希望。

原宪说:"将自己锁进哥伦比亚大学图书馆,与美国金童玉女们一起,读五百多页《内科》,花了四个月才读了一遍,什么也不懂,又花了三个月读了第二遍,中英文对着读。那时候纽约下雪,我几乎背熟了写字台上的纹路。哥大校园外街上,停着卖中国菜的小贩车,喝上老板娘的茶汤成为一天的奢侈。人跟人就是不一样,关公只会舞青龙偃月刀,鲁迅写不出《红楼梦》,斯大林战胜不了孙悟空,是不是?"

"你说的哪跟哪呀?"我问。

"不管怎么,62的,我就是考不出美国医生。子祺的父母跟我们住在一起,一对好人。纽约一室一厅破房,拉着被单当屏风。男人就怕在丈人面前不争气,人活着为了这口气。"原宪叹了几口大气说:"不说了,只怪我自己没出息。记得那一天回家,老丈人递给我考试成绩,美国医生执照考试第一部分,信封完整,他们等着我拆信。子祺与老丈人都不出声,儿子不玩了,丈母娘躲在厨房里,子祺站在我身边祈祷,我拆开信封,难为情啊!关公死在纳粹的冲锋枪下,我感到一次强烈心跳,以后混混沌沌,什么也记不清了,老丈人与子祺将我抬到床上。"

子渊回来了,进门就说玛利亚是他远房亲戚:"册那,她爷爷的爷爷是广东人,太平天国将军,我外公的外公也是太平天国的,从前农民起义是同族人干的,我跟玛利亚算了辈分,你说'辈分'一词西班牙语怎么说? 我说玛利亚比我大两个辈分,是我的奶奶,册那! 她哭了,她说她不老,哈哈哈! 我的圣母玛利亚是朵花。"

没人跟子渊啰唆,他没趣,自己打电话找李小姐,约她来米高梅赌21点,我们把他打发走。原宪继续说:"那个时候给我进补,丈母娘每顿都给我做桂圆蛋汤、人参茶、清炖黑鱼、十全大补膏,吃胖了许多也没用,还是考不出,上海王导师来美国,心一横就跟他回国了。"原宪说了这许多,心情好了些,体力也恢复了,从沙发上站了起来,走到厨房开了一瓶红葡萄酒,我们俩莫名其妙地干杯,一口气喝完了,又满了一杯,原宪说:"聆海,求你一件事,你会不会答应?"

我放下杯子问:"什么事?"

"你能不能陪我一起去丹佛?"

"去丹佛?"

原宪又伤心起来,两杯葡萄酒还不够壮他的胆,又来了一杯,他小心翼翼地说:"聆海,我是没救了,我害了凯文,他对什么都不感兴趣,一个虚无的人,像活植物人,你懂得多,看看有什么药,我们家香火就在你的手里了。"我听了哈哈大笑,觉得原宪在开愚人节的玩笑,我说:"你叫子渊去吧,他这个人胆大心细,揍一顿凯文就包在他身上,包治好她的病。"原宪没笑,他看起来是认真的,他说:"这还不是最主要的,我犯下大罪了。"

我问:"什么大罪?"原宪结结巴巴不想说,我给他倒了一杯酒,他喝了半杯还没胆子说,我起身往外走,原宪拦住我说:"你别走,不是跟你商量呢!我告诉你,我在杭州遇到了一个人,我的博士后,我是很守规矩的,但徐仪和她不守规矩……"

"徐仪和?你的红颜知己?"

"红颜是的,哪里来的知己,她在逼宫啊!"原宪借着酒力继续说:"我是爱子祺的,现在更是,但我们分在杭州、丹佛两地,爱变得越来越抽象。我每年回美国的,春节和'五一'长假,最怕那些不长不短的周末。在家里写不出文章,寂寞得脑子发白,躲到办公室里写文章,怕女博士、女研究生、女医生、女同事。我不是个伪君子,我只是个男人,这十几年的人性、野性、理性、文明教义一直在纠缠我。我有过失败,我怕失败,我用理智约束我的野性,克制再克制,远离再远离她们。"

"你说了这一大堆引语,还没说出你和红颜知己的事。"

原宪就了几分醉意,潮红的脸,呼吸加快,又加大剂量喝了一杯葡萄酒,有了醉态的假面具做掩护,他说:"62的,我突然有钱了,我是爱子祺的,将钱汇到美国,由她保存。人到发财的时候,钱自己长着腿跑进来,红包留一部分自己用。"

"子祺打算过回杭州吗?"

原宪说了真话,动了真情,声音也嘶哑起来,与我干杯,喝了几口说道:"在杭州的摊子大了起来,子祺在美国考试,她考到了美国医生执照,我真难为情啊,不要活了。但我也是学术权威,我……我……我不能太自私,她在美国刚开始赚大钱,我懂得子祺的内心,如果我执意她回国,她一定会回国的,但这太委屈她了。大家都把孩子送到美国,我不能强迫凯文回国,对不对?再说红包黑包的钱要洗干净,我说的都……都……都是实话。"

"别喝了,口齿都不清了!"

"没关系,我们说些心里话,自从盘古开天地,没人能在杭州城苦熬的,没一个人。梁山伯没有受苦,他有祝英台陪着,白娘子有许仙护着。杭州是情场,不会造就苦行僧的。我寂寞啊!寂寞啊!寂寞中的风声雨声读书声,声声不入耳。"原宪颠颠倒倒说了他与徐仪和的事。他收到徐仪和博士后申请书,觉得名字好听,一定是书香门第出身的人,而且和子祺是隔着汉江的同乡。徐仪和来杭州面试,她的乳房先进的办公室,美艳的笑,眼睛如汉水,他们谈了《三国演义》里的夏口,徐仪和说夏口在江南,她说如果夏口在江北,刘备怎么抵挡得住曹操?有意思,徐仪和这个女人有意思。

子渊唱着回来了,他搂着李小姐,口袋里满满的赌场筹码,今天他们打西班牙二十一点,找了个低能儿庄家,给他小费,赢了个大满贯。快乐,子渊与李小姐说说笑笑,子渊算出来了,照这个速度赢钱,他在一年内买下米高梅。子渊倒了一杯葡萄酒给李小姐,说道:"哈哈,高兴啊!"原宪等着他们离开,他们俩却兴奋得像吃错了药,和着衣服跳入豪华单元内的游泳池,哈哈地笑,兴奋地唱起自编的《天仙配》:"水缸里的鸟儿成双对……"

原宪接着说他的事:"我现在什么都不想了,只想与子祺'你挑水来我浇园'。你一起去丹佛,帮我说……说……说服她,好……好不好?"我只得同意,明天去丹佛。

子渊他们高高兴兴回到客厅,像吃错了药似的兴奋,他们俩要去蹦极跳楼,从Stratosphere两百六十多米的高塔上往下跳,子渊拖着我去见证历史,原宪喝了太多,本来就在云层上,我们都去跳楼,有钱就是任性。到Stratosphere高塔上,纵身跳下,哈哈地跳,有过一刹那的恐惧和万念俱灰,然后是惊叫、兴奋、哈哈哈。五十美元玩一次,这一夜不知跳了几回楼。人生能有几回醉,疯了,全都疯了,只把跳楼当吹风,都是些疯子!

早晨起来,李小姐把子渊骂了一顿,说他是流氓,没给足她钱,子渊哈哈地说搞错了,以为昨天跟金发女郎生混血儿。原宪准备去丹佛。子渊不去丹佛,怕被子祺赶出去,他决定每天换个新赌场,也不说为什么,要我预订好一星期赌场旅馆。他好像在躲避什么。我也不管他了,替子渊办完了旅馆预订,最后一个旅馆在威尼斯赌场。

第七章　美国脊梁上烦恼

（1）情是花开

原宪租了宝马 X7 豪华越野车，跟子渊的林肯美人一样美丽。从拉斯维加斯大道转弯，上联邦 15 号公路，迎着东升的太阳离开赌城，去丹佛城。

行驶在拉斯维加斯山谷里，极目都是沙丘，远处山脉连天，回头是赌城。仿佛瞬间什么都没有了，又仿佛昨夜的疯狂是海市蜃楼一个梦。离开赌城后，地势升高，行驶在素不相识的山路里，不想听音乐，不能喝酒，让地球转向我们。进入亚利桑那州北角，继续向东，经过处女河峡谷。宝马 X7 车速每小时一百英里，进入犹他州，山脉上到处是积雪，才意识到一月是冬天，才意识到冬天的寒冷。想到丹佛的冷，我们俩都沉默了。

早上 9 点到达犹他州的 Beaver 市，在公路旁加油站停了下来，吃了早饭，继续上路，驶入蜿蜒的山路，继续向东，通向永不休止的山脉与荒凉。蓝天白云下的黑蓝高速公路，左右山脉灰暗，大石头的山坡，悬崖峭壁。公路上的白线与黄线是唯一的文明，宝马 X7 狂奔在美国脊背上。正午的时候，我们驶入犹他州的沙漠，举目荒无人烟，到处是乱石怪丘，乱石处是干枯的河道，但想到这里曾是绿洲，不知经过了几百万年风化，才形成现在的荒凉，"乱石荒凉中的绿洲"占用了我所有的想象力。

原宪接着讲昨晚的话题，他说："徐仪和可能把我的事放出去。"

我问："放出去？放什么？"

"她的日记，里面有我们的事，她每天都记日记，你懂的！"

我问："你们什么事？"

他吞吞吐吐地说："聆海，我只不过做了潜规则的那些事，她也跟着做的，当初都好好的，但她说她爱上我了，不想按潜规则玩下去，她要和我结婚,否则鱼死网破!"

"你到底做了些什么啊?"

太阳斜照着犹他州山谷,原宪说:"我知道这一切对你来说很荒唐,没有道德。有时我也暗暗地祈祷,让我的过去成为过去,我不再为自己辩护。当整个世界需要罪孽的时候,孤芳自洁成了有罪,我也有罪……我们这些人,收一个博士起码五万块。潜规则谁都这样做,我不收反而招人猜疑。我手下的几个博导,他们每人带二十几个研究生、十几个博士,还有博士后,就这笔潜规则费就是一百多万,都是他们自愿的。"

"子渊也是这么说的,人到发财的时候,钱自己跑进来。"

"在这条线上,比如申请科研费用,一个大项目有上千万元人民币的。一个博导能带一群人,能拿好几个这样的科研项目,你知道审批都是我们自己人。子渊说得对,每一分钟都是金钱向你奔来。但我是被逼上梁山的。徐仪和长得不错,但她是子祺的同乡,我并不留心她,只做潜规则,大家过得去就好。她想留在杭州,这里又有潜规则,你懂的!但徐仪和这个女人有内容,她的英语不错,她来面试,问她对科学的态度,她说:'To show our simple skill, that is the true beginning of our end.(科学不是简单技巧,如果只知道卖弄技巧,我们就真正开始完蛋了。)'知道这句从哪里来吗?"

"莎士比亚的《仲夏夜之梦》?"

原宪点点头,说道:"对!我怕跟女人玩文字游戏,但又喜欢这样的游戏。我每天像土豪一样赚钱,将柏拉图式追求留在钱堆里。在纽约看过《仲夏夜之梦》,记得几个人在森林里追逐,累了做了一场荒唐梦,从梦中醒来,一切自然理顺了。是个好梦!因为徐仪和说了这段莎士比亚故事中的话,我录取了她。张教授不同意,怕她在杭州找工作,我放了她一马,她成了我的博士后,而且是全脱产的。"

"后来呢?"我问。

原宪说:"在医院和研究所里,我是有名的老夫子,有个好名声,子祺在美国很放心的。我怕单身女秀才,怕她们有纠缠不清的初恋感情,我躲着她们。徐仪和不同,她已婚,有个小男孩,我也放松了警惕……"

我打断他,问:"你收了徐仪和的钱?"原宪迟疑了一下,点点头说:"收了,收下了她的钱,是不是有点荒唐?但大家都这样的,就像在医院里开刀,收了红包,病人家属才放心。徐仪和这个女人就是不一样。"一阵冷风吹入宝马X7里,周围几百万年风化形成的巨石,茫茫世界没有其他人,没有鲜花,也没有野草,小鸟飞不到这儿,高山也是荒荒的,只有两个老同学,没有什么需要隐瞒,原宪说:"与她在一起,不知为什么就感到愉快。她每次从汉口回来,总给我带些小东西,有汉南的甜玉米,有汉口的白果,她说汉口的白果是从上海引进的。'香是香得来,糯是糯。'她说的上海话好听,少妇味十足。徐仪和点的酒精白果烤炉,她的玉手抓的白果,放在网上烤,在我办公室噼噼啪啪地爆,她剥了一半外壳说:'别烫着了,先尝尝。'兄弟,我们小时候,在高墙弄堂里,常常围着看炒白果,从妈妈手上接过冒着热气的白果,真是香糯。人真是奇怪的动物,感情更是如此。"

我说:"听上去你对她有好感。"原宪说:"聆海,要是只留在好感就好了。她抓白果的玉手,没有乡下女人的硬实,也没有杭州女人纤细,徐仪和的手是媚软!"

说到这,子渊来电话了,我将手机调到外放功能上,听到子渊说:"哈哈,你们猜我今天手气怎么样?"没人想知道他的手气,原宪继续讲他的潜规则,子渊听完,笑说:"他们这些教授厉害啊!册那,学生带得好,个个遵守潜规则,送钱还陪睡。册那,不知哪位革命教授说的,只有古代蒙古人做到这种潜规则,让男人送来新婚女人,陪蒙古人睡初夜,还送钱,我们原宪兄也做到了……哈哈哈,厉害啊!"原宪关掉了电话。

"是这样的?"我问。

"徐仪和懂得,62的,全中国都懂潜规则。我这个人从中国到美国,又从美国到中国,知道世界是怎么运转的,什么样女人没见过?她想留在杭州,我说她的事好办也不好办,她是个聪明人,全懂的。徐仪和激动了,她紧紧地抱住我,不管我愿不愿意,她亲我,说要好好感谢我。"

飞过一辆丰田车,扬起灰尘,我赶紧摇上车窗,准备开车。原宪问:"怎么不说话了?"我问他:"你跟徐仪和就只有那一次,是不是?也许子祺会原谅你的。"原宪说:"徐仪和有记录,时间、地点、谁开的房,她都记录。她是个疯子,给她钱她不要,给她找好杭州工作她也不满足。62的,我的麻烦来了,她不守潜规则了,哪有这样不守信用的?"

"她要什么?"

"她要跟我结婚!"

我发动宝马X7,不想再问原宪了,向东行驶,到了丹佛看他怎么向子祺解释。原宪继续讲他的故事,徐仪和生气了,原来不是吃子祺的醋,他还跟其他人有过潜规则。就是徐仪和爱上了他,她要闹,她跟小三小四吃醋,就这样简单,而原宪爱她们,实实在在的爱,原宪是个狂人。

原宪问:"并不是我爱徐仪和就不爱子祺了!情是花开,是自生自美自凋谢,无可干涉,世界上真的东西是不能选择的。为什么不能同时爱几个女人?"他这几句是《她从海上来》电视剧里胡兰成的台词,胡兰成的混账话成了原宪的精神指南。

州间70号公路,黄线、白线发狂地向我们冲来,路旁稀疏几棵灌木露着脸,又匆匆而去。宝马X7驶向山脉,两边列队站立着悬崖峭壁,哈哈地摇晃着,刚向它们告别,前面就闪出大山,横向公路,黄白三条线从山脉中狂舞出来,飞舞着擦肩而过。下午2点到Glenwood Springs,进入Glenwood峡谷,爬山,追逐科罗拉多灰色山脉。3点到Vail,州间70号公路两旁已是雪山。原宪还等着我的回答,我说:"为什么不能同时爱几个女人?我怎么知道?你在犹他州问这样的问题,太聪明了!你可以搬到犹他州来,加入摩尔门教,一夫多妻,但你也肯定会成为摩尔门的怪物。你也可以移民去中东,但拥有的不是爱,'妈妈我要吃十个苹果',你只是渴了喜欢吃苹果,吃完十个苹果,忘了味道,再来十个。"

"对,对,62的,我就喜欢吃苹果,我不就吃了几只苹果?哈哈!"宝马X7向丹佛靠近,过铜山城、银山城,进入艾森豪威尔隧道,永绿城(evergreen)在瞬间经过。到金城时,看见文明迹象。这一路从赌城拉斯维加斯出来,行程九百英里,疯狂地奔驰,竟然在红灯前停了下来。想到原宪引用的胡兰成名句:"情是花开,是自生自美自凋谢,不可干涉。"感到荒唐,乱情横穿红灯,哪有不可干涉的乱情?就是发情野狼也得遵守狼群群规!我问原宪:"今晚有什么打算?"

原宪说:"找个旅馆住下,明天凯文也到家。"他的心思沉重起来,打电话请教子渊,子渊的手机里传出女人的声音以及叮叮当当的老虎机声,子渊在那里笑笑闹闹,过着"好时光"。"哈哈,原宪兄,不过是那些潜规则的事,没有人会关心的。忘记哪位革命诗人写的,'人生得意须尽欢,莫使玉床空睡人'!我们一不小心生在好时光,又不知是哪位革命思想家说的,情是缘分,我们上世修好的缘分,上世你就是修得太多一些,啪!啪!这世就都让你碰上了。"

子渊手机里女人的声音突然停止了,子渊也不说话,原宪问:"子渊,你还在吗?怎么没声音了?"又传出子渊的声音,他说:"原宪兄,你找了个好时间,在我最紧要的关头咨询我,我的混血儿流产了!"

原宪说:"又在吹牛!"

子渊哈哈大笑说:"册那,我告诉你,见到子祺不要提起杭州的事,不是还没人告你吗,对不对?你与子祺沟通感情,先与子祺生几个儿子再说。你争取替子祺说服凯文,不能让儿子变成虚无人,这是你们共同的语言……哈哈哈,no,no,麦贝贝,不跟你说,I talk to my 兄弟……不是跟你说,正跟金发女郎说几句英格列须(英文 English 的粗糙读音)……凯文是你的切入点,你要顶住啊,顶住!……哈哈哈,不是跟你说……"

子渊的手机断了,想象中的赌城一片通红,正是烟花爆竹四起的时候。

(2) 罪孽从哪里来?

早晨起来,丹佛城白茫茫的一片,雪片漫天飞。原宪对着窗户沉思,回到旅馆写字台前坐下,快速地记录什么。吃了早饭,驾驶宝马 X7 去找子祺。开过黑人区,几个黑兄弟穿着低腰裤子,露着大半个屁股在街上,也不怕冷。周围什么都没有,没有速度,没有人丁兴旺的热闹,没有爆发赚钱的惊叫,更没有子渊的疯狂,只感到美国时代如风雪中的无聊。

子祺就在这附近,说子祺的事几天也说不完,原宪在美国考试失败回国,子祺翻看原宪留下的书,无心插柳,她反而考到了美国医生执照,来到丹佛城,美国海拔最高城市,她在这里做完住院医师。子祺是爱原宪的,汉口女人淳朴,做美国医生不是与人争强斗狠,只不过为了一家的美好生活。原宪来回杭州与丹佛,八年前他们有了女儿丽贝卡,长得聪明好看。

子祺不想让原宪回国,她恨杭州的王导师,她总是这样问:"难道成功就这样重要吗?"每次分别都是无可奈何,不管是在纽约、丹佛,还是在杭州,总有说不尽的感慨。她去杭州看他,西湖天堂里的夜灯美景下,瞬间的成败,幽幽人间沧桑,悲欢岁月无奈何,她过着阴晴圆缺的生活,典型中国女人的任劳任怨,带着两个孩子,坚强做完了住院医生,他们这一分居已有十多年了。

没想到子祺会在丹佛城定居下来,过着松散的生活。原宪不停地叹气,几十年的美国梦,阴差阳错,他的抱负在杭州实现了。今天丹佛老街上的白人、黑人,坐着喝咖啡的,躲在角落吸大麻的,都惊奇宝马X7在他们的世界里出现。原宪怕出事,躲在宝马X7中,有本能地恐惧,像在杭州路过打工仔营地一样,躲着他们,不想与他们为伍,不想知道他们做的是什么梦,不愿回想曾有过的黑暗。

车慢慢驶在科罗拉多大街,向南到9街,JOE快餐店旁一群孩子打篮球,单身母亲们凑在一起,为他们加油。几年前,凯文可能是他们中的一员,想象子祺混在这些女人堆中,原宪打了个冷战,他停下宝马X7,隔着车窗看着他们。几个黑小子跑过来,指着豪华车,嘟嘟地说着什么。又过来一群孩子,单身女人们也过来凑热闹。原宪退下车窗问:"你们认识凯文·赵?"有人回问:"那个中国男孩?"又有人说道:"那个中国男孩去了杜克大学,他是个怪人……"原宪听完跟他们说了再见,驾车离开了快餐店停车场。

过了几条街,停在红灯前。快到自己家了,原宪心情沉重。看见几个黑人在街上,喝着啤酒,空啤酒罐挂在超市货物车上,激光唱片机播放着电影《费城》里的老歌,远处教堂钟声敲了十二响。原宪对我说:"以前年轻的时候,总问人生意义,现在什么都不问了,想不了太多,不要头破血流就好,是不是？到家了，我们进去。"

赵原宪的丹佛别墅像员外府，几乎占了半条街。赵府前花园积着残雪，花园足有几公顷大，中间菜地盖着塑料，寒冬的土地已被耕种过，我睁眼望去，远景是雪山，近处则是雪松。按了门铃，出来的是原宪的儿子凯文，长得高大，脸相与原宪一模一样，他很有教养的样子，对原宪叫了声"爸爸"。凯文与我握手，说了声"叔叔好"。子祺从别墅内出来，到底是中年女人了，今天的妆是为原宪化的。

子祺问："怎么昨晚没来？"

原宪回答："开了十几个小时车，到丹佛已是深夜，聆海怕打扰，就先在旅馆住下了。"

子祺几分生气地说："这里是你的家！"

我问凯文："你也在家？"

凯文毫无生气地说："妈妈要我来的。"

晚餐摆在子祺的餐厅，正宗椭圆形西餐桌，子祺的父母也在，丽贝卡缠着原宪玩。大家入座，前天还在拉斯维加斯花天酒地，今晚却变得如此"简陋"，倒让人反而有些不适应。原宪坐在主人席，拿凯文问话："喜欢大学生活吗？"

"无所谓的。"凯文回答

"为什么选择数学专业？要知道读数学的难找工作！"

"我都无所谓。"

"怎么进了杜克大学？"原宪再问。

"是你们要我报考的。"原宪重重地咳嗽几声，子祺对他说："不要发脾气，你要讲道理。"

"我知道。"然后原宪语重心长地对凯文说："爸爸做得不够，这些年来忙于事业，没给你多指导，但爸爸每月都与你交流，选学科太重要了，你们早该与我探讨一下。别人报考数学，马上进哈佛，入学就改专业，你想改什么专业？"

凯文回答说："你们决定吧，我都无所谓。"

原宪浅浅地笑了几声,说道:"我们年轻的时候追求信仰、目的、生命价值,你怎么都无所谓呢?"

凯文问:"没意思,您找到了吗?"

子祺说:"凯文,就事论事,不要说人,更不能评论长辈。"

原宪被问在软肋上,他既说不出他的"生命价值"何在,也茫然遗失了信仰,但他感到凯文的虚无是对自己的反抗,他喝了几口茅台酒,强烈的酒精刺激麻痹了他内心的寒冷。

我喜欢子祺母亲做的菜,辣辣的,吃了上瘾。我朝椭圆西餐桌后墙壁看,那里挂着毛主席《沁园春·雪》书法,莫奈的油画《舞者》,吴老先生的钓鱼照片,丽贝卡的幼儿涂画,还有原宪被各级领导人接见的照片,墙的最右面是叔本华的照片。我惊叹这墙上的内容。原宪喝了小杯茅台酒,他耐心地对凯文说:"讲到人生经历,爸爸比不上你外公外婆,但爸爸至少是个过来人。虽然世界上一切信仰都是骗人的,我已不相信任何教条了,但人还是要寻找信仰,比如对家庭的信仰。"

"吃力不吃力?"凯文有气无力地问。

"对将来创业有什么打算?"原宪问。

"没意思,我都无所谓的。"

"要是家里没钱了,你什么办?"

"又是钱,真没意思。"

"你这样虚无!什么都无意义,它只会给你带来贫穷和沉落。凯文,爸爸妈妈带你来美国,多不容易,我们希望你们兄妹好,尽我们全力给你们好生活,你要珍惜啊!"原宪说得激动,吴老丈人点头赞同,对外孙说:"听你爸爸的话。"

有了老丈人的支持,原宪继续说:"我知道你对爸爸有情绪,我们也没办法,爸爸妈妈在一起是为了这个家,分居也是为了这个家,都是为了让你们有个好机会。凯文,爸爸说的是真话。"原宪几分激动,说话哽咽,茅台酒的烈性烧灼了他的咽喉,他脱了名牌羊毛衫,再次坐回主人席位,他控制了交谈话题。

凯文说:"活着,都是生活,有什么区别?"

吴老丈人说:"凯文,外公有时感到都没意思,但外公老了,年轻人要有雄心壮志,去闯一番事业的!"

原宪追着说:"要是别人家孩子这样,爸爸也就一笑了之,但你这样虚无,像植物人,将来怎么办?你想没想过?"

凯文说:"唉,又来了。我这是向死而活。"

原宪简直不相信自己的耳朵,不相信儿子已经走得这么远,更不相信说服不了凯文,原宪说:"哪有你这样无所谓,一切虚无的,就是看破红尘也是要追求涅槃。"

……

他们父子俩都是高手,谁都说服不了谁,没有胜利,也没有失败。原宪站了起来,他控制着自己说:"爸爸哪一点做得不对,你为什么要这样对待我们?"凯文没理他。原宪激动地追问:"你想毁了你自己的前途!"凯文还是没理他。原宪真的发火了,说:"你真是执迷不悟,真是鬼迷心窍了!"

子祺拉了原宪一把,要他冷静下来,她觉得丈夫每一句话都有道理,比她说得更好。她说:"你们爷儿俩慢慢说。凯文,你成绩这么好,这样聪明,可以成为杰出的医生、科学家,或者企业家,为什么要这样呢?爸爸妈妈就是想不通。"

"妈妈,都一样的,还不就是一份工作?"

"凯文,你对个人问题也这样看的?"

"我个人问题?"

"难道你不想成家有孩子了?"

"有这个必要?"凯文不懈地回答道。

"你是赵家的长子长孙!"原宪说的声音大了一点,惊到了丽贝卡,她手里的调羹掉了下来,"我不会让你毁了这一生,凯文,不但是你的一生,还有你母亲和我的下半辈子,你爷爷奶奶的、外公外婆的幸福,你想过这些没有,你是我们全部的寄托。"

"我都无所谓,你们该做什么就做什么。"

原宪说服不了儿子,急得不知所措,潜意识里的东西竟也顺口说了出来:"你知不知道不孝有三,无后为大。就是想当和尚也应该先生个儿子。"

凯文愣住了,张口结舌,说不出话来,他突然意识到他父亲在说什么,他看看我,简直不敢相信他父亲刚才说的话,他不满地回问原宪:"爸爸,你把我当成什么了!我成了你们配种的公牛了?以前,我真的以为您是个懂格物致知的学者!"

原宪控制不住自己,他仰天问道:"上天啊!为什么?我赵原宪做错了什么吗?要不是为了他们,我不会漂洋过海生活在异国他乡,不会忍受世人的嘲笑,又独自回国奋斗,我到底做错了什么?"

"爸爸,你要求我为你们配种接代,是因为我欠了你什么吗?"

"凯文,我不会让你毁了我们全家和你自己。"

"有这个必要吗?假惺惺的,让人恶心!"

"你说什么?!"原宪几乎在吼叫,他再也忍不住了,他站了起来,离开自己的座位,一步跨到凯文身边,抓住了儿子的衣服,"啪"的一个耳光就狠狠打下去,说道:"我打死你这个无所谓,与其让人家笑话我们,还不如我自己结果了你,我们就都不姓赵了。"

原宪举手又要打凯文耳光,我实在无法坐视不管了,我站起来挡住了他的手臂。子祺大喊:"原宪,你又发病了!你在爸爸妈妈面前动粗,好好的一个家,你回来几个小时就成了这个样子。"她哭了起来。吴老丈人拖开原宪,老丈母娘拉走外孙,丽贝卡也跟着母亲哭。凯文觉得他父亲太陌生了,他被外婆拖走了。

原宪想追上去,却被我和吴老丈人紧紧抱住。凯文跑到后花园,不知道他去哪儿了。全家人追了出来,子祺大声喊:"凯文,回来。"原宪还在气头上,他说:"邪了,他是个疯子!"

我追到后花园深处,在小溪对面找到凯文,也不知道该说什么好,刚想劝他,凯文摆摆手说:"外面冷,叔叔回屋去吧。"

我解释说:"你爸爸心情也不好。"

"我无所谓的。"

凯文在雪地里散步,他根本没有生气。我接着说:"他总觉得欠你们太多,他几十年前考托福和GRE,变卖所有值钱的东西,才买了一张单程到美国的机票,离开你们独自来美国异乡打拼。"

"我不感兴趣。"

我回到餐厅,大家闷着吃,草草了事。我站在他们家走廊里看墙上照片。有子祺与凯文在西湖的照片,他才一岁,从没注意到子祺曾是这样艳丽!人生惆怅,美丽需要十几年才开花。沿着走廊,墙上的照片也记录了原宪的成功,有他站在国际讲台发言的,与名人合影的。我更喜欢他们的家庭照片,有丽贝卡穿着芭蕾舞服的,有凯文演奏钢琴的,有凯文在夏威夷海滩边冲浪和男同学在耶路撒冷旧石街上祈祷的……正欣赏着,我突然想起什么,急忙追到后花园树林里找凯文。

我问他:"耶路撒冷旧石街上的男同学是谁?"

"叔叔,这不关你的事。"他回答。

"对这你也无所谓?"我问。凯文沉默,没有正面反驳我,我不想再多说什么,都是他的生活,就像他说的,这样是他的生命,那样也是他的生命。深冬的丹佛真的寒冷,路面结满冰块,想起原宪一家三代都喜欢冰钓,我邀凯文一起去冰钓,他答应了。

我拉着凯文一起回到餐厅,郑重向大家宣布明天大家,包括凯文,一起去冰钓。他们听后感到讶异,但又满足,终于松了一口气。子祺保护着儿子,她不让原宪再说儿子,但她心里是高兴的,儿子、丈夫都和她在一起,老同学又和她共进晚餐。餐厅里顿时有了生气,忙忙碌碌准备明天去钓鱼。就这样,原宪算是开始成功地融入子祺的世界。

吴老丈人比谁都高兴,他喜欢钓鱼。他钓过长江鱼、太湖鱼、西湖鱼,在丹佛这几年,又成了冰钓行家。他们家车库里有全套的钓鱼工具。吴老丈人带我去车库,崭新的四门福特皮卡,两辆雪上摩托车,靠墙一排渔竿,电动冰钻是我第一次见到的。他最爱的是冰钓水上仪,能测出水深、鱼的大小。

子渊忽然来电话,我能听得出他心情很好,他说:"还是原宪兄厉害!就这个切入点。变了,变了,阶级矛盾变了。"他胡言乱语说了几句,说要跟玛利亚去学弗拉明戈舞。

(3) 冰钓　阴雪　流浪

晚上我与凯文睡在同一间屋,凌晨4点被他的闹钟唤醒,我不想起床,翻身再睡。凯文下楼,留着闹钟继续响,我只得起床,关了赵家烦人的闹钟。组织大伙去冰钓,本想做一次好人,给他们父子一次和好的机会。我也是没事找事,还得4点起床,早知道是这样,让他们父子打架就是了。我抱怨着,又翻了几个懒身,睡不着只得起来,走进洗漱间,冲洗了一番,一下子精神焕发。

走到楼下厨房,吴老丈人和凯文早在那里了。我热了牛奶,做了吐司夹着甜酱吃。原宪还没有下楼。想起了子渊,不知他转移到了哪家赌场,也许他还没睡!想到这里,思绪突然被凯文爷孙俩打断了,他们竟然要我去叫醒原宪,凯文还没正式与他父亲和好,吴老丈人是前辈,不便敲女儿女婿卧室的门。我不知自己在哪个西天王国,怎么成了原宪最亲近的人?我只得再上楼,敲了他们房间门。原宪冤枉着出来,问我:"为啥怎么早?一定要去钓鱼吗?"我没回答,自己下楼了。

等大家准备好,已经5点半,凯文倒着福特四门皮卡,出了车库,挂上拖车厢,从车库里驶出雪上摩托车,顺着梯桥驶进拖车厢里。我们上了车,出小街向北,没几个弯到达科罗拉多大街。之后,穿过丹佛城,上70号州间公路,再向西转到40号联邦公路。一路驶向冰天雪地的世界。四个男人交流着钓鱼经验,长江鲈鱼、太湖白鱼、旧金山海鱼,以及钱塘江鲤鱼,没人能考证,只要故事编得有道理,大家哈哈一笑就过去了。吴老丈人说他去年冰钓,钓上三十四英寸的七彩鳟鱼,足足二十多磅,大家尊重地听着,没有说话,凯文说是真的,原宪笑着说还是让今天的事实来证明。

到了葛兰壁湖,停了福特皮卡,推出两辆雪上摩托车。冷,真冷,极目冰天雪地,没有一丝的绿,湖里没有一滴水。胆战心惊小步登上雪上摩托车,担心葛兰壁湖裂开。凯文驱使的雪上摩托车,朝湖心飞奔而去,从他与吴老丈人熟练驾驶的样子看,他们曾有过无数次这样的好时光。

到了冰钓地点,我们要测量冰层的厚度,用电动打洞机钻了洞,发现冰层有一尺半深。之后,我们将鱼饵鱼线放入冰洞,让它沉入黑暗的湖水,沉下去,沉下去,已经下沉几十米了,还在放线。凯文带来新玩具,一个测鱼仪,探头漂在冰洞里,从仪表的彩色闪光中,能读出深水里的鱼,一切都是高科技。选好冰洞后,我们搭起帐篷挡住严寒,不在冰天雪地里受苦。四人挤在帐篷里,八只眼睛盯着深渊,不到十几分钟,原宪惊喊:"上钩了,上钩了,62的真厉害!"他的渔竿弯曲成半圆形,他嘴里"哇哇"地惊叹着。我们都兴奋,焦急等待今天上钩的鱼。渔竿的尖端几乎弯入水里,足足奋斗十几分钟才见到鱼影。"My god!(我的上帝啊!)"凯文惊叹着。吴老丈人是内行,他跪在冰面上,右手准备去抓,凯文说:"外公,当心冻着,我来。"他脱了真空手套,也跪了下来,吴老丈人哈哈地乐个不停,还没见到这条大鱼的真面目。

"看哪!看哪!你们大家看看,上帝啊,它真棒!"凯文惊叹着,右手抓到鱼嘴,将它拖出水面。漂亮的鱼,七彩美丽如同彩虹,金黄色的鱼鳍,张着大嘴,就是好看。"太牛了!太牛了!"原宪兴奋地重复着,回归到真实的他,完完全全的他的眼睛闪烁着天真,他对我说:"聆海,这就叫冰钓,哈哈,看见了没有,这鱼叫七彩鳟鱼,哈哈,真牛!"

七彩鳟鱼拍动着尾巴,凯文将它控制在怀里,从它的嘴里取出鱼钩。吴老丈人向原宪祝贺,凯文竟也向原宪祝贺:"太棒了!"他们一家人拥抱在一起,凯文抱着七彩鳟鱼站了起来,我拍下他们爷孙三代人照片。幸福也好像就在七彩鳟鱼甩尾摇头间,它成了原宪家的婴儿,照片里仿佛四世同堂。七彩鳟鱼挣扎着从凯文怀里跳出,滑到冰上,跳动着,他们爷孙蹲下去,跪在冰上,用身体按住那条鱼,紧紧抓住它不放,他们面对面,全然忘却昨天的不愉快。一条好鱼,一家子的快乐,我们享受着好时光。将那条鱼放在地上测量,足足有二十八英寸二十六磅。科罗拉多山脉中升起太阳,洁白的阳光反射到帐篷上。

吴老丈人从热茶壶里倒出四杯茶,以茶代酒干杯,他嘴里还是一个劲地感叹。凯文拿着渔竿放下钓线,我看他认真的样子,也为他感到高兴。光芒照入冰洞,一切都好。不一会儿凯文也钓上来一条七彩鳟鱼,虽然没有他父亲的大,但更漂亮,大家很高兴,"爸爸""外公""叔叔"相互赞美着,祝贺、拥抱,阳光似乎也是纯洁的,美丽是自然的七彩鳟鱼,美丽是自然的光,美丽是自然的冰与雪,美丽还是自然的人。

吴老丈人和我去找另一个冰洞,让原宪父子有机会交谈。吴老丈人换上大鱼钩,鱼线沉入冰洞里。我们俩聊天,吴老丈人是个三起三落的人,他说他父亲也一样,穷了,富了,又穷了,他说他爷爷也是如此,"哈哈哈,俗话说'富不过三代'有道理!"吴老丈人自我嘲笑着。突然,他的鱼线沉了下去,他钓到一条大鱼,很重,我朝冰洞望去,那条鱼藏在冰块下面,能看到它的轮廓,七彩颜色在冰块里放大。我惊叹不已,为他做拉拉队。吴老丈人激动地大喊着:"妈的,好大呀!真是条大鱼!"原宪父子跑来,朝冰洞里望去,大家兴奋不已。

吴老丈人一个兴奋劲,满口武汉土话:"怎么办?妈的,怎么拖它上来?它在冰层下面躲着,我都用不上力气。如果它逃脱了,我这辈子白钓长江鱼了。"吴老丈人放线,放纵它游出半个体育场的范围,等它到了深水,慢慢地收线,又放线,再放线,感觉大鱼离开了冰层,小心翼翼地收线,直到鱼身与冰洞垂直。我蹲下来,将右手放入水中,冷!真冷!是从来没感受过的冰冷。我抓住七彩鳟鱼的嘴,它的牙齿刺痛了我,管不了疼痛了,我紧紧地抓住它,还是拖不上它来。凯文也跪在冰上帮我,他的手碰不到七彩鱼,索性伏了下来,胸口贴在冰块上。

"上帝啊!太漂亮了!"凯文说着。它有凯文半身高,拍着巨大的尾巴,水花四溅,真美,它是我见到的最美的一条鱼。大家向他祝贺,吴老丈人到了忘我的境界,他与我们拥抱,与七彩鳟鱼一起自拍,发自真心的快乐,忘记身在何处,忘记这一生的三起三落。科罗拉多高山多雪,说下雪就下雪,茫茫一片,刮起了风,拉下沉甸甸的天。天气更冷,冰洞里积出新一层浮冰。我们赶紧收了帐篷,逃回雪上摩托车,赶回福特皮卡,打开气象预报,今明两天都会下雪。开足了福特皮卡内的暖气,一路有说不尽的欢乐、说不完的钓鱼体会。今天原宪异常平静,他忘记带他的手机,没了手机,他似乎忘却了烦恼。

福特皮卡向山下滑翔,向南朝着星光隐约的丹佛城。丹佛城夜色早至,还没到下午4点,已是漆黑的一片。没有杭州城那样的大红大绿,看不见高架道上的彩虹飞舞,也没有地下隧道里的闪烁流线。进入丹佛城,风雪更大,分辨不清高楼与大厦了。灰色,世界一片灰色。福特皮卡车右转,冲入水坑,发出巨大的水声,污水溅在车窗上,车子继而向山坡行驶。终于到原宪家了,期待着温暖的欢笑,今晚烧个鱼头大汤,但大雪中赵家豪宅有些荒凉,占了半条街的别墅漆黑一片。

原宪到处有房产,杭州的、上海的、纽约的,当然还有丹佛的,他这辈子不会成为流浪汉了。进了原宪的别墅,房间紧闭,没人迎接我们。我们开了客厅的灯,打开所有楼下房间的灯,找不到子祺,找不到丽贝卡,只找到丈母娘躲在厨房里。吴老丈人哈哈笑着,说着今天的快乐,他将七彩鳟鱼倒入厨房水槽里。原宪在找子祺,急急忙忙上了楼,他本能地感觉到出了什么事,一定是发生了什么,隐约中又有一丝不祥。没几分钟,从楼上传来极其可怕的惊叫声,随后是敲打声,随后听到子祺的哭泣,悲哀得比丹佛城的冰雪还寒冷。厨房里吴老丈人因拧开了水龙头,流水声淹没了子祺的哭声,我走进厨房,关掉了吴老丈人制造的"噪音"。他起初显得惊讶,但水声一落,女儿的哭声就传到他的耳朵里,他像是明白了什么,赶紧与老伴一起上楼。大家跟在二老身后。

"我想了一天,想明白了,赵原宪我们分手吧!"子祺在房间内冷静地说。

"我可以解释这一切,我一直在找个好时间跟你解释。这些说明不了什么,我只爱你。"原宪说。

"你不用解释。赵原宪,虽然我爱你,但请你滚出去,我不想再见到你了。"

"你听我解释……"

"还有什么可以解释的！你把我当成什么了,我成了你美国丹佛小三还是小四?"

"你不要这样,我在杭州的一切只不过是遵循潜规则。"

"你越解释越让我看不起你,别吵醒别人,也别让你儿子看低了你,你走吧！以后我搬出你的豪宅,你再来收拾你的地产。"

"我对不起你。"

"再也别说了！看你这个脸色,在美国你跟我这个半老徐娘住在一起,一定感到无聊吧！赵原宪,你自己这样的堕落,哪里来的正义教训凯文,昨晚的正义到哪里去了？你的信仰呢?"子祺哭了,一个女人到了这个地步,心脏在冰天雪地冷却,爱情被豺狼叼走,哭泣是她内心的绝望。丽贝卡从内间走了出来,见母亲在哭,她从未听见过妈妈的哭声,这样的可怕,丽贝卡也哭了,母女一起哭。子祺的母亲早已泪不成泣,一家三代女人的泪水能哭倒科罗拉多山脉。子祺的母亲将丽贝卡带出房间,走出房门时,她们突然屏住了哭声,悲哀得令人难受。

子祺拖出原宪的行李,将他以前的服装也一并扔在旅行箱里,她要原宪离开,要他马上就走。没人想说服子祺,吴老丈人早就准备着日本料理快刀,我赶忙拦住了他,夺下了他手中的刀。

原宪在做最后的努力,他说:"我知道你为我做出了很大牺牲,但我所做的一切,都是为了我们这个家……"

吴子祺听到这里,再也忍不住了,大声叫喊:"伪君子！你这个伪君子,你看看这些下流的东西,难道这也是为了这个家？我以前不敢相信别人传来的消息,因为都是大嘴巴长舌头人的流言蜚语,但真是无风不起浪！你跟徐仪和到底想不想结婚？可笑的是她不吃我的醋,她在吃比她更下流女人的醋。赵原宪,谁给你这个潜规则的权力？谁?"说完了,她又哭了起来。原宪回答不出来,他乞求原谅。吴老丈人再也忍不住了,他大步上楼,几个巴掌打在原宪的脸上,拖着他下了楼,将他狠狠地赶出家门。子祺母亲走到我的跟前,说了几句"对不起",要我看好原宪,不要让他寻短见。凯文提着原宪行李往门外走,将行李放进宝马X7上。原宪不能回自己家了,他对凯文说了几句,要他好好照顾母亲,说会到杜克大学找他。

真是荒唐,辛辛苦苦冰钓一天了,没有喝上一口热水,没有喝上一口鱼汤,更没有香槟葡萄酒,肚子真饿。无奈中我们启动宝马X7,先离开子祺再说其他,我们朝丹佛市中心开去。亿万富翁的原宪成为无家可归者,才知道为什么流浪者都在城市里。丹佛城冷清,没有行人,风雪交加,昏昏沉沉什么也看不见。我们流浪在昏黑的丹佛城大街上,饥寒交迫。我问原宪:"子祺是怎么发现的?"原宪哈哈苦笑了起来,将他的手机扔给我,说:"我每天早上删除手机上的内容,这几天被子渊搞得昏天黑地,忘了删除了。今天一早又被你老兄拉去钓鱼,一不小心将手机留在家里,子祺随手帮我充电,后来微信就来了上百条。哈哈,这样也好,省得我自己向她解释了。"

我拿了手机翻看,微信上还出现了新的消息,这一条是徐仪和发来的,上面写着:

我那个时候真是愚蠢,真像一头猪,你明摆着就是要钱,我先给你一万块探路,但你不仅仅要钱,从你的眼神里,我能看出男人要什么!(21时12分)

我逆着时间顺序读徐仪和发来的短信:

你可以不理睬我,我再也不会委曲求全了,但我会决定同归于尽!至于张豫,随便她了。毁灭也是一种解脱。我不是吓唬你,到了这个地步,我看淡了一切,赵原宪,你是个伪君子!(19时14分)

如果你这一次逃不脱,一定是命中注定,我陪你殉葬。到阴间我也会找你算清今生今世的账!(18时50分)

张豫博士写的,单红礼写的,我的纪实日记,你赵大博导都是主人

公,招惹了我还不算,还有这么多女博士。你这个伪君子,看你这辈子还有脸见人。(18时10分)

想起在上海万宝开过房间,我敢肯定我们今年做的爱,比你跟原配做的还多。……(17时54分)

这几条是张豫的:

赵导,荒野里有一对野狼,她们是母子,小狼问母狼:"幸福在哪里?"母狼说:"幸福就在你的尾巴上呀!"于是,小狼就不断地追着尾巴跑,但终究咬不到,母狼笑着说:"傻孩子,幸福永远有希望,不是这样吗?"赵导,你是不是让我追着自己尾巴跑?(16时15分)

不想再读赵原宪手机上的短信了,短短一天就留下这么多恩恩怨怨,难怪子祺把他赶出家门。原宪倒轻松多了,他再也不需要隐瞒了,他问:"能说说你的读后感吗?"没等我回答,他继续说:"我知道你在审判我,我自己也常反省,人生难得仕途和艳运都顺利、持久,我曾祖父只有过百日维新,一辈子也只活了一百天。祖父也不过几年,好景不长被人说成汉奸。父亲更是可怜,没过几天满意的日子。我知道我的好运也不会持久。我什么都不是,但我是个性情自由的人,我是纵情的,我已有了我的生命,至少我赵原宪已经活过了。我知道我在世人眼里是堕落,但我的的确确都爱她们,正如胡兰成说的'情是花开,是自生自美自凋谢,无可干涉'。再说,她们都知道我是个已婚男人,她们都在玩着游戏,我没有强迫过任何人。不说了,我们去吃饭。"

在丹佛街上一家中国饭店停了下来,原宪急急忙忙给徐仪和回了短信,说他手机找不到,这才刚找到,他答应几天后给徐仪和通个电话。

草草吃了饭,暖了身体。再上宝马X7,从来没有过的孤独,子渊还在拉斯维加斯,伯牛被美国人关押着,乐欵跟着南容去了纽约。想起芝加哥的施之常,这家伙不知怎么样了。宝马 X7 毫无目标地行驶着,整个世界是杂乱无章的雪堆。不知什么时候到了丹佛棒球场,又突然出现在 17 街的摩天大楼前,来回 Curtis 街和 Larimer 街徘徊。白人中产阶级在丹佛城的近郊,黑人在黑人区,墨西哥人在丹佛边缘的旧建筑里,犹太人在富人区,原宪这个亿万富翁在流浪。几个无家可归者躲在大楼的角落里,不敢去问他们,羡慕他们的安静。

宝马 X7 驶入里斯卡尔顿酒店,要了酒店的最高层房间,电梯将我们射入天空。到了顶层,景色是雪中辉煌的丹佛城,远处是科罗拉多群山。进入豪华套房,原宪无限感叹,说道:"借用我老丈人的话,妈的,穷的时候有爱,富的时候有里斯卡尔顿流浪汉。我们今天晚上做什么呢?"他想了想,决定去好好按摩一下。

跟着服务员到宾馆按摩室,里面比紫禁城后宫还豪华,原宪认真读了按摩室提供的项目介绍,选了他认为不错的,然后就跟着服务员进了按摩室。一小时后,原宪出来了,看起来精神确实焕发了,人也年轻多了。我们上电梯再次回到宾馆顶层,这次是到太阳房餐馆品尝科罗拉多最好的牛肉,风雪打在玻璃制作的天花板上,室内温暖如春天一般。

我打电话给子渊,从他的口气里知道他出事了,他说:"兄弟,玛利亚不见了。册那,我的圣母她不爱我了,我要去找她。兄弟你教导我实事求是,我记在心里,我不去追求名牌,不去追求金发女郎了,我爱上玛利亚了。我的圣母玛利亚跑了,一定是回黄石公园的家了,我今晚就去黄石公园找她。"子渊没有半丝玩笑,听上去他的确爱上玛利亚了,这也许是他的第一次爱。我劝他别做蠢事,出了拉斯维加斯就是冰天雪地的世界。子渊听了原宪的遭遇,他要原宪跟他一起去黄石公园,说不定玛利亚还有个妹妹。原宪与子渊说上了,同是天涯沦落人,他们约好,结伴同去黄石公园。子渊由西向东,从拉斯维加斯到盐湖城,我们则是由东向西去盐湖城会面,确切地约好在 15 号与 80 号州间公路上碰面。但我忘了约定会合的时间,又打电话给子渊,他没接,打了好几个才接通,这已是凌晨 1 点半了。子渊这个疯子精神真出奇的好,他早就离开了拉斯维加斯!我怕他在赌城外的冰天雪地里出事,劝他回旅馆睡觉,子渊却说:"哈哈,册那,黑的,全是黑洞,哪里来的冰天雪地? 明天下午盐湖城见。"

第八章 自驾黄石公园

(1) 寻找子渊的情人

早上起来,到租车行,给宝马 X7 换上了雪地轮胎。手机联系子渊,他早在路上,他没有给林肯美人换雪地轮胎,我替他担心,但他太急切地想见玛利亚了,他是疯狂加情狂,随他去吧! 听天由命吧!

我们向北去怀俄明州首府夏延,一路灰蒙蒙的天,天空下着雪,路上卷着雪,风刮着雪,到处是雪。我们看到 70 号州间高速公路,才意识到我们应该选 70 号公路向西,之后在 15 号和 70 号公路交叉处会和子渊。此时,我不知道子渊在哪里。手机在山脉中断了信号,我不想改变计划了,继续驾车向北到夏延。一路上看见撞坏的车子,警车整齐排着列队,警灯闪闪,像是盟军在攻打柏林。这一段堵了一个小时多,我们堵在长长的车队里。

原宪感叹:"难啊! 兄弟,出丹佛城就是这样的心情!"

雪,雪,雪,灰色的天,卡罗拉多山峰埋在雪中。夏延这个太平洋铁路中转城市,路过,徘徊过,却看不清你的脸,与这座城市挥手,就匆匆离开。我们驾车转到 80 号州间公路向东,这条公路上的情况更糟。大雪夹着冰雨,打在车身上噼噼啪啪作响,能见度只有五米。寒风嗖嗖地从车窗钻入,刺骨的冷,就连宝马 X7 也颤抖了! 子渊的爱把我们害苦了,但对原宪来说,回头的路不比前面温暖。

我硬着头皮向前,匍匐着行驶,还是在埋怨子渊,恨不得把子渊冷冻起来,再次拨通手机与他联系,传来子渊这个疯子的声音:"哈哈,柏油的福(英文 beautiful 的粗糙读音),一路阳光好看,你们到哪里了?"我没跟他说话就挂了手机,继续爬我们的路,后悔没有走70号州间公路。离开夏延已经几个小时,回头仔细观察,宝马X7是这条路上唯一行驶的车子。前面一段路平坦,风雪也稍缓和,白茫茫的我找不到聚焦物。雨刷强迫式左右打,打出烦人的节奏!原宪打开手机音乐,选中了《江南 style》(Gangnam style),音乐与两杆雨刷并不共频,里外跳起了《江南 style》,左右都是让人心烦。看看我们这一路所受的苦,我只埋怨子渊,估计他比我们先到盐湖城,就让他在盐湖城干等吧,也算是一种惩罚。

宝马X7像小脚女人一样行驶在雪地上,乏味地又过了几个小时。终于看到前方有卡车的灰影,赶上一看,那个家伙原来是抛锚在路边,我们兴奋不已。继续我们的《江南 style》,挥手告别不幸的卡车。山路险峻,来去的车道悬在空中,我朝空谷上下眺望,灰蒙蒙的,上连灰天,下通着地狱。想到当年华人在这里建造铁路,不由得打起冷战。

子渊来电话了,说他被犹他州警察拦下了,他说着破英语,怎么也讲不清楚,他骂了"他妈的",打出了上海人最高的"官腔"。我跟犹他州警察说了几句,才知道子渊有国际驾驶许可证,他忘了带中国驾驶执照。子渊说:"册那,有了国际执照还要中国的干吗?"没法跟犹他州警察讲道理,子渊不能在犹他州驾车,只得在路边等我们了。原宪建议他欣赏韩国胖子的《江南 style》,子渊说他更喜欢《小苹果》。

整个白色世界,无边无际。驶出群山区,到达群山谷,几百里的平地,只剩下眼睛与见到的真实。向前,永远向前,我们为什么喜欢驾驶?也许为了好奇,也许误以为我们长了翅膀,也许为了自由。科罗拉多土地几乎是《圣经·创世纪》里描绘的山山水水,群山支撑北美洲大陆的脊梁,而白雪使她更神圣化。

在80号与15号州间公路交叉处,我们找到了子渊。已经是下午两点半了,到西黄石公园还有三百多英里,这样的风雪大估计还得开八个多小时。我们在盐湖城还了子渊的林肯美人,三人一同坐入宝马X7,由我驾驶,向北,向科罗拉多山脉的心脏,去找子渊的情人玛利亚。

(2) 阿籁！弗拉明戈

黄石公园,由冰、火、岩石主宰的神秘世界,极端的冷,野性是这个世界的价值。黄石河覆盖着冰雪,但冰天雪地里弥漫着雾气,气温在零下四十摄氏度,到处是坚实的冰块,不管用哪种测温系统,都是裂骨撕心的寒冷,只有疯子才会选在这个时候来黄石公园。我们到达西黄石城已是夜里11点,在那里住下。第二天我们早起,租了雪地车,进入黄石公园。

我离开旧金山快十天了,二月的黄石公园在寒冬中,野生动物肆无忌惮地移动在公路上,美洲野水牛瘦得只剩皮包骨头,黑黑的皮毛上挂着冰柱,它们成群结队走在雪地车前面,像是巨型的黑色雕塑在移动。又见到传说中的不幸生灵,带着几分同情心,但没几分钟我们就被美洲野水牛的傲慢激怒,它们几乎横在雪地里不动,任凭怎么吆喝也赶不走它们,热眼睛对着它们冷屁股,它们就是不让路,大鼻孔还无端地冲着怒气。子渊盯着雄水牛裆部的巨物,他肃然起敬,兴奋地拍打着雪地车,然后竖起拳头,大声地喊:"册那,看见没有,厉害啊!"声音从他的口罩里传出,听不清他的声音,但能感受到他的兴奋。"喜欢我这个样子吧,你们说我像谁?我成了杨子荣了,看见我的英雄气概了没有?"子渊放大嗓门继续说着,在冰天雪地的自然中,他的确不一样,他自己解释说:"在拉斯维加斯赌场,每一个角落都是豪华、精致和优美,尽管我穿世界上最昂贵的西装,系世界上最时髦的领带,册那,我总觉得我在那里像一个瘪三。你们有没有这样感觉?"

原宪坐在雪地车上不动,他在思考着他的天地宇宙问题,他看了子渊一眼,说道:"赌场里有两种人不是瘪三,不穿衣服的金发女郎,还有被女人包围着的男人。"

"册那,我都试过,我在女人的包围中成了瘪三!"

雪地车穿入美洲水牛群,几万年前土著印第安人在它们中穿梭,后来欧洲白人在它们中胡乱开枪,现在中国来的亿万富翁,子渊和原宪,来到它们中间。子渊停下雪地车,走着靠近美洲野水牛,还未碰到牛身,就被雪地车的领队喊住了。子渊才不管规定,跟着野水牛走雪路,竖着大拇指,还挥手向我们致意,直到我们的雪地车从他身边驶过。

玛利亚的父亲冈萨雷斯,母亲葛西娅和她的两个哥哥,每年这个季节都在这里,他们承包了黄石公园内屋顶铲雪的业务。玛利亚离开拉斯维加斯,帮她父亲和哥哥们,替他们做饭送水,给母亲做个伴。子渊不知道玛利亚在哪里,但玛利亚说过,看到屋顶上有人,便是她哥哥或父亲,她也就在附近了。

麦迪逊河被冰雪覆盖着,直到开阔的麦迪逊草甸,才能见到河床中心的细流。成百上千的加拿大马鹿昂首挺胸,公鹿斗着角,远处的狼群婉婉地哀叫着,凉凉太阳的薄光斜照着神秘的世界,森林挡住了冷光,反射在冰雪上,一只野兔在那里跳跃,留下或黑或白的影子,我只觉得它很孤独。

我们到了麦迪逊分岔口,希望在老忠实喷泉找到玛利亚,她是前几天才离开拉斯维加斯的,估计到了黄石公园,她家也在西黄石城,只能从西口进黄石公园。我们向东,驶过麦迪逊桥,冰冷的世界,白皑皑一片,地上隐隐约约有雪地车车道,两旁是被雪压着的黄石松,到了温泉平原时,视野顿时开阔。同行的人中也有其他几位中国人,他们架起长焦摄影机,不知道发现了什么,嘴里不停地喊着:"哇!哇!"显得很是兴奋。子渊走到他们跟前,分享他们的视野。原来,远处的雪地里有一群野狼正在疯狂奔跑。我们这些人大半辈子都生活在上海石库门里弄里、北京四合院里、杭州的小阁楼上,就连麻雀也不常进入视野,而这几个小时里,我们看到了美洲野牛、加拿大马鹿、雪羊、叉角羚羊、白兔,现在又看见野狼了,我们像打了鸡血一样兴奋。

从东面飘来惊心动魄的景象:苍白的阳光消散在热蒸汽里,沸腾的地热水从雪地里涌出,蒸汽飘然向上,迷迷蒙蒙地连接着天空中的浮云,整个东方被茫茫雾气笼罩。蒸汽漂到我的脸上,在我的眼睑处凝成冰珠。我从没见过如此的景象,超现实的冰冷,梦幻一般的世界,但这一切又是如此真实。如果这个世界真是上帝创造的,那么天堂在这里,地狱也在这里。万丈深渊的地热水时时喷射着,野狼又在周遭活动,生命是如此奇迹般展现着。

到老忠实喷泉时已是下午,雪地车绕着老忠实喷泉旅馆转,希望能见到屋顶上的人。我们花了十几分钟找玛利亚,手机断断续续也没打通。屋顶上的积雪厚度比一个人还高,即便她父亲真的在屋顶,我们也很难看到他。我们三人分头去找,也不管雪地车车队那一伙人了。找了一个小时,还是没见到屋顶上有人。我们在绝望中准备去追赶雪地车队,一块巨型积雪从头顶滚下来,恰好打在子渊头上。子渊正想骂人,突然见到屋顶上的人影,他高兴得手舞足蹈,大喊:"玛利亚,玛利亚,我是你的华波,我的华芭,你在上面吗?"

果然是玛利亚他们,玛利亚从屋顶上下来,见到我们三人,兴奋得与我们拥抱,顿时华波华芭说个不停。她父亲冈萨雷斯也下来了,我们虽然从来没见过他,但就是不陌生,他欢迎我们。我们脱离了雪地车队,租了他们的雪地车,买了他们的仪器。没有办不到的事,有钱就是这样任性。

冈萨雷斯是典型的南美洲男人,出生在哥伦比亚,跟着母亲到墨西哥,在那里做农活,之后沿着墨西哥美国公路向北迁移。在他十七岁时,偷渡到美国,先在圣地亚哥做工,混在墨西哥人社区。他结实的身体引来女孩热爱,玛利亚的母亲葛西娅遇见他时才十五岁,后来两人生活在一起,生了三个儿子和玛利亚,一家人在圣地亚哥草莓园干了八年。冈萨雷斯离开葛西娅,继续向北迁移,在洛杉矶混了几年,与另外几个女人又生了四个男孩、两个女孩。葛西娅与他一直保持联系,向他要钱,他很慷慨,身边有多少就给寄多少。葛西娅不恨他,因为她的父亲也是这样,他也跟许多女人生活过,以至于她有十几个兄弟姐妹。就这样冈萨雷斯永远不会有钱。

子渊对冈萨雷斯佩服极了,冈萨雷斯成了他的偶像,他说:"册那,中国女人就不这样顺从,她们要分男人一半财产!"

冈萨雷斯回答:"为什么不给她们钱呢?中国人是财奴。"

子渊恍然大悟:"册那,精辟,老冈精辟啊!有钱有什么用?册那我太羡慕你了!"

他们俩一拍即合。冈萨雷斯声音响亮,他的哈哈大笑能传遍整个黄石公园。冈萨雷斯三十五岁到丹佛城,之后继续向北,到了黄石公园,他突然停了下来,再也不迁移了,不知道为了什么,也许是他找到了他的内心圣地,也许是他找到了他的上帝。他在西黄石城外的荒地里盖了几间破屋,没过几年,他的几个儿子找到了他,也在西黄石城外居住了下来。玛利亚跟着母亲到了旧金山,她自己与一位名叫约瑟的男人生活,生了女儿伊萨贝。南美人总想找到自己父亲,玛利亚离开旧金山,向东迁移,之后到了拉斯维加斯。四年前她终于找到了冈萨雷斯,父女俩在黄石公园内见了面,玛利亚不恨他,她帮他做家务,又认识了好多同父异母的兄弟。这之后母亲葛西娅也搬到黄石公园,与冈萨雷斯同住,玛利亚一家团圆了。

冈萨雷斯没有固定工作,夏天帮人做农活,秋天放牧,冬天打猎。但在晚冬与早春间,他一定在黄石公园铲雪,这是他的使命。冬天就他们一家在黄石公园,一家人站在黄石公园的屋顶上,铲雪与发愣,呆呆地望着这个神秘的世界。谁也不知道冈萨雷斯在想什么,但他找到了他的世界,仿佛他迁移了几千里,就是为了寒冬,就是为了黄石公园冰天雪地的神秘世界。

老忠实喷泉旅游区有几十间小木屋,关闭了四个月了,屋顶上积着五英尺厚的雪。没人安排冈萨雷斯的工作量,但他今天要铲完这里的雪。子渊也等不及了,他拿起工具就往屋顶上爬,但他像只熊,爬不到屋顶的。老冈手舞足蹈地教授屋顶铲雪的技巧。老冈说铲雪的诀窍是制造雪崩,让雪沿着屋顶斜坡雪崩下来。小木屋是人字形屋顶,我们将长长的麻绳抛过屋顶,切入雪中,然后房屋两边的人同时沿屋顶拉下麻绳,几尺厚雪就这样哗啦啦崩滑下来了。子渊与原宪搭档,又疯又狂,没几分钟黄石公园在一片"啊!""啊啊!""册那!"声中,每一声嘶喊都会迎来一次雪崩,他们怕摔坏了屋顶,更像是找到了最大刺激。"啊!""啊啊!"他们喜欢盖着厚雪的木屋,更喜欢雪崩时的粉身碎骨。

老忠实喷泉后面的几十间小木屋,两小时后被雪崩弄得一片狼藉。二月的黄石公园,光明与黑暗各占一半,等阳光从森林中退去,寒冷从地狱升回,我们赶快离开。

今晚老冈家开荤,两位亿万富翁几乎买空了西黄石超市,最好的白兰地、美洲野水牛的后腿、墨西哥薄饼,今天奢侈一次,买了十几袋辣味玉米片、八打啤酒、十桶牛奶、几十瓶莎莎酱,原宪找到空心菜,竟然还买到了中国酱油。于是,雪地车装着超市走,我们跟着雪地车走。

老冈的小屋充满了人气,点燃了火炉,夏天用的烤炉也用上了。老冈打电话给玛利亚的兄弟们,叫他们一起来参加狂欢。不一会儿,她的两个兄弟带着他们的女人孩子都来了。玛利亚的兄长叫何赛,弟弟叫弗朗科。今晚啤酒、野牛肉加玉米片,这一家人血管里流着西班牙人、中国人和土著印第安人的血液,有着吉卜赛人、墨西哥人的基因。这样的欢乐少不了要跳弗拉明戈舞,它源于西班牙和吉卜赛文化的融合,老冈用西班牙吉他伴奏。大家卸去笨重的衣服、帽子和手套,灯光下的玛利亚像天使一般美丽。

冈萨雷斯满脸花白胡须,红铜色皮肤。他抱起淡黄色吉他,举过头顶。当他弹出第一个音符,弗拉明戈音乐震动了屋子里的每一颗心脏,一串长长吉他引曲,展现了黄石公园的残光幻影,接着是老冈嘶哑浑厚的歌声,他仰着头,闭上眼睛,他对生命歌唱、对自然歌唱。顷刻间,我们也被感染了。冈萨雷斯以弗拉明戈与我们交流,我们从弹奏的音乐中感受到一种神圣。老冈的眼泪溢出了眼眶,像在接受洗礼。何赛站起身,双手拍打出节奏,皮靴踏在木板上,他响应父亲的音乐召唤,跳出弗拉明戈舞蹈。父子间取笑着,又同时流着泪,他们在交流着今天的感受。

玛利亚穿着纯红套裙,翩翩起舞,接着是弗朗科。兄妹三人仿佛在西班牙斗牛场,玛利亚的红色引诱着两头公牛,公牛冲刺,不断向斗牛士撞击。吉他弹奏在加速,生命与死亡同存,就像冈萨雷斯唱的歌曲说的那样:"让我说明白,我非完人,我现在不是,将来也不会是……"在座的女人们也加入了进来,在冈萨雷斯的动情歌声中,加入掌声的附和。吉他、歌声、舞蹈,全屋子里的人完全融入了欢乐,不时有"阿籁"的欢呼声。"阿籁"是西班牙语和摩尔人语言的演变,能在西班牙斗牛场里听到,"阿籁"是"神"的意思。

冈萨雷斯的吉他燃烧了感情,音乐又随着情绪涨落。我们被感染着,子渊击掌,我踏着地板击出节拍,我们从没想过自己会融入弗拉明戈中去,但我们的确加入了这狂欢的人群。这一曲从开始到结束,整整二十分钟,欢乐与泪水同在。曲终舞罢,大家干杯。没人感谢亿万富翁的慷慨。纵然没有野牛肉,冈萨雷斯也一样会带我们进入弗拉明戈的奇境。

吉他音乐再起,何赛的女人唱了起来:"啊噫,啊噫……"她纵情地唱,自己给自己鼓掌。

"Plug in, man, plug in! (接入,兄弟,接入!)"佛朗科击掌打着节拍对我们说。他的口头禅是"plug in",我们不知所以。

玛利亚的小女儿摇摇晃晃地跳了起来,何赛说:"看看,这就叫 plug in。"子渊被鼓动了,他学着何赛的脚法,跳起弗拉明戈舞蹈,玛利亚与他对舞,佛朗科高兴极了,拍着手掌,喊着:"阿籁!"吉他节奏在变化,佛朗科哪里知道子渊的疯狂,子渊不但 Plug in,他完全解放了自己,让玛利亚追着疯狂起舞。吉他在极其快速的弹击中,弗拉明戈升华了子渊的疯狂,他完全地释放在我们面前。我也情不自禁地跟着喊:"阿籁!阿籁!"玛利亚的舞姿若仙,弗拉明戈晚餐变得神圣。我恍惚间感到自己是墨西哥人,今晚我们是西班牙的吉卜赛人,是科罗拉多的黄石人。我们喝酒,我们弹奏吉他,我们歌唱,因为我们的存在,酒才有芳香,吉他才成为吉他,歌词才称得上是歌词。我们在激情中去拥抱这一切,世界变得有意义了,体现了人活着的价值。

子渊举起蛋黄色吉他,举过头顶,再落在胸前,他的音符拨动起来,嘶哑的嗓子唱出了"雁南飞,雁南飞,雁叫声声心欲碎……"大家都震惊了,我大喊:"阿籁!阿籁!"玛利亚和冈萨雷斯拍出节奏,也喊叫:"阿籁!阿籁!"子渊耳朵贴在吉他背上,右手拨动着音符,如痴如醉。不知子渊哪里来的天赋,也许是弗郎科的 Plug in 解放了他的天才,他的歌声在继续,"不等今日去,已盼春来归。今日去,愿为春来归,盼归,莫把心揉碎,且等春来归"。玛利亚跳出了最美的弗拉明戈舞蹈,管它是中国的,还是西班牙的;管它是墨西哥的,还是美国的。子渊的歌声在"阿籁"中结束,冈萨雷斯全家快速地舞蹈,继续着经典的弗拉明戈。

"阿籁!阿籁!阿籁!阿籁!"

今晚是无价的,从来没有这样的纯洁,没有过这样的洗礼,阿籁!阿籁！我们都成为神圣。啤酒、白兰地、雪茄、冰天雪地，欢乐在凌晨三点。子渊与玛利亚接了吻，子渊真的爱上了玛利亚，依依不舍地离开冈萨雷斯家，回到西黄石城旅馆。一头睡去，整个世界与我们一起安睡。

等醒来的时候，白色的雪光刺得人睁不开眼睛。

第九章 黄石冰雪与野性

（1）子渊发誓

太阳起得迟，醒来，听到原宪在旅馆走廊说话的声音，他争辩着，说着爱、保证，估计是和徐仪和交谈。可怜的原宪，他总怕见到手机里的短信。我劝他跟子祺道歉，他说再等几天。此时原宪见我已起床，拉我到旅馆会议室，他说他羡慕伯牛，将自己关在美国监狱，什么也不要管了。我估计原宪的麻烦变大了，他望着房顶说："徐仪和在闹事，她要钱，但我肯定要钱是她的借口。"

徐仪和曾开口要两百万元人民币封口费，原宪假装着讨价还价几天，但还是汇了两百万。要是徐仪和要四百万，其实原宪也会给，钱不是问题，但今天徐仪和不要钱。如果原宪其他的女人听到相关的风吹草动，也会跟着闹事。原宪说："不回杭州了，我不回去了。在美国与子渊一起，周游世界。我也想在黄石公园住下来，也找个玛利亚，每天跳弗拉明戈也很不错。兄弟，我从此隐姓埋名了，生几个混血儿。62 的，你说她们能闹到什么地方去，我怕的不是她们闹，你知道子渊与我最怕的是什么吗？"

子渊也起床，匆匆忙忙地洗漱，火急火燎地找到我们，要我们一起去冈萨雷斯家，他想玛利亚想疯了，不容分说地拖着我们上了雪地车，冲到老冈门前喊："玛利亚，麦嗲（英文 my dear 的粗糙读音，我亲爱的）玛利亚！"玛利亚还睡着，老冈正准备去黄石公园，他见到我们，先与子渊干了白兰地。

子渊虽会喝酒,但也不会一早就喝白兰地的。老冈的一举一动都让子渊佩服。弗朗科没回自己的家,昨晚喝多了就睡在老冈的沙发上,他坐了起来,睁开眼睛就说:"Plug in,man,plug in!(接入,兄弟,接入!)"他喝了一杯白兰地,他和老冈、子渊三人继续着昨夜的欢乐。

到黄石公园上下班,没有计划,什么都随心所欲,他们三人一高兴,老冈就又捧起了他的吉他,嘶哑有力的老男人的声音唱着:"不是金子,不是银子,不是钻石,有了快乐笑声,我就有了一切……"我激动起来,喊着:"阿籁!阿籁!"继续唱歌喝酒。弗拉明戈将玛利亚唤醒,她跳着弗拉明戈舞步出来,子渊高兴得手舞足蹈,与她对舞,他们跳到厨房,子渊与玛利亚激吻,今天子渊竟然帮玛利亚做早餐了,真是天下第一稀罕事。早餐有滚热巧克力酱、墨西哥早餐卷饼、辣味玉米饼、腊肠,还有豆子,面包蘸着滚烫巧克力酱,然后喝了点南美洲咖啡。

我问冈萨雷斯为什么喜欢冰天雪地的黄石公园,老冈说因为他是冬天生的。弗朗科说:"Plug in,man,plug in!(接入,兄弟,接入!)"弗朗科一家除了冬天,一年四季都在外面,春天去加州农场;夏天跑到墨西哥,沿太平洋海岸向北旅游兼打工;秋天到旧金山赚大钱。我问他赚什么大钱,弗朗科说:"那些有钱人买了旧屋,拆了造豪华别墅,几个星期就倒手。"他打工,每小时十六美元。我又问他:"为什么不是一年四季都在旧金山?"弗朗科说:"Plug in,man, plug in!(接入,兄弟,接入!)你不是为钱投入,而是为生命投入!"他说了好多流浪旅游的故事,牙买加的海滩、哥伦比亚的群山晨鸟、智利的银山,他到处 Plug in。我们极其羡慕,子渊竖着拇指赞赏,他想跟着弗朗科去世界 Plug in,子渊问:"今天我们去哪 Plug in?"

"当然是去黄石公园!"弗朗科回答说。他与老冈准备去老忠实喷泉,完成整个旅馆屋顶铲雪。他们已经等不及了,像是赶着去朝圣。玛利亚对子渊说:"贾,铲雪是很难的,我教你怎么做省力。"子渊示意玛利亚,他们俩再回厨房,子渊给了玛利亚两叠百元美金,玛利亚生气了,说道:"No, no, and no. You have to be a goddam obnoxious Chinaman like all of them in the Casino?(不,不,不,你非要成为一名混账的、令人恶心的中国佬,就像

111

所有在赌场里的那些人一样?)"她急了,英文夹着西班牙语,又不时扔进几个中文单词,说:"你 mucho mucho dirty anciano!(你这个邋遢的脏老头!)"

"麦玛利亚,no(不),no(不),你在说什么呢?"

"我知道男人见到我想干什么!你也像他们一样,你 mucho mucho dirty anciano!(你这个邋遢的脏老头!)"

"玛利亚,我的玛利亚,no(不),no(不),我不是邋遢的脏老头,我对天发誓我不是脏老头,我从来不喜欢寒冷的冰雪,要不是你,我不会来黄石公园的。玛利亚,因为碰见了你,我跟着你来到这里,是为了你。"

"贾,我一直认为你跟何赛哥哥一样,是个逍遥的人,我很高兴认识你的,但你为什么,如果你不是那些肮脏老头,给钱是为什么?"

"我不是,玛利亚,请相信我,我不是脏老头,也不是肮脏赌棍。我是贾子渊,子渊你懂不懂?孔夫子的大学生,周游列国的那个子渊。我们三人也在周游世界,只是没有了老师。玛利亚,给钱不是想包养你,钱对我最不重要了,我现在什么都没有了,只有钱。一星期前,我是无家可归的亿万富翁,但我 love(爱)了,我跟着你来黄石公园。玛利亚,我将来可能是一个穷光蛋,我想趁我还有钱的时候先给你。有的男人许诺女人,说将来一定有钱。我这个人跟别人不一样,我以前是个穷光蛋,我现在有钱,将来什么都不知道。玛利亚,这些钱不是来买你的,也许是买我自己。有人说人性本善,有人说人性本恶,他们都没说对,我子渊的恶与善是我自己决定的,不是天生的,我 love you(爱你),真因为我选择了爱……"

子渊语无伦次地说着,他说得快,也不管玛利亚听得懂还是听不懂,他大声喊着我的名字,要我翻译给玛利亚。他们俩还没打起来,关我什么事!我坐在外面的板凳上,没有进厨房。听起来子渊真的急了,他是认真的,他疯子般的激情在燃烧,他在一个有中国血统的美丽少妇前发誓,言辞诚恳,不可胜言。

玛利亚问:"你不是一直想找金发女郎吗?"

子渊急着解释说:"No, no,玛利亚,你不知道,整个中国都在追求名牌,你不知道我们有多虚荣,找金发女郎是我的虚荣。我现在不是那样的人了,玛利亚,你和我,plug in,woman,plug in!（接入,女士,接入!）"这以后就没有声音了。他们出来的时候,子渊与玛利亚都挂着眼泪,玛利亚脸上发着红晕,子渊是中年维特也烦恼,但他们是幸福的。

（2）野狼生态

吃完早餐,大家准备进黄石公园。原宪不去,他需要时间去安抚杭州的女人们。原宪说凯文今天回杜克大学,二月份开始杜克大学篮球赛的野外帐篷露营。凯文决定去参加,为期一个多月的露营,吃睡都在野外帐篷里面。原宪不懂杜克大学篮球赛的传统,我向他解释:"三月份是美国大学篮球赛的疯狂月,但杜克大学一月底就开始疯狂,学生在球场外的草地里搭起帐篷,吃住睡都在帐篷里。排上一个多月的长队,就是为了一张球票,杜克蓝魔队对北卡大学队比赛的球票。"

原宪问:"买不到票? 多花些钱就是了!"

我回答:"不是钱的事。"

"那是为什么呀?"

"我也不全清楚,但与杜克大学的文化有关,你去了就知道了。好在这些孩子身强力壮,二月寒冬冰雪中露营也没什么大事,我们这个年龄就不行了。"

真不知道为什么有杜克大学篮球赛野外露营,他们一定都是疯子。我答应与原宪一起去杜克大学,他为凯文,我为小C,也不知道南容和大C怎么样了,三个老同学的下一代也是同学,说不尽的缘分。我说:"乐歆的女儿也在南方,不知道他在哪里。"

很少与原宪谈论乐歆,今天难道他有闲工夫,不跟杭州的美女们纠缠了? 原宪的头脑清醒,他读的书很多,他也注意到乐歆从不喜欢美国,他说:"这也不是一天一年的事,表面上法国人都不喜欢美国人,法国人是老二情结,而乐歆是天生的不喜欢,义和团的情节。哈哈,就我们俩在这里说说,如乐歆知道了,他一定挥拳打架,他变得痴情勇猛了。"

我说:"乐欤可能在纽约了。"原宪哈哈地笑了起来:"哈哈,南容也一定在纽约了!"弗朗科推着雪地车来了,召唤我们,我们俩都做了鬼脸,不说乐欤了。

弗朗科是个无忧无虑的人,没有美国居住证,他总是说 no worry(不用担心);他也没有驾驶执照,他也说 no worry(不用担心)。其实想穿了,又有什么可担心的?弗朗科被遣返墨西哥几次,但他又不是墨西哥籍,每次被遣返,没几天他又从墨西哥边境偷渡过来。没有驾驶执照,他却什么都驾驶,雪地车、拖拉机、卡车及越野车,他跟着美国农场主学驾驶飞机,也是 no worry(不用担心)。学会了开单螺旋桨飞机,春天时他漫山遍野撒种子。蒙大拿州到处是野性,农场主比弗朗科更野性,他养了几十匹西班牙种马,几千头美洲野水牛,家里的武器能装备一个战斗连。每天清晨,他背着 AK47,骑马巡视他的领土。弗朗科也一样,长枪佩短刀,与农场主一起 no worry(不用担心)。

冬天是他们的休农期,野狼统治着山脉。天色太冷,荒野里的动物向农场迁移,野狼也随着下山。野狼是最近才重新引入黄石公园的,这以前几十年被杀绝了,蒙大拿的原野就多了马鹿,少了河狸造的水坑、小水库以及绵绵不绝的湿地。这样细微的变化,又导致了昆虫群体的改变,以及整个生物链的危机。弗朗科不轻易枪杀野狼,迫不得已时向天鸣枪,吓跑野狼,no worry(不用担心)! 弗朗科喜欢住在野外帐篷里,他说深夜望着帐篷的小窗,看蒙大拿天空的繁星点点,感到踏实,就像生活在盘古开天地的年代,流星穿梭如盘古的长发。我问弗朗科:"为什么总回到黄石公园?"他无忧无虑的样子,抖着双脚,也是弗拉明戈的节奏,他说:"不是为了黄石公园,是为了冈萨雷斯。你看,那时我是小孩,他是大人;我成了大人,他是个智人;我现在也长了智慧,他成了弗拉明戈的神人。"

冈萨雷斯准备好了,我们的雪地车队向黄石公园进发。

(3) 冰雪热水河

向东的路又盖上了新雪,埋没了昨天的车道。银白色的一片,冰冷的,就连太阳光也冷。整个山脉却是雾气升腾,神秘了森林,神秘了山脉,神秘了白色世界,仿佛世界在雾气中运行。有河流流淌着热水,野牛群像长江上的纤夫,沿着温水河慢行,取暖保护着身体。暴风雪是上个月的记忆,二月的冰冷清静得多了。我们今天不去老忠实喷泉,反方向转入诺里斯峡谷路(Norris Canyon Road),太阳光正面由东而来,照亮了森林间的狭道。

看到漫天飞翔的钻石雨,冈萨雷斯介绍说:"天气太冷,结晶了空气中的水分。"钻石雨在天空中折射冰光,飞到树上,长出钻石叶,丰满了严冬的杉树。银色的山脉,蒸汽云游,钻石雨在冷光中飘过,白雪皑皑,茫茫天空,没有什么比这更神奇了,没有什么比这更纯洁、更清静了。

每年这个季节,冈萨雷斯顺时针绕黄石公园铲雪,第一站是老忠实喷泉旅馆。今天他改变了方向,去黄石公园大峡谷,到那里的大峡谷村总店。总店建筑面积有一个足球场大,建筑年龄几乎与他同岁,每年在这里铲雪至少花上一个星期时间。

站在大峡谷总店下,欣赏积雪中的美景,谁都不愿意打乱这个世界。我们绕着总店转,又停了下来,怎么看都感到美,连冈萨雷斯都不愿意动手去打扰。弗朗科喊道:"Plug in, man, plug in!(接入,兄弟,接入!)"他先爬过屋顶,他的铁锯在积雪根部轧去,拉开一米多深的积雪,用铲在根部搬动积雪,一块门板大的积雪顺着屋檐雪崩下来,几乎埋葬了玛利亚,子渊一个箭步扑上去,推走了她,自己却挨上了屋顶下来的雪崩。玛利亚对着屋顶喊:"弗朗科,你这个笨蛋!没见到我们在下面吗?"她去救子渊。

雪堆里传出"哈,哈,哈"的声音,子渊跺着雪,手在雪堆里划着,挥舞着,露出头,他大口呼吸,又一声"哈,哈,哈",玛利亚上前吻了他,疯狂的一天开始了。

总店的美景破了相,冈萨雷斯也上了屋顶,站在那里检阅,还是舍不得!何赛的锯子拉出一块又 块积雪,他的锯子比东北大刀还宽长,橄榄大的牙齿,锯出冰箱大小的雪柱,先雪崩了屋檐边的积雪,再逐渐向内,像蚕宝宝吃桑叶。每一次雪崩,都听到他们"啊!啊!"的声音,他们俩打出一片天地,我们也上了屋顶,子渊与玛利亚搭档,我与弗朗科搭档。

115

站在屋顶上,觉得从未有过的心旷神怡。积雪厚度比玛利亚还高,冷冷的光打在雪上,均匀了光线,照得玛利亚红晕似玫瑰。站在高处看黄石公园,群山、野牛、翻腾的滚滚蒸汽,还有蓝天白雪,和满满的阳光。

"贾,铲雪看着容易,其实很难,我教你。"玛利亚说。

子渊拿着锯子,就像拿着一块铁皮,花着时间计算垂直线,但锯出的竟然是一条哈哈镜曲线。"册那,册那,锯子是弯的。哈哈哈,你别串街好不好。"子渊被锯子拉着走,狗熊般的身体往雪堆里钻,他拔不出铁锯,索性弹起铁锯唱起京剧《智取威虎山》:"穿林海,跨雪原……"他的声音洪亮,但没人计较他唱什么。

"贾,别唱了,你铲出的会是碎雪。"玛利亚说。

子渊不相信,拿过铁铲,拖出畸形的雪柱,碎在屋顶上。认认真真地没干多久,子渊唱累了,背也开始疼痛,弯下腰他做了几节广播操,弯腰仰背时觉得天地特别艳丽,子渊索性躺在屋顶上了。玛利亚踢他起来,他却抓住她的脚,拖着玛利亚也躺了下来。我和弗朗科也感到累了,坐在屋顶上,倾听不远处大峡谷瀑布传来的打石声。只有冈萨雷斯和何赛默契配合,他们的锯子才是锯子,铁铲才是真正的铁铲。

冈萨雷斯他们向我们走来,他将子渊的屁股铲了起来。子渊重新挥舞他的铁锯,大口喘气,抱怨着说:"没想到这辈子会到黄石公园做苦工,要知道我的玛利亚在这里,册那,我送一队民工到这里。"玛利亚问:"什么是民工?"

"我带你去中国,你就知道了。"

"去中国!OMG(英文 Oh My God 缩写,哦,我的上帝),真的吗?贾,你不会在哄我吧,我们明天就去!""你真的想去?"玛利亚点点头,子渊停下他的大铁锯,说道:"好,好,我告诉你……"子渊说不下去了,他仰天自言自语,听不出他在说什么,他的脸色暗沉下来,看得出他心事重重。玛利亚问:"你怎么啦?"子渊没回答,他突然离开玛利亚,走到老冈那里,研究他们铲雪,观察了几分钟,认真地说:"老冈,我告诉你铲雪法规,想不想知道?"没等老冈回答,他接着说:"册那,不要伤腰!"

"贾,你回来呀!"玛利亚喊他。子渊回到玛利亚身边,也没说话,他像疯子一样干起活来,锯雪铲雪,不知哪里来的力气,没人能跟上他的速度,他的锯子不再是铁皮,弗朗科隔着雪堆大声说:"对,对,这才是投入!"突然,子渊问弗朗科:"他们怎么付我工钱?"

"一小时七元八角。"弗朗科回答。

"我的玛利亚,我发财了!玛利,今天我赚了八十美元,我的钱都是你的,你也赚了八十美元,我们怎么花钱啊?"

"你挣来的也给我?"玛利亚问。

"当然了!油(you,你),麦(my,我的)华芭!"

玛利亚高兴极了,激动地给子渊一个吻。子渊睁大眼睛说:"搞不懂,今天早上我给你几千美元,你骂我是个肮脏中国佬,现在给你八十美元,你给我一个飞吻,真不懂会跳弗拉明戈舞的女人。"这以后,他们俩像吃错了药似的,默契得像牛郎织女,远远地将我们甩在后面。贾子渊下辈子要完成的体力劳动算完成了。人在接电的时候就是这个样子,他还不时回头,与我们打招呼。当太阳躲进黄石公园树林中时,子渊与玛利亚完成了他们屋顶。

子渊跑到冈萨雷斯跟前,一定要他的八十美元,老冈说他没钱。子渊这个亿万富翁今天就是不肯,一定要老冈付他工钱。何赛从裤袋里掏出六十美元,冈萨雷斯有二十美元,算给了子渊工钱。子渊这个疯子高兴得不得了,对着群山喊着:"我赚真的美元了!册那,真正的美元!"他拉着玛利亚的手,连翻带滚下了屋顶,畸形着身体扭在雪堆里,再也不能站起来了,他的腰僵直了。弗朗科和我下了屋顶,铲开子渊身边的雪堆,扶起他,将他绑在玛利亚的雪地车上。他们俩先离开了,要去一同愉快地花掉今天赚到的美元。

我回到屋顶上,与弗朗科一起完成我们的活。干了一天的活,真的累了。我从没想过自己这辈子会在荒无人烟的黄石公园里铲雪,跟着疯子一起,自己也都成了疯子。我坐在屋顶最高点上,感到头脑特别清醒。冈萨雷斯过来,坐在我身边,一同享受劳动后的宁静。我们六人,今天移去了三千只冰箱大小的雪柱,环视黄石公园总店,屋顶的雪都在地上。我又问老冈:"为什么你喜欢黄石公园的冬天?"老冈想了想说:"生活在自己选择的世界里,选择最基本的生活。我不想有非生命的生活,活在生命的本真中,去掉一切身外之物,用生命去感受神圣,而不是物质的。"

我不知怎么去回应冈萨雷斯,他停顿了一下,说得更简单:"你看,一个纯真的人,从来都不需要超过十个指头来计算,再四舍五入,生活就应该这样简单,回归真实的生命。一年计划要做的事就两件,最多三件,不是上百上千件,何必要上百只碗盘菜碟,两只碗就足够了。看看那些人爬上这架飞机,又到那架飞机,日行千里,走路、吃饭都在收发短信,服安眠药抹杀夜晚,靠咖啡支撑一个白天,他们生活得像人还是猩猩?他们自己也糊涂了。那些人不在使用手机,而是手机消耗了他们的生命。"

太阳落到群山下,余晖反射到云层,光芒映在松林间,头顶上的云向西移动,喷泉的蒸汽升腾到云端,西坠的太阳将我们托起,升到天堂的下端。不远的黄石峡谷瀑布声冲击着我,让我感到地球的生命在运转,听到地球在呼吸,地球的血液流出了黄石公园,我真的活着。天气骤冷下来,我们几人也骑上雪地车离开了黄石公园。

(4) 干枯的莫斯伯格霰弹枪

刚出黄石公园,手机信号出现了,子渊已经给我打了四个电话,最后是短信:"给我回个电话!!!"我赶紧打电话给他,传出子渊的声音,他问:"怎么到现在才回电?"我向他解释黄石公园内收不到信号。不知道子渊今天怎么了,他就是听不懂我的解释,抱怨地说:"我最需要你的时候,你总是不理我!"还没等我向他说明,他继续着他的委屈,说道:"刚才我哭了……"

听到子渊的话,我几乎要笑出来,我们十八岁一起上大学,超过四分之一个世纪过去了,从来没听说过子渊会哭。我循着他的话,反问:"你刚才哭了?"

"我知道你不相信我,我的确哭了。"

"太阳从西面出来了。"

"你为什么讽刺我?！你为什么说我不会哭?！"

"你如果真哭了,贾子渊就成了甄子渊了!"

子渊听了这话,他竟然在手机里哭了起来,哭得伤心极了。子渊的哭声像黄石公园的黑熊叫。他这一哭,我既感惊讶,又莫名内疚起来,仿佛他的哭声是一面镜子,看到我这一生若即若离的处世态度。刚才铲雪时感到的神圣感消失了,顿时回到寒冷的冰天雪地里,我问子渊:"为了八十美元?"子渊没回答,我又问:"玛利亚怎么花你的美元,一个亿万富翁为了这点钱哭了,有这个必要吗?"

"聆海兄弟,请相信我一次,我子渊做过许多荒唐事,但今天我真的哭了。我从来没有这样伤心过,我需要你。"他的声音是真诚的,我感到他真的哭了。子渊出事了?

我问他:"你在哪里？我马上过来找你。"

子渊在玛利亚的小屋内,在西黄石城的东面。走进玛利亚的小屋,由她陪着去见子渊,见他一个人呆呆地坐在玛利亚床边,望着天花板。他见我进来,忽然又哭了起来。我安慰他几句,问他为什么哭,子渊就是不回答。我走出卧室,拉着玛利亚问个明白,玛利亚吞吞吐吐地说些不知所以的话。

我是丈二和尚摸不着头。这一切都很子渊,为什么他哭了,我继续追问玛利亚:"到底怎么了?"

玛利亚不好意思地说:"他没了那个……"

我问:"没那个是什么?"

玛利亚红着脸说:"他没了那个……"

"你到底说不说?"

"贾,他的泉水干枯了!"

卧室里面传来子渊的号啕大哭,原来他听到我们的谈话,我回到卧室。这下我懂得问题的严重性,我问他:"你怕再不能得子了?"

子渊的眼泪流了出来,他像孩子一样哭着,倒在我怀里:"啊、啊、啊……"哭个不停,他哭着说:"完了,一切都完了,你还不相信我哭了,为什么不相信我呢?"子渊像个大胖小子,哭的时候更像低能儿,他的哭是真的。我拍着他的背,安慰说:"相信了,子渊兄会哭,能哭,不就今天干枯了一些,明天好好调理一下,还会有泉水的,贾子渊的泉水不会干枯,你看到黄石公园的老忠实喷泉了?你的那个像老忠实喷泉。"

子渊摇头,他哭着说:"人家在痛苦中,你还挖苦我。啊、啊、啊……"他又伤心地哭了起来。玛利亚不知所措,她在屋里来回地走,问我:"中国老男人都是这样吗?"我瞪了她一眼,说道:"我认识子渊快二十五年了,今天是第一次看到他哭。"

"哪怎么办呢?"玛利亚问。

"我怎么知道?人在热恋中就是这样神经质。"我给了个正能量回答。

"他这是第一次热恋?"

"你怎么知道的?"

"因为你说这是贾的第一次哭。"

"你自己问他吧!"

贾子渊在我怀里哭着,见鬼了,他真是中邪了。突然,门外有动静,玛利亚开门去看个究竟。子渊不想站起来,还在我怀里,我感到有点荒唐,但也看不出子渊是在演戏。将他轻轻地放在床上,他的头刚碰到枕头,他又哭了起来:"聆海,你为什么不相信我?我再没有泉水了,没了,一切都不会有了,做人还有什么意思啊?"

"子渊,你没事吧?"

"请你相信我,如果你从来都没有相信过我,也没关系,就相信我这一次,我完了,什么都完了……"

我几乎想笑,但潜意识中,感到他真的有事发生了,不一定是因为今天的干枯,我只得安慰他:"子渊,对不起,真不知道你把这个看得如此重要。我给你找个名医,你一定会超过汉武帝,他六十二岁得子,也许你会破了齐白石七十二岁得子的现代纪录,你有没有信心?"子渊哭着说:"没有!没人能跟汉武帝较量,人家齐白石是仙人。啊、啊、啊……完了。"

"没关系,我们可以举几个简单例子,郑板桥五十二岁得子,怎么样?"

子渊没有回答。

"你知不知道中国著名的歌唱家李将军五十七岁得子?"

子渊不哭了,他抬起头坐了起来,擦干眼泪说:"李将军五十七岁得子,你为什么不早说?!"但他又一头倒在床上,不想起来,也许还在留恋着玛利亚床的芳香。

突然门外传来轰轰烈烈的动物嘶叫声,玛利亚跑回屋内说:"一群野狼追着马鹿,他们朝我们这里来了,赶紧拿枪。"说着她自己走到枪支柜前,打开柜门,里面挂着形形色色的武器。子渊从床上跳了起来就问:"是真家伙吗?"玛利亚没有回答他,子渊以为她没听懂,急得他用了中国式日本语调问:"你的,武器的大大有,都真的干活?"我忙为子渊翻译,玛利亚说:"如果不是真的,我干吗把它们藏在柜子里,吃饱了撑着?"

子渊情不自禁站了起来,忘记了背疼,走到枪柜前,不知拿什么武器,有格洛克手枪、莫斯伯格500霰弹枪、马丁60半自动步枪、Ruger22步枪,他还在伤心中,哇哇地又哭了出来:"哇,哇,我没子弹,射不出来了。"玛利亚摘下莫斯伯格霰弹枪塞在子渊身上,对他说:"当心,子弹已经上膛了,到外面只许朝天开枪!"

子渊握紧莫斯伯格霰弹枪,他什么也不怕了,戴上雷锋帽就往外跑。玛利亚挑了马丁60半自动步枪,说:"当心,别乱开枪,你的是霰弹枪。"她叮咛着子渊往外跑。我摘下Ruger22步枪,从来没有真的打过猎,一辈子也就射击过两次,装上子弹,冲出房屋到野外。黑夜中西黄石城真冷,看不见树林的面貌,月亮在树林的另一边,数不清的马鹿嘶哑地叫喊着,我从声音里听出了它们的愤怒和惊慌。玛利亚踏着雪,向屋前的小山坡走去。子渊僵直着脊背,双手紧紧地握着莫斯伯格霰弹枪,生怕走火,跟不上玛利亚,走几步,停下来喘气,他远远地落在后面。

我们登上山坡,前面马鹿密密麻麻一片,从山坡顶下来。白狼在马鹿群两侧追逐,并不急着发起攻击。马鹿群后面是五六只深色野狼。狼群在狂奔中排出阵形,不断地变形,它们加速着,等马鹿翻过山坡时,狼群已准备好,像成吉思汗的军队一样,摆出最后进攻的架势。狼群嗥叫着,交换着信息,突然,他们变换队形,交叉奔跑着冲散了马鹿群。

玛利亚举枪,没想阻止正在发生的一切,只为了保护她的篱笆木屋。我的心跳加快了,不敢大口呼吸,极目惊心动魄,逃亡与追逐,生和死都在节律中,逃亡得有条不紊,追杀得精致协调。阿尔法狼熟练地追捕马鹿,在奔跑中筛选弱者,这次它盯上了年迈的公鹿,从奔跑中可以看出它后腿反应迟缓。黑狼和灰狼自由奔跑,各自尽情发挥,不用语言,不用眼光,不靠吆喝,它们知道奔跑中的位置。四只狼在老公鹿两侧奔跑,锁定猎物,却迟迟不发最后的致命一击。我惊叹着。突然,母狼发起追击,赶跑马鹿群后再回头捕杀年迈掉队的公鹿。就这样,它与两侧的四头野狼一起,一阵子加速,追上公鹿,一次腾跃,咬住了公鹿尾巴。公鹿拼命想挣脱,不肯倒下,发出高频率的"咿呀"求救声,飘向黄石山坡。

子渊仰着背,终于爬到山顶,他还没站稳,就举起莫斯伯格霰弹枪,"咔嚓、咔嚓",他移动泵动手柄,问道:"册那,射狼还是打马鹿啊?"

没人理睬他。

此时,阿尔法狼腾空而起,咬住公鹿的咽喉,它的身体挂在公鹿身上。没一分钟,老公鹿雄伟的身体倒了下来,挣扎几下后,后腿的肌肤就被撕开了,鲜血留在白雪山坡上。子渊举着枪,向天空射击。枪声响起,莫斯伯格霰弹枪的后冲力撞击着他,他跌跌撞撞后退了好几步,惊道:"册那,册那!厉害!"他又"咔嚓咔嚓"地移动泵动手柄,子弹上了膛,他的手指从没放松,"啪!啪!啪!"他向天空乱射。枪声吓到了狼群,它们留下公鹿逃去。玛利亚回屋,没几分钟她驾驶着雪地车回来,找到公鹿,将它装在雪地车上,我举枪在后面掩护,"啪!啪!"我也向天空发了几枪,好壮壮自己的胆子。狼群在远处注视着我们,不敢前来争夺。

玛利亚怕子渊走不快,又把他绑在雪地车上。子渊哈哈大笑,说道:"玛利亚,它是我的战利品吗?"玛利亚没回答他,子渊对我说:"没我那几枪,册那,我们今天吃不到马鹿肉。哈哈,你们把我与马鹿绑在一起,有意思!玛利亚,你这个人真幽默,哈哈,太有意思了。"马鹿群跑远了,狼群回归黄石公园保护区。我们回到屋里,给子渊松了绑,他站不起来,从公鹿身体上滑了下来。我们碰了一下他的腰,他感到疼痛,摇摇手,示意我们不要帮他。我正担心这冰天雪地几百里没有一家医院,但看他自己站了起来,走进屋去,我也就放心了。

玛利亚打电话通知了冈萨雷斯、何赛和弗朗科,今晚是马鹿肉宴会。我打电话给原宪,见鬼了,他也像子渊一样,情绪差得很,也哭了一场。他说与杭州的徐仪和发了一天的微信,又准备回丹佛向子祺负荆请罪。我管不了他那些哭哭啼啼的烂事,同时也觉得纳闷:两位亿万富翁同一天流泪,人富到一定水准,思绪也一样吗?我问原宪:"今天你还做了些什么?"

"什么也没做!兄弟,我什么都完了。"

"徐仪和把东西发到网上去了?"

"没有,她说她爱我!"

"那你哭什么?"

原宪沉默,他就是不说发生了什么。我邀请原宪来品尝马鹿肉,我说:"到玛利亚家来,不在冈萨雷斯那里。马鹿肉是狼群送来的礼品。今晚少不了弗拉明戈,唱唱跳跳。你在旅馆里也哭不出什么名堂,一起来热闹热闹?"原宪答应了。

晚宴比昨天更快乐,玛利亚母亲葛西娅也来了,今晚母女同舞。弗朗科带来他的吉他。玛利亚一身粉红长裙,蕾丝裙边,她的双脚跟快速击打出节奏,仿佛黄石草原上的狼群聚合在一起,再次向马鹿发起追击。舞步声、吉他声变化出广阔高原。那里,马鹿在迁移,狼群在追逐,山高天近,沸腾的火山蒸汽与风雪共舞。这里,何赛与玛利亚对舞。我们喝了不少啤酒,原宪也醉了,子渊躺在沙发上不能动弹。屋里灯光通明,这样的欢乐可以延续到明天。我的手机响了,我走到门外,呼吸了几口冷空气,接了手机。原来是施之常从芝加哥打来的,他在手机里兴奋地说:"她来了,这次她一定回芝加哥了。"

"谁来了?"

"张有若!还有谁!"

我听了也高兴,这几年为他们俩提心吊胆,现在张有若来芝加哥,至少

123

他们还没离婚,我问:"这次她回来,就不回大陆了?"

"不知道,我今天才接到她的电话,说她明天动身,先到旧金山,然后到芝加哥。"

"我不在旧金山,你猜我在哪里?你也别猜了,我现在在黄石公园,与我们的亿万富翁在一起,马鹿肉加啤酒,疯子加美人,玩吉他、唱歌和跳舞,都是自发和即兴的。"

"先别说这些了,你要是来芝加哥,我陪你去这里的爵士俱乐部玩玩。"他今天的自信是有道理的,张有若从上海到美国,从美国回到上海,再从上海回芝加哥,施之常几十年都在担心失去她,她明天回来了,我也为他们高兴,于是答应去芝加哥同他聚一下。

第十章　穿越洛基山脉

(1) 荷花与泥潭

张有若想与贾子渊会面,子渊却借口扭伤了腰,不见张有若。他躲在黄石公园里,他每天哭哭笑笑。有一种说法:当人陷入热恋,他的情感和处世态度会回到童年。我不知这种说法的科学性在哪,但玛利亚是这样认为的。

从旧金山传来消息,伯牛想被保释出狱。见鬼!去监狱探望的时候,他中邪一样拒绝被保释,昨天两位亿万富翁一哭,他想出来了。伯牛的保释金是一百万美元,需要现金。一星期前,两位亿万富翁都有钱,区区一百万美元根本算不得什么,想不到昨天一场大哭,把他们哭得吝啬了,都不肯借这么多钱。我与伯牛的几个湄潭县朋友联系,他们开始集资,我也答应帮伯牛把他保释出来。

施之常这几天像一朵吃错药的牵牛花,早晚都开着花,他盼着张有若早些到芝加哥,而张有若却在找子渊。

子渊躺在玛利亚的床上,说道:"兄弟,张有若妹妹来了,我一定要去见个面,但我现在离不开玛利亚,我这个腰扭得不是时候,你先去芝加哥,好不好?"我瞪了他一眼说:"你的妹妹想见的是你。"

"哈哈,你说伯牛怪不怪?他是把自己送进美帝国主义监狱的,你知道为啥吗?"

"你别考我。我这几天夹在你们土豪堆里,我的感觉你知道吗?"

"啥感觉?"

"头晕!"

子渊哈哈大笑起来,说道:"我们只是土豪,就能让你有头晕的感觉,你如果碰到你家兄弟毛阿大,你连头晕也感受不到的。册那,上次去见阿大,跟他说了几十分钟的话,他说了一个字:'好,好,好。'挺着他的大肚子,眼睛也没看我一眼。"

"你们两位就拿不出钱保释伯牛?"

原宪说:"我的钱只够收买我的美女了,徐仪和又要两百万美元,其他几位也在要钱,62的,真是兵败如山倒啊!"

子渊一本正经地劝原宪:"你以前日子好过,玩潜规则。我真心劝你一下,你还是回丹佛去,在子祺面前说老实话,负荆请罪,夫妻还是原配的好!"我们听了,都咧嘴笑了起来,这句话从子渊嘴里说出,就是幽默,觉得我们怎么在非洲看喜马拉雅山啊!

原宪说:"都知道潜规则的,我没骗她们,她们也这样潜规则我,怎么到现在成这个样子了?"

我问:"哪有潜规则爱情的?"

原宪取笑着说:"爱是不存在的,只是大家习惯了,一切都用'爱'这个字,这也是个潜规则!"这几天原宪没有刮胡子,增加了几分野性,改了杭州大教授的形象。

子渊说:"册那,我不同意,世界上没有爱,我怎么爱上玛利亚的?"

原宪认真地听着子渊的话,想了想,摇摇头,他说:"62的,你真爱上了

125

你表妹了？我见到徐仪和时也是这个感觉,说是'爱',但总怀疑着自己的感觉,看子渊兄的感觉能持续多久。"这次我们没有取笑子渊,也许他真的爱上玛利亚了。

子渊正经地说了伯牛的事："兄弟,我告诉你,你可能不知道,我付给孙伯牛几千万美元。册那,我当时就感到不对,但容领导要我放给伯牛,我就放了。这钱打了水花,没了！伯牛兄知道他闯了祸。那时我想保释他出来,你是知道的,他不想出来,你说是不是这样,现在他又想出来了,奇怪。我今天就说到这里,保他不保他,你们决定,让他湄潭县朋友决定。"

我决定去芝加哥见施之常,原宪也不想在黄石公园了,子渊说他离不开玛利亚,但他想去纽约找南容。我们三人最后决定后天离开黄石公园,先去芝加哥,再去纽约。子渊要好好安排玛利亚,他不回旅馆了,因为腰疼不能走。

我与原宪回到旅馆,我忙伯牛凑保释金,原宪继续与他的美女们发短信。

晚上我与原宪谈了一夜,早上怎么也起不了床,旅馆服务员送来报纸,今天西黄石城报纸竟然有关于子渊的报道,题目是《中国游客用莫斯伯格保卫家园》,子渊上了报,有他的照片,他咧着嘴笑,右手举着剪刀手。

子渊昨天睡在玛利亚的小屋,我想知道他腰疼到底怎么样了。这时子渊打来电话："兄弟,这几天我的英格立序（英文 English 的粗糙读音）进步了,very good（很好）,西班牙语 muy bueno（西班牙语,很好）,但我是个谦虚的人,我问你一个英文,孔子用英文怎么说？"

"什么意思？"

"没什么意思,我对玛利亚说,子渊是孔子学生的名字,孔子是中国的大圣人,是不是？主张夫夫妻妻,父父子子,我说'瞎子笨、瞎子笨、怀夫、怀夫（husband husband wife wife 的粗糙音译）',玛利亚居然听懂了,毕竟她也有华人血统。"

"听起来玛利亚想跟你到中国去。"

"册那！就是这个问题,玛利亚不知道我的实情,我也跟她讲不清楚。

兄弟,我问你,'流氓'一词英文怎么说?"

"不知道。"但我说了两个与"流氓"很接近的词汇。

子渊说:"你等我一下,我去跟玛利亚说。"子渊放下手机,对内屋玛利亚叫喊:"玛利亚,玛利亚,我想说的,没有了礼仪的夫夫妻妻,是个流氓家庭。'克己复礼',你懂吗?亲爱的,还不清楚吗?你等着,我兄弟在线上。"他抓起手机,问我:"册那,昨晚我跟圣母玛利亚讲'礼',说到了克己复礼,就是说不清楚,找不到东南西北。册那,我都快搞不清我现在在哪里了。"

"你在美国黄石公园。"

"我成了思想家了,没有了礼仪的夫夫妻妻,是个流氓家庭,你听懂了吗?""懂了!"我接着说:"贾子渊的确成了思想家,没有克己复礼的君君臣臣,是个流氓团体,你是不是还有这个意思?"

"我有这个意思吗?册那,我越说越伟大了,你跟玛利亚用英文说说清楚。"

我跟玛利亚用英文复述了以上的意思。玛利亚是个聪明女人,她大概懂了,她没再问下一个为什么。子渊似乎也暗示了我,毛阿大出了什么事了。

"谢谢兄弟,玛利亚懂了,你别走开。"子渊放下手机,认真地对玛利亚说:"麦(my,我的)玛利亚,I love you(我爱你),我成了 gangster(黑帮里的流氓),我不能带你去中国了。我不得不离开你,你别伤心,我比你更难过。我答应你我一定回来找你,你知道中国男人的,就像你祖祖父一样,我不得不离开了。"

玛利亚不要子渊再解释,子渊说他以后可能会成为穷人的,他不怕没钱,他说他吃了几十年没人知道的苦,吃苦他也不怕。他这辈子从不需要向女人解释,他财大气粗任性,今天他却怕没机会向玛利亚解释。子渊说:"我这辈子轰轰烈烈,疯疯癫癫,只有这几天在黄石公园,才静下心来,与你在一起,才知道我该做什么,心该放在哪里。"子渊好久不用"册那"造句了,我能听到他的哽咽,我挂了手机,不想再听他们俩的对话了。子渊这个疯子要将自己的心脏掏出来,他要玛利亚知道,他是爱她的,然而他将要做的,似乎与说的相反,他苦于证明不了他所表述的爱。

原宪推门进来,说道:"我们今天就去芝加哥,我想明白了,杭州的那些女人迟早要出事。我要到杜克大学找凯文,向凯文说明情况,让他给他母亲解释,你说有没有道理?"

我问:"凯文会原谅你?"

原宪说:"他是我儿子,对什么都不在乎,都无所谓,当然会原谅我的。"

"好吧,等子渊哭完,我们就出发到芝加哥,听听施之常有什么故事。"

原宪回到自己房间去。我跟伯牛几个湄潭县朋友打了电话,不知道哪里来的钱,他们已经有了一百万美元了,从湄潭县老区通过香港地下通道来的。我不便多问,伯牛马上就会被保释出来了,他的湄潭县朋友让伯牛自己向我解释。

(2)别了!玛利亚

今天是年三十,没有过年的样子,但说穿了,不论在上海、杭州、广州,都没有从前过年的文化,冈萨雷斯家早就忘了。

我们三人准备去芝加哥,研究了路线,从黄石公园出发,经过怀俄明州水牛城上州间90号公路,之后沿90号公路横穿五个州,就到芝加哥了。我动员子渊与原宪乘飞机,他们就是不肯,好像我是要把他们送上战场一样。

玛利亚与子渊告别,她说:"你去做男人该做的事,我在黄石公园等你,我也不去拉斯维加斯了。"玛利亚给子渊准备了中餐晚餐的食品,送给他自己做的皮手套。冈萨雷斯也来送行,他拍着我的肩膀说:"你是个好人"然后与子渊拥抱。玛利亚的兄弟也来了,弗朗科送我们一包冰冻马鹿肉,他一把拉过子渊,不管他的腰疼,说道:"Plug in,man,plug in!(接入,兄弟,接入!)"

大家依依不舍,玛利亚躲在众人的后面,看得出她的心情。何赛穿戴得像土著印第安人,腰上是短刀,背上是半自动步枪。他是最有血气的人。何赛走到子渊面前,拔出短刀,对准子渊的胸膛,说:"你如果对我妹妹不好,不要怪我短刀太快。"他的食指和中指对了自己双眼,然后指向子渊的双眼。子渊哈哈大笑起来,拨开何赛的手,说道:"何赛兄弟,我是子渊。你要记住这个中国人的名字!兄弟,我们后会有期,我下次来,我送你世界上最好的吉他和短刀。"

子渊依依不舍地与玛利亚告别,他觉得自己不该在年三十离开她,没办法,男人该做男人想做的事。他们俩"华波""华芭"地亲吻拥抱,重复他们再见面的计划。

"贾,别难过,我不会再去拉斯维加斯了,我在这里等你。"

"我的玛利亚,我爱你,love(爱),麦(my,我的)love(爱)永远,我一定回来。"

再见了,子渊的玛利亚,再见了冈萨雷斯和他的两个儿子。

(3) 怀俄明州的奇遇

二月,90号公路一路冰天雪地。疯了!我也彻底疯了,竟然与这两个疯子一起,跌跌撞撞,在除夕夜行驶在冰雪地上。打开汽车导航仪,向东驾驶,绕开封路驾驶,不知天南地北,也不知下一站该停在哪里。子渊躺在后排,早就睡了过去。原宪坐在我的右面,呆呆地看着前方。一群美洲野牛慢慢地在公路上移动,我们停了下来,再没有兴趣观看这些笨重家伙,恨它们霸占公路,却不敢将它们驱逐,生怕被它们推下公路。我们只能耐着性子等着它们走过,它们就是不让出道路。子渊醒来,瞪着眼睛不敢相信,他问:"这是在哪里?被这些野牛挡住了?"没人回答他,他喊道:"按一下喇叭,吓跑它们!"他跃至前排,按响了喇叭,吓得野牛让出"夹缝",我赶紧加大油门,从它们身边驶过,离开了黄石公园。

山脉连着山脉,除了灰白色,什么都没见。我们想找个地方吃饭,打开地图,才知道到了怀俄明州的科迪城(Cody)。我们在科迪城的酒吧吃的中饭,里面挤满了人,喝着酒,眼睛盯着电视屏幕。各种啤酒都有,我问正在喝啤酒的红脖子白人味道如何,他说:"像喝水一样。"左右两面墙上,挂着黑熊、加拿大马鹿的头颅以及各式步枪,这酒吧里的每一个人都像水牛比尔(Buffalo Bill),没准他们中的一位就是水牛比尔,喝错了酒,掏出手枪就开火。我们提心吊胆地吃,堆上笑脸吃。我到洗手间方便,墙上挂着很多威廉·科迪的照片,才知道科迪城是以水牛比尔的真名命名的,这幢大楼是他有钱时建造的。子渊也进了洗手间,我向他介绍说:"威廉·科迪比你疯狂几百倍,他把印第安人和西部生活介绍给世界,他带着土著印第安人,在伦敦演出几百人阵仗的印第安人舞,他们与几百匹西部骏马共舞。就是罗马时代,也没有他那样疯狂……"子渊听到这里,憋住了小便,认真地听我讲,我继续说:"西部精神是美国精神体现,一个伟大独立的精神就像草原野火不可驾驭……"

"你快点讲,我还憋着尿。"

"哈哈哈!"不说了,让他方便个痛快。

吃饱喝足,我们向水牛比尔酒吧告别,多付了主人一些小费。继续开车向东,不知道下一个是哪座城市。白雪覆盖着公路,纯洁了我们的视野,又在酒精的刺激下,这条公路成了全世界最洁白的公路。山脉也洁白,万顷山脉上的松树披着银装,只有树的顶尖露着黑绿,刺破了白色世界。

转过白色溪流,感觉置身于梦幻中,山峰夹道,神秘又惊奇,一个永远遇见不着的世界,竟然展现在眼前。子渊和原宪打着瞌睡,我找不到人说话,只好让景色匆匆过去,却又纷纷而至。过了几个小时,来到蓝色平湖前,湖面升腾着茫茫蒸汽,仿佛还在梦幻中,我们到了大犄角湖(Bighorn Lake)。身在美国西部的奇异世界里,打开宝马 X7 收音机,里面播放的也全是西部牛仔音乐,我听到一个女人在唱歌,仿佛听到外婆少女时的歌声,这一曲是这样的:

  我想成为,
  一棵亭亭玉立的桃树。
  每次我心上人路过,
  我追逐着桃子下树,
  但他总是,

含羞得无所事事。
假如他要我身上的桃子,
他就得爬上我的桃树。
哎哎,爱高大男人的我,
不要小男人,
只要他长得高,
心满意足的是我。

绕着大犄角湖向东北行驶,晚霞透过开在白云上的天窗,光芒照射到湖面上,这里就像洁白天堂的下端。湖对岸有几十匹阿帕卢萨马(appaloosa),它们在饮水,在湖边雪地里小跑,在耳鬓厮磨。想起让冈萨雷斯着迷的黄石世界,我似乎懂得了他愿意在黄石公园安家的原因。

唤醒了子渊和原宪,子渊坐了起来,睁开眼睛,也被这景色迷住了,他张着嘴说不出话来。原宪惊呆了好久,问:"我们这是在哪里?"我说:"我们可能进了印第安人保护区,这里是拉克达族(Lakota)的土地。"

子渊终于说出话来:"册那,我有个好主意,我们今晚就在印第安人领地过夜,你们说好不好。说不定与狼共舞就在这里。"我从没想过跟土著印第安人一起过夜,但子渊这个疯子还有更多的主意,他说:"我还有一个好主意,我们先取个印第安人名字,我今晚名叫'追风马鹿',哈哈哈……"他给我取的印第安人名字是"顶风水牛",原宪的是"狂风羽毛",都是些疯子的名字。

我第一次见到美洲骏马,它比中国的高大,据说美洲的马是从西班牙引进的。阿帕卢萨马白色的底上有彩色斑点,长得英俊。我们向阿帕卢萨马追去,绕过山路,进入印第安人保护区的入口,两块巨石刻着"Crazy horse(疯马)",巨石上是一排大犄角山羊头颅骨,石头上面画着一只手,手指向下,手的右边是一把短刀,下面是血色弧线。我总觉得这不是我们该停留的地方,原宪问:"这是什么意思?"子渊说:"有山羊吃!"我说:"山羊头骨代表着死亡,短刀、血色弧线意思是割颈,哪来的山羊肉?"原宪无心在这里久留,催促着我们前进,而子渊不以为然,他反而来了劲头,他说:"册那,无非是留下买路钱之类的,我跟土匪打过太多的交道,我们进去看看,看看印第安人的土匪长相。"

我们进入印第安人保护区,沿着山路赶到大犄角湖的对面,向阿帕卢萨群靠近,等我们几乎到马群跟前时,突然,羊角号吹了起来,不知从哪来出来一队骑马印第安人,穿着水牛皮外套,腰带上挂着短刀,肩膀上横着长枪,他们将我们包围。他们荷枪实弹的样子,吓着了原宪。但子渊是对的,他们哪有取我们头颅的样子?他们下了马,问了几句,没几分钟就和子渊称兄道弟,大家一阵子高兴。那几个小伙子一个叫"触天云",另一个叫"永不沉默",由他们俩带我们进了保护区。

这是个好地方,群山中有一处平地,原来这地方曾是战场,土著印第安人与美国骑兵战争过的大战场。"疯马"是他们的领袖,就是外面石头上刻着的"Crazy horse"。我们所经之处,竖立着几百个石牌,那是美国骑兵战士倒下的位置。"永不沉默"说:"疯马是他的英雄,他包围了美国第七骑兵团,将他们消灭在这里。一百年过去了,疯马的影子仍然在,那些阿帕卢萨马在追溯它们的主人。"

"等着月亮"是拉克达族的领导人,一个中年男人,他的皮帽上插满了羽毛,忙着制作黑熊标本。我们在印第安人博物馆里见了面,他惊讶着我们的出现,从来没有寒冬二月来过中国游客。他问了我们路上的见闻,听到我们是从黄石公园来的,他不敢相信竟然此时还有中国疯子这么干,跟他的祖先疯马一样疯狂。子渊说:"不知哪位革命领袖说的,印第安人是中国人迁移到美洲的。""等着月亮"哈哈大笑,但他不完全同意,他说:"专家都这么说的,但这个年头谁能相信专家。也许我们有共同的祖先,但印第安文明在美洲大陆,远远早于古代中国文明。"

不管怎么样,我们成了同祖先的人群,博物馆里有的是动物,我们鸭与鸡说了一阵子,不知他们是否真正懂了子渊的疯狂,也没人计较子渊说些什么,好时光就是高兴。子渊、原宪他们有的是钱,两位中国亿万富翁为拉克达博物馆题字,捐了钱,然后大家合影,晚上是拉克达族的篝火舞会。

大年三十在土著印第安人庄园过,今天的晚餐是美洲野牛排骨、土豆、拉克达族金色玉米,这几天一路都是音乐,今晚也少不了。黄石公园的弗拉明戈是激情与变化,西部牛仔音乐是怀旧,但印第安人音乐是狂风的庄严,是惊心动魄。印第安人的舞蹈服色彩鲜艳,"等着月亮"的服装是祖先传下来的,一百多年色彩如新。一曲下来,子渊大喊:"阿籁!阿籁!"引来印第安人的惊讶,没人取笑他,因为他们不懂他在说什么。"等着月亮"是个有知识的人,他告诉我们:"印第安人的欢呼声是野狼的嗥叫。"他昂头扬颈模仿出野狼的嗥叫,顿时,博物馆里狼声沸腾,"嗥……嗥嗥……嗥……"我们跟着一起嗥叫,欢呼着今晚的欢乐。

"触天云"和"永不沉默"给我们穿上了印第安人舞蹈服,宽松的皮服上挂满了彩色草绳,背部横插着羽毛。子渊跳了起来,疯疯癫癫地与印第安人共舞,但就是不协调。几瓶啤酒后,我也加入了草舞群,没几分钟竟然跳出了节奏感,身体在酒精的作用下左右摆动,我低着头,旋转得头晕,已分不出中国人和印第安人。子渊是对的,印第安人的祖先是中国人,"等着月亮"也是对的,中国人是从美洲迁移过去的。不管这些了!看整个博物馆大厅舞动着彩色,仿佛整个草原在起舞,月亮高照在大厅外,我们"轰轰""哈哈"学会了印第安人的吆喝,我们成了拉克达族的印第安人。

我们在大犄角湖边过夜,星辰、草原、白雪与月亮,今晚我竟然睡得好,感到什么都不缺。月色下的狼声嗥叫,是实实在在的生命,从来没有这样近距离与狼同睡,我反而感到踏实。想起印第安人的抗争,我为印第安人骄傲。有几次从熟睡中醒来,呼吸从没呼吸过的空气,睡在从没睡过的土床上。雪色与月色,不知哪个照亮哪个,也不知幻觉与现实哪个是真的,也许幻觉就是现实。

(4) 印第安人的大风歌

第二天早晨,中国农历大年初一,真正的刺激开始了。"触天云"和"永不沉默"牵来了三匹阿帕卢萨马,他们邀请我们一起去放牛。阿帕卢萨马真是高大,原宪都不敢去碰它们,他问:"到处是雪,哪来的草?"子渊早就兴奋了,不以为然地说:"大年初一骑马,坐在阿帕卢萨马上过新年,原宪兄弟,别总担心你那些杭州女人,册那,去遛遛马!"

我这辈子从来没放过牧,阿帕卢萨马更是诱人,我也顾不上太多,今天就是摔出骨折,也是我与阿帕卢萨马的缘分。等我们的马队到了牧场,才知道放牧也不是闹着玩的。我们三人僵直着身体,拿着套索,却不敢使用套索。然而,我们坐在马背上,却自豪地感觉自己已经成为美国西部英俊的牛仔,享有至高无上的地位。我起初还沉浸在昨夜的幻觉里,一阵风吹来,弄醒了我,我环视周围,子渊这个疯子也只敢老实地趴在马上不动。我驾驭不了我的坐骑,这匹马太老,久经沙场后变得没了血气,它随意踏着积雪,就是不向前走。等大部队赶到时,场面更雄伟,几十人的马队像骑兵连。我们赶着上千头的黄牛,向山丘移动。我们虽然从未上过战场,想必成吉思汗的军队前进时,也不过如此,太惊心动魄了!我们骑在队伍的最后,"等着月亮"陪着我们。

子渊要买印第安人的庄园,"等着月亮"没听懂,等他听懂了,他还以为子渊吃错了药,"等着月亮"说:"我们与美国政府有协议,印第安人保护区不能出卖的。"

子渊说:"我佩服兄弟的谈判技巧,你出个价,我们试试。"

"等着月亮"听懂了子渊的话,不敢笑出声来,也不想哭出声来,他还是感谢了子渊的美意。子渊不知道印第安人的历史,他们与白人政府战斗了几百年,几乎绝种,才争得这块土地。拉克达族是这块土地上的美洲野牛,要么被杀绝,要么自由,没有被驯服的,也从不出卖自己的土地。

我的手机响了,是南容打来的。见鬼了,她也在哭。这几天,亿万富翁富婆都在哭,我取笑了子渊和原宪,但她一个女人在哭泣,我不敢取笑她,挥手让子渊他们先走,然后问南容:"怎么啦? 这几天有钱的人都在哭!"

"子渊他们给你讲了?"南容问。

"他们只会哭,都不给我说明,我也懒得问他们。"

"那你什么都不知道?"

"除非有人告诉我。"

"Darling(亲爱的),你说真有因果报应吗?算了,不说了。巴西勒与乐歆打了起来,乐歆打不过巴西勒,但他把巴西勒咬伤了。聆海,我真的不知道该做什么,巴西勒要离开我,他要去中国。乐歆像疯子一样跟着我,我讨厌他,但又抛不掉他。报应,都是报应,是我把他弄成这个样子的,他这十几年痴爱着我,我知道的,但我不喜欢他,想到我还得与他一起去纽约,这不是报应是吗?"

我问:"你还在拉斯维加斯?"

"我哪里都不想去,巴黎、上海、杭州、旧金山、拉斯维加斯,有什么区别?聆海,我的感觉真差。我昨天哭了一天,乐歆说我会哭坏身子的,我也不管这些了。他还说我哭的时候更美,他这是情人眼里出西施。我知道这个时候我需要坚强,但我只是个女人……"南容恍恍惚惚地说着,我更觉得出了什么事。南容继续说:"Darling(亲爱的),我想早些去杜克大学,大C也需要我,她需要一个坚强的母亲。"

子渊他们向我招手,马队已经向前了,驱赶着上千头黄牛,但手机的那一边南容又哭了起来,我对南容说:"是啊!因果律是一种解释,你们没事吧?"

南容说:"你早点来纽约,这几天每天给我来个电话!"我答应了她,她好了一些,又说了好些乐歆的事,我急着想追赶马群,冒冒失失地说:"我们明天再聊,别再逗乐歆了。"

"你什么意思?"

"你懂的!他这个样子让人担心,更担心你。"

"也许你是对的,但你太尖刻了!"沉默了好久,她又问:"你下一站去哪里?"

我说:"前几天施之常来电,说张有若回来了。但这几天给他打电话、发短信,他都不接不回。我这几天总觉得生活在幻觉中,所有的亿万富翁都在闹情绪!"又一阵子沉默,我自己换个话题说:"大C怎么样?帐篷生活还习惯吗?"

大C不常与她联系,南容是从大C的脸书帖子上得到女儿的消息。

135

毛阿大那时也是这样,不高兴的时候,自己一个人出走。他有一次从西宁下了火车,独自去上海找他母亲,他也不理睬他母亲。想必大C遗传了毛家的怪脾气。南容说:"大C的脸书上有黑色帐篷日记,我念几段给你听。"我牵马停在一棵大树下,再次挥手让子渊他们先走。他们不等我了,牛群向前移动。看见子渊的绳套在天空乱舞,一不小心,他从马上摔了下来,绳套套在自己的屁股上,随风传来他的"册那!册那!"的惊叹声。

南容说:"我在找大C的脸书帖子,你别急。上次拉斯维加斯见面,大C她们在黑色帐篷已经睡了两三个星期了。今天是第二十六天了,真不可思议,真疯狂,是不是?"南容找到了大C脸书帖子,她说:"大C变得越来越沉默寡言,她骨子里像我,脾气像你兄弟。她观看杜克与耶鲁大学的比赛,她有了一次触电的感觉。她是这样写的:'辛格拉是杜克队的球星,他走向球场边捡球,当他走近时,看了我一眼,眼神直击我的心灵;他捡起球,回头又看了我一眼;他走了几步,再看了我,我几乎昏厥过去。我想我爱上他了,那是我们相爱的一瞬间,因为他从这以后发挥超长,杜克大学队反败为胜。我现在是杜克队的超级球迷。'哈哈,你说她像谁啊?"

我问:"大C会用眼神了,到底像谁啊?"

南容说:"我可从来没用过眼神!"也许她是对的,她还没用过眼神。她在手机里兴奋地说:"辛格拉是杜克队的主力,以后一定进NBA。大C说伯纳特爷爷是个有名建筑师,他帮助搭建的帐篷成了K村(杜克大学学生搭帐篷的空地名,以他们篮球队教练命名)里的摩天大楼,它经受住了一次风暴袭击,现在已是K村的地标,有意思吗?更有意思是第十八天,杜克大学队输了,大C先是伤心,后又高兴极了,她说那是因为辛格拉没有找到她,没听到她的加油声,所以杜克大学输球了。"

"听上去,你家大C控制了杜克蓝魔队!"南容真的为此骄傲,她们母女俩,都用美丽掌控着男人,南容说:"哦,Darling(亲爱的),跟你聊天后感觉好多了。你别急,我让你追赶你的黄牛去,我们明天见。"于是我挂了手机。举头望天空,晴而无云。印第安人的牧地广阔,令人心旷神怡,刚才的对话被风一吹,已无影无踪,我双腿往阿帕卢萨马肚子挤压下去,马儿开始向前,不一会儿追上了子渊他们。

子渊想买庄园的想法是认真的,他想在自己的庄园里建立武装,装备有几千匹马的骑兵,全都用最现代化的武器。他骑着马做着他的梦,翻过了几个山丘,来到盖着薄雪的草地。"等着月亮"高兴了,他跳下马,用手拉直了草,说道:"这草场已经养了三个月了,草长得比兔子还高了!我们对这里的草做过测定,百分之二十是蛋白质。"他下令停止前进,人、马、牛都停了下来。世界在阳光草原上变得安宁,近千头黄牛啃起了草,"触天云"和"永不沉默"唱起了歌,骑着阿帕卢萨马奔驰在草原上。"等着月亮"怕子渊误会,耐心地解释说:"美国北方平原有足够土地,贾先生想买,可以去收购正在出卖的庄园,但庄园往往是根据主人的影子造的。贾先生可以买一块空地,用你的影子造出贾先生的伊甸园。"

子渊没有听懂,他有钱,却从没想过建造自己的庄园,他说:"兄弟,人生只有这点时间,我没时间去设计,我就想买最好的,享受一下,你懂不懂?""等着月亮"说:"美国中部平原上有些土地,还没被人踩踏过,有阳光、山水、草木、动物,就差人去管理了。那些土地是上帝恩赐的原始土地,贾先生如果喜欢,我给你介绍几位经纪人。等贾先生有空,我安排一下你们的第一次会议。"

我笑着对"等着月亮"说:"贾先生不是基督徒。"子渊没回答,他放松缰绳,策马在草原上奔驰起来。牛群啃着草,远处雪山放大在视野里。我们也纵马奔跑起来,人与阿帕卢萨马跑出节奏,说不出的自由和解放。人生很少有这样赏心悦目的时刻,很少有这样完美无缺的境界。纵马到丘顶上,呆呆地目视周围一切,这天是蓝色的天,这云是白色的云,这土地是长着肥草的地,不知道为什么要改变自然,不知道为什么还要改天换地?

原宪也赶了上来,他的阿帕卢萨马甩着马尾,划出黑白线条。好时光就这样流逝得快。"等着月亮"的女儿骑着快马送来午餐,有滚烫的牛奶、马鹿肉三明治、油炸土条。坐在含雪的草地上吃完午餐,然后抽雪茄,天南地北地与印第安人聊天。"等着月亮"的女儿长得丰满,长发在风中飘散,子渊叫她宝嘉康蒂,这是老电影《风中奇缘》中的一个人物名。

"等着月亮"的女儿问:"听爸爸说贾先生想买这里的庄园?"

原宪说:"是的,贾老板想成为中国的约翰·斯密斯!"

"等着月亮"的女儿甜甜地笑了起来,她说赵教授真是幽默。

下午两点的时候,顺着溪流赶着牛群回来。时光是天堂般的安宁,又随心所欲地度过。子渊唱了《风之采》,没法让他停下来,也没人计较他在唱什么,好像本来就没必要计较,只要有疯狂的机会,子渊就会成了中国的约翰·斯密斯。"等着月亮"想留下我们共进晚餐,我们得赶往芝加哥,不得不离开印第安人庄园。大家依依不舍地告别,宝马X7在"触天云"和"永不沉默"的马队护送下离开。"再见了。"印第安人说着中文。"Agdhe。"我们学会了拉克达族印第安人的再见。

第十一章　横穿美洲大平原

(1) 山梁雌雉,时哉！时哉！

从黄石公园到怀俄明州的水牛城,短短的二百四十英里,花了两天的时间。照这个速度去芝加哥,能认识这一路的所有印第安人。晚上7点,终于上了95号州间公路,子渊驾车在雪地夜路上行驶,唱着这几天学会的弗拉明戈歌、几句西部牛仔歌,更多的是印第安人的"咚咚哄哄"土著发音,这几种加在一起,组成了子渊的噪音。

95号州间公路上见不到任何人,子渊发疯地加速。警察竟然坐在公路边的警车里,懒洋洋地躲在冰雪天地里,他们不想跟子渊玩游戏。我刚瞌睡半小时,子渊又变调,大喊:"册那,我们到了拉皮德城(Rapid City)！"后面突然传来惊天动地的摩托车声,公路也震动起来,回头看,原来是密密麻麻的摩托车队,各式各样的摩托车,排气管打出的声响像是惊天动地的雷声,又像是攻打上甘岭的炮声。宝马X7两侧都有摩托车为我们护航,摩托车上的人头戴钢盔,身穿各式野牛皮外套,他们长得像巨人,驾驶到宝马X7前面,变化队形,轰轰烈烈地前进。子渊大声喊道:"刺激,册那真刺激,他们是野人吗?"

原宪捂着耳朵,仔细观看前面的巨人,莫斯伯格半自动步枪横在背上,摩托车上各插三面旗子,美国国旗、南达科他的州旗,第三面旗从来没见过。我突然感到这一百年过去了,这群人一直在这条公路上,以前他们骑着马将印第安人赶杀出南达科他州,现在他们任性地驾驶摩托车,尽兴地制造噪音,毫无约束地享受好时光。我们在他们中间,成了他们中的一员。

无心去超越他们,子渊盯这那些巨人,说道:"宝马X7成了一只皱皮火鸡,我们要有摩托车该多好啊!不过话说回来,现在是我们这次自驾美国游最辉煌的时刻,我简直成了'中国总统',由美国军队护驾,正在检阅三军,有没有这个感觉?"没人回答他。

进了拉皮德城,城里还有更多的摩托车队。找了好几家旅馆,都没有空房。最终我们在拉皮德城的西面找到了住处,最昂贵的旅馆,住到顶层。我们到了自己的房间,关上门,洗了个澡,喝了几罐可口可乐,向窗外望去到处是巨人的喧闹。看看他们的身材,他们中任何一个都可以将我们压得粉碎。原宪有点胆怯,我也筋疲力尽,没精力再看热闹,但子渊不怕,他说:"有什么好怕的?册那,我们既然到这里了,索性跟这些巨人去搞搞,也许生几个小巨人下来。"

"才两天,你离开玛利亚才两天,怎么又想跟其他女人生混血儿了,你的爱情专一到哪里去了?"原宪问他。

"兄弟,你这个秀才。看看你自己,搞出问题来了,是不是?我当初跟你讲,你和徐仪和玩玩可以,册那,你不能被她爱上呀!你自己更不能爱她。但我与玛利亚是真爱,玛利亚不是徐仪和,她懂的!走走,我们去吃夜宵去!"

"62的,好话损话都让你说了,事到如今,也没有什么可怕的,我们走,去看看拉皮德城的夜市。"

出了旅馆,到处是三五成群的摩托车巨人,他们也不怕冷,站在马路上喝啤酒。街上的酒吧早已爆满。据说这是南达科他州一年一度的摩托车节,以前每年都在夏天举行。巨人们吃错了药,今年在冬天冰天雪地里办,他们来这里过节。到处是排气管爆炸声。他们从头到脚不修边幅,野性的巨大的笑声响彻云霄。他们喝醉了,拨动吉他,唱着四重唱,每个人都享受着好时光。在人群中穿梭时听到一家酒吧传出喝彩声,我们也挤了进去。酒柜前三十几个人围着,一阵阵地笑喊,像是有人在灌一个女人。子渊掏出几张百元美钞,买了好多东西。又给了酒保好些百元大钞,买了巨人们一人一轮酒,顿时巨人们转着头颈,寻找我们。刮目以后,再看我们三人,他们礼貌地让出一条缝隙,让我们走到酒柜前正中。

听到有人买了一轮酒,外面的巨人又拥了进来,子渊有的是钱,接着买酒。子渊旁边坐着一位白人少妇,比子渊长得高,很有几分姿色,她对围观的人说:"你们别灌我了,我这个人浑,喝醉了酒就跟别人生孩子。哈哈,我的三个孩子,第一个是酒醉后跟黑奴生的,嘘!嘘!政治正确,现在不能说黑奴,我自己罚一杯。"她自己喝了一杯白兰地,接着说:"琳达长得比碧昂丝还漂亮。我第二次喝醉后,跟侯赛生了个孩子,一个男孩,你们知道他像谁?他像老虎伍兹。第三个孩子跟谁生的,我也不知道,我奶奶说我喝醉了,红的黑的倒着看,顺着逆着都数不明白,你们别灌醉我,醉了我就是一个浑人。"

听到有人插话,她停了下来,哈哈地笑着倒向子渊,她接着说:"你猜出我跟谁生了第三个,你猜对了,我跟疯马生了个小疯马!哈哈哈!但我醒后就难过,孩子还是我带大的,你们今天不要灌我。"她突然发现有子渊,兴奋得站了起来,她盯着子渊看,用食指顶上子渊的下巴,对子渊说:

"哦!中国佬来了,哈啰,心肝宝贝,你叫什么?"

子渊听不懂她在啰唆什么,说道:"麦(my,我的)name(名字)子渊,油(you,你的)name(名字)?"

"哈哈,中国佬的英文不错!比侯赛好,我跟他们混久了,生了这么多孩子,能猜出他们的意思。我名叫珍妮佛(Jennifer)。"

子渊买了她几杯白兰地,说:"我认识疯马的! 叫 crazy horse,在拉克达族人庄园见过他的阿帕卢萨马。"

"中国佬都很聪明,我曾做过中国医生的护士,他长得帅,小巧玲珑的美男子。中国医生要带我去看海,他是真心的,但我这个人怕海洋,更怕吃生鱼片。你猜想一下,整个南达科他州大大小小脏东西都流向海洋,怎么能吃生鱼片呢?你说对不对?我爱中国小男人,答应他去海边。到了去度假那一天,我心悸得不行,气也透不过来。我奶奶说我是南达科他州的山梁雌雉,不能到海边生活的。"

子渊问:"你如果到海边去,会怎么样?"

"你想想,我不出南达科他州,就生了三个孩子,我一旦到了海洋,就会跟日本人生几个孩子了。"

"跟我一起去,生个白人纯种。"旁边的一个红脖子巨人说。

"你别逗人了,你老婆会打死你的。你是马克,是不是?"

"我没老婆,跟我去怎么样?"又一个红脖子巨人说。

"你别太驴……驴了,我喝醉了也不喜欢驴。"珍妮佛半醉着说。

"我哪儿成驴了?你也太逗了。"

"你这个牛仔特别,知道谁是你爹吗?你野得连娘都没有,太逗人了。"

"谁没娘了,妈妈跟着牛仔走了,忘记带上我了。"

哈哈哈,大家一阵子笑,子渊继续给大家买酒,珍妮佛喝了酒,更加兴奋。摩托车巨人是真正的西部牛仔,他们的祖辈有欧洲来的清教徒,逃跑的非洲黑奴,挣脱军阀毒贩凌辱的南美洲人,不断与美国政府抗争的印第安人,他们天不怕地不怕地反抗,又不断给别人制造麻烦,就像野狼,抗争着黑熊的绞杀,却又不断残杀马鹿。

珍妮佛突然跳到酒柜台上,对着酒保说:"亲爱的,敢上来跟我跳舞吗?"

"她今天看上你了!"一个巨人起哄着说。

"她要跟你生个孩子。"又一个巨人取笑着。

酒保在工作,他的专业精神很强。他打开了音乐,于是珍妮佛自己跳了起来。她跳得很性感,撩动着裙子,挑逗着每一个男人。子渊是个疯子,

141

他跳到酒柜台上,与珍妮佛共舞。这几天他学了弗拉明戈舞、印第安人舞、定居西部的白人乡村舞,他与珍妮佛这个醉美人一拍即合。酒吧里一阵阵呼呼,他们俩贴着身子跳,跳到热情奔放的时候,竟然还接了吻,引来又一阵欢呼。听旁边的人介绍,珍妮佛住在离这不远的小屋子里,养着三个不同父亲的孩子,她父母不与她来往,只有奶奶爷爷还疼她。她爷爷去年过世,哭得她脸都肿了,她几乎戒了酒。中国医生是为了转签证身份,才到这偏僻高山来的,他转了身份后第二天就离开拉皮德城,他去了纽约长岛,珍妮佛是不去纽约的,因为她怕海。珍妮佛从那以后又开始喝酒。

酒吧里的声音更惊天动地了,没人想睡觉,巨人们都跳起舞来,各色的灯光,红色的酒,没有规则的身体舞动,尽情自由发挥,没人计较时间、空间与因果,今晚是疯狂。等声音停顿下来,子渊与珍妮佛已经不见了,红脖子巨人们说她要生中国佬的混血儿了,哈哈哈,大家高兴。

我和原宪回到旅馆,迷迷糊糊睡了几个小时,做着巨人天使与狂欢的梦,又被摩托车声吵醒,巨人们敲门找珍妮佛。在清醒理智中,我第一次看清了他们:巨人的身躯,脑残式幼稚样子,直来直去的拳头,还有惊天动地的大嗓门。珍妮佛被大嗓门吵醒,她把我们都从床上赶了下来,她不认识我们,也不认识子渊,她大喊着:"上帝啊,我昨天又喝醉了?"

"你跟着有钱的中国大伽睡了一夜!"巨人回答她。

"他们中哪一位?"珍妮佛问。

"那个矮小的疯子!"巨人指着子渊。

"哦,亲爱的,我要拍下你的丑陋身体,也许我将来的孩子想知道父亲的形象。你站好了,别僵着脸,我们没做什么坏事,只不过多喝了几杯。"珍妮佛举着手机拍下了穿着短裤的子渊,他真不是个健美运动员。

巨人们要出发,与珍妮佛一起走了。走到门前,珍妮佛问我们:"你们今天去哪儿?"我说:"去看四个美国总统巨雕头像,你们知道往哪里开?"一个巨人说:"你们跟着我们就行了。"巨人的声音震醒了旅馆所有人,子渊还没来得及洗漱,就被珍妮佛拉出旅馆。我们跟着他们走,再次夹在摩托车队里,但这一次不一样,子渊惦记着珍妮佛。但珍妮佛彻底醒后,却忘记了昨夜的一切,对子渊一点好感也没有。

离开拉皮德城十分钟,又进入了山区,我们的座驾在山洞里进出。驶入黑山岭后,发现早有成群结队的摩托车在里面,都是向拉什某尔山(Mount Rushmore)进发。缓缓地上山,没几分钟,前面突然少了许多树林,红棕色的山石泥土,细小狭窄的道路,但山景雄伟,越向山上走,摩托车越多。他们去高山上的一块平地集合。五花八门的摩托车,车上插着锦旗,好多都是第一次见到。长长排列的阵形绕着几座山峰。等摩托车同时发动,驾驶在同一速度的时候,拉什某尔山震动起来,轰轰的响声响彻云霄,冲击着每个人的心脏。宝马X7夹在他们中间,就像穿着西装过溪流,不合时宜。珍妮佛向子渊挥手,子渊将所有车窗都退下,将头伸在天窗上,努力地向珍妮佛招手,感谢她的酒醉后的疯狂,他喊道:"珍妮佛,麦(my,我的)love(爱),你的疯狂超级!多多喝酒,我喜欢你喝醉。"

我们也仿佛成了红脖子巨人,大声说话,向几百辆摩托车挥手。大家享受着单纯的驾驶,享受着在一起,享受着自然。驾驶、驾驶、驾驶在山路上,在相伴的天涯海角,通向有美国总统群雕的山路上。我们终于见到了四位总统的石雕,高大上,比乐山佛雕还高大,四双眼睛盯着山路上的人。红脖子巨人们没有停下,他们只是享受驾驶,不为朝圣而来。四位总统冷冷清清耸立着,头顶稀稀落落地盖着白雪。红脖子巨人们摘下钢盔,按响各式各样的喇叭,向他们致敬,悠悠地驶去。我们也是红脖子巨人,没必要拍照留念,没必要朝拜,就这样告别了华盛顿,告别了杰斐逊,告别了林肯和罗斯福。

摩托车车队停了下来,已经是中午。我们不得不告别了,与红脖子巨人们告别,与珍妮佛说了一阵子话。才知道她用了所有的积蓄买下了她的摩托车,她喜欢出来郊游,与她的男人们喝酒,像是山上的野花,随着性子开放。有了花,蝴蝶自来,她说不知道为什么喜欢山脉、雪地和冷风,不知道为什么喜欢荒野中的阳光、雨水和鲜花,不知道为什么喜欢毫无目标的摩托驾驶,也许就因为让她感受到自由,如蝴蝶,如山上的跳跃飞奔的环颈雉。我们与珍妮佛说再见,子渊与她拥抱,感谢她的一夜情,珍妮佛消失在我们的视野里。

对了,想到了南达科他州的雌性环颈雉,一种从中国引进的野鸡,长得矮小,灰棕色,整天奔走在野外,随心所欲地生活,累了飞到树上,高兴了生下几个蛋,她让雄雉展示色彩美丽和强壮。又想起《论语》中的"山梁雌雉,时哉!时哉!"哈哈,我感到自豪,懂了拉什某尔山的珍妮佛,竟然读懂了这一段的《论语》。

(2) 三千里风雪东进

告别了珍妮佛,我们约法三章,今天就直接去芝加哥,路上除了方便,不停车,吃饭也在宝马X7里。子渊驾驶着车,原宪睡了过去,我的思绪漫游,望着窗外的原始土地,曾是印第安拉克达族的土地,拉克达族消灭了他们之前的土著部落,后来白人来了,消灭了拉克达族人。世上没人关心这里的故事。那些过去的辉煌,抗争世事不平的过往,都在时间流逝中洗白。沉默的土地,就像千年印第安居住过的空白,就像美洲野水牛成为过去,红脖子欧洲巨人成为这里的土著人。

好不容易回到90号州间公路,这以后一路向东,进入茫茫大草原,没有尽头。子渊疯狂地驾驶着,我们靠着座位休息。过了几个小时,还行驶在无名的草原上,长长的草,夹着连天的白雪,乏味又单调。景色使得子渊几乎发疯,他拼命地驾驶,今晚要赶到芝加哥,他自己唱起歌来,一首接着一首地唱,《火车朝着韶山跑》《上海滩》《我的中国心》。《我心永恒》本应该是他最拿手的歌,但他在愤怒驾驶之中,唱得连原宪也忍不住了。原宪说:"贾总,该休息了,让聆海驾驶吧!"

子渊喊道:"三小时了,没有树,没有山丘,没有动物,坐中国人的水牢也比这强!"我们换了位置。

我取笑说:"用点想象力,想想海洋,用海水代替枯草就行了。"

子渊没好气地说:"全给你了,你去想象吧!"

我说:"那你就再别唱了!说些有趣的,昨天一夜过得怎么样?有没有希望生个混血儿?"

"混你个头！她结扎了，左右两根输卵管，没有一根是通畅的。"

原宪问："你怎么知道的?"

子渊在后排躺了下来，说道："怎么知道的？册那，我不知道，难道你知道?"大家哈哈笑了起来，子渊又问起杭州的事，但原宪不肯说，子渊挖苦说："你还是说出来，我们可以给你出个主意，你的徐大美人到底要什么?"

原宪叹气说："不是早跟你们说过，她想跟我结婚。"

子渊说："她这是在逼宫啊！她是二奶，还是三奶啊?"原宪不说了，想打个瞌睡。子渊接着问他："你喝了酒后是兴奋，还是想睡觉?"

"开始兴奋，喝多了想睡。"

"那你应该多喝'美酒加咖啡'"

"你别，千万别唱，谢谢你别开唱了!"

"册那，我以前不知道'美酒加咖啡'怎么喝？我告诉你原宪兄弟，'美酒加咖啡'是混着喝的。"子渊唱了几句："开放的花蕊，你怎么也流泪……喝美酒，你要混着喝，知道这个意思了吗?"再也没人理睬子渊了，他没趣自己去清唱了。

都说这条90号州间高速冬天常出事故，常常封路。这几天在丹佛、黄石公园、大犄角湖、拉什莫尔等山路里奔跑，这90号州间公路已经不在话下。下午5点左右到了张伯伦城(Chamberlain)，这一路算是顺利，还常有大卡车护送。

密苏里河突然出现在眼前，让我激动不已，停了宝马X7，走出车子，想到当年路易斯和克拉克远征队，他们在这里与拉克达族人交过锋。密苏里河宽阔，水是黑色的，带着科罗拉多山脉冰水的寒冷，说不定是黄石公园冰雪融化后的水。正想着，子渊呼喊："我们继续，今晚要赶到芝加哥睡觉。"

傍晚6点到苏瀑布城(Sioux Fall)，方便了一次。然后继续向芝加哥方向前进，在昏昏沉沉中进入明尼苏达州。明尼苏达州的气温在摄氏零度以下，昏黑的天色中雪花就像漫天的蚊子，或打在车窗上，化成雪水，或贴在车窗往上爬，再飞向天空。90号州间公路横穿明尼苏达州南部，笔直的高速公路，竟然看不见一个湖泊，就连明尼苏达河也在90号州间公路北部折返向北。

想起去芝加哥见施之常,这家伙夫妻分居十几年,也不想要孩子,竟然没有离婚。施之常是芝加哥的一位骨科医生,而张有若是上海某奢侈品公司中方总经理,他们俩都是年收入近千万人民币的人,谁都养得起对方。我想不出为什么是这样,也许我是过时的人,也许他们有继续谈恋爱的嗜好。这十几年我总担心他们会离婚,子秀说他们要离婚早离了,她说我用自己的平庸去理解他们,他们俩一个是上海早晨,另一个是芝加哥黄昏,早霞晚霞各守一处。

宝马 X7 整整行驶了四个小时,横穿明尼苏达州,到了威斯康星州,在黑暗中靠近密西西比河。我上次与美国母亲河相见是十几年前的事,那时在密西西比州的新奥尔良城搭水轮沿此河顺流而下。那个晚上在船上与子秀跳舞,有新奥尔良的爵士音乐、正宗的卡津(Cajuns)料理,从此喜欢上了美国南方独特的风味,我心中的密西西比河因此总有卡津味。我下意识地摇下宝马 X7 车窗,想闻一下真正的密西西比河的味道,风雪寒冷随细雨猛力冲撞进来,真是混账的天气,刚才的浪漫被现实打得粉碎。子渊和原宪被冷醒,他们瞪大着眼睛,不理解我在做什么,又以为到了西伯利亚。

"怎么啦?"原宪惊恐地问。

"我们到了芝加哥了?"子渊问。

"我们在密西西比河上,让你们闻一下美国母亲河的味道。"

"册那,好闻,味道像冰。"顿时,零下温度的冷气将车内所有热气冲散。原宪更不理解,大喊:"62 的,你们干吗?"子渊的疯狂持续了几分钟,寒冷在车窗上积出薄冰,原宪赶忙摇上子渊的车窗。过了密西西比河,路灯逐渐多了起来,离芝加哥还有四个小时的路程。

一个半小时后,到麦迪生城,没多久就跨过威斯康星州。我们到达芝加哥外围时,已是凌晨 2 点。灯光、灯光,前面的灯光像红宝石,引诱着我们。进入隧道,两侧荧光彩龙飞舞,我们能体验芝加哥的节奏,像她的爵士乐,像她的辉煌,像她的神秘,我们高兴得毫无倦意。

今天一路车行十几个小时,从南达科他的群山到芝加哥,仿佛经历了整个青春。草原、冰雪、飓风,在芝加哥的夜灯下突然消损。90号州间公路通向市中心,芝加哥高速公路上的人比子渊更疯狂,他们快速向我们奔来,不打招呼扬长而去,人无倦意。车灯闪亮,刺激着我们的五官神经,勾引着我们的幻想。滚滚车灯彩虹,竟让子渊变得谦虚,他竟然像个小姑娘,缓慢地驾驶。到达市中心的时候,所有车辆都慢了下来,灯光在变化,所有人在悠扬的爵士乐中销魂着,不愿让芝加哥的夜晚就这样流逝,我们不需要明天。

我们来到了芝加哥,右边是黑色沉默的密歇根湖,左边是摩天大楼。住进喜来登豪华旅馆,从顶层眺望芝加哥全景,闻到密歇根湖清馨,然后我们一头睡去。

(3) 芝加哥的情人节

醒来的时候已是上午11点,今天是情人节。我急急忙忙吃了早餐,准备去找施之常。本来想邀子渊一起去,他说张有若会来找他的,原宪则忙他杭州的事。于是,只有我一个人去。

出了喜来登,我走到芝加哥河边,等出租车。阳光被风吹得清冷,我赶忙戴上兜帽,钻入来到面前的出租车,去了芝加哥的千禧公园。在云门下,我与施之常、张有若见了面。之常胖了,脸颊上竟然有新的青春痘,生硬得好像一股内气没放出来。他看上去有些疲倦,一身新服装,为张有若在情人节穿的,这还是宁波人过节的习惯。之常开口说了话,再现当年那副不知天高地厚的神态,使我仿佛回到了大学里的那种自然:穿着中山装在下午昏沉的教室里学习;在傍晚的寝室里,同学们打着牌,坐在床上看着书。我们俩握了手,傻笑了几下,会意了,忘记了这几十年学会的西方式的谈吐与大词汇,之常问:"吃了吗?"我回答:"吃了。"

有若不 样,她身材匀称,比在巴黎时还漂亮,这回她穿着仿古白色粗羊毛衫,与我握手时却两眼无神,激情躲得远远的。我们上了之常的奥迪Q7,缓缓地向密歇根大道行驶,向北。我问张有若:"这次回来,你不回上海了吧?"张有若没有回答。

"老婆,旧金山的大医生在问你呢!"之常说。

"我听得见。"张有若没好气地回施之常,她反而问我:"喜欢芝加哥吗?"

我回答:"昨天才到,还没体会呢,就觉得冷,但这一路都是冷。"有若望着窗外,好久没说话,之常也没什么要说的,大家坐在车里欣赏芝加哥街景。我不敢问他们俩的私事,好在密歇根大街上充满生气,杰出建筑、露天雕塑、开放式城市公园比比皆是。马路上,当地芝加哥人在强风中劲走。日本人走在自己的节奏里。奥迪车内实在太沉闷,还是我打破了沉默,我问有若:"上海最近怎么样?"

"好呀!"有若回答后,就没有了下文。

"老婆,就一个'好'字,怎么个'好'法?"

"好就是好!"

"好就是好?老婆,这等于没说。"

"上海人活得潇洒,不像芝加哥有些人,一回家就睡,还从鼻子、喉咙里弄出噪音来。"

"老婆,又在说我呢?开刀哪有不吃力的?"

我说:"这'潇洒'一词我同意,上海人只要有一套房子,就有拥有上千万人民币的潇洒,哪像我们在这里,看不完的病人,做不完的手术。是不是,之常?"

施之常说:"我们在芝加哥也不错,有芝加哥河畔高楼公寓,也不便宜的,还有在郊区的别墅,她就是不喜欢。"

在情人节的时候夹在他们俩中间,我感到别扭。这几天在路上奔波,不是跟野牛吹胡子瞪眼睛的,就是与子渊疯狂地在冰天雪地里变得麻木。我喜欢自己有了几分美国红脖子巨人的豪放,实在不喜欢此时此刻车里的沉默。张有若在找子渊,她不知道子渊就在芝加哥。我们几个大学同学混到这一步,成了地下党,联系都是单一的,"潜规则"是不能透露其他人的位置。施之常小心翼翼,尽力地让有若高兴,他给她所有的赞扬,从 A 到 K: adorable(迷人)、beautiful(漂亮)、cute(可爱)、delightful(清新脱俗)、

elegant(优雅)……我羡慕之常,他还是有若的情人,没有成为她的园艺师,也不是她的管道工。

去年春暖花开的季节,在芝加哥河畔最高档的摩天大楼里,之常买下了一套公寓,他想给张有若一个惊喜。张有若到芝加哥,之常便按捺不住内心的激动,将有若直接从飞机场接到芝加哥河畔,带她到豪华公寓。张有若很喜欢,以为他们就在这里度假。之常说出了男人最骄傲的一句话:"这是我给你买的!"他等待着拥抱、激吻,他想象着由激吻到床上的翻滚,他盼望能满足她。张有若看了一眼天价公寓,没说话,没给他激吻,第二天她提早飞回了上海。

张有若对我说,之常是个怪人,他买了公寓,没跟她商量,也没给任何人透露过惊喜,就指望她成为公寓里的家具。之常问:"但你早晚是要回来的,我们总不能就这样永远分居吧?"

"为什么非要我回来,我喜欢上海。"

"你本来说去上海五年,现在十几年了!"

"你就不能回上海?"

"我拼了这十几年,才有现在这个架子,我怎么能回上海?"

"那就非得牺牲我?!"有若生气地问。

他们俩争论着,之常开着车,奥迪Q7一定是张有若最喜欢的车,密歇根大道上就这一辆奥迪Q7。奥迪在红灯前停了下来,一对黑人流浪者情人在红灯下随意地接吻。那个黑男人向我们走来,嘴里咬着落了花瓣的玫瑰,他的双臂伸向天空,不知在祈祷什么。之常摇下车窗,喊他过去。黑人嘴里咕噜着,向我们挥手。之常给他钱,说道:"给自己买一顿好吃的。"黑人并不感谢,左手接过钱,右手还在天空中,芝加哥的风吹得他头发向天生长。

"你看他就这样,连要饭的也不感谢他。"有若说。

"老婆,我没指望他会感谢我,他是流浪汉,不是讨饭的。"

"有什么区别?"有若问。

"释迦牟尼的讨饭叫化缘。"

149

"那个黑人是你的释迦牟尼?"

"我们当时也很穷,但比现在自由多了,那时我们满世界走。"

听到这里,我似乎该说些什么了,我说:"你们俩不管卖了上海房子,还是卖了芝加哥房子,一幢房子就够了。这辈子就可以自由,去欧洲、澳洲、非洲,想到哪里就去哪里!"

有若说:"他这是在嫉妒我,他没想到我在上海也能成功。"

之常说:"什么时候骨牌倒了,你逃跑也来不及。"

"聆海你听听,我当年到美国来,看看美国什么都好,我是从内心拥抱芝加哥,真心地爱这个城市,我至今还喜欢芝加哥。但他就嫉妒上海,不想了解上海,听不进生活品质比他好,他从不拥抱上海,反过来专挑我喜欢的来刺激我。上海人喜欢一起吃饭,说是饭局也罢,不就大家一起聚聚热闹,他就拿地沟油说事。我住在徐汇区高楼顶层,他就说雾霾。有了高铁,他说要出事!"奥迪 Q7 开到了他们芝加哥别墅,张有若自己先离开了。走进之常的别墅,六间卧室,四间卫生间,上下两层什么都有,前阳台能望尽芝加哥河和它的分支。厨房里有榨汁机、电饭煲、咖啡机、烘箱,打开冰箱门,里面是一袋袋外卖吃剩的盒子。张有若和施之常不打算在家里做饭。我们三人再次离开豪宅,找地方去吃喝,幸亏我今天早餐吃得晚。

奥迪 Q7 又行驶在密歇根大道上,我们在道路北端停了车,之后再步行向南。我们俩跟着有若,走热了眼冒星花,仿佛走在纽约的第五大道,又像在比弗利山庄的罗迪欧大道,也有走在上海大街的味道。之常走遍美国后,决定在芝加哥购置房产,就是为了有若的上海情节。一英里的壮丽大道,从橡树街与密歇根大道交界开始,世界上最昂贵的时装首饰品商店都在这条街上。这里是张有若的天堂,她竟然忘记了吃午餐,她走进德雷克旅馆(Drake Hotel),熟悉地步入丹麦银匠乔治·杰盛店,顿时纯银、黄金的工艺精品,耳环、胸针、手表、皮包、香奈儿等。之常无可奈何地等候,我找到德雷克旅馆里的咖啡店,还没喝完一杯咖啡,他们俩就找到我,我惊讶地问:"什么都没买?"

之常说:"一副耳环三千美元,钻石手镯八千美元,上海提货,长见识了吗?"

张有若在密歇根大道上购物,就像子渊在拉斯维加斯赌牌,不需要食物的,从不想时间,也不考虑价钱。我们继续向南,之常肯定饿了,我也饿着肚皮。有若穿过马路,匆匆地走过路易威登精品店,在娃娃礼品商层停留了好久。之常陪着她,我跟在后面,觉得自己是多余的。琳琅满目的芭比娃娃,健身芭比、购物芭比、海滩芭比都是二十四点九五美元一个,但离婚芭比特别昂贵,一个要两百七十美元。我无聊之极地问漂亮女售货员:"为什么离婚芭比这么贵?"她眨了眨眼,用芭比的样子,芭比的语调说:"离婚芭比出售,配有肯特(Kent)牌别墅、肯特牌轿车、肯特牌游船和肯特牌家具。"

密歇根大道再向南,是 Polo Ralph、Tiffany 商店、Neiman Marcus、Nike 城,没完没了。这个世界真是奢侈,高贵的是品牌,不是物品本身,也不是它的实用性,在奢侈品世界里,人显得是多余的。二月寒冷,在芝加哥豪华密歇根大道上,见到的大多是中国人,服装一个比一个华丽,由着全世界向他们出售高贵。傍晚的时候,情人节玫瑰在路边、在商店、在豪华大道的橱窗内。千禧公园巨型荧幕上,是精致的巧克力,摩登女人的红唇与玫瑰。接吻,到处可以看见接吻,激情在二月寒冷中升起,但我们真的感到饿了。

晚餐我们去上海华庭,乘电梯到高层,前几天就已预订了靠阳台的座位,挨着摩天大楼的外景。我们隔席是一对俄罗斯情人,女的像电影明星,她的情人一定很幽默,她不停地笑。他们俩突然唱起了歌曲,男的打开一个礼盒,里面是大钻石戒指,至少值几十万美元,但那女的不高兴,盯着大钻石哭了起来,她转身离开餐馆,歌声停止了。

"她是不高兴,还是太激动了?"之常问。

"他一定是俄罗斯上豪,她嫌那个钻石太小了。"有若说。之常起身去方便,我与张有若对坐。她不高兴,摘下变色墨镜,她第一次正面朝向我,她的脸像老《红楼梦》电视剧里的妙玉,我想找个话题,她却先问我:"子渊他们在哪里?"我不敢回答,她接着说:"估计你也不知道!聆海,你兄弟好吗?"我说:"我也很久没和他联系了,怎么都在问毛阿大?"

"找不到毛阿大了,连子渊这条走狗也躲了起来。"她的语调有点火药味。

"别说我这个人太肤浅,你请我来作陪,为的是毛阿大?"我问。

"随便问的,你也别多心。"

一阵子沉默,我不知道跟她交流什么,她摆弄着她的眼镜,今天的满世界消费没带出她的快乐。我问:"怎么不回芝加哥?"还没等张有若回答,之常回来了,走到她身边,意欲用手背抚摸她的脸,问我们:"在说什么呢?"张有若毫不客气地挡开了之常的手。

"在问有若回芝加哥住的事。"我说。

"她就是不想搬回来!"

"你又来了,也不让人静静。"她接着问之常:"你为什么不回上海呢?"

"我怎么回上海呢?我回上海能干什么呢?"

"开你的刀,跟上海小护士调情,外科医生那一套!"

"调情?又在开玩笑了,这是哪里的话?"

"比如蜜雪儿,那个灰姑娘,她不是带着孩子来芝加哥了?"

"她来芝加哥跟我有什么关系?"

"没关系就好,我听说南方女人从不敢到芝加哥来的。她在这里有亲戚?你给她的地址?"有若问,她朝向阳台,不在乎之常任何回答。之常回到自己的座位坐下。蜜雪儿是佐治亚州的一位护士,之常在那里做外科住院师时认识的。之常说:"她可能是从外科部通讯录里找到我的。"

"她为什么打听你的消息?"有若追着问。

"我怎么知道呢?也许她来芝加哥旅游,顺便来看看老朋友。"之常说。女服务员端来热手巾和菜单,情人节的音乐在芝加哥空气中,甜蜜得烦人。之常继续解释:"我也想回上海开刀,但如果这样,我这八年的美国住院医生和专科训练都是多余了。我在上海的时候本来就是骨科,留在上海早就成了专家,或是什么院长了。"

"未必,你以为就这样容易?"

"留在国内的同学不都成专家了,好多当了院长,还有卫生局局长的。再说我也不愿过那样的生活,每天在全国飞着去开刀,又名不正言不顺地拿别人的红包,即便是赚了钱,自己也不踏实。也许哪一天别人就拿你开刀,出了事像骨牌一样倒下来,你想回芝加哥也没有护照了。"

"大家都是这样赚钱,倒霉的事就是在马路上也会发生的。"

"就像羊群吃肥草,都知道总有一天会被宰的,还是津津有味地吃。"

"牧人与羊群各有取舍,自古就是这样。"有若不假思索地说。

"只要还没被宰,就拼命地吃,被宰或老死,反正总有一死。"之常挖苦地说。

"不是人人都能有机会来芝加哥!"有若有些生气了。

"所以我还是待在芝加哥。"

"那你就指望我放弃?"有若问。

"你本来就是暂时去的上海,是不是,老婆?"

"我就喜欢上海,我不知道回芝加哥该怎么生活,每天就等你回家?每天守望着芝加哥河呆想?遐想我如果在上海正在做什么?让我想起了电影《麦迪逊之桥》(The Bridges of Madison County)中的芬祺卡(Francesca),那个意大利姑娘到美国成为家庭主妇,每天无所事事,结果爱上了过路的男人。意大利姑娘牺牲了一切,她原想'爱'会让她飞翔,但结果她得到是极其无聊地待在美国乡村里,她望着一望无际的俄亥俄州的玉米田,想象爱情再次到来,她需要刺激,爱情是需要雨水的,干枯的爱会死去。"有若真诚地说。

我想张有若说得已经很明白了,她需要刺激,上海是她的地方。生活在芝加哥使她失去了真实,即便生活在一起,也只不过是肉体的共同生活,不是爱的结合。但反过来,之常也不会回上海去的,他如果去上海,每天望着黄浦江发呆,也会干枯地死亡。如此,按照张有若的说法,正是因为他们上海、芝加哥两地分离,才保护了他们的爱情。我感到有点迷糊,如果真的是有若说的那样,有一天有若不得不回到芝加哥生活,他们的爱也就不存在了。

"我回上海也不是同样的。现在上海房地产成了最大的泡沫,我们早应该将上海的房产卖了。"之常说。

"你就希望上海房地产是泡沫,是不是?先打个招呼,我不是在说聆海,那些早年来美国的中国精英,出国的弄潮儿,现在已经不被中国人仰慕了,也没人谈起他们,这些人心理就是不平衡,看中国大大小小的事情,怎么看都不顺眼。我告诉你,上海的房地产不会破,就算有泡沫破了,日本的房地产跌了二十年,他们的房价也不比上海便宜,想过这个道理没有?"张有若说完,转向我说:"对不起,我们俩像小孩一样,见了面就争吵。"

我没事干,也插不上嘴,拿着菜谱点菜,心里却是五味杂陈,我说:"你们俩都这样出色,在上海、芝加哥都成功了。将来不管在哪儿也都会成功的,但老是这样在地球东西分居,也不是办法。我还是老观念,有个孩子可能会改变你们的看法。"

"老婆,我如果回上海,会变成你也不喜欢的人,靠医生那点薪水,不可能维持我们现有的生活。"

"我不可能放弃上海的,再说整个部门要有人接手,我怎么也不会来这里,受蜜雪儿的气!"

"受什么蜜雪儿的气?!老婆,我与她没关系,你如果不想回来,也不要拿这个作为借口。"

"她没结婚?"

"丈夫去世了。"

"怎么去世的?"

"我怎么知道,从来没想过去打听。我做外科住院师时,只说了几句闲话而已。"

"你怎么专找寡妇说闲话?人家躲着寡妇门前的是是非非还来不及呢,现在好了,她找到芝加哥,你这大专科外科医生怎么办?等我一走,你们可以说正经话了。"

"老婆,你怎么这样不讲理!编出故事来说我,你自己就不跟别人闲聊?!"施之常给逼急了,他的语调也开始有些火药味。

有若不高兴地问:"我跟谁?"

"那个法国浑小子!"之常说出后,自己也后悔了。张有若气极了,脸色发白,拿着筷子的右手颤抖起来,她马上镇静下来,脸上带着苦笑,却比不笑还让人不安。

我放下酒杯,说道:"你们俩都不要再说孩子话了,越说越离谱了。"

"她先开始的。"之常告状似地说。

"不能浑说!你们俩分居这么多年,该出事的早出事了,更不会像今天这样在芝加哥一起过情人节的。谁都不能再说这样的气话了,我们喝酒吃菜。"我说。

张有若还在生气中,之常看了也心疼,他举起酒杯说:"老婆……"还没等他说出话来,张有若爆发着说:"难道我没名字?"

好长时间的沉默,芝加哥摩天大楼霓虹灯闪烁着,红色、绿色、紫玫瑰色、周围的情人在热血沸腾,不怕二月的寒冷,他们跑到露天阳台上接吻。上海华庭竟然放出了秦观的《鹊桥仙》歌曲:"金风玉露一相逢,便胜却人间无数。柔情似水,佳期如梦……"歌声咿呀咿呀地唱着,一个调儿在水平线上浮动,像唐朝的人物画,又感觉在天津胡同茶馆里。施之常讨好地给张有若添菜,她却说:"怎么老是用你的私人调羹呢?怎么教你都不改。"

之常的心放回他的胸口里,说道:"我总是一个人吃饭,也就养成这个习惯了。"他提心吊胆地问:"难道我们就这样永远两地分居?"有一阵子的沉默,然后张有若轻声地说:"我在上海路过施工工地时,见到过活动板房,那些民工,男人女人就住在里面,没有煤气,没有空调。上海人把他们当成下等人。他们偷偷生了一大堆孩子,没有户口,没地方上学,但他们是幸福的,合家团圆,子孙满堂。"

"难道我们连合家团圆都不能?"之常问,他的声音有些哽咽。

"如果你是民工,我也只能是你的民嫂,但我们偏又不是。"

"那我们命该如此吗?"之常几乎哭了出来。

"命该如此。"张有若重复着。

突然,芝加哥河上传来爵士乐四重奏,自由自在跳动的音符压住了《鹊桥仙》。有若跟着之常哭了起来,之常抱住了她,紧紧地抱紧了她,深情地问:"怎么了,若,你怎么了?"有若将头埋在之常的胸口,他们俩好长时间的依偎,他抚摸着她,他们俩轻吻着,有若慢慢地平静下来,不知她口里念叨着什么,隐隐约约听见她:"南有樛木,葛藟累之。乐只君子,福履绥之。南有樛木,葛藟荒之。乐只君子,福履将之……"芝加哥的上海华庭,我感到自己已经是多余了,跟他们俩说了声再见,去找出租车。有若与之常顾不得我的存在,我也完全解放了。

下了电梯,我循着乐声走去,找到一家爵士音乐俱乐部,里面正现场演奏着四重奏。我掏钱正想买票,手机响了,里面传出子渊的声音:"册那,你今天自己一个人在哪里逍遥啊?"于是我叫回了出租车,改道回旅馆,带上子渊与原宪后再到爵士俱乐部。子渊打听有若的消息,我回答说:"南有樛木,葛藟累之。乐只君子,福履绥之。"

"册那,能不能说些中国话?"

"吃了晚饭没有?"我问。

谁也记不得了,生活节奏乱到这个地步,子渊记不得这几天到底吃了些什么,但每一餐都是好的,每一顿都花了大钱,原宪记得在丹佛吃的那一顿。在爵士俱乐部里,世界变得大小恍惚,阴阳难分。俱乐部演出断断续续,正式的节目两个小时后开始。原宪想吃海鲜,简直想疯了,我们再次离开爵士俱乐部。

第十二章　天知道将如何收场

(1) 芝加哥的爵士夜

宝马 X7 流浪在芝加哥街头上。

今晚我不想吃中国海鲜菜,日本生鱼片太娇气,意大利的太没创新。

今晚任性点,想吃西班牙的海鲜饭。前几年在巴塞罗那,尝了西班牙海鲜饭,怎么也忘不了。这以后在全美国找,期待找到一家正宗西班牙饭店,吃到正宗的西班牙海鲜饭,几乎找遍了整个加州,至今还是失望。我潜意识中有了这个习惯,每到一个大城市,都会在手机网络上找西班牙饭店。

我们驾车循着手机导航行驶,胡乱地穿梭在芝加哥小街上,竟然找到了西班牙餐馆。我们三人进去,服务员是穿着西装的墨西哥人,我的心凉了一半。加州都是这种融合了南美特色的西班牙餐馆,并不是正宗的西班牙海鲜饭,他们总是将生米煮得湿黏黏的,再放上冷海鲜,不知让我失望了多少次。我想离开,子渊却已经要了啤酒,原宪也不走。我还是要了西班牙海鲜饭,三十分钟等待,但愿今晚出惊喜。

三十分钟后,三锅西班牙海鲜饭摆在面前,这出乎意料,这次竟然完全是正宗的,我找了近五年的美餐,想不到已经端在我们面前了。子渊和原宪也喜欢极了。我不知道如何感谢,感谢心想事成,感谢不在施之常他们的模糊不清感情中,感谢上帝创造了西班牙人。我满足了,吃完最后一粒海鲜饭,觉得今天才真正开始,我们再次回到爵士俱乐部。

到那里时已是晚上11点,绛紫色的俱乐部才开始主题演奏,爵士四重奏,低声大提琴、爵士钢琴、架子鼓、和萨克斯风。葛奈的萨克斯演奏举世闻名,他可以吹上几天几夜,他戴着类似中国的地主帽,吹出了芝加哥爵士深夜。俱乐部里坐满了人,多是一对对情人,三个中国男人成了怪物。我们靠着墙,坐在前排左边。子渊喜欢那个击鼓手,他叫强生,一脸道歉的样子,底鼓遮住了他的腿,胸前几个嗵嗵鼓,右边吊镲,左边踩镲,他是芝加哥最有名的爵士鼓手,连喘气都带着爵士味。子渊的双手拍着大腿,跟上了强生的节奏,他也张大了嘴,朝我点点头,满意了。

葛奈的萨克斯低音抒情,极富感召力。强生响应着葛奈呼唤,鼓点打在嗵嗵鼓上,吊镲切在点上,底鼓击出芝加哥河的浑厚。他们间变化着,挑战着,很少有固定音谱,多在即时的变化。在爵士四重奏世界里,仿佛能感到南方棉花庄园奴隶的脉搏,父子在收作后的吆喝,他们的缓慢舞蹈。蓝调起源于那些黑奴歌唱,他们在劳作中被戴着脚镣,喊唱着沉重的却是自

157

由的蓝调。奴隶们以歌唱相互召唤着、对应着、倾诉着,他们的精神是自由的,表现在蓝调音乐歌唱中,自由表现在奴隶戴着脚镣迈开步伐的节奏里。我联想到萨特曾说过的,他说人有绝对的自由,哪怕在监狱里,也有无尽的自由。黑奴在枷锁下自由蓝调的歌唱就是个好例子。四个黑人音乐家的演奏体现了这个观点,如同他们的祖先的蓝调,生命的哲学让我们觉悟,他们简直是先知。他们创造的音乐世界由我们跟着,自发的,那样富有创造力。

葛奈吹着萨克斯,身体在摇摆,简单的音符勾画出芝加哥的深夜,"嘀嘀嘀答嘀,嘀嘀嘀答嘀",每一次都不一样。强生相应着,他张大着嘴,像在赛跑。整个俱乐部快疯狂了。萨克斯加快了节奏,架子鼓的摇棒划在天空,没人停下来。萨克斯由舞台吹到天空,整整十几分钟的"嘀嘀嘀答嘀",嘶哑着向上,我看见了强生的眼泪,他追溯着,祈求着神圣的终结。突然,萨克斯停了下来。钢琴切入,主导着演奏。溪水潺潺流下山脉,他们在欢庆,鸟儿在唱歌,我感到快乐,子渊他们也沉浸在兴奋中。

钢琴渐渐退出,只有贝司还在,整个爵士四重奏在萨克斯风独奏下结束,这一段持续了四十分钟。已是凌晨1点,我坐在俱乐部不想说话,静静地等待下一段演奏。子渊说:"不错,真的不错! 就这几天,我们经历太多了。"子渊感叹着,他接着说:"情人节我们兄弟聚在一起,乐在君子。我们参观世界一流的建筑,品尝最好的西班牙海鲜饭,欣赏最棒的爵士乐,都是我们想要想做的,我们有着真正的好时光。想想我这辈子,从弄堂的瘪三到富豪,坏经历太多了! 册那,真正的好经历是我们兄弟间的正能量互动,不是依附,也不是跟随,那样才是极妙的萨克斯风,才是极棒的架子鼓,在中国历史上,很少有人悟出这个道理。"

原宪问:"什么道理? 又有哪位革命领袖语录了?"

子渊说:"哈哈,这次是贾子渊自我感悟,册那,我不会是谁的红顶商人了,不会有事再惹我不开心了。"

我也感慨万千,说:"是的,今晚过得真好! 子渊,没想到你的悟性超人。"

原宪问:"我们这辈子跨越得太远,有没有这个感觉?聆海,你想想,我们从前没有概念,只是盲目追随,现在还是没有概念,像一只黑夜里的家兔,偶尔跳跃只是因为本能,尾巴再长也没用。也许我们就应该享受,享受每一分钟还有钱的时间。"我感到有趣,子渊与原宪,一个像野狼,一个自称家兔,我觉得也没什么不好。子渊喝着啤酒,等待下一段爵士。

原宪又说:"鼓手往往是些天生疯子,他们都是些极端分子,极端幽默,极端神经质,极端容易兴奋,还有极端体臭。鼓手总是不能安静下来,因为没人认为他们是音乐家。"子渊听了哈哈大笑,他说:"册那,有道理!我可能是个天才鼓手。"

原宪说他不想再学敲锣打鼓了,想回子祺那里去。他每天有那几个女人纠缠,实在力不从心了。我们周围都是一对对情人,喝着爵士俱乐部的啤酒,接吻的、拥抱的,说说笑笑,等待更美妙的爵士。子渊对原宪说:"兄弟,这世界上两种钱一定要付清,赌钱和嫖钱,你付了她们就是了!""62的,你们又在取笑我了。"爵士音乐再起,离开爵士俱乐部时已是凌晨3点,俱乐部里的情人散去,我们仨也离开。

回到喜来登酒店,记不得脱了衣服没有,倒在床上睡着了。昏昏沉沉地几个小时后,被子渊叫醒,他穿着新西装,胡子刮得干净,新全棉白衬衫,袖口上镶着他的名字。"Good Morning!(早上好!)"子渊说。不知道在做梦,还是他吃错了药,子渊竟然同意去见张有若。"怎么改变主意了?"我问。子渊说:"没有改变,我只是还没决定!"

我打电话给施之常,之常说他们俩昨天几乎一夜没睡,他说上海华庭突然停了电,点起了情人节蜡烛,张有若跟他解释《诗经》,又回到谈恋爱时的心悸。他说出乎他的想象,竟然很多人在唱"两情若是长久时,又岂在朝朝暮暮……"他又说张有若心情不好,她一定有事瞒着,施之常不想知道,但他担心着张有若。

(2)我们回不去了

走出凌晨的爵士世界才几个小时,又坐进宝马X7,驶在二月的芝加哥街上。漫天雪,万家灯火躲在灰白中,看不清天空。在芝加哥河边的喜来登转弯,朝北又在密歇根大道上。冷,太冷了,杂乱无章的雪跟着卷风跑,极度干燥,刺得脸上灼烧。我们下车,在路边的杂货铺买了矿泉水、唇膏,再上车。不到半小时,到了施之常的私人诊所大楼,乘电梯到五楼,整个楼面都是他的。

张有若会见贾子渊,他们相互称呼老总,大家都是老相识,子渊跟之常开玩笑:"我的著名理论,结婚是为了离婚,但有个过程。你们夫妻一对,一个在中国,一个在美国,实在太复杂。原宪也跟你们一样,每天想着去见子祺,一见面就被子祺赶出家门,成了无家可归的流浪汉。我告诉你兄弟,流浪汉不一定是穷人。"

施之常不客气地问子渊:"你也是被赶出来的?""哈哈哈,册那,我现在命运跟你们一样了,我在美国,我的那一位在上海,但我们俩都明白,我们迟早要离婚的。你问问聆海兄弟、原宪兄弟,我从旧金山到洛杉矶,到黄石公园,更不要说拉斯维加斯了,我一路找金发女郎生混血儿,几乎成功了。之常兄,我现在爱上了玛利亚,圣母玛利亚是个中西混血女郎。"

施之常调侃着说:"怎么降低你的水准了?""兄弟,找金发女郎是为了生个混血儿,报八国联军的一箭之仇,但既然儿子是混血儿,我想明白了,我对她母亲要求不能太高。不知哪位革命领袖说的,'子不厌母丑',就是这个道理。册那,再精辟一点,人的成功要点是要学会放得下。哈哈,张总,您说是不是?"

张有若生气地说:"贾总是个浑人,哪有一见面就逼着我们离婚的?"

子渊大大咧咧地说:"张总说得对!我们不说离婚了。这幢大楼有气派,跟我在上海外滩那幢一样气派。我肚子饿了,有什么好吃的?"没人理睬他,子渊继续说:"之常兄如果留在中国,说不定早就是卫生局局长了!人生无常,二十年前我们不会想到现在,册那,这不是一句废话。二十年前,我们不会想到将来在芝加哥,在之常兄自己的手术大楼里见面的。好多人认为这是缘分,不对,缘分论太轻描淡写,缘分造就不了盛世成就。在这个世界上,有没有真正的朋友?但有没有我们这些朋友,之常兄都会在美国成功,都是他单枪匹马的成功。婚姻也一样,不是结婚离婚造就了之常,而是之常兄造就了之常兄,是不是这个道理?"

不知道子渊吃错了什么药,但张有若知道他在讲什么,她毫无表情地说:"把你这些话说给毛阿大去,跟他说是'贾子渊造就了贾子渊',有没有这个胆量?"

"哈哈,张总厉害。说到我自己,我完全遵守孔夫子的六德六行,从你们的表情知道你们不相信,但人过了四十,知天命了。知道什么是天命吗?你们这些在美国的中国人,天天过着好日子,不会知道'知天命'的意思。我告诉你们,'知天命'是知道这个世界真相,知道贾子渊的归宿。张总,知道'知天命'吗?"

张有若一脸的愤怒,等着子渊继续浑说,子渊接着说:"我子渊在上海滩、在宁波的名声,你们可以去打听一下,都说我贾子渊讲义气,为兄弟两肋插刀。"张有若打断子渊,问他:"转持股的资金在哪里?"子渊却突然问之常:"之常兄,你认为黄金会下跌,还是上涨?"之常说:"不知道。"子渊拍响了手掌说:"精辟,对极了,就是一个'不知道'。但我们投资黄金,怎么赚钱?账面上的赢与亏是谁的钱呢?"

我们都是一头雾水,恐怕只有张有若知道他在说什么。子渊架着二郎腿,继续说:"中国人、伊拉克人、俄国人,全世界有钱人都喜欢美国国债,三十年美国国债利息不到百分之三,一亿美元买入,三十年利息抵不了通货膨胀。册那,我可以用这笔钱去山西开煤矿,到非洲开采黄金,都比买美国国债强,为什么我们还选择买美国国债?"

"美国国债的投资安全。"原宪回答。子渊赞同,说:"原宪兄是个投资能手。从前伊拉克跟美国打仗,俄国跟美国冷战,但是伊拉克富豪、俄罗斯富豪都买美国国债,奇怪不奇怪?张总,想过这层道理没有?美国人发的国债,他们不会还你钱的,这种讲法是真还是假的?我告诉你,是真的!"

张有若说:"你知道这样做会出大事的。"

子渊站了起来,认真地说:"我怎么知天命的,我没对任何人说过,今天

161

与自己兄弟、弟妹在一起,我说几句掏心的话。这世界不会有秘密,一个人有一百件秘密,他最终还是要说出来的,只不过对一人说一件,那一百人永远凑不到一起,真相就永远不知,但真相就在这一百人中间。知道那年陈市长出事吗?我躲了起来,知道我躲在哪里吗?"没人回答他,子渊接着说:"我回到镇海的一个渔村里,将自己关在一座四合院楼上,反锁起来。我在那里生了一场大病,躺在床上不能动弹,也说不出一句话,眼睛模糊,发烧到四十度。但我能听到天下所有人交谈,从此以后,眼睛里五彩缤纷,觉得太美丽,我没有害怕,这以后再不害怕了。天命走到我面前,我眼睛里的五彩缤纷持续了三天三夜,我开窍了。我的天命就是这样注定了。知道什么是株连十族吗?第十族就是我们这些人。我下了楼,到镇海公安局自首,我对公安局局长说:'这是一把刀,你杀了我!'他知道我的名字后,吓了一大跳,他坚持不杀我。我急得在拘留所撞墙,册那!狠狠地撞,就像自杀一样,局长急了,叫他的兄弟看住我,他去找大哥,你们猜大哥是谁?"

没人知道他在说什么,更没人回答他。子渊说:"局长把我带到宁波,我早就准备好英勇就义,死是一件容易事,但这个世界需要知天命的人,你们说对不对?"

之常问:"大哥是谁?""我说得太快,忘了告诉你们谁是大哥了,我被带到宁波一个地方,见到了大哥。他的生意做得比天大,你要什么,他就做什么生意。买几个导弹像生几个鸡蛋。你们说我见到了谁?聆海兄是知道的,我见到了他兄弟毛阿大。这世界太小了,他跟我说了几句,他发现我是个知天命的人,册那,你们看我这场逃命逃出的结果。"

"后来怎么样?"原宪问。

"人活到节骨眼上,一顺就百顺了,钱像长江之水滚滚而来,想挡也挡不住。外国人的钱,中国老太婆的钱,政府的钱,银行借给我们的钱,到处是钱。我们在上海上市,香港上市,到美国上市,将我们这些东西卖给全世界,什么都赚钱,就怕想不出点子来花钱。兄弟们,我们真逢盛世!人生如梦,这一句是苏东坡说的,从他以后,中国人都这样说。册那,什么是人生如梦?说这句话的人没过好日子。人生对我来说是实实在在的,不是梦,对之常兄也不是梦。看看你这芝加哥的高楼大厦，就像我上海的大楼。我们的高铁，我们的航空公司，全世界的房地产，都是实实在在的，不是梦。我大哥就是这样教导我的。"

原宪兴奋起来，他对子渊佩服得不得了，问："毛阿大是怎么做大的呢？"

"跟自己兄弟和弟妹说说也没关系，美国人知道用数字赚钱，华尔街老板帮冰岛政府推销冰岛国债，替希腊政府出售国债，都是不用钱的买卖，而我们呢？卖的是中国人的血汗。大哥问我：'知道现在该做什么生意吗？我知道你不懂，我们也用数字赚钱。'他卖数字。张总帮我们做成奢侈品，打成大宗金融产品，三万盎司黄金，不是黄金，而是三万这个数字，哈哈！册那，你们懂了吗？"

除了张有若，没人懂得子渊在说什么。当我回头寻找张有若，见她倒在之常的怀里哭了，施之常丈二和尚摸不到头，一个劲地问："怎么啦？他说了些什么混账话？"

有若哭着说："我们回不去了！"之常说："为什么还要回去呢？别哭了，我真求之不得是这样。不要回去了！若，有我在，别怕。"

我们感到难过，不愿看到张有若哭泣，不想体验施之常的焦虑。子渊想告诉我们所有他遇难的经历，他说起四合院的大小，他跳过的四合院围墙，墙外的铁路和邻居的柴狗，还有那些天他从窗口望见过的女人。子渊的镇海是恍恍惚惚的梦，土地带着海腥味，他像经历了古代的流放，却梦见现代的情人。"册那，我在四合院楼上，爬到横梁上，每天坐几个小时，那个位置视野最广。"他的记忆穿越时空，"隔壁外婆是我婶婶的姐姐，穿得像地主婆，文化人。她知道我躲在楼上，送来鲜肉小馄饨，世界上最好吃的馄饨。"

施之常没让我们喝口茶，他下了逐客令。子渊不得不站起来，嘴里还是念念有词。还是张有若客气，说了一声"对不起"，算是给我个面子。我们坐上宝马X7，离开施之常的诊所，消失在芝加哥昏天黑地的风雪之中。

(3) 无家可归

又一次被别人赶了出来,又一次感到无家可归,我们不能再停留在芝加哥了。芝加哥的二月比黄石公园还冷,想起苏东坡的《定风坡》里'此心安处是吾乡'这一句,苏东坡是对的,黄石公园的温暖,是有了玛利亚的弗拉明戈,有冈萨雷斯的嘶哑歌声,有弗朗科的吉他。美国诗人和作家格特鲁德·斯泰因(Gertrude Stein)曾说过,美国是她的祖国,而巴黎是她的家乡,就是这个道理。

我们决定去纽约,找南容与乐欤去。我们回到旅馆,收拾行李,也分不清是上午还是下午了,也许已是晚上。准备离开芝加哥,寒冷、伤感,连爵士也不是昨夜的悠扬,染上了今天的昏暗与悲楚。但子渊没有伤感,原宪在他自己的世界里。

我们驱车上州间90号公路,还是向东。刚上高速,迎面是赌场的广告牌,子渊在宝马X7内站了起来,兴奋地说:"你们还等什么,我们这样心急地离开芝加哥,原来是有原因的,不知哪位革命领袖说的,'有缘来相会',哈哈哈,嘀嘀嘀答嘀……"他的两个拳头叠在一起,吹出了萨克斯风,然后"好事秀,好事秀,Horseshoe",唱出赌场的名字。他的激动感染了我们,去好事秀赌场总比无家可归的好。

停了宝马X7,我转身就进入赌场。五颜六色的液晶屏幕跳跃着,叮叮当当的钱声传入耳膜,空气不再寒冷,氧气从四面八方注入赌场,没有什么可以忧伤了。赌场内好多中国人忙着往老虎机塞钱。看了手表才意识到我们省下了中饭,也忘了早餐。子渊说饿肚子会输钱,但饱肚子会吐钱。先上赌场的中餐馆,马马虎虎吃了一碗面,又在赌场里转了几圈。这个赌场竟然有中国厅,中国风装饰,富丽堂皇。

"赵院长,赵院长。"有人认出了原宪,那人是杭州富豪、手术一把刀,他哈哈大笑,兴高采烈地介绍说:"我们这次全美国自驾游,已经两个月了。哈哈,还没游完,我们也跟你们一样,从旧金山出发,但往南,哪有冬天到黄石公园的?我们去了洛杉矶,再到洛杉矶后面的死亡谷,最好时间去的死亡谷,62的!这以后继续向南,朝天气热的地方。我成了美国公路系统的专家,双数的州间公路是东西方向,单数如95号是南北方向。"

原宪不想和他搭讪,但总得给外科一把刀一些面子,他微笑着给我们介绍。子渊却很高兴,问外科一把刀:"两个月玩些什么?"

"哈哈,兄弟,你懂得么,把她们娘俩放在美国,见了面总得带她们出来玩玩,否则把她们憋坏的。我喜欢吃海鲜,又想玩几手,这样我们就沿着海岸线自驾,加州1号公路沿着太平洋海岸线,到圣地亚哥,然后沿着墨西哥海湾,州间10号公路向东。我不但横跨美国,62的,我还环游美国。10号州间公路横跨,一直到佛罗里达,一路阳光明媚。到哪里,哪里就有赌场,天堂啊!"子渊大幅度点着头,大声赞扬道:"兄弟比我游历丰富!后来怎么样?"

"我一路吃海鲜,到了佛罗里达后,木头木脑地想出了主意,从10号向北转到20号,一路吃牛排。哈哈,20号向北转到州间公路30号,到了克林顿的家乡阿肯色,一路吃鸡。克林顿老家小岩城破破烂烂的,没发现什么花样,继续向北。从30号转到40号州间公路,到了美国乡村音乐首都,纳什维尔城,吃小龙虾。62的,什么老调歌曲,都听不懂,但挺热闹的。既然我们到了40号,就这样拉链式地自驾,到50号,但找不到60号。这不,我们经过了州间80号公路,上到州间90号高速,就到了芝加哥,哈哈哈,有缘啊!62的,见到你们真是有缘啊!"

"佩服,佩服!"子渊对他另眼相看。原宪问他一些杭州的事,外科一把刀说:"大家都出去玩了,盛世啊!"听上去他也认识徐仪和,但没说她什么,只说徐仪和不常露面。外科一把刀把老婆孩子放在美国,给她们办了绿卡,自己早就办好了移民,但他还在中国赚钱,每年来几趟美国消费。他就怕孩子功课不行,没有朋友聊天,等等。子渊没心思听他唠叨,拉着他去打百家乐。原宪躲到一处,回他杭州女人的短信,对着手机说起话来,骂了几句62,又说了几句亲爱的。赌场的雷声敲响了,有人中了大彩奖,子渊呼唤着金发女郎,要了一杯白兰地,欣赏着金发女郎的曲线。

外科一把刀喊着:"别等我,你想做什么就做什么,别疑神疑鬼的,你是认识赵院长的,他在这里。当然没有徐仪和,这下你放心了吧。"

一个酒鬼过来,紧紧地搂住了子渊的头颈,几乎要跟他接吻了。突然,赌场的警卫包围了子渊,对讲机传来上级的指示。"不许动!"警卫们向子渊喊,吓得我们都出了一身冷汗,以为子渊被捕了,但他们抓的是酒鬼。酒鬼站了起来,喊了子渊一声"叔叔"。他才二十岁出头,今天刚结婚,就将新娘锁在旅馆房间里,自己出来吃喝嫖赌。他自称是富二代,没人怀疑他的真实性。子渊松了一口气。

子渊他们玩百家乐,外科一把刀出手比子渊还厉害,两千五百美元一副牌,子渊也不甘示弱,几副下来各有输赢。谁都没把美元当做一回事,就喜欢赌钱的刺激。牌一到手上就忘记了一切,管不了天南地北了。我曾问过子渊:"既然输赢都没关系,还赌什么?"他回答得糊里糊涂:"在赢钱过程中得到快乐,输钱更能明白赢钱的快乐。"这等于没说!过了几天,我似乎觉得他的话是对的,赢钱与输钱都是为了刺激。

(4) 金满箱,银满箱

想起来应该给南容打电话,我离开中国厅,找到咖啡馆,拨通了南容电话。

南容说:"我还以为你不来电话了!"

我说:"芝加哥风雪昏暗,人也昏昏沉沉。"南容问:"为什么还在芝加哥?""哈哈,子渊被张有若赶了出来,谁都不想待在芝加哥,但魂又被芝加哥赌场召唤去了,两千五百美元一赌,现在才上的赌台。"

"为什么总在赌场?聆海,我的心情坏极了。他们这伙人迟早要出事的,我也没精力管他们,你早些到纽约吧!"芝加哥到纽约半天车程,她希望我早些去纽约,南容继续说:"你不要管他们了,你先过来,他们自己会去杜克大学的。"

"我还是跟他们一起来,差不了这半天时间。"

"你总在躲着我。"

"怎么又乱说。"

"好像全世界的人都躲着我,聆海,我感觉真差,仿佛天要塌下来了。"

"怎么了?"

"不知道,想起我们杨家,这几天莫名其妙地难过。"

毛阿大跟南容谈朋友时,跟我讲起杨家家史,杨南容祖辈世代都当官。一人得道,鸡犬升天,她曾祖父就是跟对了人,做了官,清朝的时候在北京做了大官。有一天皇帝不高兴,她曾祖父那帮的势力就垮了,没收了北京的家产,被贬到湖州。祸不单行,太平天国来了,她曾祖父带着全家逃难到上海,在租界做生意,虽赚了大钱,但总是不得志,闷闷不乐后老死。北伐的时候,她祖父卖掉了曾祖父租界的生意,在民国政府里买了个官,跟着北伐军又到北京,发了财。好日子没过几天,国共分裂,杨家又破了产。南容的祖父被关进了国民党监狱,他写了悔过书后被放了出来,参加了延安八路军。1949年新中国成立,杨家又发了,她的祖父到了江南做了大官。

历史真能重复,家史也能重复,《红楼梦》是这样写的:"金满箱,银满箱,转眼乞丐人皆谤。"南容祖父那一伙势力又莫名其妙倒了,她的祖父被打倒,下放青海,又被南容的父亲批斗,她父亲用皮鞭抽打祖父。她祖父想不通,没能忍受几次批斗,在青海去世了。改革开放后,她祖父那一伙势力又做大,她父亲借着祖父的关系,到北京做官,再次发财。这以后还是老电影,她父亲那一伙势力莫名其妙倒台了。杨南容靠着家族名声与毛阿大搞上的,先给毛阿大生了女儿,毛阿大才与原配离婚。

我说:"别胡思乱想了,说说孩子们的事,大C她们怎么样了?"

南容说:"还睡在露天帐篷里。黑帐篷期过了,蓝帐篷期也过了,现在是白帐篷期了。"睡过黑帐篷的人是超级球迷,大C成为杜克大学篮球队的死党,真佩服她的惊人毅力啊!南容接着说:"没想到大C是这样狂热的人。"

"你不也是这样吗?"

"狂热是需要理想的,我没了。睡在帐篷里四十天,就为了一张球票?"

我说:"又用你的实用主义态度了。"

她有气无力地说:"我什么主义都没了。"

我问:"知道大C那张球票值多少钱吗?"

"值多少钱?"

我说:"三千美元不一定能买到。"

"都是些疯子!让子渊去买几张不就完了。"

"哈哈,他真可能这样去做。但三千美元买不到她们追求的精神,更买不到她们这段经历,我们读大学的时候是没有的。"

"我们那时有学工学农,也有死党的,忘记上山下乡了?"

我说:"被你这么一说,大C的狂热是有遗传的。"

南容说:"又在讽刺我?"

我说:"说实在的,大C露营睡帐篷跟上山下乡不一样。杜克与北卡篮球对抗赛,是全美体育对抗塞的经典,就像司马懿与诸葛亮之间的对抗举世闻名。两支球队各拿了五次NCAA冠军,乔丹是从北卡大学队出来的,杜克大学队教练是美国国家队教练,他是那个拿奥运冠军的教练K。"南容觉得为一场球赛搞得成这样太荒唐,也许是她情绪不好的缘故。

杜克大学篮球队昨天赢了肯塔基队,大C深深喜欢上杜克大学队。原先无所谓的儿子也竟然染上篮球传染病。雪地露营的K村成了美国旅游景点。大C将她与辛科拉的合影挂在帐篷外,她不是唯一与球星合影的女孩,但每个人都拿这些照片来炫耀。

南容说:"没想到这孩子是这样子的,我们还以为她很内向。"赌场里外都是乱哄哄的,芝加哥的二月冷风像把刀,不能再留在赌场外,我拿着手机进入赌场。顿时叮叮当当老虎机的声音传入手机。南容接着说:"我就是担心,大C她们吃了一张警告,要是再吃一张,她们的帐篷就要被移到最后一排。现在K村的帐篷已经到了一百顶的极限,候补帐篷也有几十顶。要是大C真的被踢出去,我一定将杜克大学告到法庭上去,我会的!"

我说:"你也是个疯子!小C明天回来了,直接去杜克大学参加帐篷露营。"

"也是个疯子!也许我们真不了解美国文化,等你到纽约后再聊。"

（5）柴小姐的疯狂

子渊他们赌在兴头上，桌上堆满了筹码，庄家是中国人，她自称是柴小姐，长得丰满。柴小姐多得是故事，她喜欢跟桌上男人调情讲故事，她说她这辈子浑，好职业坏职业都做过。子渊问她做过什么好职业，她说她原先在新西兰留学，为了身份与当地人办了个假结婚。

原宪问她："是新西兰人吗？"

大家不在乎赢钱还是输钱，光看着她的美丽就感到舒服。

"不是，赵大哥，他是台湾新西兰人，做房地产的，有钱。我们也是在新西兰赌场见的面，新西兰赌场比芝加哥多，里面也都是中国人。我们第一次见面，第二天就结了婚。他给我一幢别墅，一辆德国跑车，学费也由他负责。嘻嘻，不错的工作！"

外科一把刀问："那你怎么来芝加哥，在这里赌场做什么呢？"

"富豪大哥，我与台商很少在一起，假结婚半年，就回到北京。在北京与一个老总认识了，他是有家小的，说好了我当他三奶，他按月付钱。老总也是满世界跑，找不到他的影子，他给我买了房子，把我放在里面增值，像笼子里的鸽子，我卖了他的房子飞了。"

"你卖出房子的钱呢？"外科一把刀问。

"富豪大哥，钱不是都在赌场里了吗？台商的钱，老总的钱，都花在赌场了。我再不想靠男人养了，我有一身的手艺，你们说对不对？我就在赌场工作。其实每天都有男人想跟我结婚，每天都有人想包养我。人嘛，就要有骨气，我准备不靠男人，自己读完大学。"

子渊输了不少钱，他不在乎，他哈哈大笑说："美人，你读完大学之后做什么？哈哈，还不是找工作，你不是已经有工作了？有工作又是为什么？有钱结婚生孩子，是不是？你不是早就结婚了，早有钱了。我怎么就不懂呢？我小时候哪一堂功课忘记做了？你漂漂亮亮的脸蛋真是个浑人。"柴美人傻得惹人喜爱，子渊恨不得今晚包了她，原宪也被她惹得心慌意乱，外科一把刀给了柴小姐他的名片和房间号码。但原宪毕竟是有理智的人，他感到被柴小姐蒙了,糊里糊涂输掉了给徐仪和的封嘴钱,他甩手不赌了,留下柴小姐、子渊和外科一把刀。

"贾大哥你不知道。现在包养不行了,我认识几个当官的还在包养,一不小心就砸了锅,钱路就断了,好些N奶在这里做按摩女,不会说英文,但做按摩的说不说英文都一样。"

我问:"你跟台湾人离婚了没有?"

子渊哈哈大笑,他说我笨。柴小姐白了我一眼,跟着也取笑我。原宪说我是远古时代的人。柴小姐说:"本来就是假结婚,我早就记不得台巴子长得什么脸了,也没有闲工夫回新西兰,怎么离婚?""从法律上讲,你还是结婚的。"我说完又引来一阵子的取笑,大家高兴。

"依靠男人是灵魂的追求,找到了可以白头偕老,但这样的男人难找,我从中国到新西兰,香港到芝加哥,还在周游世界,寻找理想的男人。"柴小姐洗着牌,认真地说着。

"对,柴小姐,我觉得我们俩的灵魂走到一起来了。你周游世界寻找男人,我周游世界寻找女人。你为了自立在赌场工作,我为贾子渊到赌场。你们一定不懂我在说什么,我告诉你们,只有在赌场,我不必考虑别人叫我做什么,我出牌,计算牌都是我贾子渊的。柴小姐,你讲的每一句都是我想说的,就是没你说得这样透彻。"

不知从哪里走来一个女人,看上去面熟,就是想不起她的名字。"贾大哥,又在物色你的一夜情了?"原来是拉斯维加斯的李小姐。她靠着子渊坐下,给了柴小姐一叠美金,换成赌场筹码,接着对子渊说:"我还在等你的电话呢!原来我们又是同路。"顿时,这一台子上人,柴小姐、外科一把刀、原宪和我都感到了火药味。子渊被围在中间,他的双手按住两张牌,一毫米一毫米向他身体挪,似有千斤重。"贾总,你为什么这样对待我,真是愚蠢。我现在才知道你在上海有老婆和孩子,你这样出走,难道就不考虑你的孩子前途?"

"出走?"我惊讶着说,"他是被贩卖到旧金山的,乘了三十天的货轮。"他们没听懂我的话,却都给了我几个白眼。子渊问李小姐:"花钱在上海打听我?"原宪似乎突然醒了过来,他问李小姐:"我们也见过面,在百乐宫赌场,你是做房地产的那位?"

我已经失去了中立,很不喜欢李小姐。她收过子渊一夜情小费,不管她是否真对子渊有情,从某种意义上讲,李小姐是个卖身的。我阻止自己发表任何评论,扭头听见赌场的爵士音乐,有黑人歌星演唱着:

> 好时光俨然成回忆,
> 我们的罗曼蒂克史日渐平淡无奇,
> 因为你有你所爱,
> 我有我所爱,
> 天知道我们将如何收场。
> ……

李小姐继续说:"贾老板,你第一任老婆离开你,那是最聪明的决定。我从前也像你这样,从来不对别人负责,但在上海打听了一圈后,才知道你所做的比我更可怕,我简直不知道怎么说你了。"她似乎说到点子上了,我们都等着子渊的回答,但子渊还在翻他那两张牌,太玄乎了。外科一把刀说:"贾总,该出牌了。"子渊笑嘻嘻,他放下牌站了起来,在自己的座位边跳起了印第安人舞,过瘾了,他回到自己座位,从这一刻起,他手中的那两张牌成了一个谜。

"你从不考虑别人,就只想自己和你那些刺激。你两个老婆都是这样说的,你整天想的是你两条腿中间那个玩意儿。想想上海那些想发财的老太太,你拿了她们多少钱?!"李小姐说着。看来她做了好多研究,我们都感到吃惊。李小姐接着说:"你现任的老婆已经打算跟你离婚,她的心都被狼绞碎了。你却还在这里吃喝嫖赌。"子渊做了一个鬼脸,原宪问李小姐:"你跟贾总不就是一夜情,难道我错了?"李小姐没理睬原宪,接着说:"看看你心不在焉的样子,我早就知道你是个无情无义的人。"说完,她竟然哭了。

不知道哪里来的厌恶,我对李小姐说:"你先停下来。我不知道你与贾总的真关系,一夜也好,几年也好,但你听明白了,不管子渊是真是假,他是他自己。这个贾总有他自己的烦恼,但他从来不抱怨别人。贾总之所以是贾总,因为他总希望有好时光,现在也是这样。有他在你们都感到轻松,别问他好时光意义的是什么,这个由你们自己找答案。至于你李小姐,也许你有其他的追求,或者想把他整了,但你真不知道贾总能疯疯癫癫到什么程度。"

大家等着子渊出牌,也都听厌了李小姐的唠叨,没人再理睬她,继续享受好时光。李小姐成了唯一审判贾子渊的人,她毫无笑容,坐在那里讲子渊的荒唐事、坏事、流氓事,说的也是真实,但她要求贾子渊成为一个道德家,这比子渊本人还荒唐。李小姐不说了,找了个台阶自己下来,她离开了。

外科一把刀说:"贾总真是高人!"

柴小姐说:"我认识她的!"

原宪说:"李小姐像是某些中国大街上的老太婆,自己躺在马路上,专门敲诈汽车司机那一类,不管怎样,她肯定花了不少时间研究。"

突然,一只大手拍打在外科一把刀肩上,那人哈哈地笑,藏不住的兴奋,那人是土地开发设计处的,外科一把刀叫他主任。主任说:"我知道能在这里找到熟人,哈哈,是我们的外科一把刀。62的,看你这个高兴的样子,一定玩得超级愉快。我们刚从东南亚周游一个月,越南没什么可以玩的,但到了泰国,哈哈,搞得我们晕头转向。没时间了,我们今天飞荷兰去,以后我们好好聊聊。"主任没让外科一把刀说话,自己扬长而去。

子渊的眼睛从没离开过柴小姐,而她也像在初恋。子渊的激情比见到玛利亚时还高,他恨不得一口咬了柴小姐红彤彤的脸,这样的牌没法打。我们又成为多余的人,离开了牌座。不一会儿,他们俩也消失在赌场里。

第十三章 纽约 纽约 纽约

(1) 翻越阿巴拉契亚山脉

第二天中午,启程去纽约,我与原宪在赌场门口等子渊。喝了几杯咖啡后,子渊才出现。柴小姐与他手挽手,亲亲热热,她与我们一起去纽约。有个美女在后排,挨着子渊坐着。子渊情绪好极了,听柴小姐讲什么他都觉得兴奋,他又在热恋中,语言越来越甜蜜。宝马 X7 充满了欢声笑语,二月的雪也仿佛成了冰激凌,冷的热着吃。

刚离开密歇根湖,风雪交加中,来到伊利湖(Lake Erie)的西南角托莱多城(Toledo)。冷风打在车窗上,但跟密歇根湖不一样,伊利湖还冻积着厚冰,白雪覆盖,白茫茫一片。从来没进托莱多城看过,据说那里制造出的玻璃五彩缤纷,但子渊听着柴小姐的五彩笑声,也没心思去参观托莱多城。

原宪将电影《教父》影碟放进车载播放机,展开的《教父》故事里有忏悔和赎罪。原宪喜欢这句台词:"我刚想改邪归正,他们又将我拖入脏水。"教父乞求着真爱的回归,女儿却倒在他过去的罪恶血泊中。在原宪的感慨中,我们过了俄亥俄州,进入宾夕法尼亚州。

不知过了多少似曾相识的美国城镇,我们进入宾夕法尼亚的匹兹堡平原,农田、农田,还是农田,直到远处山脉的出现,才打破这单调的视线。子渊醒了过来,他饿了,要吃东西。在一个小镇停了下来,迎面是阿巴拉契亚山脉(Appalachian Mountains),感慨万千,这一路横穿美国,西边的沿海山脉、内华达山脉、洛基山脉,穿过平原,已经可以听到东海岸的潮汐了。阿巴拉契亚山脉绵绵千里,绿色的山形,白色尖顶,柔软的山脉起伏,没了西海岸山脉的雄伟,但是丰满秀丽。

柴小姐是个音乐迷,这些年在赌场,什么音乐都知道。她要带子渊去

173

欣赏"疯狂"音乐,她说最疯狂的音乐,不但台上疯狂,台下的观众个个是没有麦克风歌唱家,他们更疯狂。她说:"别人也以'疯狂'称呼我的。我告诉你,贾大哥,我之所以跟你们同车来,就为了赶上纽约那一场音乐会。"子渊瞪大眼睛说:"这是我有生以来,哈哈,听过女人说的最有水平的一句话。册那,好的,我一定陪你去听这场音乐会!"

德拉华河(Delaware)切割了阿巴拉契亚山脉,宝马 X7 驶出黑暗笼罩着的山脉,将宾夕法尼亚州留在身后,已是晚上 8 点。德拉华河奔流不息,仿佛回响着华盛顿军队的渡河声。

向东就要到达纽约,原宪也激动起来,他曾在纽约哥伦比亚大学,在那里的图书馆不知消磨了多少青春。繁星点点,纽约的灯光如星光。

(2) 领悟音乐史

纽约,金色的林肯隧道连接着蓝宝石城,夜色是纽约的早晨,艳美的灯光穿入云端,六层楼高的银幕走出红唇美女,衣裙飘飘若仙,飘来玫瑰正开放,远去帆船在落日中,是歌是雨,是爱是吻,是变化中的强劲舞蹈,跳出人类消失在岁月中的梦。从哥伦布圆角转到百老汇,向前,向前,如此的惬意,我不知道自己在追逐着什么,不再感到寒冷,朝着闪耀蓝光的世界,人流穿梭,警察的骏马向我们称臣。

柴小姐的剧场在百老汇的后面,今晚没必要找旅馆,纽约城没有夜晚。我们四人进了剧场,里面早在疯狂中。六百座位的剧场挤满了上千的观众,没人坐着,跳动的强烈节奏震动到心脏。四个黑人在台上跳动,他们的裤子几乎要掉到耻骨上,也不知道他们在喊什么,但声音押韵,强烈的跳动感,解放着沉闷僵直的身体。那几个黑歌星喊唱累了,走进后台,接着又出来几个,继续喊唱。

柴小姐大声说:"今天德雷博士出场,他与史努比狗狗同场演出。"

子渊点着头,赞同说:"册那,好!我就喜欢小狗唱歌。"

"贾大哥,不是狗,是狗狗,dogg,两个 g 的狗狗。"

"你以为我不懂吗?我懂的,两个狗狗!他们在唱什么?我的英文不好,你翻译给我听听。"子渊还是不懂"史努比狗狗"是一个人的名字。

"没唱什么,他们唱'F you'!"柴小姐笑得开心,她的左右两个中指升到天空,跟着千人观众唱着"Fuck you"。等她发泄完了,她笑着对子渊说:"就是你每天说的'册那侬'。"子渊瞪大眼睛不知说什么。原宪大声喊着:"柴小姐没骗你!"子渊转向我寻求确认,我说:"美利坚的国骂。"他高兴得手舞足蹈,也伸出左右两个中指,跟着喊唱起来:"册那油,册那 you,fuck you。"他的节奏感出来了。

子渊和柴小姐成了地地道道的纽约人。原宪含羞,僵直的身体与节奏格格不入。突然,电子音乐奏出变化的节奏,人群在疯狂中变得痴痴癫癫。柴小姐边跳着边大声喊道:"下面是经典,德雷博士和狗狗出场了。我一天的奔波就为了他们俩一起出场!"剧场沸腾了,一千多人都在唱,李小姐在她的天堂,台上台下唱着:

  Why the fuck you wanna murder me?
  You punk ass never heard of me,
  I never did nothing to your family,
  Still you wanna kill a young nigga randomly.

左右前后,几千中指在空中挥舞。子渊一定要知道他们在唱什么,我放开嗓子为他翻译:

  你他妈的为什么想杀我,
  你这个烂屁股从没听说过我,
  我也没对你家过不去,
  但你还想任意,
  杀了年轻黑奴的我!

子渊听懂了,大声称赞我翻得押韵,他说:"好,好,册那油,册那油!

Why the fuck you wanna murder me?"原宪也放下中国学术权威架子,僵直的身体开始摆动,从摆动中放松了他,他几乎忘记了这几天的纠结,忘记了他那些美女的哭哭闹闹,也忘记在丹佛的子祺。他喊出了人生中第一个"fuck",以后就容易了,感到解放了,他跟着唱:

> 在你开枪前,
> 你好好想想,
> 让我们喝杯美酒想想
> 在你血腥屠杀我之前,
> 你让我好好聊聊,
> 也许我们会走出徘徊
> ……
> 想想。

原宪喜欢这些说唱词,也许他真的在祈求徐仪和。原宪越唱越激动,他的两个中指在天空,尽情地发泄,嘶哑的声音比黑人还愤怒。纽约,一千多人在说唱,百老汇后面在愤怒地歌唱。我忽然懂得了西方的音乐史。音乐起源于劳作号子,美国黑人的蓝调证明了这个理论。印第安人的风舞是活化石,歌舞记载了人与自然。但正统的贝多芬交响乐统治了一百多年,他一个人做的曲,几百人照着他的音符演奏,几亿人类顺从地听了这些年。近代的音乐仿佛反抗着交响乐式的独裁,爵士解放了演奏家,电子音乐解放了陈旧死板的交响乐乐器,说唱音乐不但解放了歌唱家,也解放了观众。自由,在自由的节奏中放声歌唱,在自由的节奏中跳舞,没人在乎你的破嗓子,没人计较你的烂身材,没人会评论你痉挛式的舞姿,因为这个音乐歌舞是你的。

"那个 DJ 是最好的!"柴小姐跳着舞,骄傲地大声说。

"什么是 DJ?"原宪问。

"那个转唱片的,叫唱片骑师。"

"我还以为他在胡搞,谁不会乱转两盘唱片?"原宪喊着说。

"上海滩转一圈找不到的,绕着西湖转三圈也难找。册那,纽约黑兄弟会玩,我喜欢那个家伙,骑师的厉害,骑得好!赞,赞啊!"子渊手舞足蹈地说。

舞台上一片强劲的电子音乐,强劲的节奏,强劲的说唱,强劲的地板舞。环视剧场四周,强烈的灯光射到墙上,才看见剧场到处是涂鸦,而剧场里是如来的三十二相,有金发女郎,有穿西装剃光头的华尔街投机者,有黑夜带黑眼镜的黑兄弟,有墨西哥哥哥妹妹,有柴小姐,和她带来的中国亿万富豪……只要疯狂,这里便是天堂。疯狂,子渊和柴小姐疯狂到几乎裸露着上身,他们舞蹈着,子渊感到他这一生才刚开始,过去的四十多年过得太谦虚了。我们尽情地说唱,尽情地舞蹈,快乐与疯狂到了顶点,也不知道今天是昨天的继续,还是这世界与生俱来就是这样疯狂,而子渊却说:"册那,因为我疯狂,今夜的音乐也疯狂。"

这样的疯狂持续到第二天,终于结束了。我的耳朵听不到任何声音,全身在惯性的强劲节奏下运行。走出剧场,转到百老汇大街上,纽约仍然灯火辉煌,街人毫无倦意,仰望高楼,看不见月亮。纳斯达克巨型显示屏是早晨,仿佛永远是早晨。

我们去找旅馆,柴小姐要回芝加哥去,我们怎么也留不住她,送她到火车站,大家拥抱再见。柴小姐认真对子渊和原宪说:"两位大哥,在赌场千万小心。中国人喜欢赌,但你们太不在乎自己的钱了,照两位大哥的赌法,不是小妹多嘴,你们恐怕迟早成为叫花子的。"

子渊听了,感动得热泪盈眶,从来没有女人这样掏心掏肺跟他说过真话,他擦了眼泪,说道:"柴妹妹,成不成讨饭的,也不是我自己能控制。当然,成了叫花子也没什么不好,我也不必提心吊胆了,再也不会有人找我麻烦了。"子渊动了真情,柴小姐肯定没听懂,转了几个街,没几分钟就到了纽约火车站。

我问柴小姐:"在芝加哥能待多久?"

她笑着说:"不知道哎,等我有些钱,我就一个人周游世界去。"子渊激动地说:"柴妹妹,我也想去周游,想去日本走走。我一定去芝加哥找你,我老实告诉你,柴妹妹,我在宝马 X7 里面早备好一个野营包,里面什么都有,我们以后一起去周游。"他们哥哥妹妹一场,依依作别。

回来的路上原宪问:"将来是圣母玛利亚,还是柴妹妹?"子渊为难地说:"难啊!这样美丽的事不能选择,选择是件难事,听命随缘吧。"

(3) 自由女神下的消沉

等我们住进纽约喜来登酒店的时候,已经是早晨 6 点。

一觉睡去,被加州来的电话吵醒,原来是伯牛。他已被保释出来了,他高兴地说:"聆海,谢谢你的帮助,昨天下午出来的,给你打了一个晚上的电话,就是打不通。"我问他住在哪里,他说在朋友家,伯牛认真地说:"你说得对,我应该给自己一个机会,我现在什么都不怕了。我去找个好律师。"

"找到律师后跟我说一声。"我说。

"贾子渊他们可能要出大事了。"伯牛说。

"什么大事?你怎么知道的?"

"我也不清楚,我从来不对你隐瞒消息。有人到监狱探望我,说了这些事,要不是听到贾子渊会出事的消息,我还不打算被保释出来。我只能跟你说到这里了,你自己多注意,保重啊!"他挂了手机。

被伯牛这一番糊涂话搞晕了,想再睡一会儿,刚睡下去,恍恍惚惚在做梦,梦中看见子渊被一群人追捕,他逃着逃着,头像变成原宪,还有南容也在逃,她说:"海,要是不被追赶,该有多好!"一个陌生号码打来了电话,将我从梦里吵醒,我接了手机,原来是乐欤,他一口法国式的普通话说:"想不到是我吧!拉斯维加斯比纽约好,但我更喜欢巴黎。"

"乐欤,你从什么地方打来的?"我问。

"怎么到纽约了也不告诉一声?"

他是按照南容的意思打来的电话,约我今天到林肯中心,他说:"先一起吃晚饭,再听纽约爱乐交响乐,最好的包厢座位!"我问他:"今天交响乐是什么曲目?"乐欤回答说:"《第九交响曲》。"乐欤这个家伙越来越怪了,女儿在南卡罗来纳州,自己却躲在纽约。好在巴西勒不在美国,否则他们俩又得打个半死不活。我再次迷迷糊糊睡了过去,脑子里还是几个小时前的强烈节奏,还是子渊洋泾浜的"Fuck you"喊唱声,还是柴小姐富有青春气息的跳跃……

等我挣扎着起床的时候,发现原宪已经打了好几个电话给我,还有短信。回电话过去,他已在自由女神像那里,他坚持要我过去。

我问:"不能在手机里说吗?"

他问:"今天怎么打算?"我说:"晚上听交响乐。"

原宪问:"我们一起去吗?"我说:"有几个老朋友请的。"原宪是个聪明人,他也不问了。他的情绪听上去很坏,手机里夹杂着风声,听不清他在说什么。

我问:"你这个老纽约跑到自由女神像去做什么?"

"聆海,我想静静,让海湾上的风吹一下,就这样上了摆渡船。"我又问:"好些了没有?"

"好不了。聆海,我的麻烦真的来了。"

"徐大美人将她的东西放到网上去了?"

原宪没有回答,我走到窗前,拉开了窗帘。我揉了一下自己的眼睛,觉得芝加哥的建筑变得迟钝了,失去了韵味,就像爵士没了即兴演奏。我再揉了一下眼睛,仔细看了周围,自己也笑了起来,我已经在纽约。世界上没几个人挑剔纽约的建筑,但我总觉得芝加哥是上帝设计的,而纽约是美国人的杰作。喜来登的窗口看得见中央公园,我分辨着纽约的全景。原宪在手机里说着话,他的声音哽咽:"这是我的报应……"我不知道该说些什么,等他继续,等了半分钟,原宪又说:"我今天莫名其妙地跟着纽约的游客,到了自由女神雕塑的里面,竟然读懂了拉扎露丝的十四行诗,写得真好,她说:'将你那些老瘆残贱的流民,将你那些向往自由,又被无情抛弃的,将你那些拥挤海岸,悲惨哀吟的,全给我……我站在金门口,高举我的火灯……'"他又不说了,以哭泣代替了语言。

"我是不是要过来?"我问。

"聆海,我是不是也属于被人抛弃,无家可归,饱受颠沛的人?"

"你不是来到纽约了吗?"

"我怎么感到像在地狱!"昨夜他没睡好,肯定还是一脑子的饶舌说唱音乐,他说话也开始像纽约人一样,但不管怎样,的确是他的真话。我不知道怎么去安慰他,在手机中,连他的呼吸声也能听见,他竟然哭了起来,断断续续地问:"你说,我该不该进地狱?"我问:"徐仪和到底做了什么?"原宪鼻子塞住了,听不出他在说什么,我又问:"难道就没有其他办法了?"还是听不出他在说什么,我再问:"要不我过来?"他这才回答:"好的,我等你。"我看了手表,已经是中午12点,在喜来登面包房买了两只法国牛角面包,一瓶果汁。门口拦住出租车,直奔炮台公园,上摆渡船到自由岛。

原宪坐在地上,我挨着他坐了下来,什么都不想说,他的手机仍然跳着徐仪和的短信:"我要你生不如死!"

"赵原宪,老娘要你生不如死!"

"你怎么不回答,你现在才知道老娘的厉害了吧!"

"赵原宪,你应该立刻去死,去死,马上!"

……

我看了原宪一眼,他突然老了十岁,面色苍白,眼圈黑黑的,有气无力地扫描着短信,用手背擦着鼻涕。他也看了我一眼,苦笑一下,望着自由岛的蓝天,低下头关了手机。原宪说:"纽约不是地狱,但我该进地狱。我不进地狱,谁进地狱?"

"没那么严重吧!"我不忍心看他这个样子,问他:"你读过徐仪和写的纪实文?"

"不想读,但我知道她写了些什么。62的,她悬着这把刀,就是不砍下来,她等着我头伸进去,一念之差的事。"

"她至今还没挥刀,也许她会放弃这个念头的。"

"不知道。我是真心爱她的,我那时只身一人在杭州,写文章做试验,吃睡都在实验室,我容易吗?我想挺住,对得起子祺,不近女色,但她主动来了……聆海,我熬不过来,我挺不住啊!我也是人,我是个凡人。子祺爱我是真心,我也爱她。徐仪和也爱我的,她现在这样做是在气头上,她知道我也爱她的。至于其他女人,我不爱她们。我知道我现在语无伦次,为什么一个男人不能同时爱两个女人呢?"

"你在问我?"

"聆海,你的冷漠像一面镜子!我不容易啊!你说他们会怎么处置我?院长我可以不做,研究所主任、长江学者、院士等等我都可以放弃。"

"那你想要什么呢?"我问。

"给我一个家,美国的也好,杭州的也好。我老了,聆海,我们都老了,快要知天命的人了,什么都不重要了,我只要一个家。"原宪诚恳地说。

"但是……"我说。

"但是爱是讲究专一,爱是排外的,有了婚约后才有家。婚姻是契约,契约上不容许去爱第二个人。你想要一个家,那个'家'的前提是你放弃第二方的爱情,要么放弃对子祺的爱,要么放弃对徐仪和的爱,但你如果放弃了爱,只能证明你不是真爱她们,两个爱只有一个家,看见逻辑上的陷阱吗?"

"我不能有一个家?"他问。"我知道你想回到子祺那里,不然你不会拖着我去丹佛的。但这样的结果是徐仪和会闹事,她会制造一个鱼死网破的悲剧。"原宪问:"她就是这个脾气,那我该怎么办?"

"就算你回杭州,与徐仪和成家,你会后悔一辈子的,一辈子良心的不安。子祺也许会原谅你,但你知道你对不起她,是不是这样?人欠别人一辈子的爱,把唯一的属于自己的东西给糟蹋了,真不是个滋味。"

"兄弟,你说得对,我对徐仪和更多的是怕,但子祺她……"

"找凯文?也许你儿子能帮你。"

"凯文能说服他母亲?"原宪擦了一把眼泪鼻涕问。

"也许能行!给虚无的人一个有价值的担子,他能扛起来。"我说。

原宪到底是一位中国学者,他哭哭啼啼中竟然听懂我的意思,从死胡同里找回实用主义,但愿凯文能帮他们。

我正想回旅馆,子渊打电话来:"册那,你在哪里?我开车来接你!"

181

我问:"哪里来的车?今天宝马 X7 不是由原宪用着吗?"

"就是,我总觉得我该买一辆车子。今天找到卖车的经纪人,我买了一辆蓝博基尼,正在曼哈顿第五大道上逛街。纽约的确是灵光的,前面时代广场有几个女人光着上身,册那,二月的冷天有这样美景,了不起。"

我告诉原宪:"子渊这个家伙买了一辆蓝博基尼。"原宪瞪着眼睛说:"这个疯子爱上柴小姐了,他可能真会去找柴小姐。"我追问子渊同一个问题,他在手机里说:"柴小姐说的是真话,我决心不再去赌场了,送给赌场的钱还不如享受一下。册那,蓝博基尼才不过五十万美元,比上海便宜多了。"子渊高兴得按了喇叭,他说第五大道上的美女都在注意他。从他的手机里听到女人的声音,像是说着英文。

回到曼哈顿,我感到累了。这次横穿美国,从太平洋到大西洋,感觉自由女神岛是唯一的入口,又仿佛是经过了生死大劫来到曼哈顿,在喜来登酒店的床上躺下。子渊还在纽约街上显摆他的蓝博基尼,原宪想回哥伦比亚大学看看,我没力气做任何事,累得睡了过去。

(4)《欢乐颂》

乐欤来电话,说过几分钟就到中村喜来登接我,我还在恍恍惚惚中,原宪走了,我下楼到会客厅等乐欤。也就一刻钟的时间,上了乐欤的车,感到很不自在。乐欤变了一个人,原来法国俊秀养出了张飞式胡子,神情中带着忧伤,见到我也没有自发的兴奋,仿佛在履行他的公事似的。我不习惯他的张飞胡子,但愿多看了会习惯。

"原宪与子渊在一个旅馆,请他们一起去?"我问。

"不用了,他们会去杜克大学的。"

从西 54 街向西,转弯到百老汇街,几分钟绕到 59 街哥伦布圆场,斜靠到林肯广场的艾弗里·费雪厅(Avery Fisher Hall)前放我出来,乐欤他自己又驾车离开了。这才看清他的车是恩佐·法拉利(Enzo Ferrari),我大吃一惊,以为子渊的蓝博基尼是世界末日的奢侈,但乐欤的恩佐·法拉利是全世界亿万土豪中最奢侈的车。

我等在林肯广场,绕着歌剧、芭蕾、交响乐三个剧场走,走了几圈后停留在广场中心的喷水池前。南容坐着加长轿车来了,巴西勒出来给她开的门。南容一身红色的音乐会晚装,明亮的色彩,大胆深V剪领,白色丝质手套,一条耀眼的蓝宝石项链。我几乎认不出她来了。她挽着巴西勒的右肘,环顾四周,巴西勒指向喷水池,他们见到了我。

"Oh! Darling, your poor thing! Have you been waiting us for a long time?(哦!亲爱的,真可怜,你在这里等我们很久了吗?)"南容英文夹着法语,上海话夹着北京官腔,接着说:"林肯艺术中心,全世界音乐家的圣地,他们练习了一辈子才有可能走到这里!聆海,你在喷水池边的样子就像一个落榜的音乐家。巴西勒,像不像?"

"聆海医生想成为音乐家了?"巴西勒边与我握手边说着。

我与她们俩寒暄着说:"练习一辈子?为什么要练习,五百美元就能进去,看乐欵今天的脸色,一定是他买的票。"

南容说:"乐欵不是为五百美元,巴西勒今天下午才赶到,乐欵见到巴西勒后就一直是这个脸色。哦,Darling(亲爱的),不必感到纠结,我们进去吧。"

我问:"不等乐欵了?"南容说:"他自己会来的。"

休息厅里站满了人,穿着都是华丽富贵的。乐欵停车回来,找到我们,看到巴西勒后,他就是一脸的不高兴。我感叹着,从昨晚的饶舌说唱音乐会,到今晚的极品交响乐,仿佛穿越了几个世纪,但我真感谢有这个机会,期待着伟大的《第九交响曲》演出成功。乐欵与巴西勒以法语说着话,用法语吵架也优雅,但巴西勒不耐烦了,他说:"不要争吵了,你想喝什么酒?"乐欵见我们都已有酒,他毫无表情地说:"不麻烦了,我自己去买!"他去酒柜买酒。

我问南容:"喜欢纽约吗?"南容无可奈何地说:"聆海,别问了!"巴西勒问南容:"亲爱的,怎么了?是不是我们的争吵让你不高兴了?"

"巴,你不能让着他,他就是这个醋坛子的脾气。"

巴西勒说:"但愿《欢乐颂》给你带来欢乐。"

乐欸握着葡萄酒杯，痴情地看着南容说："容，你会有欢乐的，我们就是为这而来的。"巴西勒说："我相信乐欸先生的话，他是这方面的专家。"乐欸说："专家有什么用，您是权威！"南容看了乐欸一眼，轻轻地说："别这样！"

休息厅里说着各种语言，谈着大千世界的话题，都高雅得令人窒息。演奏场里传来胡乱的乐器练习声，男人们开始炫耀他们古典音乐的知识，女人们呈现着训练过的优雅微笑。葡萄酒后，再一轮香槟，意大利巧克力是点心。我说："贾总今天买了一辆蓝博基尼，别问我什么颜色，我还没见过，但肯定比不上你的恩佐·法拉利。而原宪想去找儿子，他现在去哥伦比亚大学反思去了。"

"孩子们都好吗？连原宪的儿子也喜欢帐篷露营吗？"南容问我。

"是啊！就连凯文这个无所谓也爱上杜克篮球了！这已经是第几个星期了？这么冷的天，就怕她们在帐篷里冻坏。"

她无可奈何地说："是啊！我也担心。"

乐欸将交响乐票给了检票员。顿时，我们从人群中分离出来，有专门的服务员领着进入通道，走出通道是包厢，林肯歌剧院最好的位置，我们鱼贯而入，分别在座位二、四、六、八号坐下。巴西勒兴奋极了，握上南容的手，吻了一下，说："Mon cher, vous l'aimerez！（法语，我亲爱的，您会喜欢的！）"南容靠在巴西勒肩膀上，轻轻地说："但愿如此，我一直喜欢《第九交响曲》，巴黎的时候也去听，等不及进入第二章、第三章的快乐，等不及《欢乐颂》合唱。"乐欸身体变得不自在，他的手放在哪里都别扭。而南容却转身对我说："刚才喝得快，心跳得更快，这几天在纽约，总感到出了大事，有你在我放心多了。聆海，明天到我那里去，乐欸会来接你的，你不要先谢绝了，我知道你想说什么。"

我问："你的豪华空中别墅？"

南容说："知道你会冷嘲热讽的，我也习惯了，不会是华尔道夫饭店的，我没这么多钱。"她轻轻地说着，她的精神不好。我不知道华尔道夫有什么故事，乐欸解释说："安邦公司在收购华尔道夫饭店。"

我问："纽约的华尔道夫饭店？"

南容说:"是的!做梦都不会想到吧?"

乐欸讽刺地问:"李鸿章在天之灵会怎么想?"

"李鸿章不会在天上,这一点我敢肯定,他在地狱。"

"聆海,你又来了,别总像一个愤青似的。"南容说着,突然将她的左手挽上我的右肘,继续说道:"你一定听过《第九交响曲》,贝多芬在说什么呢?我从来没悟出《第九交响曲》的含义,只知道《欢乐颂》好。"

"Darling(亲爱的),没人知道《第九交响曲》真实含义的。"巴西勒说。

"你自己不懂就算了,聆海也许懂的。"

"你小看我们法国人了!"

"哦,darling(亲爱的),贝多芬是德国人。"

乐欸笑了起来,他说:"《第九交响曲》是属于全世界的,有一点我知道,《第九交响曲》在赞颂欢乐。"

巴西勒反驳说:"乐先生,这句等于没说,《欢乐颂》不赞颂欢乐会赞颂别的?"

"Darling(亲爱的),那你说说法国人对《第九进行曲》的理解。别以为我不懂,你就可以乱弹琴了,就像你们法国人一贯吹牛一样,今天我有聆海在,他会纠正你的。"

"亲爱的,第一乐章是接受命中注定的一切,你们中国人叫'知天命';第二乐章是精神和人生旅程;第三乐章是爱,天堂般的爱;第四乐章……"还没等巴西勒说完,剧场灯渐渐变得暗淡。第一小提琴手出来,对了一个双簧管"A",这以后是一阵掌声,指挥走到演奏台的中间,全场顿时静了下来。今天爱乐乐团两小时节目,前三十分钟是无名作曲家的作品,提前中场休息,然后是《第九交响曲》。

前半场三十分钟里,支离破碎,什么感觉都没有。不知什么时候,南容斜靠在我肩上,我转身看她,她的两眼潮湿,轻轻问:"聆海,亲爱的,你感到快乐吗?"她感到我不自在,叹气说:"你兄弟不会计较的,在中国,不知他今天跟谁在鬼混!"

"乐欸已经恨死了巴西勒,你还在刺激他的心脏!"

"他自作自受！聆海,这音乐带回了我们大学时代的美好时光,我们曾是那样天真顽皮,那样心悸地去爱过,是那样的好!"

"我不知道你曾爱过,这倒是新闻!"

"我并不像你想象的那样坏。"

"别再说话了,没看见别人给我们白眼了。"我压低着声音说。

"你总是前怕虎后怕狼的,我又没说我曾爱的是你。"南容喃喃地说。

乐欻僵直的身体向我靠倾,不能再谈话了,前半场在强烈的鼓声中结束,然后是提前的中场休息,音乐厅里灯光辉煌,乐欻问南容:"想喝什么?"巴西勒也问:"还是香槟吗?"

"我想跟聆海谈一会儿,你们俩不会介意的,对不对?"见他们俩没有离开的意思,南容起身,挽着我的手臂离开了包厢。到休息大厅的一个角落,背着人群,窗外是林肯广场的晶莹喷水水柱。

"别这样看我!"南容先声夺人,又说:"给我一杯白兰地吧。"她命令着。我走到酒柜台,要了一杯白兰地和一杯冰水。她喝了一口白兰地,说:"我知道你在想什么,聆海,做女人不容易,做个漂亮女人也不容易,做你兄弟的女人更不容易。你也知道我们只是名义上的夫妻,但即便如此,我还得为他维持这种关系。他搞女人,他不在乎被我知道,我不是赌气到欧洲、来美国的。加州的二奶村女人寂寞,政府大院里的女人更寂寞。聆海,我知道不管我怎么说,你与毛阿大都是兄弟,但我们是同学,至少你别用审判的眼光看我。"

"对不起。"我道歉说。

"不是你的错。你是个聪明人,对老同学和异姓兄弟都保持着距离。看你这样老夫子的样子,真的不想回国轰轰烈烈地生活?"

"你自己不也出来了?"

"我跟你不同,我在纽约奢侈,是上海不夜世界的继续。我也不勉强你,但我总觉得你错过了几世的机会。"

"你就不担心毛阿大乱来?"

"是啊!你还是你,说话从不绕弯。我与阿大的最大相同点,我们从小都是孤儿,我能承受孤独,我自己什么都不怕,但我们的女儿不是孤儿,我要保护她,让她有个好前途。"她喝了一大口白兰地,借着酒兴继续说:"升官发财死老婆,现在官场流行的一句话。聆海,我害怕,我真的害怕!"我不知道该说什么,任何安慰都显得肤浅。南容又喝了一口,擦了眼泪,苦笑着说:"我命该如此,任凭阿大搞女人,我自杀;不让他搞女人,他会胡来出事,我也是自杀。出了事会赔上一家子人的性命。我的命注定这样了。"

前面走来巴西勒,他拿着两杯香槟,高兴地说:"终于找到你们了。亲爱的,这一杯是你的。"南容早就喝了白兰地,她接过香槟妩媚地说:"不是不让你来找我吗?怎么又来了?""我不能把你留给聆海医生的。"他说着,与南容干了杯,一口喝完了香槟,顺手捏了南容的臀部,说道:"是不是,亲爱的?""巴,这是在美国,不是在你的巴黎花花世界。"她并没有生气,她也喝了香槟。

"纽约绝对是一个花花世界,是不是?"巴西勒问。

"你在问我,还是问聆海?法国人总拿着自己的万花筒看世界,纽约以前是欧洲清教徒的世界,清教徒这东西太严肃,聆海,是不是这样?"南容她一石二鸟。

"亲爱的,我就担心你成了中国的清教徒。"巴西勒搂着南容的腰说。听到回场的铃声响了,他们俩亲密地走了。

"聆海,你来啊!"南容招呼着我,音乐厅门内,乐欤注视着一切,他满脸不高兴。

下半场,《第九交响曲》第一乐章在恐惧中进行,我仿佛听到人类在这世界上无效地挣扎,嘶哑着声音追求着肉体的自由,我能感受排山倒海的人群,情绪阴布,狂暴着毫无出路。在高潮中,第一乐章的鼓音悲剧性下降音调,这以后我被带出了混乱,我已经在贝多芬的音乐世界,由着他带我去天涯海角,不再需要躯体的跳跃,不再是蓝色爵士,不再是饶舌说唱的愤怒……但还没奏完第一乐章,贝多芬的《第九交响曲》已经带我走出了我的躯壳,感到双手双腿都是多余了,才知道我这一路对音乐的领悟,只不过是追求了肉体的自由。也许柏拉图是对的,这世界真的存在形而上的美、形而上的自由、形而上的归属。

　　第二乐章是流水，是天空的清风。我闭上眼睛，沉浸在平缓华贵中，感到呼吸也安谧，心跳如蝴蝶飞翔。孤陋寡闻的人都说没有天堂，但第二乐章是天堂，清风醉人，鸟儿如天使。山丘金黄绵延，点缀着池塘。蝴蝶飞扑，是星星的透明衣裳。雷电闪出神圣光环，当做风光霁月的琅琅。南容流着眼泪，我也感到眼睛湿润了。她的手机震动起来，她没去接。她掏出手帕，抹去泪水。巴西勒微笑着，赞赏南容的音乐修养与共鸣。

　　南容的手机又震动起来，她用手帕遮盖着，读了短信，紧接着她长叹一声，眼泪不停地流了下来，南容哭了。巴西勒紧紧地抱住她，在第三乐章结束时，他吻了南容的脸颊，说道："是的，《第九交响曲》就是这样美丽，好多人能感受美，但只有真正懂的人，才会体会它是在倾诉他们的灵魂。"

　　南容没有理睬巴西勒，靠在我的肩上凄凉地说："Darling（亲爱的），我感觉烂透了。"

　　第四乐章从一个快速强烈的引子开始。之后，前面三个乐章的主题依次出现，每次都被低弦乐打断，逐渐奏出《欢乐颂》主旋律，之后又被大提琴打断，之后再次奏出《欢乐颂》主旋律，仿佛命运、冒险精神、天堂般的爱，都不能带来欢乐……男低音唱出了《欢乐颂》的第一段：

　　　　啊！朋友，何必老调重弹，
　　　　还是让我们的歌声，
　　　　汇合成欢乐的合唱吧！
　　　　欢乐，欢乐！

　　南容伤心极了，无声的哭泣让乐欤心都碎了。南容靠在我肩上问："这就是欢乐？Darling（亲爱的），我太难受了！"她说完，哽咽着伏在包厢前的扶手栏杆上。

　　　　欢乐女神神圣美丽，

灿烂光芒照大地。
我们心中充满热情,
来到你的圣殿里。
你的力量能使人们消除一切分歧。
在你的光辉照耀下,四海之内皆成兄弟。

哦!是的,我在阳光世界里拥有的兄弟情谊,由上百人合唱的《欢乐颂》,每一个音符、单词都给人神圣的感觉,我沉浸在欢乐中。南容挺起身子,擦去眼泪。乐欸根本就没心思听交响曲,他坐立不安。巴西勒成了哲学家,他不断地吻她。南容推开巴西勒,乐欸恨不得越过我的座位,他恨巴西勒,他嫉妒他,他痴爱着南容,可怜的乐欸。

谁能得到幸福爱情,
就来同聚同欢庆。
真心诚意相亲相爱,
才能找到知己。
假如没有这种心意,
让她偷偷去哭泣。

"聆海,我想离开,我的感觉差极了。"南容在《欢乐颂》的高潮中泪流满面,好在合唱团歌声激昂,没人注意到她。

我问:"现在就离开?再过一刻钟就结束了。"

"我等不了这一刻钟,你陪我回去。"她也不等我同意,站了起来,引来包厢观众的回顾,我们匆匆离开。巴西勒想站起来,乐欸紧跟着出来,南容快步向更高层包厢走。巴西勒与乐欸追了个空,被服务员拦回包厢。

我们坐在楼上包厢外的红地毯上,南容目光呆滞,她也不哭了,也不说什么,就这样与我近在咫尺,却似远在天边。我不知道该说什么,只觉得我这一身的西装革履,她那一身价值连城的设计师礼服,都与时空不合。南

容双手捧着脸,一语不发,剧场里仍然是《欢乐颂》:

> 在美丽大地上,
> 普世众生共欢乐。
> 一切人们不论善恶,
> 都蒙自然赐恩泽。
> 它给我们爱情美酒,
> 同生共死好朋友。

南容不哭了,她喃喃自语地问:"不论善恶,都蒙自然恩泽?"我不知她在想什么,没法回答她。南容镇静了一下,再问:"聆海,你能送我回去吗?"

"去哪里?"我问。

"我本想明天请你去的,我心情不好,就请你陪陪我。"没等我回答,她又悲伤地哭泣起来,倒在我怀里,边哭边说:"为什么?为什么会落到这种结局?我害怕,我真的害怕!"

"到底出什么事了?"

"聆,你兄弟被调查了。"

一阵强烈的鼓声惊吓了南容,从来没见过她如此虚弱。我答应开车送她回去,我们赶在《欢乐颂》结束前草草离开。快速走在林肯广场上,纽约的夜色灯火辉煌,照亮了半个天空,雪花也在飞舞,夹着大西洋吹来的风和雨。南容不停地打冷战,服务员送来她的车,我给了他们小费,我们像逃难似的坐进恩佐·法拉利。她蜷曲在车位上,也不告诉往哪里行驶,不管东南西北,我们离开了林肯中心。

今夜的纽约静得出奇,连无家可归者也不知躲到哪里去取暖,我毫无目标地驾驶着,又一次感到成了流浪者。下意识中,我往中村喜来登方向行驶,没几分钟到了喜来登,停了车,南容醒觉过来问:"我们这是在哪里?"

"我的旅馆,去坐一会儿?"

"聆海,不上去了。还是到我的公寓去,就在这附近,听说过

ONE57吗?"

"ONE57?"我不敢相信她说ONE57。

"是ONE57,怎么啦?"

"报纸上每天都有报道,ONE57,八千万美元一个单元!"我说。

"也有便宜的。聆海,你随便驾驶。中央公园已经关闭,我们先不回去,乐欸会在公寓大楼外等我,我不想见他,我们到曼哈顿东边去。"

"那巴西勒呢?"

"别再说我了,巴西勒也不是一个好东西,他知道你兄弟的事后,一定会向我讨钱,我也躲不了他。不能现在就回ONE57去,让我静静地坐在车里。我们随便去哪里,都可以,别再问我问题了。"

中村喜来登在西54街,离ONE57就三条街,我们不能回去。恩佐·法拉利毫无目标地在曼哈顿行驶,不知不觉上了曼哈顿西边的高速公路,向东,Hustler俱乐部显示牌照亮了半条街,估计子渊今晚就在那里。恩佐·法拉利停停走走,原世界贸易中心的新大楼已经完工,半夜里也显示着纽约人的勇敢。南容的两眼盯着前方,不知她在想什么。我试探着问:"他们会对阿大怎么样?"南容没回答,只是闭上了眼睛,软软地倒在车椅上。突然间,她好像老了许多,也许是夜色的暗淡反射不出她服装的华丽。

"他们会对你,对大C怎么样?"我又问。

"哦,darling(亲爱的),我心乱如麻,我什么也不知道。我真的不知道,我总有预感这一天会来。我这几年诚惶诚恐地做人,离毛阿大远远的,潜意识中也准备着这样的结局,现在真的来了,我感到我什么都没准备。"

"不能托人找路子,帮阿大一把?"

"你在美国太久,得了美国的幼稚症,已经不认识中国了。到了这一步,只有听天由命,你兄弟是完了,这一辈子就这样结束了。看看中国历史,没几个人能从这样的结局中翻身。我怕这样的结局,我们杨家世世代代在这个结局中轮回。哦,聆海,我不想再经历我父亲那样的生活。"

"至少你和大C没事的,经济上也不用担心。"我安慰她。

"你不懂,聆海,你真有美国幼稚症。"恩佐·法拉利驾驶到了尽头,美

191

洲大陆的尽头,再没有土地了。我们谁都不说话,停在红灯前面等绿灯,像是天涯沦落人。沿着公路向西流浪,时间过得真慢,不知是几点了,又重新回到百老汇大街,到了西 54 街,向西到 ONE57 摩天大楼。美丽的 ONE57 摩天大楼,像欧洲金发女郎,曲线的玻璃反射着融融灯光。

"我就不上去了,我自己走回喜来登吧。"我说。

"怕我吃了你不成?"南容生气地说。

"怕乐欸吃了我,还有巴西勒,我就怕跟别人打架。"

"正因为是这样,你一定要陪我上去。"她命令道。

她出了恩佐·法拉利,将围巾包裹了半个脸。真冷,二月的曼哈顿的寒冷,使我体验到我小时候的寒冷,在没有暖气的宁波四合院,穿堂风冰冻着幼小的骨头,小伙伴们哆嗦着,鼻涕流入嘴里,等着太阳温暖。ONE57 摩天大楼的门卫开的门,他替我们开的电梯门,还没站稳,电梯像火箭一样升到天空,将我的耳膜都收紧了。进了南容的豪华公寓,四周都是玻璃墙,西面是纽约的中央公园,东面是海洋。巴西勒和乐欸还在楼下,他们等了好久,不断地按着报话机要上来,就是不离开。南容情绪激动,躺在沙发上哭泣,像又重新听到《欢乐颂》一样,她哭泣着说:"不想让他们看见我这个样子,但他们不会离开的,怎么办啊?"

我问:"难道你非得让他们上来?"南容说:"我常说'自作自受',我自己也是自作自受。这些年乐欸追着我,人不人鬼不鬼的,我现在自己这个样子,我也可怜起他了。让他们上来吧,你不要走。聆海,我知道这对你不公平,但我需要你,只有你能帮我了。"

巴西勒和乐欸上了楼,他们俩还在争吵。乐欸指责巴西勒,说他对音乐不懂装懂,他最恨巴西勒那一句"只有懂的人,音乐才成为灵魂的一部分",乐欸说这是对南容的侮辱,因为这句是从好莱坞电影《麻雀变凤凰》(Pretty women)来的,那是对一个妓女说的台词。

"乐先生,不是从《麻雀变凤凰》来的,你太有想象力了。"巴西勒辩解说,他的蓝眼睛变得浑浊。

乐欸说:"你知道你自己说了什么,难道把南容看成你的应召女郎了吗？你一定要道歉！"他们俩摩拳擦掌,双手在口袋里发酵。

"乐先生,这真是无稽之谈。我爱南容,我绝不会伤害她。"

"巴西勒,你真疯了,你不能爱她,毛先生听了会杀了你。"乐欻义愤填膺,他快步走到南容身边,安慰南容说:"容,我把这个疯子赶出去,这个法国疯子不会有好下场的。"

"乐先生,你是个流氓!"

乐欻满腔怒火,他上去一拳打到巴西勒脸上,不让巴西勒站稳,又给他一拳。也不知道乐欻什么时候学的正规拳击,他是有备而来的。南容跑到自己卧室,关上门在里面哭泣。巴西勒与乐欻打了起来,我不想劝解他们。没打几个回合,他们乱了套,拳击变成摔跤,摔跤演变成袋鼠的踢打,乐欻还会咬人。

"你们中国人都是流氓,哪有做生意要加入黑帮的。"巴西勒也愤怒了。

"赚钱的时候就不考虑了？现在想逃,来讨债了？"乐欻歇斯底里地喊着。

"哪有这种规矩的?"巴西勒问。

"你还敢爱南容,你以为毛阿大的女人可以随便乱搞的?"乐欻又给他一拳头。

"乐欻,看看你自己在做什么？还不是想睡你上司的女人?"

"毛阿大不是我上司。我爱南容,我是真爱她!"

他们俩交换了格斗的架势,乐欻拔出了苹果刀。我感到自己不属于争风吃醋群,真不应该在这个公寓,对着南容卧室的门喊道:"他们俩拳击不够刺激,苹果刀太短,我回自己旅馆了。"不想听到她的反应,自己直接走了,走出了南容价值几亿元人民币的 ONE57 公寓,冲入电梯,坠落到地层上。

"叭,叭!"纽约佬的喇叭响彻在半夜的大街上,那个人驾驶着,愤怒地离开了,我才意识到自己走在车道上。"Fuck!"街面楼上有人骂街,灯亮了,愤怒的头探出窗口,把他们给吵醒了。我躲到人行道上走,从小在海边长大,常常感到脚下有深海的海流,今晚又感受到。我闭上眼睛听见"欢乐,欢乐,心中充满欢乐",睁开眼睛听到曼哈顿二月的冷风和骂街。我快步向54街走去,变成小跑,但路面太滑,我差点跌倒,我不再努力了。

有个黑影从我身边跑过,原来是巴西勒,看上去他没受伤。我回头朝ONE57摩天大楼望去,南容的灯还亮着,乐歘也跑了出来,朝反方向走了。

第十四章　纽约的错乱

（1）哈德逊河畔空中别墅

昨夜睡得糊涂,迷迷糊糊中有《第九交响曲》的欢乐,有南容的缠绵哭泣,有乐歘和巴西勒的愤怒。做了一个梦,梦见乐歘拿着拿破仑的战刀,向巴西勒砍去。我也隐隐约约见到毛阿大,见他还是一副玩世不恭的样子。他懂得毛姓家谱,从他的家世中可以知道中国上千年的官场的事。

离开加州已经十八天了,今天星期五。这些天日夜颠倒,该做梦的时候疯狂,但疯狂的时候总觉得在做梦。今天早晨的梦做得很深,梦中子渊在喊我,他这个疯子兴高采烈地喊道:"册那,还睡觉啊？你知道我在干吗？"我终于醒来了,果然有子渊留下的短信。我无精打采地打电话给他,子渊接了电话,他这个疯子兴高采烈地喊道:"册那,还睡觉啊？你知道我在干吗？"我咬了一下自己的舌头,很疼,没在做梦啊！子渊接着说:"册那,我想在自己公寓阳台上跳下去,他们不让我跳！"我吓了一跳,这下彻底醒来了,我不知怎么去阻止他跳楼,对着手机大声喊叫着:"你别胡来！你不想生混血儿了？"

"哈哈,知我者兄弟也！我知道他们秉公办事,美国人就是认真,就是自己的大楼也不许跳。册那,纽约市开展蹦极高空跳项目,一定赚钱。"他语无伦次地说着,听了一阵子,才知道他今天在纽约买了一幢房子。我洗漱完毕,他就在我门口,敲了门进来。站在我鼻子前说:"我开着蓝博基尼兜风,想在第五大道找几个金发女郎,突然觉得应该在纽约置产成家,哪有驾驶蓝博基尼的没有空中别墅,对不对?册那,纽约的空中别墅比温州人的小洋房还便宜。我找到了中介,漂亮的ABC(美国出生的中国人),说出中国话嗲得来,恨不得马上跟她结婚,一起搬进空中别墅去。她开了价,你说我应该讨价还价吗?"

我问:"你讨价还价了?"

"兄弟,你小看我了。我在两个人面前不讨价还价,一是你兄弟毛阿大面前,他要多少,我就给多少;二是在美女面前,真正的美女像貂蝉那样,不是东莞那种,那样的美女面前我也不讨价。"

"哈哈,你以为我相信你?"

子渊说:"信不信由你。"他兴高采烈地继续说:"我拍了拍她的肩膀,告诉她我决定买下她。ABC美女吓了一跳,以为我想包她。哈哈哈,包二奶这东西全世界都知道了。ABC美女会脸红,比中国女人会害羞。等她知道我立刻付款买下时,她那个惊讶的样子,册那,他们从来没见过用现金买房子的。ABC美女怎么也不相信,我们'啪'一下子去了银行,'啪啪'两下子转出一笔钱,'啪啪啪'三下子买下了那幢空中别墅。哈哈,啪啪啪啪,就是这个故事。我带你去看我的纽约空中别墅!"子渊高兴得像小男孩玩气枪。

没办法,还得跟子渊走。原先今天去了哥伦比亚大学,但愿他在那里能找回他的过去。就像子渊说的,我们啪啪几下子就上了车。第五大道堵车,难得的机会,子渊尽情地展示着他的蓝博基尼,除了几个懂车的外,纽约佬不懂奢侈豪华车。南容来了短信,说她心情坏极了,说乐歆几乎杀了巴西勒,昨夜他们俩在ONE57公寓里打个不停,南容最后用手枪劝开了他们,乐歆的眼睛想杀人,巴西勒也不是个好东西,南容没再写下去。

不知子渊往哪里行驶,半小时后从堵塞的第五大道出来,向东,见到哈德逊河,在一幢摩天大楼前停了下来。"哈啰,哈啰,汤姆逊,油礼慢播米?(You remember me? 你记得我吗?)"汤姆逊是门卫,接过子渊的车钥匙,说道:"当然了,贾先生。"我跟汤姆逊打个招呼,上了专用电梯,"嗖,嗖"一

195

下子,升到天空,在顶层的空中别墅停了下来。子渊输入密码,我们进入子渊的纽约空中别墅。

四周都是玻璃,整个曼哈顿在视野下,帝国大厦的尖顶刺在太阳里,蓝色的哈德逊河流向南方,流向海洋,闪烁着亿万银色折光。墙上挂着各个时期名画,阳光里的玻璃别墅有种超现实的感觉,脚下仿佛走在日本的禅园,辉煌宁静中走过联合国大厦、纽约机场。四百多平方米,六个卧房,六个浴室,通向楼上侧面是垂直墙泉,轻轻水流声。子渊带我去了电影室,按了墙上的开关,银幕从玻璃墙上降下,房间顿时幽暗,他得意地说:"兄弟,怎么样,我们看什么电影? 我从前做过 VCR 生意,带着走私的录像带到乡下放电影,真没想到,三十年河东,三十年河西,我们在曼哈顿公寓里有了私人电影院。"

电影院的左面是台球室,台球室隔壁是雪茄室,从雪茄室小门进入藏酒室,再回到雪茄室。子渊随手拿了两支雪茄,我婉谢了。他自己点上雪茄,静静地坐下不说话,毫无目的地望着纽约的天空,然后他开口:"册那,这么漂亮的房子没有女人,埋没了建筑师的设计天赋。让玛利亚搬到这里,但总觉得有点不对劲,有没有?"

我调侃说:"西班牙裔的祥林嫂住入纽约的贾府?"

"哈哈,兄弟,你的讽刺水平比鲁迅高! 纠结啊! 这样华丽的公寓只有配金发女郎,是不是? 我想明白了,其实,世界上的居所都是为女人设计的,男人只是拥有,而女人才是享受者。"

我问:"怎么想起买别墅了?"

他说:"你懂的。"又做了一个怪脸。

我指着西边最高的摩天大楼问:"知道那一幢大楼吗?"

子渊吸了一口雪茄,认真地说:"ONE57,谁不知道? 顶层起价一亿美元,六亿多人民币。不瞒自己兄弟,大哥买下了 ONE57 一个单元,说不定容领导就住在里面。你想问我是怎么知道的,是不是?"我看着他,等他继续说下去,他哈哈大笑起来,说:"册那,怎么这样笨? 是我给他们付的钱,我当然知道!"

我问:"以前日本人也是这样,在美国购买房产,自己抬高美国房地产,结果都泡沫了,你就不怕将来有同样结果?"

他抽着雪茄说:"不一样的。日本人在美国购置地产,是日本企业间的竞争,而我们不是,我们是什么呢?你也知道的,我们是白手套洗钱,怕什么呢?""没听懂!"我真的没听懂。

子渊给我倒了一杯啤酒,说:"容首长的那一单元价值四亿元人民币,全是现金。想过没有,哪怕曼哈顿房地产跌价一半,她容首长仍然有两亿多元人民币美国家产,足够容首长的子子孙孙活得幸福,懂了没有?"

"你是说,本来就不是她的钱,在她手上多多少少都是一笔巨产?"

子渊很兴奋,脸上写着成就感,他想告诉我他拥有的所有地产,尤其是那些最昂贵的房产。他说:"早年在宁波买卖房地产,最好的地段,每平方米才一万元人民币,册那,怎么做都发不了财。以后到杭州西湖边造别墅,拼死拼活的,到上海后才知道天价是什么感念。卖出每平方米四万元人民币,册那,别人卖八万。大哥骂我是农民意识,第二天我们也标出九万,别人又标出十八万。这以后是全世界的买卖。"

子渊讲着他轰轰烈烈的故事,继续说道:"我坐在高楼里,以为是最高了,能晒到太阳了,没几天被别人的大楼遮住,我们造个更高的。几十年来土地永远杂乱,在别人的哭泣中将旧房子拆了,向下挖十几层,向上造几十层,册那,从来没停下来。"子渊的上海是野性的、嘈杂的,汗流浃背的闷热,都是大数字,只有想不到的事,没有办不成的。"我站在办公室,用望远镜看街上的女人。几十年前,能一眼就认出那些回国探亲的女人,喜欢她们,有一股精致的洋气。册那,十年以后,也能一眼认出她们,不喜欢了。喜欢海归女人在上海养出的女儿,知道为什么吗?"

我问:"海归女人老了!"

"哈哈,你幽默,但也有年轻的。就是不喜欢她们,喜欢国产的,就像我们所有公司不喜欢洋博士一样,册那,我们喜欢土博士了。"

我问:"有什么不同?"

他说:"回国探亲的女人,假洋女人,要你去逗她们。就说给她选饮料,

197

她不喜欢水果汁,怕中国的水果农药太多;不喜欢美国的软饮料,怕糖太多;不喜欢喝酒,不典雅不高贵;也不喜欢瓶装水。册那,她们喜欢法国的矿泉水,斐济的山涧水。没关系,我能逗她一个高兴,但她不知道怎么让我开心,懂了吗?洋博士也一样,能逗他开心,他还是不知道该为我做什么?"

"你把洋博士当女人在玩?"

"咦!我的钱也是钱啊!在美国,他们洋博士高高兴兴逗老板高兴,为什么就不能逗我开心?又不是我请他们来的,册那,他们自己找工作的!"

飞机从子渊的空中别墅顶上飞过,子渊与飞机打招呼。他接着说:"带各类美女参观我们大楼,豪华公寓楼,你可以随意将那些女人放在里面,'宁可坐在宝马里哭,也不愿坐在自行车上笑',哈哈,天堂啊!真是天堂啊!我告诉你兄弟,西门庆在天之灵也在嫉妒我们!"

正说着,乐欸打了个电话过来,问我南容在哪里。他真是见鬼了,我怎么知道南容去了哪里,但怎么跟他解释他都不相信,以为我在瞒他,一气之下将手机搁在酒柜上,不想听他的醋瓶子的激荡。

子渊问:"是不是乐痴子在找容首长?"他二话没说,拿上我的手机说:"乐兄弟在纽约吗?怎么不跟我说一声,我们今晚一起吃饭怎么样?"

子渊问我:"到哪里去吃饭?"

我随口说了:"东百老汇的上海饭店。几十年前我在那里打过工。"他挂了乐欸的手机。

我们又在豪华别墅转了几圈,满意了,肚子也饿了。子渊问:"我们去上海饭店,看看他们还认识你不。"

(2) 亿万富翁的小刺激

离开了子渊的空中别墅,向中国城行驶。蓝博基尼停在东百老汇街上,引来无数参观者。上海饭店的橱窗外贴着广告,招两名杂工,子渊眨着眼睛,他提出了至今最疯狂的主意:"册那,我们俩去申请,做一个晚上的杂工,你看怎么样?"

"你得了什么病?"我不解地问,以为他在开玩笑。

"买了房子却没有女人,不让我从自己别墅蹦极下来,生活太没意义了,太没刺激。册那,证明一下我是爱玛利亚的,我自拍几张打工的照片给她送去。"他说得很认真,拍下橱窗广告。不等我同意,自己去找上海饭店的老板。

出来的老板是个五十多岁男人,看上去面熟,他打量子渊手上的劳力士手表,认为我们吃饱了来抬杠的,拔腿就跑。子渊拦住他说:"兄弟,真的是来打工的,就工作一天,最低工资?"老板说:"你帮帮忙,大家都是上海人,侬弗要寻吾开心!""老陈!"我突然认出他了,他也认出了我。老陈从前是在纽约大学读数学的,他知道读完数学就得回国,总赖着不毕业。老陈到这里打工,想不到他成了老板。

我给子渊担保,开了后门,他得到了工作。跟老陈讲好工钱,按纽约最低工资付我们,我们俩换上工作服。还在纳闷自己也成了疯子,但下午两点,与饭店工人一起吃免费午餐,吃上正宗的上海鸡毛菜,油焖笋,上海本帮的腌笃鲜,我也心安理得了,就当是重新体验生活。一起吃饭的,有三个厨房打杂、两个厨师、四个前台招待员、一个跑外卖的,老板娘对我们左右不放心,盯着子渊的一举一动,就怕他不安好心。老陈老婆是潮州人,黑头发漂白,再染成草黄色的,金发女郎的山寨版。

子渊一定知道毛阿大的事了,他拼命地花钱,做一天和尚撞一天钟,今天又莫名其妙地来上海饭店打工,都证明他是知道的。上海饭店一切还是二十年前的摆设,中国人守着祖宗留下来的职业,走到哪里都会有中国餐馆一份工作。我离开这里时曾是服务员,老陈也是,今天就再做一次服务员。子渊到厨房剥鸡皮和洗碗。他与天津人吹牛:"老李,你不知道,到美国后最怕别人请客吃饭,册那,他们总是请我吃西餐,法国的,意大利的,西班牙的,衣冠楚楚地坐在酒席上几个小时,其实我想吃一顿中国菜,天津的狗不理包子、扬州的红烧狮子头,家里的西红柿紫菜汤,我羡慕嫉妒你啊!你虽然是天津人,但每天能吃上海菜。我昨天在纽约逛了一天,终于找到你们了。"天津老李呵呵笑道:"老贾,在纽约你要什么就有什么,就像在你们上海。现在的年轻人不比我们当年,我们出国时身无分文,只有一身力气,现在的娃娃口袋里都是钱。"

子渊与老李谈上了,这个疯子谈到他当年吃的苦,与老李搭档,老李被忆苦思甜得伤心地哭了,用围兜布擦着眼泪,难过地说:"小时候想吃狗不理包子,没钱。现在有钱了,回了几趟天津,狗不理不好吃了。"子渊激动地说:"老李,你整天吃饭店,狗不理当然不好吃。我以前想吃宁波汤圆,跟你一样想吃,但只能在春节时候吃,现在也不好吃了,里面都是猪油。"子渊也跟着老李流下了眼泪。

陈老板见他们哭哭啼啼,投来目光责问我,我说:"陈老板,贾总不是正常人,正常的一定不是贾总。你知道他今天上午做了什么?说出来打死你也不会相信。贾总买下了曼哈顿东部的空中别墅。"陈老板睁大眼睛看我,什么都没说,他肯定认为我也是个疯子。子渊流着泪剥完了鸡皮,老李带他去处理西兰花。

过了下午 5 点,饭店的顾客陆陆续续进来,前台的服务员欺侮我这个新手,随意地差使我,招呼我给客人拿杯子倒茶。到晚上 7 点,饭店里里外外都是顾客,中国的、美国的,年轻人更多。我的英语好,今晚由我分发电子顾客号,有文化被提拔得快,竟然有人嫉妒我的飞黄腾达。看着满屋子里人都看我,等我给他们电子号,我顿时对自己的重要性感到一种自豪。

打扫饭桌也是我的工作,也记不得刚才那伙人的脸,也不想看清下一群人的鼻子。当他们接过账单,付了钱,才知道他们也不关心我的脸。我的思想开了小差,思想漫游,觉得这一生虽然庸庸碌碌,这次美国寒冬任性自驾游也算得上伟大。乐欵来了电话,他已经在饭店门口,让他进来,他看到我这副打扮,以为走错了饭店。我请他坐下,进了厨房叫出子渊。乐欵惊讶,张大着嘴,眼睛几乎从眼眶里蹦出来。我向陈老板介绍乐欵,他以为乐欵也是找工作的,再三请我"帮忙",别开他玩笑了。

"哈哈,乐兄弟,今天你吃的鸡丁是我剥的皮,味道怎么样?西兰花是我洗的。我告诉你,不知哪位革命领袖说的,'要忆苦思甜',我与李大哥哭了一下午,现在感觉特别愉快,就像洗过泥浴一样。"子渊语无伦次地说。乐欵什么心思都没有,也不在乎别人的喜怒哀乐,他一个劲问我南容在哪里,我不知道南容的去向。乐欸说:"你与她每天都通话,以为我不知道?"

"乐欸,我真不知道她去了哪里,巴西勒也不见了吗?"我问。

提到了巴西勒,乐欸下意识地看了自己的手腕,说:"这个法国花花公子,昨天我几乎想杀了他。"陈老板投来不愉快的眼光,子渊说:"乐兄弟,我正在上班,陈老板在,不能陪你说话了。"他回厨房去了。

乐欸一脸的问号,我让他先吃晚饭,自己去招待其他客人。乐欸再也控制不住了,拉住我的衣服问:"你们俩发神经病了,做什么饭店工作?!子渊是个疯子,你今天怎么也发神经病了?!"

"我发不发神经病,关你屁事?!"

"难道你不知道你兄弟被调查了吗?"

"知道了又怎么样?"

"聆海,我们都完了,南容完了,我完了,子渊这个疯子也完了。今天是不是装疯卖傻?来这里打工,是不是那个疯子的疯主意?想想我们该怎么办?"

"我们?从哪一天起我在你们的行列?"

"别这样玩世不恭了!"乐欸激动地说。

"我玩世不恭?"我再问。

"告诉我南容去了什么地方?"

"你每天追着她,人不人鬼不鬼的,放着自己女儿在南卡不去看望,整天跟着有夫之妇后面,怎么问我她去哪里了?"

"我们是朋友,你怎么这样说话?"

"好吧,我帮你一把。如果我没有猜错的话,你们本来准备一起去杜克大学的,会不会她提前去了呢?"

"为什么她不接我的电话?"乐欸痴到没有逻辑思考的能力。

"看看你这个失魂落魄的样子,你感觉怎么样?南容是有家庭的女人。"

"我不管,你也不用再说什么了。我今天怎么了?你说得对,她一定去杜克大学看女儿去了,我去找她。"乐欸匆匆忙忙地吃完了晚饭,也没付钱,像只没头的蜜蜂飞走了。陈老板追了出来,没追上乐欢,准备报警。我忙拦住他,替乐欢付了钱。

晚上9点后,吃客明显减少,我们分批休息。从上海饭店的后门出去,见三三两两站着抽烟的人,有几个拿着酒瓶喝着。墨西哥人喜欢啤酒,他们是饭店的苦工。法国饭店的工人也在这里,他们靠着光秃秃的梧桐树抽烟。这块空地是几个酒家的总后门,大家见面,各种语言都有。李大哥与墨西哥侯赛交谈,旁边是垃圾桶,少不了啤酒。子渊参加他们的交谈,对侯赛说:"我前几天从黄石公园来,在那里爱上了玛利亚,跳弗拉明戈舞,你会跳弗拉明戈吗?"侯赛喝啤酒像喝水,听不懂子渊的洋泾浜英文,他只会说墨西哥语,说道:"No sé mucho Inglés.(西班牙语,不太懂英文。)"老李翻译后,侯赛说:"我又不是西班牙人,怎么知道弗拉明戈舞?"子渊接着说:"我喜欢会说西班牙语的女人!"侯赛更不懂他在说什么,他说:"Mexicano no bailar flamenco.(西班牙语,墨西哥人不跳弗拉明戈舞。)"跟侯赛谈得没劲,子渊找女人去说话。

月光照着这个角落,没人能看清对方的脸,说出的话也留不住,但各人继续说各自的话。胖女人是隔壁川菜馆的,这辈子就喜欢评论别人的穿戴,在月夜里也能识别名牌。她说话声音特别大,对子渊说:"这位大哥,你戴的劳力士是真的吗?"

子渊喝着啤酒,看不清胖女人的脸,觉得她的脸像月光下的向日葵,子渊回答说:"胖姐姐,我这一生一世都姓假(贾)。在学校是假团员,后来成了假总、假老板,但是假老板的手表是真的,去瑞士自己买的劳力士。"

胖女人说:"看大哥这副英俊的样子,也知道不会姓贾。"

"胖姐姐,你真是水胖,脑子里也是水。"

"贾大哥跟我开玩笑了,我昨天看见隔壁杨女人,拎着LV包去买菜。她的脸蛋像贾大哥,但女人这个脸蛋不美丽,生硬了一些,男人就好看。"

"胖姐姐说我好看?这里有没有广场舞,我们一起去跳舞?"子渊竟然与胖女人调起情来,胖姐姐是早期的洋务派,把她丈夫送到南美洲一个小国家,从那里绕道定居来美国,她自己原是上海一所大学的老师,丈夫是上海音乐学院教授,不提往事了,胖姐姐说:"我们是不回去了,地沟油、雾霾、城管,听了也吓死人的。"他们俩鸡鸭同唱一阵子,各回自己饭店继续工作。

原宪来了电话,问我们在哪里。半小时后他赶到上海饭店,原宪成为最后一位吃客。他见到我们俩的模样,苦愁的脸也笑了出来,连声说:"62的,你们俩是正宗的上海滩白相人。到纽约中国城玩了一天打工。这里以后会成为世界旅游景点,让陈老板在门口写一块标语:'中国亿万富翁、美国大医生打工处。'哈哈,上海的腌笃鲜做得好吃,腌笃鲜就要喝最后的一碗,再加些新鲜尖笋,莫干山的尖笋,62的,这样就是天堂了。"

陈老板才意识到子渊真是亿万富翁,他真有些糊涂了,问我:"兄弟,贾总真的买了纽约的空中别墅?"我们仨哈哈大笑。子渊向陈老板要工钱,今天赚了美国最低工资,每小时八点七美元。从陈老板的手里接过钱,我们俩各挣了八十七美元,加上两顿免费饭菜,满足了,向陈老板告别。

(3) 征服瑜伽印度辣

挣来八十七美元,决意去购物,我们半夜11点在纽约曼哈顿寻找商店,今天要像女人一样享受购物的乐趣。子渊驾驶着蓝博基尼找店家,要尽情地消费今天的八十七元美元。

挤进蓝博基尼,觉得原宪的情绪好多了。晚上11点,纽约的一天才真正开始。子渊不去找金发女郎,今天他要消费八十七美元。我和子渊请客,原宪高兴地说:"62的,在纽约过穷人日子,我是个专家。几十年前在纽约, 美元的比萨,五毛钱的贝果面包圈,还有纽约街上的热狗,都是地地道道的纽约食物,就像我们的大饼、油条。我告诉你们什么是纽约比萨!"原宪停了下来,指着前方,接着说:"52春天街就在不远,有一家正宗纽约比萨店,每天开到半夜,一百年的老店,62的,至今也是最好、最正宗的纽约比萨店。知道什么是正宗的纽约比萨吗?"

子渊说:"兄弟,你问了几遍了,还是没说什么是纽约比萨!"

"上海大饼最好吃的是最外表一层,烤焦的脆皮。比萨也一样的道理,纽约比萨特点是薄,烤焦脆皮只有最外面的几毫米……"原宪觉得自己没讲清楚,他看了我们一眼,子渊赞同说:"册那,我从小烤过大饼,我是内行。烘烤大饼,烤焦只有最底层几毫米,听起来容易,做起来难。"

原宪感激地看了子渊一眼说:"62的,我们那时穷,在上海、杭州吃大饼,加一根油条是过好日子,加两根油条是过生日。大饼、油条一定要脆,油而不腻。同样原理,纽约比萨薄,跟新鲜西红柿和奶酪一起烘烤,热热的,一口咬下去,又脆又软,融化在嘴里,真好吃。但这还不是纽约比萨的真正特点,我告诉你们,真正特点是纽约比萨能折叠起来,捏在手上走着吃。"我这几十年周游过世界,吃尽人间辛苦,我知道原宪在说什么,穷人的好食物,不仅好吃,还得能走着吃,手抓着吃,不再是全家七八人坐下来享受,而是边吃边干活。

正说着纽约比萨,蓝博基尼到了53春天街。六美元买了三片比萨,刚出烤炉的比萨,送到嘴里,惊讶了我们三人。站在53春天街上,明亮彩色霓虹灯下,靠着蓝博基尼,没几分钟就吃完了,忘记了比萨的味道,但就是好吃。原宪建议去吃纽约的热狗,到时代广场去,几个转弯就到了那里。

时代广场的夜晚是纽约的早晨,五彩缤纷的街心广场,高台跳水在摩天大楼上冲浪,坠落到半空,飞出热带蝴蝶躲躲藏藏。阿拉斯加,在巨大的可口可乐瓶里,三文鱼跳入黑熊的嘴里品尝。都是荒诞的,没有连贯的内容。巨型银幕围绕着圆柱形大楼,垂直从摩天大楼拉下,散开着窗户,纽约佬伸出头,唱着《纽约,纽约》。图片、鲜花、哭泣、欢唱、疯狂在时代广场每一条街上;美女、丑女、影子都留在墙头上。原宪在寻找热狗,贝果面包圈也不错,都是纽约原创的食物,都是他在哥伦比亚大学时的爱好。我与子渊不能再吃了,并不是我们不爱纽约热狗,子渊有足够的疯狂吃下几十条热狗,但热狗增添不了他的疯狂,带不出他本性中无拘无束的疯狂。

"62的,还真有一家!我在哥伦比亚大学的时候,总想尝试一下这家印度咖喱菜馆。他们的咖喱是世界上最辣的,有一道菜叫'下坠咖喱鸡块',印度咖喱菜馆开了几十年,只有几个人吃完。怎么样,去试试?"

"咖喱牛肉不辣的!"子渊说。

"那是上海的咖喱牛肉,不是印度的!"原宪说,"吃这道菜要先做瑜伽,将体内的热释放出来,然后再吃。大厨师是戴着空气过滤面具、潜水眼镜来烹调这道菜的,但是还流泪。好多人吃了几口就辣得哭,吃冰块,用冰水洗脸。62的,只有纽约疯子才会有这道菜,也只有纽约疯子才敢尝试……"原宪挑战着子渊。

子渊睁大眼睛,拍了自己的胸脯,拉过原宪与他拥抱,说道:"我们去试试纽约的印度咖喱鸡块。"

疯狂的城市,在半夜里,我们从时代广场的辉煌里挤出身,转了几个弯,到了印度咖喱饭店。饭店里竟然挤满了人。子渊与印度饭店老板不知说了些什么,印度老板感动了,老板娘跳着印度舞,带我们去做瑜伽,将大腿弯曲,双手交叉到臀部下,都是些难做的怪动作。放走了杂念能量,在饭店里等候"下坠咖喱鸡块",饭店里的老老少少都为子渊鼓掌。

我随便问吃客:"味道怎么样?辣不辣?"他说:"想流泪,鼻子辣辣的,好像我的宠物刚去世时一样的感觉。"

我又问另一位:"这个辣度,你在哪一档水平?""初级班,我不敢挑战最辣的。我如果吃最辣的,我的肚子一定开奥运会。"他的声音很大,几乎压倒了正在播放的印度歌。我哈哈大笑,说:"你太幽默了。今天我兄弟挑战'下坠咖喱鸡块',那个咖喱调料是用十种最辣元素煮成的咖喱酱。"

"你兄弟是无知者无畏。"

"哈哈,他不是无知,他是个疯子。"

"这个也行!"

印度老板端上"下坠咖喱鸡块",饭店顾客敲打着饭桌,等候中国疯子征服最辣的印度咖喱调料。老板娘端上三大杯冷牛奶,三大杯印度柠檬酸牛奶,以防我们辣中毒。子渊站着向大家挥手致意,他喊道:"Ladies and Gentlemen(女士们和先生们),为纽约干杯!"他喝了一杯冷啤酒,接着一口吃下一块"下坠咖喱鸡块",他哈哈笑了起来,大声说道:"有意思,舌头开始燃烧,鼻子通气了。"他又吃了一块,哈哈的笑声变了调,汗珠冒了出来。原宪问:"感觉怎么样?"子渊说:"哈哈,册那……"他的眼泪夺眶而出,全饭店的人为他加油。子渊对原宪说:"兄弟,你也品尝一下,吃几块咖喱鸡。等有了感觉,给子祺打个电话过去。"

原宪觉得有道理,他咽下一块咖喱鸡块,马上流泪,子渊在一旁陪着他流泪,喝着冰牛奶继续吃咖喱鸡块,咖喱酱一大口送到嘴里。他们俩都汗流满面,用餐巾抹去鼻涕,却污染了眼睛,不停地流泪。他们俩脱去了外套,脱去了衬衫,只留下着T恤衫,没几分钟也脱了T恤衫。印度饭店一片欢乐声,各种的加油声,各种敲打声,为他们俩加油。他们俩喝了几大杯啤酒,流着眼泪与隔桌的顾客干杯,鼻涕不断,嘴里一个劲地吹冷气。二月寒天,他俩身体蒸发着汗。

有了足够的酒胆和热量,原宪打通了子祺电话,哭着嗓子说:"我真的很难过,这几天我哭得不少,我还是想保持我们婚姻。"原宪说着,跟子渊挤了挤眼睛,接着说:"我没有喝醉,你怎么能闻到我的酒味呢?你别挂上,别挂……"子渊哈哈地笑,印度老板也取笑他,原宪自己也哈哈地大笑,说道:"贾总的馊主意,该你上了!"

子渊打通上海的电话,哭着说道:"我想通了,我们复婚吧!你听出来了没有,我现在哭得很伤心,我打算明天回来,我带些正宗的印度咖喱粉来……"子渊的上海那位没说一句话,手机被挂上了。真的热得不行,实在辣得不行,没有勇气吃完这道咖喱鸡块,在众人的失望声中,他们拿起衣服,光着上身走出印度饭店。用今天打工挣来的钱,我付给了印度老板饭钱,剩下的几十元买了一加仑的牛奶。

真冷,纽约的街上刮着寒风,天上下着稀疏的雪花,感到凄凉,我们躲进蓝博基尼,行驶在三更的纽约街上。

(4) 天池的冷暖

子渊的空中别墅,是从来没被人睡过的处女,第一夜的价值应该是三千多万美元,今晚决定睡到子渊的新别墅去。

又来到空中别墅,从四面的玻璃墙环视纽约。纽约!纽约!钻石镶嵌出来的城市,高楼如月,冷冷的尖顶遭风雪掳掠,东西两条高速从远处川流而来,灯光照亮别墅,通亮是浮光的跳跃。原宪与子渊都累了,坐在阳台上散发体热,任凭风雪吹打在脸上。谁都没说话,三更的时间很富裕,呆坐了很久才过了一刻钟。

还是原宪先说的话:"今天在哥伦比亚图书馆坐了很久,我想了很多,但得不出结论。我想我们这些人想得太多,书读得太少。"

子渊摇摇头说:"我就好在不会读书,我如像你们那样会读书,我现在不会住在纽约的空中别墅,最多住在闸北区旧楼上。兄弟,问题不在读书多少,问题是毛阿大翻了船!他娘的,为什么是我们的大哥呢?"一阵子的沉默,他望着纽约天空中的雪花,盯着插在云端里的晶莹建筑,不知该说些什么。

我问:"难道就没有办法救毛阿大了?"没人回答。我接着问子渊:"你就不能花些钱,将毛阿大弄出来?"还是没人回答。我再问:"如果毛阿大真的倒下了,你们俩会是什么结局?"更没人回答。

又过了一阵子,子渊突然哈哈大笑起来,说道:"没什么了不起的!明天,我们找容领导去,听听容领导的指示。"

原宪长叹一声:"什么都没了,如果徐仪和知道毛阿大倒了,她一定会对我落井下石的。骨牌啊,倒了一块,整条龙都完了。子渊你是个聪明人,两天内买下这幢别墅和蓝博基尼,生意人到底是精明。"

子渊在暗中点燃了雪茄,吐出一口烟雾,他说:"原宪兄,你只知其一,不知其二。"说完,他走进别墅里,睡到沙发上,糊里糊涂地睡着了。原宪没等到子渊的下半句,跟着子渊进了别墅,推醒了子渊。子渊接着说:"我的那些公司肯定会被吞并,他们的人可能已经飞往纽约。还是找容领导去。再说这别墅也太大,空得令人空虚,高得令人心慌。"

"把玛利亚接到纽约来。"我提醒子渊。

"难啊!一旦把女人接进来,关系就不一样了。"子渊说。

"她把你接进她的家的!"我说。

"子渊还没决定接谁呢!有钱就是这样任性。"原宪调侃着。

"哈哈,你在杭州有经验,这个我佩服。但男人不能太专情,一有情就出问题。看看你自己,被徐美人套住了,她准备在网上说你些什么呢?这几天乱哄哄的,也没上网读读她的大作。我敢肯定,徐大美人把我们赵院长下流化了。我不能接玛利亚来,就是这个道理。"子渊坐在沙发上想了想,接着说:"接玛利亚来住上几天,也许是个好主意。"

空中别墅很静,悬在空中如腾云驾雾。玻璃墙将一切暴露在天空中,没有了隐私。俯视纽约街景,车辆变得稀疏。走出别墅,阳台的正中是游泳池,游泳池边是热水浴缸。我们三人跳入热水浴缸,头顶着二月的黑夜,坐在全纽约人头顶上泡澡。没过多久,身体泡得实在太热,上身裸露在二月的冷天中,抽了几口古巴雪茄,继续喝酒。扭曲的世界改变了酒味,还是中国的武夷茶有味道。三个男人将一缸热水污染得彻彻底底,还是不满足,打开热水浴缸的音乐按摩。音乐和水流,从浴缸四面八方冲击而出,安抚着肌肤。

子渊脸色潮红,全身冒着热气,他半裸着身体站了起来。一个没有健身过的脏天使,走着鸭步到了冷水游泳池,扑通一声跳入寒冬游泳池里。"太冷了,册那,真他娘的冷!"他在游泳池里挣扎着,翻了几个身,他游向阳台边缘。池水的最边缘仿佛连接着哈德逊河,子渊挣扎着,没五分钟,子渊冷得发抖,全身打战,双手狗划着回来,哆哆嗦嗦地从游泳池爬出来,牙齿和舌头打架,他却哈哈大笑起来,口齿不清地说:"册那,他们如果收了我的财产,我不会有意见的,但他们至少发我一个健身卡,我可以到这个天池,每天洗个杨贵妃澡,是不是?"

原宪担心地问:"他们怎么来收你的房产?"

子渊喝了一口白兰地,又吸了几口雪茄,闭上眼睛。过了一会儿,他猛地从热水浴缸站立起来,兴奋得像吃过药,他唱起了歌曲,是前天饶舌音乐会里那一段:

　　你他妈的为什么想杀我?
　　你这个烂屁股从没听说过我,
　　我也没对你家过不去,
　　但你还想任意,

杀了年轻黑奴的我！

子渊是个天才,他听了一次我的翻译,竟然将歌词记住了。他这个记忆力要用在科学上,他可能成为诺贝尔奖得主。

原宪上半身也露在空中,热蒸汽从他身上弥散。今天晚上又是啤酒又是白兰地,话也多了,他说:"我当年在纽约,坐在哥大图书馆前,看到这样的水蒸气就流口水,学校外街上有午餐卡车,车上上海女人做的汤好喝。现在想起来,我可能喜欢上她了。我跑出图书馆,口袋里就两美元,喜欢跟她说几句话,上海话、杭州话、普通话都好,她给我一盒饭和一碗汤,就是这样冒着蒸气。我带回哥大校园内享受,然后一个下午都能在图书馆里。这几年在国内,跟子渊到最好的上海菜馆,怎么也找不到当年上海老板娘的汤味道。有一次在北京开会,住在北大旅馆里,我躺在床上,突然见到我已故的外婆,她的脸像上海老板娘。我喊了'外婆',她消失了。"原宪边说边喝酒。

"那徐仪和是不是像你奶奶呢?"子渊哈哈着问。

"62的,你幽默了。人与人永远在猜测,只有爬进对方大脑才放心。我还是这句老话,我其实很爱徐仪和的,她应该知道的。"

"但原宪兄,你也是这样对子祺的。"子渊说。

"我知道的,但我并不感到有矛盾。现在什么都完了,毛阿大倒了,我们只好随遇而安了,62的人生。"原宪回答说。

我追问:"那你自己有什么打算?"原宪没有回答,他继续喝酒,他毫无方向地说着话,下意识地重复着他的"随遇而安"。

空中别墅阳台上飘着几片碎雪,雪片飘落到游泳池、飘到我头上,飘入热水浴缸水蒸气中,瞬间消失。我感到冷了,环视纽约城,中央公园在雪茫茫的灰色中,也看不清周围的建筑了,我们裹上浴巾,躲进别墅里。房内空空找不到吃的,幸亏我买了一加仑牛奶,放到微波炉里加热,我们三人喝起了滚烫的牛奶。

坐在沙发上,面对两位走投无路的亿万富翁,我说起曾有过的幻觉:

"有一段时间,我的脑子总浮现出这样的镜头,一个陌生人追逐着我,想抓我回去,好像在中东的沙漠上,也好像在加州的死亡谷内,那个人除了两眼以外什么都清楚。"

原宪问:"那人是谁?"他说他也有这样的幻觉。子渊说他也有这样的幻觉,人人都有这样的危机,总觉得像无头鬼到处乱跑,又被无头鬼追逐。子渊又提起他被追捕的事,他说自从上次被追捕后,什么都不怕了,他知道谁在追捕他,子渊说:"其实我们都被死亡追捕,说得更明白一点,我们被死亡恐惧追捕。我以前还相信金钱,现在钱也不信了,什么都不信了,不相信轮回,也没见过上帝和天堂。册那,死了以后就彻底死了,想起来也恐怖,你们说对不对?"子渊喝得太多,也许子渊是对的,我梦里见到的那些镜头,一个陌生人的追逐是"死亡"!

在空中别墅里感到饥寒交迫,酒精发热后的冷,异常的空虚。想起大C和小C她们,这三十天来,寒冷中露营睡在帐篷里,一定是同样的冷,但她们是有目标和信仰的,而子渊他们没有。我讲起了杜克大学野外露营的事,原宪说他不懂凯文,他什么也不在乎,什么都不关心,永远无所谓,却也有这样疯狂的本性,为了一场球赛票睡在寒冬野外。

子渊觉得有意思,他站了起来,拍着沙发说道:"你们怎么不早说呢?册那,我们要不也去睡睡雪地里的帐篷?"突然,我们三人觉得充实起来,有了方向,也就有了计划。先睡觉,按了开关,窗帘从玻璃墙上缓缓下来,挡住了纽约车灯银光,这一觉睡在天上。睡着了,管他高处与空虚。

等我们醒来,又是第二天的下午。穿好衣服,抛弃了子渊价值几千万美元的空中别墅,将他的蓝博基尼藏到地下室专用车库。宝马 X7 向南方任性驾驶而去。

第 三 部

第十五章　杜克大学

（1）疯狂八州南下

驶出纽约后，我们找到一个加油站，加满了油箱，又在加油站商店买吃的，几乎买空了加油站。来往车辆的喧闹响彻在 95 号州间公路上，天空灰蒙。我以前就不喜欢新泽西，就因为新泽西的嘈杂与灰蒙，现在又掺入寒冷。子渊和原宪买了几大箱的土豆片、一箱牛肉干、几个月都吃不完的口香糖、各种饮料。加油站老板和伙计都帮着扛货，还有新泽西州的红苹果、牙买加的香蕉和几加仑咖啡。付小费让加油站老板去肯德基，没几分钟他买来上百的油炸鸡翅膀、几公斤油炸土豆条、几百小袋的番茄酱，我们住进了宝马 X7，不准备下车了。

我想起乐欸，不知道他在哪里，打通了他的手机，原来他已在弗吉尼亚了，正往杜克大学方向追赶南容。之后我打了手机给伯牛，他说他已经找到律师，名叫大卫·哈里斯，一个犹太人律师，听到这名字就知道伯牛有救了。伯牛是唯一敢坐飞机的人。他说明后天飞到杜克大学来，找南容他们。

打手机找到施之常，他说张有若整天睡觉，好像她在上海从没睡过一样，吃了睡，睡醒了继续睡，他问："上海到底发生了什么事？"

"毛阿大被调查了。"我回答。

211

施之常问:"谁是毛阿大?为什么被调查?"他竟然不认识毛阿大。我羡慕施大医生,他真是生活在世外桃源的人,不知有汉,无论魏晋,怪不得张有若整天睡觉。我答应以后有机会再跟他详谈。

我们在沉默中驶过新泽西。到了费城已经是下午 4 点。费城是座淡黑色城市,我们在老城区缓缓地驾驶着观看,独立广场、自由钟纪念厅前都是雪,向费城致意。原宪是半个纽约佬,他不在乎费城。再上州间 95 号公路,继续向南,匆匆过了特拉华州(Delaware)的威尔明顿市(Wilmington),我以前见到萨斯奎哈纳河(Susquehanna River)时,没感到它的美丽,今天在寒冷中见到它,河水蓝色,河面宽广,觉得它也很美丽。

由子渊驾驶着宝马 X7 向南,他疯狂得像只吼叫的东北虎。不知过了多少城镇,过了多少河流,数不清的桥梁隧道。宝马 X7 闪电般驰过巴尔的摩城,没几分钟就到了华盛顿特区。我们没工夫见奥巴马,向华盛顿特区挥手致意后,继续南下。我打了个盹,等我醒来,仍然是子渊在驾驶。车内温度很热,显示屏提示车外的温度在零下。宝马 X7 已经转到州间 85 号高速,距离杜克大学只有两个多小时车程。天色已黑,高速两边都是松树,除此之外,什么也看不见。子渊的车速达到每小时九十英里,一路超过安分守己的美国佬。竟然有比子渊更疯狂的人,那人驾驶着全新的奥迪 Q7,与子渊赛起车来。贾子渊高兴极了,宝马 X7 与奥迪 Q7 并驾齐驱,谁都超越不了谁。我擦了车窗上的雾气,向右边的那位家伙望去,他长着亚洲人的脸,他的右边是位漂亮的女人,年纪比他小一半。原宪说:"肯定是他的二奶。"他的车牌也是加州的。子渊听着,哈哈地笑了起来,说道:"原来都是自家人,从加州横穿美国,有钱就是任性啊。册那,人家有计划,把二奶都装在车里了。"

奥迪 Q7 突然加速,超越宝马 X7,堵在子渊前面。弗吉尼亚松林里有了那位土豪赛车,子渊也不再寂寞。子渊跟他玩智力,他驶到右道,也突然加速,加速到每小时一百英里。那位土豪也加到这个速度,他就不让子渊超越他,整条高速由宝马 X7 和奥迪 Q7 开路,吓得美国佬都躲在最右边。子渊引诱那位家伙上了时速一百一十英里车道,他却突然踩上刹车,我与原宪向前冲击,几乎撞到前面,长长地叹了一口气,宝马时速减到每小时七十五英里。前面几辆警车从森林里飞出,闪着红灯追上土豪奥迪Q7。子渊见了,兴奋得几乎从车位上飞起来,他喊着:"哈哈,逮住了,这下让你再加速,你加速啊!哈哈,哈哈!"他突然变了语调,幸灾乐祸地说:"你看多么蓝的天哪!走过去就会融化在蓝天里,一直往前走,不要往两边看,哈哈哈!"他指着被警察拦截住的土豪奥迪,手舞足蹈,口中继续他《追捕》台词:"朝仓不是跳下去了吗?唐塔也跳下去了。现在你也跳下去!哈哈啊哈!"他是真开心,子渊慢慢地驾车从奥迪Q7旁驶过,他故意退下车窗,看着那家伙和他二奶的狼狈相,子渊觉得这辈子活得都有意义了。

这一阵赛车比赛后,开什么速度都觉得很平稳。晚上10点钟到了杜克大学,宝马X7直接到杜克大学附近最高档的旅馆——华盛顿·杜克高尔夫俱乐部。每年6月份杜克大学毕业典礼时,入住华盛顿·杜克高尔夫俱乐部是用抽签决定的,幸好是2月寒冬天,居然还有空房。我们进入电梯到三楼,卸下行李,各自入睡。

(2) 杜克大学的帐篷村

我泡了一个热水澡,但这样全身刺激后,人反而兴奋起来,横竖睡不着,我下了楼,像夜游一样仔细参观这座全美闻名的旅馆。古老的建筑很典雅,国家级红地毯,走廊两边挂着黑白照片,有杜克大学的全景旧照片、杜克教堂开工时照片、日本花园全景等。

有一排红木陈列书柜,里面摆放着《恐龙的舞蹈》《骏马耳语》《黑暗中地方》等等,什么乱七八糟的藏书?杜克家族的藏书令人纳闷,杜克大学是世界一流大学,但杜克家族肯定不是个书香门第,我想着。墙的另一边,是西班牙弗来期将军迎接杜克大使的照片。

子渊也在下面游逛,看着走廊上四个杜克男人的铜像,杜克的名字把他搞糊涂了,但他生性好学,又是三更半夜的神仙,我们俩研究起杜克家族史。华盛顿·杜克是老杜克,生了本杰明·杜克和詹姆斯·杜克,他们都是烟草业的大亨。大使杜克是本杰明·杜克的儿子。美国南北战争后,杜克家族成了暴发户。全世界抽烟烧的钱,都烧进了杜克家。杜克家族创办美国烟草公司,控制了地球的半个市场。

"还是我说过的那句话,人到发财的时候,怎么做都能生钱。"子渊说。

"老实说,到了你这个水平,发财容易,花钱难。"我说。

"精辟!吃喝玩乐也就这么些钱去花。杜克为什么成功?"

"把钱埋在教育上,杜克大学成了美国一流大学,吸烟的钱传了下来。"

"册那,有道理,我去黄石公园,办个'子渊大学'?"我说:"办大学的也不都能成功,特朗普大学就是个大彩球。"

子渊突然问:"南北战争是中国什么朝代?"我回答:"清朝与太平天国打仗的那些年。"子渊感慨地说:"太平天国到现在!我子渊的钱却传不到下半辈子。"

主通道连接豪华舞厅,舞厅里轻声传出华尔兹舞曲,灯光辉煌。穿过舞厅是一排会议室。靠墙的台桌上有香槟酒、葡萄酒、各式点心以及各种样的饮料。子渊以为美帝国主义就是这样富裕,半夜三更供应免费点心、饮料。他随手打开香槟,给我倒上一杯,满满的酒沫溢出酒杯,溅到红地毯上,他举杯与我干一下,三更半夜也不划拳了,莫名其妙地干着杯,尽情地享受"免费"香槟和红葡萄酒。一位黑人工作人员赶到,礼貌地解释:"这些点心是为明天招待会准备的。"子渊有几分醉意,掏出百元美钞,给了黑兄弟做小费,封了他的口,与黑兄弟干了一杯,然后请黑兄弟带路,走出了华盛顿·杜克高尔夫俱乐部楼下的迷宫。

回到主大厅,挂钟上显示深夜2点,还是没有睡意,子渊说要去看看K村的帐篷,喊来门卫,让他去开出宝马X7,门卫却回说:"不用的,贾先生,卡梅伦球场就在前面,从科学路走进校园,十分钟就到。"

走在寒冬的深夜,我的脸变得麻木,鼻腔在零下的气温里严重充血,只得用嘴巴呼吸。我们到达K村,一个球场大小的草地,深更半夜灯光通亮。期待了这几个星期,突然身在闻名全美国的杜克K村,感觉直接进入超现实世界。

上百个帐篷高低起伏,色彩不一,首尾相连,帐篷的底部埋在雪中,像是成吉思汗的军队在城堡下露营。五花八门的帐篷逗乐了子渊,最逗他乐的蒙古式帐篷,圆顶上盖着帆布,蒙古人的颜色,高高地成了帐篷群里的骆驼,当年成吉思汗的帐篷也不过如此。绝大多数的帐篷搭在木质地基上,越向后,帐篷搭得也粗陋,一人用的小帐篷直接贴在草地上。蒙古帐篷内灯光隐隐约约,有成群结队的人住在里面。子渊兴奋极了,就是不敢去敲帐门,生怕惊扰了里面的成吉思汗。K村前面竟然有压寨的银锡纸大旗,但已被风雨吹成碎片。当子渊看见纸箱搭成的K村办公室,和K村邮箱时,他实在乐得不行。

K村两边人行道上,三五成群的杜克大学学生喝着啤酒,深更半夜就是没人睡觉,欢乐与疯狂同时进行着。我们围着K村兜圈子,想找到凯文和大C他们,迎面碰见巡夜的,他们清点帐篷里的人名,看看帐篷里有没有人,如果违反露营规则两次,帐篷就被罚出队伍。巡夜的挡住我们,要我们出示学校的证件,子渊用洋泾浜英文说:"Me(我), uncle of Kevin, big C and little C(凯文、小C和大C的叔叔),你的懂?"没人知道他在说什么,他看着我寻求翻译,激动地说:"册那,他听不懂英文,你跟他说几句。"

"我们在找我们的三个孩子,凯文、大C、小C,他们都在帐篷里露营。"

"你是说你有三个孩子都在杜克,都在露营?"巡夜的问。

"小C是我女儿,凯文是我侄子,大C是侄女。对!他们都是我的孩子,都在杜克,都在同一年级,我相信他们现在都在露营。"

"纠察弟弟,我们今天是来陪睡露营。"子渊补充说。

巡夜的对我们俩肃然起敬,他拿出今晚的花名册,说凯文在蓝色军用帐篷,大C和小C今晚睡在自己的寝室。他请我们稍等,自己去请凯文。

凯文和他朋友迈克迎出来,见到我们不知说什么,递上两瓶啤酒再说:"叔叔,喝酒?""我们刚到杜克大学。你父亲在旅馆里吃力得不行,睡了,明天来看你。我和贾叔叔都是夜神仙,日夜颠倒,先来看你。你们野外露营几天了?"我问。

凯文没回答,迈克说:"我们睡了三十五天了。"我又问:"什么时候有比赛?"还是迈克回答:"后天有一场球赛,杜克队对耶鲁队,一定不会错的。

但我们野外露营只为杜克对北卡大学队对抗赛,这一场比赛是每年唯一大赛,我们一个多月的艰辛都为了这场球赛,为杜克蓝魔队加油。"

"冷不冷?"我问。

"不冷,我都无所谓。"凯文说。

"为什么恨北卡大学队呢?"子渊问。

"我也不知道,我都无所谓,但迈克懂的。"

迈克是经典体育狂,对全美大学生篮球队了如指掌,比自己口袋里有多少钱还清楚。迈克大喊道:"杜克队世界第一!北卡队见鬼去吧!"他的声音虽响,但他还是没说清楚为什么恨北卡大学队。迈克接着喊道:"非我敌手!"他疯狂地喊着这些口号。凯文与迈克是冷热一对,子渊要参观他们的帐篷,凯文与迈克面面相觑,有些为难,但又不想回绝子渊的请求。迈克带我们去参观史蒂夫的单人帐篷。

史蒂夫的单人帐篷在K村的中间,他是个自得其乐的纽约人,经济学的硕士生,见到我们他高兴,大声地说:"太棒了,我给你们介绍一下我的邻居,那个黑帐篷的是哲学系的学生,他整天在帐篷里问:'什么是帐篷?'我前面那个帐篷里,住着一个脾气暴躁的女学生,从来不让人参观她的帐篷。你们千万不要打扰这两位。我的帐篷是'巫农巫农,Uno Uno',西班牙语的十一号。哈哈,欢迎到巫农巫农参观!"史蒂夫戴着绒毛帽,帽下还露着长长的脸,黑边的眼镜,好像几年没跟人说话似的,他客气地说:"请进,请进,到我帐篷的休息室来。"

我们伸头进去,整个单人帐篷仅容一个人,半个人高度。史蒂夫坐在里面兴奋地说:"进来啊!跟着我的脚步,你现在走在厨房里。小心啊!别闯进我的浴室,给我一些隐私好不好。中国朋友请进……"在帐篷的中心地上,他拍打几下,说道:"这里是食堂和休息室。"他从食品袋里取出几袋糖果,继续说:"既然是Blue Devil(蓝色魔鬼,杜克大学篮球队队名),就得吃蓝莓,喝蓝啤酒,放蓝色音乐,看蓝色电影。"他将苹果手机架了起来,打开YouTube,放起了杜克队篮球录像,"进了,进了!"他兴高采烈地喊叫,"马丁路德说,我有一个梦,就是在我这个蓝魔帐篷里做的梦。投球,传球,扣球……"他的脚跟上挂着玩具篮球筐,他拿着网球往里投。

子渊被他的自得其乐感染了,他问:"你的卧室呢?"

"卧室就在我的屁股上,哈哈,卧室是最神秘的地方,也许今晚我会有伴侣,看看我这盒保险套! 等一等,别做任何事情,后天有比赛,我差点忘记做巫术。"他转身,面对着帐篷的另一端,上面贴着三张照片,一张是教练K照片,另一张是今年杜克队五主力合影,还有一张是上次杜克队拿冠军合影。史蒂夫对着照片,做着巫术:"啊,啊,呀,呀,东南西北有神灵,保佑杜克蓝魔队,啊,啊,呀,呀! 可以了,我今天差点忘了。谢谢你们光临提醒了我。"

子渊建议史蒂夫今晚跟凯文睡,他要我跟他一起体验史蒂夫帐篷,子渊问一夜的租金,史蒂夫要子渊先学会巫术,他今夜得补上六次巫术,每小时一次。子渊答应,说道:"没事,小兄弟,我替你每小时做一次巫术,保证显灵。"史蒂夫兴高采烈地同意了。子渊付了钱,放着豪华高尔夫俱乐部不睡,今夜我与子渊这个疯子同睡,挤在史蒂夫单人帐篷里,不知将头脚怎么放,挣扎着躺下。

这一夜没睡好,帐篷外人来人往,子渊真的每小时坐起来,"啊,啊,呀,呀",他替史蒂夫做巫术,子渊口中念念有词,还诅咒着北卡大学队:"北卡队,见鬼去! 见鬼去! 见你册那的鬼去吧!"做完巫术,又睡下来。人活到这个年龄,还从来没有穿着羽绒衣睡的,也没刷牙洗脸,总觉得不应该睡着。子渊的巫术喊叫得奇怪,惊讶了隔壁帐篷,不仅"哲学家"来敲门,前面性格古怪的女大学生也来探望。没多久,我们被巡逻员喊了出来,他们问了史蒂夫几个问题,然后带着我们到凯文的帐篷里去对质。

凯文的帐篷气派,三室一厅的军用帐篷,大厅里有写字台,史蒂夫正在写他的文章。迈克对巡逻说:"他们俩是凯文和大C的叔叔,中国来的疯子。"他指着我介绍说:"这位是小C的爸爸,空着高尔夫俱乐部豪华卧室不睡,就想做一夜杜克疯子。"他们都等凯文表态,凯文说:"我是无所谓的。"

巡逻问:"凯文,你永远无所谓! 怎么处置由你决定。"

凯文终于说了一句话:"各罚他们五百美元,睡到史蒂夫帐篷去。"

217

子渊和我竟然没被赶出来,我们热泪盈眶,第一次有人接受了我们。我们拜谢巡逻,拜谢凯文和迈克。无所谓有了责任和使命,他站到历史的高度。回到帐篷,子渊更努力做他的巫术。我将就着躺着,但怎么也睡不着,望着帐外满天星星,只觉得人生荒唐,昨天凌晨还在纽约屋顶上泡热水浴,今夜却睡在潮湿盖雪的草地上。帐篷外吹起了风,摇动整个帐篷,还不到半小时,子渊又起来做巫术。"东南西北有鬼,北卡队见鬼去!嘟,嘟,嘟!哒,哒!"

终于一切停当,风调人和,我安息下来。手机上时间凌晨3点50分,但史蒂夫帐篷的味道实在太刺激,绝大多数是酒味,有酸味,更有人体分泌物味,实在不敢呼吸。整个K村也终于安静下来,我闭上眼睛,但子渊这个疯子又起来做巫术,真是死鬼没见,活鬼难避。我实在熬不住,想睡觉,跟子渊请假,逃回华盛顿·杜克高尔夫俱乐部,匆匆洗了澡、刷了牙,蒙头就睡。

(3) 两代精英的色欲爱

醒来的时候太阳已在头顶上,我走近阳台,推开落地窗出去,深深地吸了口气,我感到愉快极了。美国南方空气是紫红色的。远处是墨绿色森林,近处有高尔夫车在草地上移动。我欣慰自己在南方。我这辈子漂游,十七岁离开家乡,近二十五年的拼杀,单枪匹马冲在前线,侦察兵、战士、先锋、参谋、司令都是我自己。有一次在费城,到美国医生执照中心办理文件,碰见一对印度父子,父亲背着儿子的行李,替儿子问路,帮着儿子办理文件,我下意识地寻找我父亲,但找不到他的厚肩硬背了,无比孤独,感觉像一叶孤舟。几年前到南方大城市夏洛特开会,下了飞机找出租车,竟然上来一名超重黑女人帮我提行李,她气喘吁吁,却一口一个"是的,先生"。她嘱咐我注意来往车辆,帮我将行李放入出租车,说了好一阵城市路线,告别的时候她说:"玩得开心,先生!"是那样热情,南方人的厚重犹如这里的红土。想到马上要见到小C了,感到自己回到了家。

今天是星期天,明天有杜克大学和耶鲁大学球赛。杜克与北卡大学篮

218

球赛在星期三举行,一定会是惊心动魄,比赛后小C她们的露营帐篷生活也就结束了。打电话给小C,她惊讶于我的突然出现,高兴我来杜克大学看她。一刻钟后,小C到华盛顿·杜克高尔夫俱乐部,我们一起去农贸市场。

出了大学到达勒拇市区内,农贸市场在一草坪上。2月太阳远远的,除此之外整个农贸市场充满生机,摊贩都是年轻人,草地上奔跑着孩子。南方的农贸市场与旧金山的不同,小摊上是土豆、腌菜、自制肥皂。小C还没吃早饭,我也饿得不行,空着肚子,在农贸市场找吃的。草坪的边上停着几十辆食品车,其中一辆有费城的奶酪牛肉面包,十几年没吃了,也不在乎费城不费城的了。我买了两份奶酪牛肉长面包,当场在铁板上烧煮的,热烘烘的,第一口咬下去,奶酪牛肉自己滑入胃中,与费城的味道真的一样,我十分满足。仿佛在这一时刻,在这个世界上,我的存在就是为了享受费城奶酪牛肉面包。

与小C边吃边聊,有一摊位出售中国茶水的,小C认出这三个摊贩,他们是小C生化学教授和助教。生化学教授是从加州来的,助教是亚裔,都酷爱东方饮茶文化,但泡茶方法有些荒谬:从烧杯里煮着过滤水,茶叶放入三角容器里,沸腾的过滤水加入三角容器,让茶叶飞舞。三美元一杯教授茶,第一次由白人教授给我们泡茶,喝上一口就是不一样。跟他们聊了一阵子,聊的都是杜克篮球赛。两个助教曾是帐篷露营疯子,今年没时间,只睡白帐篷,昨天竟然也在K村,小C与他们有说不完的话。

在杜克教授煮的茶水里,小C他们天真的笑谈里,在盼望中的经典篮球对抗赛里,我能嗅出春天的气息。忘记问一下做费城奶酪牛肉面包者的学位,他那个样子,一定是从费城来的博士。高学位的绿茶,费城的奶酪牛肉面包,极度的科学,满满的合口惬意。这个时刻我什么都有了,满足了,小C也满足了。

南容来电话,约我们去一家咖啡店。咖啡店离农贸市场不远(在一幢破旧的像加油站一样的建筑里),却是杜克大学生的社交中心。我们进去,里面都是二十岁上下的金童玉女,窗前的美女大学生与男同学聊着天,阳

219

光洒在脸上,黄金般的时与光,每一个发言都是那样的青春,那样的美丽人生,那样的朝气,那样拥有一切。咖啡店的书架上排满了书,每天都换书的种类,新的旧的极好的书。

南容早在里面,大C挥手让我们过去,她和小C又谈露营睡帐篷的事,大C说:"前天下雨,轮到我们几个睡到帐篷里。珍妮佛睡着也会走路,睡着睡着,她把脚伸到帐篷外,雨打到她的睡袋上也不知道。后来整个身体睡到外面去了,她熟睡在睡袋里,爬不进来,半夜里睡着喊着我的名字,我在梦里以为在做梦呢!哈哈。"

"后来呢?她回寝室了没有?"小C问。"她光着屁股,爬进我的睡袋来了……"大C捂住了嘴巴,她笑得开心。小C也笑了起来,做了个鬼脸。大C接着说:"这又有什么,反正都是有男朋友的人,别人也不会瞎猜的。第二天早晨,她光着上身套上我的外装,天杀的,比JLo(美国性感歌手Jennifer Lopez的缩写)还性感。"她俩说着笑着。

南容依然美丽,比她女儿更有风韵,成熟得看着也甜。她的身边是乐敦,右边是巴西勒,他们俩谁都不说话,仿佛刚吵过嘴一样。

还是大C和小C有说不完的话,大C说中文常词不达意,到了欧美后,英语夹着法语音调,说话不拘一格,青春和朝气都在语言韵味上。她们俩聊天的话题转到欧洲,更有说不完的故事。小C刚从英格兰回来,她去北部英格兰一所低能儿教育中心见习。当地人极度的友好,一个月前,他们就在报纸上刊登消息,说两个美国大学生要来,小C的照片也登载在报纸上。

小C眉开眼笑地说:"英格兰北部,从伦敦向北也就三小时,他们的口音完全不一样。上帝啊!那些北方人将三个元音连着发,你们谁能连着说三个元音,'啊噢咿'三个元音竟然是一句话,听不出一个词语,你根本听不懂他们在说什么,但他们太友好了。他们估计我们美国人懂英语,但我听不懂一个单词,重复地问他们'什么'。哈哈哈,北部英格兰人是好人,语言上他们是魔鬼,不友好,一点儿也不友好!我们说的是美国英语,但他们说的是北英格兰的英语,上帝帮帮他们!"小C兴高采烈地说,喝了几口咖啡,继续说:"我们到低能儿教育中心,那些人才有劲呢,他们用北英格兰口语问我们,口音比苏格兰人还难懂,说得又快像炮弹,第一句与第二句根本没有关系,没有承上启下,没有联系!哈哈哈,这样的工作,是本人有生以来干过的最艰苦的工作。"

大C做了一个鬼脸,她问:"这不是你第一份工作吗?"

"是呀!"小C回答。

"说话真有水平,后来怎么样?"

"我问自己,为什么大老远从美国赶来,跑到北英格兰找这些低能儿交谈,想不出理由,美国也有低能儿,是不是?那个城市叫达勒姆(Durham),我们杜克所在城市也叫达勒姆,这里的低能儿还不够我们研究?仔细想了很久,还是想不出理由。我跟一位北英格兰低能儿交谈,当我重复地问他:'你说什么?'他以为我智商有问题。哈哈哈,听出我的中心思想了没有?"她问大C。

"没有啊!什么中心思想?"大C问。

"只有成为低能儿,才能研究低能儿!他们把我当作低能儿中的一员,哈哈哈,飞过大西洋就是为了成为一个低能儿。他问我几十遍,我听不懂,我反问了十几遍:'你真的在说葡萄吗?当然了,我们美国人喜欢吃葡萄,我从小在加州长大的,不喜欢吃葡萄才怪呢!'他又问我十几遍,哈哈,两个低能儿就这样交流……"小C说着她的北英格兰故事。我们都被她感染了,跟着她开心地笑,小C接着说:"这些人真太友好,但是天杀的!他们又真不友好!"

我问:"这以后,他们说得慢一点了?"小C回答:"根本没有,他们才不管呢!从远古时代起,他们说话就这个快速度。他们真友好,他们又太不友好了!哈哈。"

"吃的怎么样?"大C问。"也不友好!他们喂我们当地人的食物。上帝啊!他们一顿早餐可以喂饱几头牛。OK,话说回来,他们很友好,想让我们认识真正北英格兰人的烹调有多伟大!"大家听了,都禁不住笑了起来,巴西勒笑得自豪,他知道英国人的烹调方式。南容微笑着,没有说话,享受着两个杜克大学生愉快地交谈。

大C惊讶地问:"北英格兰人想炫耀他们的烹调技能?"小C说:"OK,每一餐都有奶酪,我这辈子都没吃过这么多奶酪。刚吃了早餐,没过几小时是午餐,牛油、面包,又是奶酪,但没有盐,天杀的!一日三餐没有盐。你说是不是见鬼了?也没有调味的酱油、咖喱粉、胡椒粉之类的。我实在忍不住了,问那些北英格兰人:你们是不是有问题?你们这些人为了印度调味品,去征服世界,侵略了整个地球,你们却不在我的菜里放些盐!你们犯了什么傻?"

大C听了,完全赞同说:"是的,是的,我们那时去英国,也什么都没有,跟你说的一样。西兰花放在水里一煮就完了,胡萝卜水煮一下也完了,所有蔬菜都放在水里一煮,还非要煮得烂熟,连一点脆性也不让你享受。我那时吞下去的,真不知我在英国吃了些什么?"小C点头连连说是,哈哈地笑在一起,小C接着说:"我在北英格兰一个月,吃这些烂泥食物,胖了很多,他们真的很友好,也真不友好。我回来前一天,到他们教堂为他们祈祷,上帝啊!原谅那些英国人,让我从此减肥,除去这些北英格兰肥肉。"她们俩哈哈笑个不停,我们也跟着愉快,但插不进话去,咖啡店里都是这些年轻人的对话。小C说:"我得赶回K村去,今天轮到我守帐篷了。"大C和小C准备一同离开。

南容看上去很疲倦,乐歀显然不高兴,但巴西勒的严肃还是第一次见到。从前见过法国人傲慢、盛气凌人的样子,今天才知道法国人的严肃是他们天生的傲慢。

南容苦笑着说:"聆海,看看我们的孩子们,跟我们的语言也不同了。大C在帐篷里露营了一个多月,要是在中国,我早就把大学校长抓起来。没有权力了,什么都管不了,谁都想在这个时候投井落石,巴西勒先生,你知道'投井下石'是什么意思吗?"巴西勒没有回答,乐歀说:"我这个人最恨忘恩负义的人。"

大C她们起身离开,巴西勒突然问大C:"C小姐,我出三千美元买你那张球票,杜克蓝魔队跟北卡大学队比赛那张,怎么样?"

"巴西勒叔叔在开玩笑吧！为了这一张球票，我睡了一个多月的帐篷，我从没有做成过一件事，露营睡帐篷一个月是我唯一的成就。"大C说。

"就算我雇用你的。"

"巴西勒，别在孩子面前放肆！"乐欻愤怒地说，他走到巴西勒面前，以为他们俩又要打架，大家都紧张地准备劝架。乐欻大声指责巴西勒，喊道："你这个忘恩负义的人，你落井下石太早了！"

巴西勒毫不示弱，用法语骂了乐欻："耗子，死心塌地的耗子，总是躲在黑暗里，躲在人的背后。乐先生，你放着在南卡的女儿不管，整天在南容的背后，没有请你留在这里，耗子！"乐欻愤怒地说："你说什么？你这个花花公子！"

"乐欻，你挡住了我的视线。"南容喊住了乐欻，乐欻回到自己座位上。南容对大C说："巴西勒叔叔跟你开玩笑，他不会要你的球票的，你放心跟小C回去吧。妈妈等一会儿去K村找你。"等大C和小C离开后，我才注意到南容的身体在打战，她生气到了极点，她拉着我的手说："聆海，你看见没有，我在这里被人欺侮，被他们俩绑架了。"

我突然觉得空虚，无话可说。看着南容和她的两个"影子"，在巴黎的时候，曾将他们当作浮光与掠影的一对，但现在几乎是整天的刀光剑影。我奇怪巴西勒的变化，他变得粗鲁，变得不耐烦。这位法国人跟乐欻学争斗，懂得了部落间钩心斗角，学会了乐欻那样内向的记仇。而乐欻跟巴西勒学浪漫，只学会了法国腔的虚伪，学会了十分钟的风流，学会了妒忌。我收到原宪的短信，说他在杜克大学的大教堂里，要我过去，我站起向南容告辞："原宪去了大教堂，这倒是条新闻，我去看看。"南容站起跟着我走。

我们走出了咖啡店，上了南容的恩佐·法拉利，关上车门。一切静了下来，没有了欢笑，没有了喧闹，没有了巴西勒与乐欻的争风吃醋。南容靠在座位上，闭上眼睛，双手按在胸上，深深吸了口气，然后轻声地说："我们离开这里。"这以后一路沉默，我驾驶着她的车。巴西勒的车子紧跟在后面，乐欻的车肯定在他的后面。

"事情有多坏？"我问。

223

"别问了,知道了对你没好处。"

"会对大C有影响吗?"

"不知道。聆海,我的头绪很乱,想不出一个方向。"她闭着眼睛回答我,又问:"巴西勒他们是不是在后面追踪我们?"

"是的,还有乐欬,怎么摆脱他们?"

"摆脱不了他们!都是我自作自受。巴西勒在讨债,他在威胁我们母女俩,这个你也听出来了。他是个流氓,也许是跟我们学的。而乐欬趁机自作多情,以为没有阿大的保护,我只能靠他,这下他有机会了。都是些混账的东西。聆海,你说我该怎么办呢?"

"问我?我会有主意?"

"别这样!君子所以异于人者,以其存心也!"

"《孟子》?"我问,我接着她的那段《孟子》:"君子以仁存心,以礼存心,仁者爱人。"她没回答。她这个时候搬出《孟子》,让我很吃惊,原来她是希望有"仁者爱人"的,希望这个世界有"君子"的。过了一个红灯,我问她:"你爱毛阿大吗?"

"别问这样傻的问题!"

"为什么?"

"我已经乱得不敢笑你。"

"你的钱,在全球的房地产上,不会有问题的,对不对?"

"你不知道,你不会知道有多黑暗。你兄弟这一倒台,没几天就会有人吞并我们所有公司,在我们说话这一时刻,他们的人可能在飞机上,正向这里飞……""那么子渊呢?"我想起了子渊,也许他对时局有不同看法,我拨通了子渊的电话,他正跟杜克大学学生一起,在K村唱歌,南容让他也去大教堂。

从达勒姆市中心到杜克大学,只有十几英里的距离,转了几个弯就到了,将南容的恩佐·法拉利停在二楼车库里。二楼的车库空荡,熄了车,开了车门,突然感到周围的冷,真冷!从停车场望去,杜克大学在白茫茫的森林里,眼前也是白色一片,教堂就在停车场不远处,钟楼敲出十一响。南容裹着大衣出来,双眼无神,问道:"教堂里有暖气吗?"她走出停车场,踏着雪走了几步,人在颤抖,像是随时随地会倒下去的样子,说道:"挽着我,看你这副生硬的样子,我会吃了你?"我说:"别逗能,巴西勒和乐欬马上就到。""聆海,抱紧我!我冷得在颤抖!天啊,你怎么变得如此冷漠?!"教堂长长的侧面楼道上刮着风,我们感觉走在冰窟里,南容颤抖不已,看起来如此脆弱,第一次见到好强华丽的女人寒战不已,我只得紧紧地抱住了她。

"聆海,为什么会是这样?为什么?我们杨家非得落到这样命运,这是轮回,但为什么我们永远轮回在黑暗里?"我没法回答她。杜克大学教堂星期天主日礼拜即将开始,南容又一阵子颤抖,她喃喃自语地问:"我冷,我害怕,我真不知道该怎么办?"

"你在美国了。"我安慰她说。

"我怎么感觉不到呢?"她倒在我怀抱里,放弃了自己站立的企图,她也许发烧了,南容悲哀地说:"我们杨家、毛家永远这样轮回,摆脱不了噩运。就算有一时的荣华富贵,但新的快乐还没来得及抹去旧痛苦,倾家荡产就接踵而来,痛苦,痛!聆海,痛在心脏里,旧的还在,新的又来!把我抱得更紧一些。""你已经在美国!"我再次提醒她,不知道她明不明白这样简单的事实,但她颤抖着说:"你太天真,我不在美国,我在地狱的门口。"

教堂里传出诗篇序曲,南容慢慢地镇静下来,回归到她的坚强,我们沿着教堂侧翼小路,进入教堂。我们找个位置坐下,前排正是原宪,也不知他来了有多久。

今天是大斋日第一星期日的布道,从侧门走出三位年轻神职人员,穿着僧侣长袍,高举神灯和十字架。他们捧着《长连祷》的文稿,领唱着《长连祷》,声音纯洁,清澈得如蓝天,整个教堂都是神圣的唱诗声:

  从心脏的失明,
  从骄傲、虚荣、虚伪,
  从嫉妒、仇恨和恶意,
  主啊!拯救我们。

他们没完没了地唱着,都是些难懂的基督教语言,但礼仪庄重,音乐更是神圣。我不敢大口呼吸。南容静下心来,顺着音乐,眼泪流了下来。原宪低着头。乐歖和巴西勒找到了我们,在我们的后排坐了下来。子渊也赶来了,他跟大家挤眉弄眼打招呼,仍然是昨天那样兴奋,挤到原宪身边坐下,身体还在上下跳跃。《长连祷》足足唱了十几分钟。我这个人怕太多礼仪,怕无休无止的纠缠。前次到普陀山看风景,好不容易回国去一次,碰到观世音菩萨的生日,不得不入乡随俗,跟着普陀山人做了一次佛教礼拜,不知烧了多少次香,捐了多少次香钱,好在禅宗不强求懂经会意,有口无心也是主流,没得罪当地人。但基督教不同,总是吓唬着我进地狱。

黑人牧师唱完,他这样讲:"我们每个人,有时会像耶稣一样,行走在旷野里,精神沮丧。人的精神不会永远在顶峰上,不会永远享受极度快乐,有时会在低谷,极度的痛苦。在旷野里,举目无亲,没有选择,孤独也非选择,痛苦是一种经验……"

杜克大学教堂里听众们鸦雀无声,原宪认真地听着,黑人牧师的演讲打中了南容的软肋,有几句让我也感动。只有子渊无所事事,他递来一张小纸片,上面写着:"昨天晚上睡帐篷,半夜夜游,差一点到金发女郎的帐篷里去睡,哈哈,要是早些来 K 村,现在混血儿子都出来了。哈哈……"

黑人牧师布道完毕,小篮子从座位一侧传递过来,每个人都往篮子里放钱,今天杜克教堂有了亿万富翁,子渊的钱使他周围座位上人吃惊。最后一曲是《God be in my head》,整个教堂的人都唱了起来,这样的美,这样的神圣,这样的宁静,唱完这一曲,大家自动散场。还没等人走完,子渊兴奋地对我喊说:"聆海兄,昨晚册那真有意思,你怎么就不坚持一下?"他又给南容打招呼:"容领导,向您报到!哈哈哈,乐兄弟也在。巴西勒先生,幸会!幸会!欢迎你到美国来,我们一起去喝葡萄酒!"他环视周围,继续说:"想不到自巴黎一别后,我们又在教堂聚上了。"

原宪也过来,他向南容问好,说道:"就差伯牛兄了。"

乐歖不耐烦地说:"不知谁保释了他,他明天就到这里。"

南容问子渊:"听说你生了几个混血儿,有没有照片?"

"容领导拿我开玩笑,哈哈,领导开我的玩笑,就是看重我。不瞒容领导,我有过的最好机会是在法国,乐欸兄弟是知道的,对不对?巴西勒先生,你们法国金发女郎真美啊!册那,不是我无知,我就喜欢法国金发女郎,其次是俄国的,而德国的太严肃,英国的太假装高贵,西班牙女郎的头发太黑,意大利女郎有些美丽傻大姐的味道,巴西勒先生同意不同意?"

巴西勒竖起大拇指说:"贾先生真是经验丰富!贾先生对中国女人有什么评价?"

"巴西勒先生谦虚了,评论中国女人,您和原宪最有发言权,是不是原宪兄?"南容瞪了他一眼,说道:"你不会少说几句!"

巴西勒说:"教堂是虔诚祷告、信仰上帝的地方,你们不应该在这里。"

大家顿时静了下来,感到了从未有过的挑战。乐欸不满地问:"说话别太忘恩负义,信仰是什么呢?"

巴西勒说:"你们没有信仰,不配谈信仰。"总觉得巴西勒的语气咄咄逼人。

乐欸不冷不热地说:"就算你有信仰,也不过这个德性。"

"乐先生,你这是什么意思?"

"你们法国人到中国杀人放火,抢了圆明园国宝,却摇身一变,成了绅士公开拍卖抢来的东西,这也是你们的信仰吗?"乐欸把西方人的罪都加在巴西勒身上。我们感到空气的紧张。子渊哈哈地笑,打着圆场。巴西勒显然不高兴,但乐欸还没完,他接着说:"法国人是伪绅士,法国人更是流氓,是不是巴西勒先生?抢不到钱就威胁人,拿着自己爱着的女人、孩子来威胁,你们法国人的信仰到哪里去了?"

"乐欸,你没喝醉吧!少说几句,不会把你当哑巴的!"南容训责道。

"我今天没喝酒,我从来没醉过,我的问题很严肃,巴西勒先生的信仰到哪里去了?"乐欸向巴西勒逼近一步。

"乐欸,对巴西勒先生尊重一点。"南容说。

"尊重他个屁!巴西勒先生,中国女人比法国女人更可爱,是不是?你游玩了整个中国,嫖了杭州女人、上海女人、北京女人,你都给了她们上帝的信仰吗?"

"闭嘴!乐欤先生,你不要再语无伦次了!"巴西勒愤怒地说,他用法语连连地说了几个"闭嘴"。

"想打架吗?为你的信仰打架吗?告诉我,巴西勒,你为什么落井下石,你为什么没有忠诚,难道你信仰背信弃义?"

"闭嘴!你疯了!"

"我也许是疯了,该疯的时候还得疯!你知道毛阿大出了事,你就开始讨钱,难道你更信仰金钱?"

"乐欤,你真想气死我吗?"南容也愤怒起来。

"乐欤,你见鬼去吧!"巴西勒诅咒着说。

"我去见鬼?你一个巴黎小丑,让你赚了这一身的家产,你还不够,你有再多的钱干什么,买八奶九奶吗?"

"别说了,乐欤,大家好不容易聚在一起。"原宪说。

巴西勒高高的身体有些不自在,他与乐欤开始用法语争吵。乐欤的爱国主义精神又出来了,鸦片战争、八国联军火烧圆明园、甲午战争、日本人侵略等等,都是外国人干的,他又是一身对南容的痴爱,他什么都敢说。巴西勒捏紧拳头,手关节噼噼啪啪地响。子渊上去抱紧了巴西勒,他开玩笑地说:"你的手关节厉害,大大的厉害。你左拳打断他的门牙,右拳打开他的鼻腔,册那,让他开开窍。"巴西勒刚想出拳,子渊打喊:"册那,我是跟您开玩笑的,别打乐欤,他只是个痴人。"

巴西勒脸色难看,他镇静了一下,对乐欤说:"毛阿大先生被抓,但你的机会还是一个零,看看你这个样子,你们中国人的爱情,太可笑了。"

"我的爱情怎么啦?"乐欤抓着拳头问。

"你的爱情是一帖滑稽的药!"

南容实在受不了了,她在求救。

"不想去看看大C她们的帐篷?"我问南容。

"哦!聆海,我们走!让这两位在教堂里决斗!"

当我们走出教堂时,发现了凯文,原宪的无所谓儿子竟然坐在教堂的最后排。

第十六章　信任是一种礼物

（1）存在先于本质

我和南容走出教堂,踏上雪路,向 K 村走去。子渊追出来,跑到我们前面,他转过身,他的头转前转后地看路,躯体摆动着,说道:"容领导已经大驾光临,今天是做出伟大决定的时候。"他的右脚踏入厚厚的雪堆里,几乎摔倒,"册那!"不知他在骂雪堆,还是他下面一句的开场白,"是的,伟大的决定。想想我们一群外国人,不远万里来到这里!想想,认真地想想明白,到底是为了什么?"他拔出右腿,快速地倒退几步,背出《哈姆雷特》的台词:"册那,生存还是毁灭,这是一个值得考虑的问题。默然忍受命运的暴虐的毒箭,或是挺身反抗人世的无涯的苦难。"

南容看了看他,觉得有趣,但她没理睬他,我们从他的身边走过。

子渊又快速赶上,进一步说:"我脑子里全是伟大的台词,现在《乔家大院》占领我的大脑,乔致庸搞大清票号,身败名裂,他被大清政府逮捕前,要陆玉菡继续完成他的志愿,货通天下,伟大啊,真是伟大!但陆小姐更伟大。她说:'乔致庸,这是你的事!'册那,她不管。我当年看《乔家大院》,看了几百遍,册那!我也真是伟大。我读的商业大学就是看《乔家大院》毕业的,茶路、盐路、丝路,都可以做,但要朝廷的认可。《教父》是我的博士课程。你们还记得这几句吗?'不要让任何人知道你在想什么。'经典,太经典了。我也喜欢这一句:'我将给他一个他无法拒绝的理由。'我最喜欢是这一句:'冷却后复仇,才是最好的菜肴。'容领导、聆海兄弟,我都背得滚瓜烂熟,伟大,伟大!"他边倒退着边说着话,几次差些跌倒。

南容微笑着,在我们面前是一个崭新的子渊,一个完全的子渊。我自言自语地说:"子渊变了,变得厚黑了,当他兴奋时,他的眼睛不再闪烁;当他愤怒时,仇恨不再在他的眼神里。他毫不犹豫地追求快乐,享受属于他的快乐。"

星期天下午K村显得安静,村旗被风吹成碎片,锡纸仍然飘扬着。我们找到大C的帐篷,只有迈克在里面,他裹着睡袋在看书,见到子渊便向他打招呼:"哈啰,贾先生,昨天睡帐篷感觉如何?"子渊用破英文交谈,他想买下史蒂夫的帐篷,今天继续睡史蒂夫帐篷,迈克哈哈大笑,递给子渊一罐啤酒,问我们要不要啤酒,我要了一罐,南容谢绝了。谈到篮球赛,明天是杜克队与耶鲁大学队第二场球赛,球票还有出售,南容让子渊去买,当然是最好的位置。子渊高兴极了,他的南容领导仍然器重他。

南容看到大C与辛格拉的照片,她仔细地看了很久。辛格拉长得很高,金黄色头发,一张英俊的脸有着天真幼稚。南容问迈克:"辛格拉多大了?"辛格拉才二十岁,英国人与挪威人的后裔,他学什么成就什么,足球踢得好,游泳成绩在奥运会水准里,也代表杜克大学参加大学生游泳比赛。杜克篮球队幸亏他喜欢篮球,大学第一年,辛格拉就成为杜克大学队主力。麦克说辛格拉还是位钢琴演奏家,不管怎么样,他是杜克大学女学生眼里的白马王子,她们都想与他在一起。南容问了好多问题,她兴奋得像少女一样,脸上露出一丝潮红。

南容问迈克:"冰天雪地露营,睡在帐篷里一个多月,值得吗?"

迈克瞪大眼睛,不敢相信是大C母亲问的,他说:"我不知道。"他不说了,总觉得他应该继续,迈克放下书本,不快不慢地说:"这帐篷里有破椅子、破桌子,像个讨饭人住的帐篷,但都是我们自己的东西。关键是我们在这里,年轻的、美丽的美国最杰出的人住在这里。欢乐与友爱,这个世界除了这些都不重要。"他停了下来,看了我们一眼,继续他的话题:"我们在一起喝咖啡,咖啡成了最好的咖啡;我们在一起喝啤酒,这啤酒成了世界上最好的啤酒;讲个笑话便成了最幽默的。"迈克是个理想主义者,不愧是杜克大学学生,不是他幼稚狂妄,他真的相信他所说的。南容不再问迈克问题,已经下午两点了,她决定去酒店。

打手机给乐欵,他已经回华盛顿·杜克高尔夫俱乐部,我说子渊选了一家法国饭店,请大家一起吃饭。乐欵问:"巴西勒也来吗?"

"可能吧!"我说。

"如果他也来,我该怎么办?"

"难道不能一团和气吗?"

"不能!聆海兄,我想杀了这个狗娘养的!"

"疯子!乐欵,你成了一个疯疯癫癫的人了!你自己决定吧!"

刚挂了跟乐欵的电话,又接到原宪打来的电话,原宪说子祺突然到了杜克,他很吃惊,感到很紧张。今晚由凯文出面,他与子祺会面。我问原宪:"你现在在哪里?""跟凯文在一起,还在杜克大学教堂里。"他接着说:"我现在什么都不在乎了。也许凯文是对的,一切都无所谓,这样活是我的生命,那样活也是我的生命,我突然觉得道路开阔了。聆海,没什么可怕的!这世界本来就没意义,我请求子祺原谅我,其余的我也无所谓,听天由命了!"

"听你的说法,无所谓成了你的信仰?"

原宪在手机那一头听了,也忍不住扑哧地笑了出来。他沉默了一会儿,问我:"你说我该怎么办?我知道子祺是不会原谅我的,凯文已经做了好多工作。杭州那里也是一团糟,她们几个开始在网上散布我的消息。"

"什么消息?"我问。他说:"她们知道毛阿大出事了,我迟早也会倒台的。她们就一个接着一个,向我扔石头。恨不得我早死……"

"按照巴西勒的观点,反正你们中国人没信仰,死与活也无所谓的,有没有这层意思?"我问。原宪说:"也许有些道理。聆海,如果我回杭州去,把自己捆在大石头上,让他们向我扔石头,无非是一个死字,这样我还有活着的意义!你说怎么样?"原宪语无伦次地说着,我问:"徐仪和到底有什么动静?"原宪说:"她还没有在网上发难,每天短信充满了仇恨。我无所谓了,是死是活都由她了。"

"原宪,你能不能不用'无所谓'三个字。"我要求着。

"对!不说了,你也别提信仰,我脑子一团乱麻。凯文曾说过'存在先于本质',我的存在就是我的信仰。子祺和我今晚在杜克大学教堂见面,你能不能一起来,帮我调控一下温度?"

"再说吧!我现在去吃中饭,你也一起去?"原宪不能去,他下午要向凯文学习"无所谓"。"我们晚上再说吧!"我挂了手机。

子渊他们早在等我,准备去法国酒店,乐欻也赶到K村。K村像座中世纪营帐,我空着肚子,感到寒冷,在错觉中,仿佛感到维京人(Viking)来了。不出乐欻的预见,巴西勒早在法国酒店等我们。

(2) 妈妈,你在干吗?

法国酒店在达勒姆市中心,在一座不起眼的建筑里。走进菜馆,里面满是人。我们预订的桌子靠窗,乐欻坐在南容的左边,巴西勒在她的右边,他们俩没吵架,好像刚才什么事也没发生过。子渊坐在乐欻身旁。菜馆的装饰有意思,一边的墙石灰泥剥落,露出里面的红砖,其他几面墙上挂着印象派的油画,很有法国味,连服务员也像法国人。巴西勒感到很安适,用法语与服务员交谈,没说几句就知道他们是假法国人,他改用英文。

"来达勒姆市,您为了球赛?"服务员问。

"是的,今年谁会赢?"

"我们这里是蓝魔队的地盘,当然是杜克蓝魔队赢!北卡大学队见鬼去吧!"服务员笑着说。

"对!杜克蓝魔队必胜!北卡大学队见鬼去吧!"巴西勒举着拳头说。

"我在这个城市八年,杜克大学和北卡大学对抗赛没有一场错过的,今年球票紧张,花了好些精力才搞来的。我告诉你,圣诞节、感恩节、大年三十这些假日,老板才出两倍加班费。杜克与北卡对抗赛在星期三晚上开打,我们没人上班,老板出三倍加班费,还是没人来餐馆上班。"他津津有味地介绍着,说到激动时刻,他喊起口号:"杜克蓝魔队加油,北卡队见鬼去,见鬼去!"那位服务员是杜克蓝魔队超级球迷,知道杜克队历史,知道谁进了NBA,谁拿了世界冠军,他是一本活字典。

南容问子渊球票的事,子渊拍着胸脯说:"领导放心,就是每张一万美元,也一定为您搞到手。"

"别像以前一样,拍拍胸脯跳黄浦江。"南容说。

"跳了黄浦江也要搞到球票!"

"我要教练那几排座位的。"

"当然是教练一排的。"子渊重重地拍了胸脯。

我们突然听到小C的声音,回头去找,她正与大C、史蒂夫及另外几位男生一起吃饭。小C神采飞扬地说:"生平第一次挣到支票,一百六十五美元,我发财了!"她兴高采烈的样子,有说不尽的喜气洋洋。我知道她是怎么赚来的钱,她花了两百美元买了绘图软件,在自己寝室里熬夜替杜克大学教授绘图,整整花了四星期时间。小C高兴,但花的是她老爸的钱,幸好绘画软件可以用上几年,她也学了一项新技能。挣来的是她第一张支票,这下又邀请了她的好朋友,在法国菜馆庆祝她的发财。

我向他们招手,走过去与她们打招呼,南容也过来了。大家一阵子热闹。她们那几位中有辛格拉,杜克篮球队的明星,未来NBA球星。他长得的确英俊,比照片还高大的多,金黄的头发,高高鼻子,蓝眼睛像地中海的海水。小C向她的朋友介绍我:"我爸爸。"大C介绍南容:"我妈妈。"当辛格拉站起来时,才真正感到他有多魁梧,让人想起格里高利·派克(Gregory Peck,美国男影星)。南容看了辛格拉一眼,她的眼睛突然有了内容,她用法语说:"Je suis tellement heureux de vous rencontrer!(我很高兴见到您!)"辛格拉不懂法语,等着大C翻译,大C爱理不理的。南容甜甜地笑了,她改口用英语又说了一次。这回听懂了,辛格拉礼貌地说:"很高兴见到您,您不像大C妈妈,更像她的姐姐。"南容脸上泛出红晕,大C反而不好意思起来,她对辛格拉说:"你省些花言巧语,她是我母亲!"

"我们可以坐下来吗?"南容问。

"当然,您请坐。"辛格拉彬彬有礼,他站了起来,替南容拉开了座椅,等南容坐稳,等我坐下后,才回到自己座位坐下。

233

"小C刚才说到哪里了？继续说下去。"史蒂夫说。

"最近发现一个广告，神经生化试验室，劳伦斯教授招募实习生。跟动物打交道的，我准备到他实验室去，劳伦斯教授太有名气，他几乎是研究神经生化的教父。我现在对大猩猩着迷了，去了几次动物房，喂大猩猩食物，都说我是专业喂大猩猩的，知道他们在哄我，我也高兴。嘻嘻，我又找到了一份工作。"小C说着。

"不怕吗？"大C问。

小C说："我有经验，我在家里喂过狗，草地里喂过加拿大灰鹅，还喂过马，从来都不怕。"

"这次你也自己投资？"我问。

"爸爸，别取笑我！当然要投资的，在网上买了《迷雾中的大猩猩》，读了好几遍，看了同名电影。知道戴安·弗西是谁吗？"

"听说过这个名字，戴安·弗西，那个研究大猩猩的女士。"辛格拉说。

"知道她是哪里人吗？"小C问。

"加利福尼亚？"辛格拉回答。

"对，她从硅谷出来，圣荷西州立大学毕业的，圣大离我家不过半小时。她研究山地大猩猩，在卢旺达山上，独自一人十八年，跟大猩猩一起交流。有史以来，第一个人类与大猩猩族群在一起，真神奇，一个永远精彩的人生。"

"给我个机会，我也会去非洲。"大C说，她接着问小C："你那头大猩猩怎么样？""因为她喜欢拨弄吉他，我就给她取名'吉他'。喂她食物也不是一件容易事。我读了好多的书，到动物园请教饲养员，总算与吉他搞好关系，还写了几段，成为劳伦斯教授最新论文的作者之一。还有这……"小C咯咯地笑了起来，她满脸快乐。大家等着她说下去，小C从口袋里掏出一张支票，上面是劳伦斯教授亲笔开的支票四百六十三点六六美元。小C得意，无法形容她的愉快，她说："不知道是兑了现钱，还是把它放在镜框里，劳伦斯教授亲笔开的支票！难啊，有钱麻烦就来了。"

"你发大财了！"辛格拉替小C高兴。

"没法跟你这个未来 NBA 球星比的！"

"那你的绘图设计项目呢？"史蒂夫问。

"我准备雇人来做。"她很自然地回答，大家听了都笑了，小 C 却认真地说："我今天才知道，我们杜克大学跟奥多比公司（Adobe）有合约，凡是杜克学生自己用的，奥多比公司提供免费软件。嘻嘻，他们退回了我的钱。"她咯咯地又拿出一张支票。

"你简直成为亿万富小姐了！"辛格拉取笑着说。

"怪不得你有资金雇人了！"史蒂夫羡慕地说。

子渊他们也过来了，我们将两台桌子拼凑起来，大家坐在一起，向孩子们介绍："这位是亿万富翁贾总经理，这位是亿万富翁乐欸先生，巴西勒先生，法国人……"

辛格拉问："巴西勒先生是法国亿万富翁吗？"他向我们投来惊奇的目光。巴西勒微笑不语。乐欸替他回答："巴西勒先生是位中国通，他是中国的亿万富翁。"辛格拉不懂，问巴西勒："您在法国不是亿万富翁？"巴西勒没好气地扫了乐欸一眼，他回答说："这样说吧，我在中国拿毛阿大招牌赚钱，乐欸先生在法国拿毛阿大招牌赚钱，贾总替毛阿大收中国人钱，南容女士赚我们所有人的钱！懂了没有？"

"听起来，你们像是中国的科里昂家族（Corleone family，电影《教父》里的黑手党家族）。"辛格拉说。

"你的比喻厉害，再正确不过了。"

南容的眼睛没离开过辛格拉，对他的一举一动都着迷。从没见过南容这样关注过一个男人，她从不正面看乐欸，对巴西勒爱理不理的。她当年见到毛阿大，也只用了三分钟时间去勾引他，这以后再也没见过她如此神情。南容的手指摸着酒杯上口，将手指深深浸入酒中，蘸上葡萄酒伸人口中，舌尖添着手指。大 C 见了，狠狠地瞪了她母亲一眼，南容似乎没注意，她的手指绕着酒杯的上沿，轻轻柔柔地环摸着。

子渊唤来服务员，要了法国餐馆最贵的酒，加州纳帕谷的"尖叫鹰赤霞珠"，2005 年酿制，两千五百美元一瓶，没有再贵的酒了，子渊有些失望，他再要了一瓶法国克鲁格香槟充数。子渊问:"是不是好酒?"服务员说:"当然了,我最钟爱 2005 年赤霞珠,世界收藏品牌,喝上去能感觉到神话般的水果味、高尚的甜味,而且口感持久。"

子渊看着南容,寻求她的赞同。

南容问辛格拉:"香槟?"

辛格拉说:"可以啊!"

"为你明天胜利干杯。"

"太太您太好了。别担心明天,为星期三战胜北卡队干杯。"

"那样自信?"南容问。

"太太还不了解杜克蓝魔队。"

"怎么才能了解你?"南容问。

"看星期三的对抗赛,一定会让您兴奋。"

"我准备更好的香槟!为你……"

"干杯!"香槟的泡沫在酒杯里翻腾,他们俩干杯,飘飘然喝了一口,辛格拉在酒杯晃动中显出质感,南容无限妩媚。又干了一杯,一不小心,他们碰到了对方的肌肤,辛格拉从此小心翼翼,挑选着词汇与南容交谈。

子渊哈哈地说:"包赢,包在我身上。册那,我昨晚在帐篷里诅咒一夜,北卡队必败! 北卡队必败!"南容脸上略有不快,子渊的胡言乱语结束后,大家干杯,喝了香槟。克鲁格香槟口感很好,史蒂夫连声赞扬,感叹金钱能带来的即刻快乐。子渊对史蒂夫说:"小兄弟,我想搞到,I want to buy 油的票,ticket OK? 星期三晚上的票,油给个面子,出个价,你有多少我买多少。"

史蒂夫吃了一惊,以为他听错了,他试着问:"贾先生要买我的票,杜克蓝魔队与北卡队那一场? 我的座位是最好的,教练区的座位,你要买我的票?"

"兄弟给个面子。"

"我睡了四十天帐篷,冰天雪地露营才争取到的!"

"我知道你的价格不会低,试试看,给个价。"

"起码在三千五百美元以上！"

"我给你四千美元,能给个面子吗？"

小C对着史蒂夫大喊："史蒂夫,别卖!"史蒂夫被突如其来的交易搞糊涂了,他又喝了一口香槟,他不知道为什么小C反对,觉得香槟是真的,上等的,中国富翁的钱也不会有假,他说："四千美元买我的一张球票,为什么不卖呢？这可是我两个半月的房租。噢,破罐子破摔,我才不管什么长子长孙的权利了!"

"但有些东西是无价的！史蒂夫,四十天野外露营,冰天雪地睡在帐篷里,我们要一起经历杜克蓝魔队的胜利,如果失败,也由我们一起去体验,没法用钱来衡量的。史蒂夫,别卖!"小C极力劝解史蒂夫,大C也劝他。

南容喝了几口香槟,感觉很好,她的眼睛仍然看着辛格拉,问辛格拉："每次球赛,都有女人为你祝福吗？"

"太太,我们是同学!"

"当然啦！肯定也有惊讶的时候。"南容说。

"是的,太太,常有惊讶出现,比如今天。"

"你对她们来者不拒吗？"

"拒绝女人的祝福？太太,您看我有这样愚蠢吗？"

"那你怎么回报她们呢？"

"回报？"辛格拉没听懂。

"回报女人的祝福!"

"太太,听上去您的祝福像是一场交易。"

"别的女人祝福就不是交易？"南容的双眼从来没离开过辛格拉。

"哈哈,太太想知道？"辛格拉喝了一口,靠近了南容说："我说给您听,篮球比赛没别的,抢到篮球,将球投进篮筐去,就这么简单。"

"还是靠抢的？明天去看你比赛,看看有多少女人为你祝福!"南容对着辛格拉喝了一口。

巴西勒插话说："辛格拉先生,我非常欣赏你的球技,你又多了一个女人为你祝福了,这个女人可不是平常女人,当心她把你的心勾去。"

乐歆问巴西勒:"你的心在胸口里吗?"

"哈哈,我知道你会有这样的问题。辛格拉先生,乐歆先生的心早就不在他自己胸口里,他自己这样对我说的。"巴西勒回了乐歆一句。

大C不喜欢这样的对话,小C劝史蒂夫不要卖自己的球票。子渊用破英语说着这次美国自驾游经历,他的发家史,他喝着香槟,不时地环视法国餐馆,一定又在找他的金发女郎。南容用脚踩了巴西勒,用眼神压住了乐歆,仍然举起酒杯说:"为风流倜傥的辛格拉先生干杯!"

"妈妈,你在干吗?"

子渊站了起来,吆喝着服务员,给在座的倒满了酒。巴西勒站立起来,史蒂夫在云里雾里,他也站了起来,他们就这样干了杯。巴西勒将"风流倜傥"翻译给辛格拉,辛格拉脸上露出几分无可奈何,他有些不自在,眼睛不敢正视南容,她的美丽与大胆让辛格拉不知所措。南容一口气干了香槟,向辛格拉显示了她的酒杯。子渊大声叫好,对辛格拉说:"轮到你啦!"巴西勒向辛格拉介绍了中国习惯,辛格拉也不在乎,他会喝酒,美国大学生能疯狂地喝酒。这以后上了红葡萄酒,很甜的葡萄酒。子渊的兴趣上来了,一个劲地给辛格拉和南容劝酒,乐歆掺合起来,赞扬辛格拉的酒量,巴西勒也向辛格拉敬酒。

大C很不高兴,大声地指责:"贾叔叔、乐叔叔、巴西勒,我们同学一起的午餐被你们弄成中国的饭局了,不要再灌辛格拉酒了,他不懂你们的潜规则。"

南容甜甜地问辛格拉:"我如果出高出NBA两倍的年薪请你,愿不愿意到中国去打篮球?"

大C站了起来说:"妈妈,够了,你该停止了!"说她要到图书馆去找一本书,小C也跟着站了起来,拉着史蒂夫走了,辛格拉跟着也要离开。大C回头说:"辛格拉到中国打不好篮球的,你们都知道这个结局!"

巴西勒拉住大C手臂说:"你这样走,你妈妈会不放心的。"

乐歆对着巴西勒狠狠地说:"放开她!"

草草吃完午餐,我提前离开法国饭店,不想坐他们的车回旅馆,自己沿着大路向杜克大学校园走。子渊驾驶着车,开到我身边,退下车窗向我招手,他也想走一段路。冷冷的风吹来,让人清醒。在太阳底下见到一位白头老人,光头硬脖子,看上去一副笨样。我无所事事,这几天总觉得与世不入,体验着别人的辛酸苦辣,却莫名其妙地愤恨,不知是自己的清高,还是二月的天变了,突然觉得自己成了低能儿,想跟傻子聊天,发泄一下这几天的无聊。

那个光头硬脖子向着我们说:"喂,伙计!你们俩在干吗?"

"没事干!"我回答他。

"我也没事做,女朋友搬走了。她是个笨蛋,她真笨,她是世界上最笨的女人。她总是跟踪我,我到哪里她就跟到哪里,笨,真笨!我有一次想住到监狱里去,上了民事法庭,法官判了我六个月,我想这下我的笨女人不能跟踪我了。太好笑了,也是真笨,法官又说我是个退伍军人,应该上退伍军人法庭,结果只判了社区劳动,还是摆脱不了我那个愚蠢的女朋友,她是笨,她真笨!"

"她搬出去后能跟谁住呢?"我问。

"她曾发疯地爱她男朋友,他住在森林里。她从她姑姑那里继承了一笔钱,有了钱她想跟前男友住,她真笨,她是世界上最愚蠢的女人。她的男朋友将她踢了出来,但她还爱着他。"

"这些跟你有什么关系呢?"我又问。

"我跟她也完了,没有关系。我租到一间更便宜的房子。我跟你们俩说,替我保密,我又找到了一个女朋友,新的女朋友比她美多了,体型细腰肥臀,不像那笨蛋一尊葫芦。"光头硬脖子发泄着,我们哈哈大笑。

光头硬脖子参加过越战,受了伤,脖子从此不能弯动,好几年他成了无家可归者,也许他就想做一个流浪汉。他不断地犯法,大大小小的,最近又被关入监狱二天。她的女朋友在监狱里找到他,说她有钱了,光头硬脖子对她另眼相看,用她的钱到赌场赢了三千美元,又输了四千美元,就这样生活着。他接着说:"前几天到酒吧,与笨女人争吵起来,忘了争吵什么,都是笨蛋,我也笨,她更笨,她是世界上最笨的女人,但我不是世界上最笨的男

239

人。她厌倦了我,我也厌倦了她。"

在这一时刻,光头硬脖子坐在街上,我们站在太阳底下,雪堆不远的人行道旁,毫无主题地说话,没有中心思想,都是些愚蠢的话题。我们三人个个愚蠢,就像路上老年痴呆症患者的交谈。生活可以很简单,烦恼也可以很简单,一个脏男人,一个丑胖女人,一个森林的野男人,就有了三角关系的苦酸,有了人类的所有元素,还有金钱、酒、赌博和冒险!不知将来会是什么,但永远寻求着快乐,这些蠢话让我轻松,我感到愚蠢的快乐。

(3) 原宪,我们离婚吧!

说好了与凯文、原宪、子祺在杜克大学教堂见面。我到教堂的时候,他们还没来。有生以来,一天内往返教堂两次的,今天是第一次,我仿佛成了一个虔诚的基督徒。想起来,我也从没有一天内去过寺庙两次。原宪与子祺相会,需要第三者在场,他们选了我,我有些得意,不知今天的结局如何。想了想我应有的策略、应有的底线,他们不能在教堂里打伤身体,不许打架,这是底线。但子祺如打原宪几个耳光,我应该鼓励。

走进教堂,教堂里空空荡荡的没有其他人。独自在神殿里徘徊,没想过忏悔,但我的一举一动都被放大。能听到自己的脚步声,这样的脆弱,毫无音律地散漫,但却自由;也听到了自己的呼吸声,渴求着氧气,这样的纤弱;感觉到自己的心跳,觉得每一跳都是生命。我随着好奇心走向主圣坛,仔细观看教堂的结构,感叹哥特式建筑的完美,突然领悟到这教堂纵向的高大,是因为上帝在天上。我不敢在主圣坛停留太久,走下主圣坛到中庭,找了个座位坐下。太静了,纵然我不想沉思,我也在教堂里开始冥想。

原宪走了进来,见到我,他向我招手,走到我身边也坐了下来。原宪闭上眼睛,双手掌心合在一起。等他睁开眼睛,他长长地吸了一口气,随手拿了一本《圣经》,并没有打开,问我:"来了很久了?"我没回答,他接着问:"法国餐怎么样?"我与他闲聊几句,后面就传来子祺和凯文的脚步声。

子祺由凯文扶着,看不见他们的双腿,身体从门口移到中庭上空。教堂墙上的五彩玻璃图像模糊,淡淡的光线,威严的教堂。太静了,听着他们的脚步声停止在面前,谁都没说话,却能听到子祺急促的呼吸。原宪坐在教堂的长板凳上,不敢挪动半寸,等他看清了子祺严肃神情,就清了清嗓子说:"今天总算见到你了!上星期打了几个电话,你没接;电子邮件也从不回的,短信读了没有?我……"教堂的钟声突然敲响了,"当——""当——"敲了很久,嗡嗡嗡地回响不去,没人回原宪的话,子祺站着等着钟声远去。

原宪说:"这几天在杜克大学,没地方去,只有教堂天天开放,我独自一人静坐,看着五彩玻璃,眼睛里出现绿色的光,好像有人跟我说话,我一直沉默着,一味地点头,我觉悟了!我轻声地说:'是,是,是。'想不出另外一种表达。我想了很多,以前的再也不能改变,我知道我对不起你们,但今后的路还是由我们自己选择的,我想凯文是对的,我们这样选择是我们的生活,我们那样选择也是我们的生活,生命本来毫无意义,我们的选择给生命一个价值,我选择我们在一起。我知道我的选择很自私,但我不是个虚无主义者,我要我们在一起。"

好久的沉默,子祺不知道怎么回答他,凯文也觉得原宪误解了他的"无所谓",我对着五彩玻璃太久,眼睛里也有绿色的光,我问子祺有没有,她说她眼前只是一片黑暗。

原宪说:"我昨天听牧师布道,他讲'信任'。我算是明白了,信任这东西不需要条件,不能靠别人,完全是自我的决定。我不想多说,知道我什么都错,但对'信任'的认识是对的,'信任'可能不合乎逻辑,从来不能自圆其说,但信任是权衡后的理智,信任是一种礼物!子祺,相信我,信任你的选择,相信我们的世界仍然是好的!子祺,人都有罪恶的,但上帝的信任不可思议,耶稣牺牲了自己生命还相信我们,这就是信任,没有前提的……"

子祺终于说话了:"原宪,你的确是个聪明透顶的人,从来都认为你是中国最好的学者,一流人才,就这短短几天在教堂,你想出了办法,你借用凯文的'无所谓',包装进了基督教的信任。你太看得起我了,我不能,我已经不相信你,更谈不上信任。我今天从丹佛来,由儿子陪着,请聆海作证,我已经决定:原宪,我们离婚吧!"

子祺的声音很清,但"离婚"两字像刚辞去的钟声,回荡在教堂,凯文吃惊了,吓着了原宪,我瞪着眼睛看子祺,以为她说错了话。原宪的手紧握着长板凳的木条,张着嘴不知道说什么。

"离婚!离婚?"原宪张口结舌,"子祺你说什么呢?说错了吧!"

"我知道你听得清楚。"子祺说。

"不,子祺,你不能这样对待我。请相信我,我不是故意伤害你的。我一个人在杭州,三十几岁的人,早就成了年轻人的老夫子,上上下下的人都叫我老夫子。子祺,你住在丹佛太久,不知道杭州现在变成什么了,五彩缤纷的世界,酒店、舞场、夜总会、卡拉OK,包厢里的诱惑,花花世界里我成了老夫子,但我是个男人,我该怎么办呢?"原宪去抓子祺的手,子祺快支撑不住了,凯文紧紧地扶着他母亲。当原宪触摸到子祺的手时,她像触电一样,突然打战,将手立即抽了回去。

"人总是要犯错误的,你可以责怪我,我也早想坦白忏悔,祈求你的原谅,但我怕!怕这一忏悔,向你的坦白,就永远失去了你,失去了这个家,失去了凯文和丽贝卡,我不敢想象这一切。如是这样,我的生命就会短路。子祺,不是我为自己开脱罪孽,我的罪孽是历史的罪孽。"

"你已经失去了我!原宪,我也早失去了你。"

原宪的手挡住了子祺的下一句,他像是没听到子祺的话,继续说:"看看我们俩的成就,我们俩的一切,在丹佛,在杭州,还有你老家武汉的,所有我们积累的家产。我们漂洋过海,就这样拼命地冲撞,没有人教导我们怎么做,没有孔夫子,我们也照样周游世界。我们养育了儿女,为他们奋斗创造条件。子祺,几十年来,我这样来回跨越太平洋,凭着才华奋斗,我不是完人,但给你和孩子们留下了财富。想想当年,我每天深更半夜写论文,一天四台手术扛下来,每星期满世界飞着做学术讨论,到中国各地给人做手术。子祺,我的一切,都是自己一字一句写出来的,一刀一针的手术做出来的。我不是个混账,我不是个失败者,我不是个花花公子,子祺,我是你的丈夫,一个成功的人,一个有地位的人。我们不再是穷人了,子祺,我可以放弃一切,不要虚名,不想再神经衰弱,不想再回杭州了。子祺,让我在你的身边,我们开始享受,子祺,我也是懂得享受的……"

原宪是个天才,他给医院员工做报告,就这样能讲三个多小时。原宪还想继续说,子祺打断了他,子祺极其虚弱,微微地颤抖着说:"原宪,我不会要你任何东西,你不必担心,一切你认为属于你的仍然是你的。丹佛的别墅我也不喜欢,等我们搬到自己的住处,丹佛的别墅就还给你。杭州的房子我根本不想进去,我讨厌那里的味道。武汉的都是你的……"

"子祺,为什么?为什么不能给我一次机会?你的信任到哪里去了?"

"早被你杀死。"

我仔细看了原宪一眼,他好几天没刮的脸,胡子长得幼稚,像是被野兔咬过的韭菜,头发也不齐。他的眼睛折返着五彩玻璃光线,花花绿绿得奇怪。但原宪是认真的,他的语言过于机会主义,他赐给自己一个选择的权利,但子祺不那样选择。原宪用手揉了一下眼睛,说道:"你不能这样对待我,我们这些年是怎么过来的,别人不知道,你是知道的。别人误解我,你是这世界上唯一懂我的人,我们从杭州到美国,美国到杭州,多少不眠夜晚……"他激动起来,含着眼泪,声音开始哽咽。子祺也不说了,他们停顿的时候,教堂的寂静让一切空虚。原宪断断续续的声音马上填补了空虚,他说:"即便在杭州,即便我在中国所有一切都是罪孽,都是有罪的,将来我的生命能够证实我们的爱。"

子祺真的受不了了,她一字一句地说:"你不要一口一个选择,我不懂你的逻辑,凯文也不会懂你的,谁会懂你的荒唐?原宪,你竟然还不知道你已经变成一个流氓。你乱搞女人,不用感情地乱搞。你用你的权力,炮制了潜规则,这世界还有比你的……你的潜规则更流氓的吗?你胁迫那些女人,一个个受过教育的女人,献身给你,还要付你的潜规则费!我听说过元朝蒙古人占有汉族女人的初夜权,以前我从不敢相信蒙古人会有这种罪恶,你的残暴证明了蒙古人的野蛮,你怎么变成这样的一个人?!"子祺激动、颤抖的身体几乎倒下,凯文紧紧扶着,他安慰他母亲:"妈妈,你别太激动,慢慢讲!"

原宪走出他那一排的长凳,到子祺身边,拉过她的手臂。子祺从他的手中挣脱出来,哭泣起来,倒在儿子的身上,断断续续地说:"我不会成为你潜规则中的一个。"

"我没有潜规则了!"

"不要以为美国多得是独居的二奶、孤苦伶仃的大奶,我也应该成为你潜规则中的大奶奶,睁一眼闭一眼的,让你的潜规则成为定律,你想错了!原宪,我知道你现在处境不好,但我还是要离婚。"

"子祺,我什么都没学会,但我学会了忍。我的处境能忍出个头的。"原宪坚定地说。

子祺感到绝望,她失望着摇摇头,她不想去伤害他,自言自语地说:"忍不出来的,忍不出你们的饿鬼道轮回,不是我在诅咒你,赵原宪,你这一切都是……"子祺不想讲出来。

"既然你知道潜规则,就应该相信我根本不爱她们,我只爱你。"

"你不要提起爱!不要说出这个'爱'字!你不说爱,我还可以忍受。'爱'字从你的口中说出,我想吐!"

"为什么?"

"看看你手机上那些短信,你对那些女人的承诺,对那些女人说过的爱,让我恶心,请……你……不要再提起爱!"子祺哭出声来,语言夹着泪水。

"我真的爱你,这里没有半点不真实。"

"请你不要再说爱了。"

"妈妈,你不要太激动。"凯文安慰着子祺。

"难道你不爱我了吗?"原宪问。

"请你不要再提起爱。当你握着我的手,你触摸我,我感受到你那双去潜规则女人的手,我马上想去洗澡,洗清你的肮脏。我要离婚,我不能再有这样的生活,这些年我过得是什么生活啊!"

"你把我想得太坏了!"

"你自己知道你的好坏,这里是教堂,上帝知道你曾做过的一切。"子祺大声哭泣起来,她再也忍受不住了。

原宪也哭,他的眼泪流了下来,他挺不住,沿着长凳坐下去,他哭着说:"为什么?难道我们间没有爱了吗?"

"天啊!我这一生都是错觉!"子祺理智地说,她站稳了,理了她的头发,擦去了眼泪,继续说:"我想了这些天,再也找不出我们间的爱,但你的花言巧语唤起我从前对你的爱,我求你不要再提起爱,你不会残酷到这种地步,让我背着爱情的十字架跟你离婚。"突然,子祺仰望十字架,一声长叹后说:"上帝啊!如果你真存在,给我勇气,给我冷漠,给我尊严!凯文,我们走吧,该说的都说了。"

"祺,原谅我!"

"我已经原谅你了。"

"祺,我可以放弃在中国的一切!"

"这已经不关我的事了。"

"我要与你在一起,哪怕你把我当成一个废人,当成一个魔鬼,一个走不出饿鬼道轮回的魔鬼。"

"你好自为之吧!"子祺开始向前走,凯文挽着她的右臂,原宪拉住子祺的大衣,他们停了下来,原宪比子祺哭得更伤心。子祺无力摆脱他的纠缠,她回过头来,擦干眼泪,对天长叹:"作孽啊!原宪,你真的想让我背上爱的十字架,让我背着爱与你离婚?"

原宪哭泣着说:"我知道你,你仍然爱我的。子祺,让我回来吧!"

子祺又泪如泉涌,对着天说:"我还爱着昨天的你……但我要和今天的你离婚!最可怕的,我还得走下去,沉重的,直到死亡。"她看了原宪一眼,平静地说:"我今天就回丹佛,下星期搬出你的别墅,再见了赵原宪,你好自为之!"说完,子祺大步离开了教堂,凯文跟着他母亲也走了。

原宪再没勇气说话,沿着身体重心坐下来。教堂里鸦雀无声,太阳的光芒不知照向何处,留下的只是暗暗的荧光。好一阵子沉默,接着是原宪反反复复的两个字——"离婚"。

第十七章　瞬间的自由

（1）唯有饮者留其名

等我回到自己旅馆的房间,已经是晚上10点多,不想与任何人说话,躺在床上,记不得脱了衣服没有,不想看电视,也看不进书。小C与大C去K村帐篷,今晚她们俩留守帐篷。子渊已经搞到杜克队与耶鲁队篮球赛球票。不知道南容在哪里,乐欤肯定与南容在一起,还有巴西勒。我不想再听到原宪的悲楚声音,他一定还忙着,每天总有女人需要他安抚,他真比贾宝玉还吃力,不想取笑挖苦他了。我闭上眼睛想睡一会儿,但杜克大学教堂里五彩玻璃的颜色挥之不去,思想跳跃漫游着。墙上的世界地图上,几束灯光在跳动,北纬三十度,跳向四十度,巴黎、上海、杭州、宽宽的太平洋,转向旧金山,赌城拉斯维加斯,突然觉得整个地球也转了起来,顺时针地转,奇怪！拉斯维加斯、丹佛、黄石公园、拉什莫尔山、长长的州间80号公路、芝加哥的雪地、纽约的摩天大楼,都在同一点上转动,我站了起来,找到北卡罗来纳州,也在这一纬度,但地球似乎逆时针地转。我找不到答案,感到头晕,回到床上努力闭上眼睛。然而这个地球还在转,茫茫大海,大西洋的水向东,再向东,到达美洲的对岸,欧洲的西部,回到巴黎,是在巴黎,有酒、舞会、金发女郎、夜总会……

横竖睡不着,到浴室冲了个冷水澡,把身体温度降了下来,冷冷地再钻入被窝,感到温暖,迷迷糊糊地坠入梦乡,不知做了什么梦,子渊在说话:"在这里找些开心不难,册那,Plug in! You plug in, Man!（接入,你接入,兄弟!）"

我的手机响了,真是子渊这个疯子。"我们上次在巴黎夜总会,葡萄酒、雪茄、金发女郎、台球、跳舞,是不是？欧元比美金好,不容易醉！册那,好不容易到了南方,找到金发女郎,想想一夜欢乐才刚开始,想想前前后后的金发女郎还等着我,想想这里的全黑女郎,你说我先取悦哪一位?他就这样先醉了,你说我怎么办?"

跟子渊聊了几句,原来他与原宪在达勒姆市中心的夜总会里,原宪不行了,子渊说他醉了,但原宪从来没醉过。原宪的声音从手机里传了出来,"62的,跟你大哥唱支山歌,爷四(yes),爷四(yes),跟我唱,'唱支山歌给党听',62的,不是给'铜'听,狗娘养的!"子渊哈哈大笑,对我说:"兄弟,你过来给原宪兄会诊一下,他发痴病了,要快一点,你听到这里声音了没有,几位黑妹妹要吃他!……不行!你们别碰他。"

钻入宝马X7,急匆匆离开华盛顿·杜克高尔夫俱乐部,黑暗中背着杜克大教堂的灯光离开大学校园,向森林里行驶,黑黑的一片,没有来往车辆。达勒姆市在黑暗里像座鬼城,几位无家可归者在大楼的角落里向我挥手打招呼,车灯前无数雪花闪过,像是奔跑远去的流浪者。寒冷、雪花、雪地。这次横穿美国,背着加州的阳光,去了拉斯维加斯沙漠,从金黄到土黄,由土黄变成白色!白色、白色!一路甩不去的苍白颜色,仿佛是过不完的雪地。宝马X7转过无数小街,"这个城市太空白了。"我自言自语地说。

到了夜总会,门口三百多斤重的门卫挡住了我。子渊从小窗口探出头,用手拍打着窗框,喊着:"胖子,油笨蛋,让他进来,他是Doctor(医生),油兰他印(你让他进来)。"那个胖子无动于衷,子渊用手指点着他说:"Doctor(医生),懂不懂?册那,他听不懂我的英文,真笨!"我感到很困,闭了一下眼睛,没精神替子渊这个疯子当翻译。"册那,你跟胖子翻译一下,不要刺激我,好不好?"

进了夜总会,走廊两边都是人,金发女郎们几乎都没穿厚衣服。无数双眼睛注视着我,一个穿着得体的男人向我点头,说着:"医生来了,你们让开!"一群女人闪开一条路,其中一位说:"又是一位医生,哈哈,你们中国佬会真开玩笑。"我感到惊讶,回头看了子渊一眼,问他:"你知道她在说什么呢?"

"爷四(yes),我册那当然听到了,这地方比巴黎好,玩得开心,心情激动啊！我感到我终于找到金发女郎了。天堂啊，兄弟，我们到了天堂。原宪兄弟激动得不行了，你先去看看。"

原宪坐在夜总会的正中，他只穿汗衫和短裤，手里拿着美金，往舞女身上插钱，见到我说："嗨！医生来了！"他向我招手说："请内科会诊！"他用右食指按了一下膝关节，惊叫起来，大声说："这里痛！"然后按到他的肘关节，又尖叫："这里也痛，痛！62的，我的肘关节骨折了。"他摸到自己额骨，哇哇地喊痛，但他一副高兴神态，高兴得变态，他身上有一股怪味，右手食指在身上到处触摸，他哈哈地尖叫着痛。

我捏住他的手，他的食指红肿，对他说："原宪，你的食指可能骨折了。"子渊拉过原宪的食指，看了一眼，哈哈大笑起来，说："厉害，到底是医生。"他高兴地把夜总会老板叫来，手舞足蹈地说："没关系了，他没病，就是手指骨折了。NO急救车，OK！"

原来，原宪在夜总会变得兴奋，他先感到热，脱去所有衣服，几乎要脱短裤。他接着哮喘，呕吐了几次。他到洗手间，用拳头打门，从来没有过的快乐。回到舞厅叫人跳舞，一个接着一个地跳，还不过瘾，他叫一对舞女来跳，他突然高兴地大喊："疼痛，全身都是痛！痛得太舒服了。"又吐了几次。

我在昏暗的灯光下检查原宪，他的瞳孔放大了，人异常地兴奋，格外地快乐。我问他："你吸了大麻了？"

"哈哈，医生高见！"原宪竖起骨折的手指说。

"我给医生介绍一下。"子渊说。他请了好几位杜克大学的学生，都是他昨天晚上在帐篷里认识的，他出钱请他们玩，给他们钱，史蒂夫也在，他们手里捏着啤酒。夜总会充满了欢乐。子渊双眼炯炯有神，他控制不住喜悦，用肩膀撞了我一下，说："你是知道的，请他们来，让他们开开眼界，学生什么都要学。哈哈哈！"他对我挤了一下双眼，又撞了我一下，接着说："容领导给我的任务！哈哈，我要坚决完成。"他拼命地对我挤眼，像是吃了什么药，语无伦次地接着说："甜甜的，都喜欢甜甜的，我坚决完成了任务。"

"搞到球票了？"

"爷四！当然，爷四！"

"怎么搞到的?"

"他们都是好学生,四千美元一张球票,教练座位区的。我从来没坐过教练席位,我跟他们担保,我们去观看杜克大学和北卡大学之间的球赛,保证杜克蓝魔队赢。册那,包赢的！北卡队,见鬼去！"子渊兴高采烈地说。

原宪太兴奋了,他控制着自己的身体,靠着椅子背让几个舞女在他身上跳舞,他的双眼盯着舞女,仿佛找到了金矿,他在自己的欢乐中,食指的疼痛也给他带来快乐。夜总会响起了熟悉的音乐,原宪花钱点的歌——《唱支山歌给党听》,从网上下载的,原宪唱着歌,对我说:"医生,我在考虑回去。"

"回到哪里去?"

"归去来兮,回国去！我怕什么,我现在什么都不怕了。我本来就是一个穷光蛋,不怕了,都是空的,人终有一死。"他大声地说。

"等你清醒了再说吧!"

一曲快要结束,原宪大声地跟着唱:"我把党来比母亲。母亲只生了我的身,党的光辉照我身……"夜总会的人拍手叫好,没人知道他在唱什么,他喊唱得痛快了,接着说:"不怕了,我感觉好极了,感到快乐,我不在乎什么地位,管他什么成就,什么都不在乎了。我要回国去,62的凭我手上一把刀,我怕什么呢?"

"你想好了?"我问。

"就差范进老丈人的一个巴掌了。"他哈哈大笑,没有恐惧,今天下午的哭泣成了深夜的快乐。他大喊:"天生我材必有用,千金散尽还复来!"原宪高兴得不得了,他觉得穿着汗衫也太热,想脱了汗衫,夜总会的舞女拦住了他。原宪兴奋地朗诵:"聆医生、贾老总,将进酒,杯莫停。与君歌一曲,请君为我倾耳听,钟鼓馔玉不足贵,但愿长醉不复醒。古来圣贤皆寂寞,惟有饮者留其名……"一切都乱了,太多的中国元素,咿咿呀呀地在舞厅里回响,不知原宪付了多少美金点了这首歌。他浑身是汗,放大的瞳孔圆圆的,深不可测,我身不由己地寒战了几下。几个舞女倒在他身上,扭动着身体豪放又妖艳,原宪已经不能动弹,舞女们向他讨酒,又一轮狂欢。

"原宪,我们回去吧!"我劝他。

"天生我材! 聆海,天生我材必有用! 你怎么不跳舞? 这里没有让你看中的女人吗? 我现在眼花缭乱,白的黑的都无所谓了,下一曲我请个黑妹妹跳舞。"原宪还招呼杜克大学生,口齿不清地说:"你,对,你们所有人,去享受快乐吧,我付钱。"原宪给他们买了一巡啤酒,大学生尽情喝酒,没人请舞女跳舞。

夜总会的灯光旋转着,时间没完没了地被射灯打乱。时光错乱,一切在旋转,不能聚焦,满屋子的疯狂。黑妹子在原宪身上滑动,原宪在狂喜中,他似乎挺不住了,喘着气。这样的疯狂巴黎有,现在美利坚合众国南方也有,一样的极乐,一样的隐痛,一样的疯狂。《卡门》在高潮中,原宪在座位上已经不能动弹,黑妹妹不停地扭动,跳着疯狂舞,强劲得像黑珍珠一般的诱惑,她注意到原宪的样子,先是得意,然后关切地问:"怎么啦?"她停止了舞蹈。原宪倒在座位上,大口地喘气。我赶紧过去,扶直了他,说:"原宪,不能再这样了,我带你回去!"他喘了一阵子,睁开眼睛,他扩大的瞳孔没有内容,一切都是空的。他气喘吁吁地说:"对,对极了! 聆海,不能这样下去了,我不下地狱,谁下地狱?"

"我们回去!"我招呼着杜克大学生,请他们帮我扛着原宪走。

"我们回去,回杭州去,天生我材……"

(2) 南容与辛格拉

再次回到华盛顿·杜克高尔夫俱乐部,将原宪安顿好,他沉沉地睡去。

谢了杜克大学生,子渊还利用机会动员他们出卖球票,他拍着他们的肩膀说:"兄弟们,你们明年还会有杜克与北卡对抗赛,但我们不会再来了,四千美元一张球票,我帮你们送北卡去见鬼,北卡,见鬼去! 见鬼去! 哈哈,谢谢!"

我回到自己房间,又洗了一次澡,冲去身上的烟酒味,打电话到前台:"有没有牛奶?"我下楼到前台,拿了两盒全脂牛奶,在微波炉加热。滚烫的牛奶,舒舒服服地喝下肚,倒在床上一头睡去。这一觉不知睡了有多久,等我醒来的时候,房间仍然漆黑一片,看了手机上的时间,已是下午1点。我走到窗前,拉开窗帘。阳光反射在雪地上,苍白一片,亮得睁不开眼睛。我还没彻底醒来,懒懒地又倒在床上。

新的一天在下午诞生。电视里有英国广播公司的节目,我看了几分钟,脑子里染上几句英国腔英语。转频道看日本电视节目,几个日本女人快频率地鞠躬,一口一句"撒呦哪啦"(再见),也有中国电视节目的,我总觉得用左脑说英语,用右脑讲中文,上海话在右脑的前端,而宁波话在右脑的更前端了。《大学》中有"格物致知",总觉得用中文思考有些腐儒,原宪曾取笑我的儒家情节,但将"格物致知"翻成英文,rectify material world for truth,左脑运转后感受,仿佛成为西方的至理名言。

打开房门,从走廊里拿了今天的报纸,看了标题,但就是不能决定用哪一半大脑思考。放下报纸,打开手机,微信、短信一大堆。伯牛已在飞机上,今天他抵达杜克大学。他来得蹊跷,不知道他哪里来的保释金。好久没和施之常通电话了,我随意地打通了他。施之常说张有若总是远远的,好像她的灵魂仍然留在上海,他不知道上海到底出了什么事。施之常是个好丈夫,他是个有耐心的人,但愿他能有一个真正的家庭,也许时间能修补一切。

下午吃的是早饭,吃了后到K村走走。K村开始热闹起来,K村里搭起几个巨大LED显示屏,放着经典杜克蓝魔队比赛录像。前后左右多了好几个篮球架,很多人尝试着乔丹式的飞跃上篮,各种扣球。篮球弹出K村,滚向卡梅伦球场,也没人去捡球。不时出现各种自发组成的乐队合唱,帐篷里的号角滴滴嘟嘟,敲盆奏碗的都有,走调的多。巡视员频繁来回点名,叫着帐篷里学生的名字,比较着学生证头像与眼前的醉样。巡视后几小时,K村的人三三两两地出村,去杜克大学附近寻找快乐,开禁大吃。

帐篷的另一角传来号声,杜克大学仪乐队绕着K村游行而来,白色制服,奏着《杜克战斗曲》,他们是高水准大学仪乐队。指挥在前面,后面长号、小号、圆号,三人一排,光这一部分就有四十人,小鼓在后,高音鼓,大小不同的低音鼓,鼓声齐鸣;随后是双簧管、单簧管、长短笛、萨克斯,竟然见到与中国铜钹类似的乐器。杜克大学学生疯狂喊唱：

> 杜克，唱响你的圣歌，
> 唱出一切未告知的赞美。
> 蓝色与白色，
> 我们秉承的色彩。
> 坚守我们的蓝线，
> 穿越时空的忠诚。
> 为了老杜克的爱，
> 战斗，我们不惜战斗！

怦怦怦的鼓声，哒哒哒的号声，带着醉态的喊唱声，这一队人向卡梅伦体育馆前进。乐队的后面是高大的吉祥物"杜克蓝魔"。等杜克大学美女拉拉队经过时，帐篷里的醉鬼都跑了出来，高喊着他们喜爱的美女名字，"嘿！嘿！你好艳啊！"男生们英国绅士式礼赞着。他们在课堂里总埋头读书，没想到坐在一起的竟然是大美人，真的感到惊讶，为美女拉拉队加油，大胆地赞美。"谢谢赞美！"拉拉队美女招呼着同学，他们像是好久没见似的，相见在K村就是高兴。

我在欢乐中发现了子渊，他也在人群里，和史蒂夫在一起，他伸出双手，手指做出V形姿势。我挤着过去。史蒂夫看见我，紧紧拥抱我，又行整套的击拳拍掌流行礼。

"哈啰，史蒂夫！准备将你的票卖给贾总吗？"我问。

"难啊！四十天帐篷露营经历，就追求这张票。卖了我自己也会后悔，小C和大C更不会原谅我的；但另一面是四千美元，一大笔钱，我犹豫啊！不过贾总已经搞到几张球票了，都是前排的。"

"子渊，是真的吗？"我问。

"领导吩咐的任务，我从来唯命是从的，哈哈！不就几张球票吗？不难的。史蒂夫还在折磨自己。"他转向史蒂夫说："再过两小时，我也许不需要了,OK?"

K村越来越热闹,都是二十几岁的青年人,包不住的青春活力,在二月寒冬穿戴如夏天,有穿T恤衫的,有穿西装短裤的。金童玉女交谈着,他们有说不完的话,取笑着,幽默着,每个体态动作都是美,每分每秒都是生命在绽放。金发女郎的眼神如蓝天,她们是杜克蓝魔队的绝对粉丝,子渊不敢正视她们,不敢向她们购买球票。

大C和小C还在上课。凯文也不在,估计是在陪他母亲。子祺决定今天离开杜克大学,她让凯文传话,等离婚文件办完,再请原宪去签字。他们的离婚也简单,谁都不想要房产,子祺也不让原宪付女儿的抚养金。从来没见过这样"文明"离婚的。

南容打了电话过来,约好去杜克家族花园。十几分钟的步行,进入杜克家族花园,看见今年第一朵迎春花长在细枝上,绿叶还没长出来,有说不尽的感慨。这一路横穿美国的冰与雪,见过数不清的植物,形形色色,好多连它们的名字都不知道。在杜克花园寒冬里,却认出好多植物:早开的日本李花,粉红得羞人;天堂红叶竹,满满开着红叶;木兰树酝酿着蓓蕾;矮小红豆杉树上遇上今年第一颗红豆。春夏秋冬的颜色都在这一时刻里。

"Hello(你好), Darling(亲爱的)!"南容看见我,挥着手过来,接着说:"Dormez bien?(睡得好吗?)"

"公园外有家咖啡店,我们去坐坐?"我问。

"Je suis à vous.(我是你的。)"她今天高兴,挽起我的肘弯就往公园外走,又说:"今晚我们一起去看球赛,你说大C的那个球星同学,他是不是长得很帅。"

"又在动什么脑筋了?"

"我是个老太婆了,他才二十多岁的男孩!"

"我想也是!"

"Oh, Darling, is that how you think about me?(噢,亲爱的,你就这么认为我的吗?)"

"有必要为此争吵?"我问。

253

"对,不要说。"走了几步,她突然问:"听说原宪要离婚了?"

"是啊,可惜了。"

"不是朝朝暮暮的爱,到底难持久,你说是不是?"

"隔着太平洋的爱,大多是勉强的,但子祺还爱着原宪。"

"那她为什么还离婚?"南容紧紧地挽着我的手臂。

"人各有志,子祺不愿意凑合着过。"我说。

"大家都凑合着,就她不能?"

"悲剧就是这样定义的。"

"噢,Darling(亲爱的),这算什么悲剧? 真正的悲剧是无爱的人凑合地活着,婚姻的契约又屠杀了各自性爱的自由,那样无爱的社会、无爱的家庭、无爱的生活,却伪装成爱情。不是子祺那种带着爱离婚的。"

"你什么时候成为社会评论家了?"我问。

"不谈这个。"

我们进入咖啡馆,里面气氛很不一样,原来这里是杜克大学教授们聚会的地方。我穿深蓝色休闲西装,南容一身法国仕女流行装,也算合群。找到一张空桌坐了下来,我要了中国绿茶;南容点了法国红葡萄酒,一小块法国巧克力饼干。南容的目光突然停在一个方向,我转头望去,看见辛格拉正与教授和几位同学交谈着,他们靠着窗,阳光洒在他的肩上,他说着、笑着,根本没有留意南容在这里。突然,辛格拉走向钢琴,坐在钢琴前,第一个音符跳出,就知道他弹钢琴的功底,他演奏肖邦的《离别曲》,没想到这位篮球天才还是一位钢琴演奏家,他的大学专业却是生物。他的每一个天赋都能让他成名。

南容一直盯着他,辛格拉的音符弹奏在红葡萄酒上,不能再抒情了,咖啡馆里响起了掌声,南容向辛格拉招手,辛格拉看见了她,也向她招手。他与教授、同学说了几句,他们都回头向我们致意。

"他会过来吗?"南容问。

"他会来的。"我说。

"我的心跳得厉害,看他有多英俊!"

"年轻人很有天赋。"

"你不会说我是个轻浮的女人吧？你一定不会。聆海，每个女人都会有这样的感觉，只是你不知道。"辛格拉走向我们，南容捏着我的手，轻声说："不要让我倒下来。哦！让你看见做女人的脆弱了。"

"毛太太好！真高兴在这里见到你。"

"没想到你还是位钢琴家，《离别曲》是为谁演奏的呢？"

"我的老师要去哈佛就职，就是靠着窗那位。"南容朝辛格拉指点的方向望去，她向教授招手。又有人演奏起钢琴，这回是贝多芬的《月光》。

南容问："辛格拉先生能与我们一起喝几杯吗？"

"毛太太客气，好的，我跟他们说一声。"他走开了。

"要我离开吗？"我问。

"别走！我想给他办个私人演奏会，他会喜欢吗？当然付钱的。"

"大C会很高兴的。"我说。

"聆海，你为什么总是这样清醒，每一句话，真是每一句话都是醒着说，你就不能让我感觉好一点吗？"辛格拉回来，在南容另一边坐下。

我说："我们现在听你演奏，晚上看你比赛，杜克的才子就是不一样。"

"你们晚上来吗？太高兴了。我不会让你们失望的。我们与耶鲁大学队比赛是后天与北卡队比赛的热身赛，耶鲁大学队也不错，是常春藤学校中最优秀的。"

南容拉过辛格拉的手，问他："好，亲爱的，为什么一个人能如此富有才能，你不觉得上帝很不公正？"

"谢谢毛太太，我受宠若惊。"

"辛格拉先生，大C的母亲想为你举办一场私人演奏会。"

"聆海先生，你不会在开玩笑吧？"他问。南容轻轻地触摸着辛格拉的手，长时间不放手。辛格拉有些不自在，南容说她一直想为大C做这件事，辛格拉却说大C从来没提起过。南容的双眼追捕着他，她的身体倾斜起来，我向她靠近不使她倒下来。

"毛太太，你没事吧？"

"辛格拉先生,大C母亲太激动了。她很高兴你接受了她的建议。"

"对不起,毛太太建议了什么?"

"为您举办私人演奏会!"我说。

"这是真的?"辛格拉不相信,还以为是开玩笑。

"等与北卡队比赛后怎么样?"我问。

辛格拉也不知所措,他高大的身躯像一匹骏马,世界上最俊秀的纯种马,像米开朗琪罗雕塑的大卫,而南容像灰姑娘一样兴奋,她泛着红晕,身体微微颤抖起来,她甜甜地说:"你说你不会让我失望的,你才说过的。"辛格拉勉强答应了,招待员端来香槟,她与辛格拉干杯,"干杯!"南容说。"干杯!"辛格拉回复。

"教我怎么享受你的篮球。"南容用法语说。

"毛太太,你的英语和法语都说得很美。"

"你演奏得也很美,打篮球与演奏相似吗?"

"说不好,但都是用心来表达的。"辛格拉仔细打量着南容。

"是的,凡是在心上的都是美的。"南容说,她越来越对辛格拉感兴趣,她向他倾斜,双眼没离开过他,还捏着他的手,说道:"仔细回味你说的,还真有哲理,像是思想家说的。"

"太太过奖了!钢琴演奏和打篮球,都不在于思考而在于投入。"

"与众不同的观点!"南容很投入,举着酒杯,他们俩干杯,各自喝了一小口。她又举杯与他干杯,再喝了几口,高雅的交谈、咖啡店不存在了,贝多芬的钢琴曲不存在了,别的人不存在了,嘴唇艳红放大在水晶杯上,舌尖染着红葡萄色,手指在酒杯柄上下移动……我感觉室内温度太湿热,移动着双腿想离开,南容的脚踩住我的脚背,她说:"我还以为思考与智慧是成功的关键。"

"在强劲的对抗赛中,不可能以思考取胜,而是靠本能技巧,靠冒险、靠激情投入来取胜,伟大的乔丹就是这样。"

"我赞成冒险,赞成投入,更爱激情。"说到这,她抚摸着他的手问:"但怎么投入呢?"

"占据球场,将球场变成自我舞台!"

"这就是成功的秘密,杰出与平庸的本质区别,是不是?"

"是的,太太,杰出的演奏家在于牵挂、投入,而不是机械地演奏。"

"杰出的篮球运动员也一样。"南容说。

"是的,太太,乔丹拥有他的球场,占有他的球场,他在乎的是比赛,不是比分。"

"就像爱,是'爱'的投入,是占有。关爱、牵挂,是不是也是这样?"南容说。她完全忘记我的存在。辛格拉脸潮红起来,高大英俊的身体有些拘谨,南容继续问:"说到底是'爱',伟大的演奏家爱演奏,伟大的运动员爱竞争本身,而伟大的情人爱'爱',love loving!"

"爱'爱'!"辛格拉重复着。

我感觉今天南容不一样,她从没有过这样的眼神,我感到自己是多余的,我起身说:"我要去机场接个人,先走了。"我站了起来,辛格拉也站了起来,我拦住了他,说:"不必客气,今晚一定来欣赏你的球技,看你怎么'爱'篮球。"

"为爱干杯!"南容说。

我不想打扰她的投入,我走出了咖啡店。外面的天色不错,但寒冷。环视四周,找到了方向,我沿着老路走到停车场,上了宝马 X7,然而莫名其妙地又回到了咖啡店,我从窗外望进去,南容与辛格拉都已不在咖啡店,桌上只剩下两杯香槟。服务员过来,清理了他们的台桌。我再次上了车,直去机场。

(3) 伯牛驾到

乐歖打电话来,问我南容在哪里。我真可怜他,但不知哪里来的愤怒,他是见鬼了,真是见鬼了,把他自己陷入这样深的感情漩涡,我说:"乐歖,以后不要再问我南容在哪里了!"

"妈的,你也这样取笑我,我们的友谊到哪里去了?"

宝马 X7 行驶在高速公路上,没几分钟就到机场了,我没心思跟乐歖

257

理论。

伯牛从接机口出来,红光满面,说道:"北卡罗来纳州有什么好吃的,听说南方买不到活蟹,也没有山货。"他这几个月来,在监狱里吃吃喝喝,每天还上健身房。伯牛长得结实,他什么都没变,还是喜欢讲监狱里的荒唐事,他说他的案子过几个月重新开庭,加州政府以谋杀罪起诉他,可以判个无期徒刑的。伯牛拍着我的肩膀说:"我怎么可能服无期徒刑呢?我请了个好律师,打几个官司我不怕的,反正我现在有钱了。"

我与伯牛谈起翁后处:"既然你有钱了,跟后处和好算了。孩子们也可以过正常生活。"伯牛盯着我,仿佛我说的是外星语言,他说:"孩子们知道我爱他们,现在也不能带他们回湄潭县,但江山能打下来,还怕阴沟里翻船?这个女人,我真想不明白,你说是不是?她图什么呢?跟着一个老头,比我们老得多的一个光棍,穷光蛋,他妈的,她真是中邪了!这个年代女人怎么啦……我不生气,我一气之下又要出事的,努力……努力……努力不去想这件事。"

"你怎么突然有钱了?"我问。

"这事你不要问,弄明白了对你没好处,但我告诉你,我知道谁对我好,谁在落井下石!我自己投入监狱活命,也能活着出来,我怕谁呢?"

"去看过孩子没有?"

"她不让我去看,没关系,再打几个官司就解决了。"

出了飞机场,我开车带他去旅馆,安排他在杜克大学校园外的喜来登酒店住下。当夜,我在旅馆的酒店请他吃饭,要了一磅牛排,半磅油炸土豆条。他吃得香,好像没有下一顿似的。他说:"进监狱最早的两个星期够呛,单独被关在最严密警戒的牢房,每天放风才一个小时,他娘的!我这个人胆大包天,就怕寂寞,人总得跟人说几句话,是不是?坐牢没什么可怕,可怕的是没人跟你说话。最后,我想出办法,每小时唱一首歌。他妈的,我这辈子只能唱《红灯记》《沙家浜》,就这些了。唱完后朗诵诗词,《井冈山》《水调歌头·重上井冈山》《沁园春·雪》,谢天谢地我还记得。哈哈,我进了监狱成了他妈的秀才了,真有意思。我决心买几副扑克牌,一本魔术书,等我再进监狱,练练魔术,这辈子就是没时间学。"

"今晚你有什么打算?"我问。

他看了我一眼,我知道他想做什么了。喜来登酒店房间里的空气令人窒息,几个大壁炉燃烧着大火,焦灼着空气,干燥得像是在沙漠里。四周都是上了年纪的白人,他们交谈着,又像是在冬眠。偶尔有年轻漂亮的女人走过来,但她们从不注意我们,她们的行为举止像贵族,有着法国式的傲慢,有着英国式的自大,有着美国人的不修边幅。伯牛斜靠着,右手托着他的脑袋,左手拿着牛排往嘴里送。离他不远处是立灯、壁灯,灯光投向我们,周围却是昏暗的,我们仿佛成了油画中的聚焦点。伯牛吃得汗流浃背,他索性脱去中式西装,脱去羊毛衫,他的汗蒸气在灯光背景里升腾,他拿着餐巾擦汗,还是热。伯牛从侧门走了出去,踏在花园雪地上透气。我也感到热,看了钟表,快到篮球比赛时间了。整个城市仿佛也感到这个时刻,墙上电视屏上显示着卡梅伦球场的图像,杜克K村疯子们在场外呐喊。我想离开,向伯牛招手,他仍在雪地里乘凉。

我走出餐厅,顿时一股冷风吹来,好冷,但舒服极了。我伸展肢体,看到伯牛在雪地上踏出的字形,像是甲骨文。我意识到伯牛不再入乡随俗了,他变了,他变成一个喧宾夺主的人。我再向他招手,但他仍然走着他的雪步。我等着他,第一次感到冷与热没有区别,出汗与打喷嚏也没区别,都是自己的不舒服。伯牛似乎已经决定,他精神饱满,全身的傲气。终于他还记得我们正在一起进餐,他走过来问我:"去不去夜总会?"我知道伯牛成了一个陌生的人,我可以陪他吃一个晚上,说上几十个小时,但伯牛只活在他自己的世界里了。

又一阵子冷风吹来,我开始打寒战,鼻子堵塞了,冷,冷,我浑身颤抖着。我竖起自己外套的衣领,问伯牛:"我答应他们去观看篮球比赛,你跟我一起去?"

伯牛回答:"你甭管我,我自己会去找乐。"

第十八章　卡梅伦疯子与球队

（1）但愿如此感受久长

我离开喜来登酒店,直接去卡梅伦球场。

"聆海,你去什么地方了？来,坐到这里来。"南容招呼着。

"今天各位将就一下,后天我们都坐在教练区。册那,时间太仓促,弄不到好位子。但耶鲁大学队是毛毛雨,保赢的,我已经诅咒了几天了。"子渊向大家说明着,他和巴西勒坐在我们后面一排,乐欬坐在南容右边,原宪孤零零地坐在乐欬旁边。

卡梅伦球场到处都是蓝白色,蓝白色球衣,蓝白色面孔,蓝色头发；到处都是青春,一个球场近万年轻人,他们跳跃着,欢呼着。球赛有 ESPN（美国有线电视联播网）转播,镜头所到之处,蓝色欢呼跳跃着显在大电子屏幕上。全场如波浪般运动,没一人坐在座位上,双臂向前伸展,手掌像蝴蝶拍动,身体前后舞蹈。我们几个受到感染也站了起来,原宪站着却心不在焉。子渊跟着唱《杜克战斗曲》,他竟然能唱几句。这几天跟着史蒂夫,子渊成了我们中最蓝魔化的人。在球场最高几排的大学生,一群群将头伸在空中,像是悬挂在球场天花板上,尽情地大喊大叫着,听不清在喊什么,只知道正在享受好时光。好多韩国脸,兴奋得像红彤彤的篮球。也有日本人脸、有白脸、有蓝脸、有黑脸,是蓝色的世界,是欢乐的世界。整个球场,就算我们穿得隆重,原宪西装革履,站在那里像漏气的大皮球。我也不差,穿着休闲装,南容穿的是奢侈精品店购买的明星时装,总觉得与场合格格不入。又一阵潮水舞动过来,管不了自己穿戴了,我跟着举起双臂舞动,南容也是,与杜克大学学生同步,突然感觉年轻了,忘记了纠结。抬头望见一排排白色锦旗,杜克蓝魔队的全国冠军锦旗、地区冠军锦旗、循环赛冠军锦旗、对抗赛冠军锦旗,非凡的成就,显赫的战绩。

教练K带着蓝魔队进场了,顿时鼓号声齐鸣,长号、短号、萨克斯、单簧管、双簧管吹出了进行曲,全场齐声喊着"K,K,K"。杜克蓝魔队明星一一登场,当辛格拉出现在我们面前时,南容像大姑娘一样,红着脸向他招手。在人群中找到了大C,小C站在她的旁边,就在我们下五排座位上,离教练K不远。大C拼命地高呼着辛格拉的名字,给他飞吻。

随后,卡梅伦球场一片漆黑,只有LED大屏幕在闪亮,球星一一出现在屏幕上,五彩缤纷的照片介绍着他们的绚丽。"辛格拉,辛格拉!"大C叫喊着,全场一起欢呼。南容也不犹豫,高高地站立,不停地喊着辛格拉的名字,她完全忘记了自己。好久没见她这样美丽,这样神采飞扬,这样年轻。整个球场充满着欢乐,充满着青春,人群站立坐下形成波浪,感觉像潮水一样拍动,一波一波地卷来,波浪涌动在卡梅伦球场,海水吞食了我,带走了南容,也卷走了每一个人。

辛格拉是美国大学生篮球联赛的明星,电子屏幕上放着他精彩进球录像。最近纽约麦迪逊广场花园的比赛,他一人就得了三十一分,了不起的战绩。杜克队杰弗逊已被NBA录用,今年是他参加的最后一个大学篮球联赛。耶鲁队的球星是二年级的后卫,迈卡尔,每场平均得分二十五分。蒙德驹每场得二十分,他是三分球的能手。西亚斯是去年常青藤篮球年赛的最佳球员。

球赛开始,拉拉队美女青春劲舞,号角加力齐奏,欢呼声响彻球场。耶鲁队进攻,迈卡尔带球切入杜克队三秒区,强行上篮,首先得分,二比零领先。没人在乎耶鲁队的得分,欢呼声继续,一万人的尽情呐喊,蓝色手臂如海洋在召唤。杜克蓝魔队快速推进到前场,一万人期待着精彩进球,但他们几个不痛不痒的传球,杰弗逊又自己绊倒,篮球转手耶鲁队,蓝魔队转为防守。南容只在乎辛格拉,注视着辛格拉的一举一动,她双手紧握着,像在祈祷。杜克队以一对一防守。耶鲁队左右前后跑动,大幅度交替传球,耶鲁的中锋三大步进入篮筐下,扣球又得两分,四比零领先。蓝魔队再次进攻,就等着辛格拉露一手,带球到前场,但突破不了耶鲁队的防守,他们在外围草草投球,生疏得就是不进球。

南容也替他们担心。她摇了摇我的手臂,喊着问:"怎么就不进球啊?"

"别急啊!这不才刚开始。"

"他们都没睡好!"南容心疼地说。

"辛格拉不像上午的辛格拉。"我说。

"他怎么不像他了?"南容赌气地问。

"他跑位慢了一拍。"我说。

"不会的,你自己乱弹琴!"她娇气地说,她这样保护着辛格拉。

蒙德驹投三分球,竟然没有杜克球员防守,耶鲁队又进球了,这次是三分球,耶鲁队打得迅猛,而杜克蓝魔队就是不进球,前四分钟的比赛,耶鲁队以九比零领先。整个球场听不到拉拉队的鼓动,蓝白色K村疯子都坐下了,哑了,没有喊叫。南容也焦急起来,她对耶鲁队刮目相看。简直不敢相信耶鲁队的作为。卡梅伦球场沉默了,近一万球迷寻找着他们的球星,辛格拉在哪里?

杜克蓝魔队再次进攻,后卫运球到前场,找到了辛格拉。辛格拉得球,他迟疑了一下,他在努力找回他的节奏,但能看出他的不对劲。大C突然喊着:"辛格拉,辛格拉!"她举起已经做好的标语,上面写着"我爱你"。辛格拉带球向杜克半场运行,毫无章法,他在三分线外带跳投球,篮球在空中飞行着,歪歪斜斜让人失望,但莫名其妙地正入球筐,杜克蓝魔队得了三分。南容情不自禁欢呼起来:"辛格拉,辛格拉!"她叫喊着他的名字。大C回头寻找她母亲,蓝白色的画脸上显出惊讶。

随之,全场惊天动地地欢呼起来,杜克大学的仪乐队吹出进军号,蓝白色一片再次像潮水席卷而来,近一万人站立起来。大C和小C她们跳跃着,为辛格拉的蓝魔队加油。美女拉拉队在场外舞动起彩球,挥舞彩带。辛格拉的三分球像兴奋剂,唤醒了他自己,也唤醒了整个杜克蓝魔队,似乎也唤醒了这场比赛。但耶鲁队毫无畏惧,他们似乎不在乎犯规,在勇猛中胡乱进球,蓝魔队还是生疏,挡不住耶鲁队的猛冲硬撞,只有辛格拉有几次在三分线外成功,进攻与防守都杂乱无章。

"K教练不生气?"南容问。

我说:"他是美国奥运队教练,哪有这样容易生气的?"

"他该叫暂停了。"

"让你来当教练?"

"也许我能行!"她做了个怪脸。

"大学篮球赛的刺激与疯狂就在它的不可预见性!"

"为什么?"她喊着问。"你看,说实在的他们都还是孩子,容易闹情绪。好情绪的时候,他们有着世界上最伟大的激情,激情是个美妙的东西,能使人疯狂。情绪坏的时候,简直不懂投篮,不懂篮球似的。"

"他们还是孩子?"

"当然啦,就像大C和小C一样!"

"辛格拉已是一个男人,他不是孩子啦!"南容说。

"你没给他太多刺激?"

"他在刺激我!"她露出几分娇态。

"看起来,他比其他球员发挥稳定,应该谢谢你?"

"那当然啦!杜克蓝魔队由我调教,一定是世界冠军!"

"哈哈哈,你今天调教辛格拉,过不过瘾?"

"噢,亲爱的!别取笑我了,我没那么坏啦!"

"说正经的,虽然两队都毫无章法,蓝魔队个人技术明显高出耶鲁队。"

辛格拉组织起进攻,他的眼睛似乎长在后脑上,知道所有球员的跑位,球赛过了十几分钟,蓝魔队身体热了,手脚也不僵硬了,比分开始拉近。

"看起来蓝魔队的确还不错。"南容说。

"蓝魔队在非淘汰赛季,主场还没有输过呢!"我回答她。

耶鲁队的教练叫了暂停。LED屏幕上放着辛格拉去年周游世界的照片,他花了一年时间,航海周游了一百多个国家,潜水到海洋深处,与鲨鱼同游。他在泰国寺庙里与和尚作揖谈经。我们不得不尊重他的游历。子渊的头突然伸到我身边,他重重地拍了我的肩膀,赞扬着辛格拉:"册那,厉害啊!辛格拉榜样啊!"能听得出来他在想什么,我们这次周游,从西海岸

263

到东海岸,从北方到南方,从这里的北卡罗来纳州,再往南也没多少土地了,有南卡罗来纳州、佐治亚州和佛罗里达州,就这些州了。谁知道子渊这个疯子在打算什么,但一定很疯狂,也许他想航海,从加勒比海出发,或是从墨西哥海湾出发,我拍拍他的头颅,问他:"难道想去加勒比海了吗?"

"巴哈马、古巴、海地、多米尼加!哈哈!"他在我耳边叫喊。

"波多黎各、圣胡安、蒙塞拉特、多米尼克?"我接着他说。

"真是自己兄弟啊!"他抱着我的头颈,吻了我一下,这下吓住了南容,子渊却兴奋地喊叫:"圣卢西亚、巴巴多斯!"他跷起大拇指。

"格拉纳达、特立尼达……"我接着说,一口气从美国循着加勒比海岛屿,上了南美洲土地。

"可惜我不会游泳啊!真是册那!"子渊放下我的头颈,坐回自己座位。

暂停后,杜克蓝魔队打出区域防守,耶鲁队强行突破被阻止,进攻被瓦解在三分线外,他们找不到进攻方略,虽然还是猛打猛冲,但不断犯规被罚球。几次攻守交替,蓝魔队打出了节奏。辛格拉带球冲进耶鲁三秒区内,毫无顾忌自己身体,弧线运球,炉火纯青,他摇摇摆摆地在防守中前进,球在他倒下一刹那离开他,飞向天空,进入球筐。跌跌撞撞突破成了辛格拉的特色,他今天发挥得淋漓尽致。大C举出了另一块牌子——"辛格拉,我感谢你!"她害羞的样子显示在LED屏幕上,全场为她雀跃,辛格拉也一定看见了。他防守成功,带球进攻,跌跌撞撞吸引了三个耶鲁球员对他防守,他在倒地前将球妙传,杰弗逊三分远投,一气呵成。全场欢呼声惊天动地,大C又换了牌子,还是那块"辛格拉,我爱你"。

南容也高兴得像个大姑娘,她靠在我的肩膀上,大声说:"辛格拉说的,一个杰出球员拥有球场,因为他爱!"

"有些道理,对不对?"我问。

"他简直是个哲学家。"南容说。

"也许真有这样的哲学。"我说。

"我知道你在取笑我,你向来是这样的,我不跟你计较。"

"那就别说话,看辛格拉为你表演。"

"我感到自己成了杜克大学学生了,你有没有这种感觉?"南容问。
"有人就为这个留在大学当教授。"我说。
"你知道我不是说这个。"
"那你说什么?"我问。
"青春,我们曾有过的,从来没有过的,哦,聆海,多美妙的感觉!"
"看球吧!"我说。

区域性防守改变了球赛,比分交替上升后,杜克队开始领先,上半场结束时,杜克蓝魔队反而领先四分。K教练显示了他的才能,同样一支球队,不同的战略改变了战役的进展。

中场休息,球场突然一片漆黑,局部灯光投照在球场正中,音乐渐起,中场休息高潮在《每次我们爱抚》中到来,女歌手深情唱着:

> 你熟睡在我身旁,我依然听到你的声音,
> 在我的梦中,也能感到你的抚爱。
> 原谅我的软弱,不知为什么,
> 没你生存艰难。
> ……

整个球场在沉浸在歌声渲染的情绪中,成千上万的手臂在天空摇曳,歌声婉转,如泣如诉。灯光随歌声若即若离,旋律打动着每个人。突然,强劲的鼓声跳动起来,打出心跳的节奏,怦、怦、怦怦。怦、怦,像是心脏在起舞,人随着鼓声颤动,歌声继续:

> 因为每次我们爱抚,我如此感受,
> 每次我们接吻,我感到在飞翔。
> 难道你没感到我的心悸
> 但愿如此感受久长。
> ……

整个球场只留下心跳的搏动,怦、怦、怦、怦怦怦,每一个鼓点都打在心脏上。大家站在球场上,随鼓声上下跳跃,像一颗巨大心脏振动在卡梅伦球场中。歌声继续,鼓声、歌声、心脏撞击声,让人如痴如醉。怦怦怦,我们都在舞动着,不管哪种舞动,都是我们自己的舞蹈。感觉心跳,感觉真情,由着心跳述说我们的故事。人人都在欢呼,宇宙是我们的心跳。灯光、青春、生命、爱、心跳,都聚在一起,是我们,是我们如疯似狂的时刻。我看到南容的泪水,看到大C与小C拥抱,感觉到杜克篮球赛的美妙,鼓声渐渐远去,随着是哀转的歌声:

你的双臂是我的城堡,
你的心脏是我的天道。
好与坏,我们经历着。
你升华我,当我跌倒。
……

心跳的节奏又开始了,怦怦怦,怦怦怦,歌声如此真情动人,南容真哭了,她说:"真不知道跟谁去述说,没人知道我经历着什么。"她倒在我的肩上,重复着歌词:"'难道你没感到我的心悸,但愿如此感受久长。'聆海,我想我爱上了,我有爱了。"不知道她与辛格拉之间发生了什么,我也不想知道。南容哽咽着说:"噢,亲爱的,青春多美好!"

"是啊!仿佛又回到大学年代了。"我说。

"亲爱的,从来没见你这样美丽。"巴西勒对南容说。

南容没理睬乐欻,也不敷衍巴西勒,她倒在我的肩上,喃喃自语地说:"这只是幻觉,一切快要结束了。"她再次伤感起来,接着说:"亲爱的,抱紧我,不要浪费这珍贵的每分钟。"

乐欻听了不高兴,巴西勒取笑着乐欻,等半场休息音乐停止时,灯光全亮,这一切也就结束了。

下半场,耶鲁队根本不是杜克蓝魔队的对手,辛格拉左右前后开花,耶鲁队无心抵抗。子渊哈哈地说:"观看杜克蓝魔队比赛能上瘾的。"我回头找到子渊,他说后天比赛一定弄到教练排座位,子渊承诺着。

杜克蓝魔队以绝对优势赢了。子渊接到伯牛来的电话,他没有惊讶,与伯牛天南地北地说了一通,他挂了手机后说:"册那,各位!孙伯牛已到杜克大学!"

(2) 巴西勒叛变

球赛结束后回到 K 村,已是晚上 11 点。子渊继续找史蒂夫,到帐篷里找他。子渊对我说:"兄弟,没想到我们在杜克大学已三天了。册那,我成了铁杆球迷了。好好的俱乐部软床不去享受,却睡在冰天雪地的帐篷里,没想通啊!"

"是啊!我也这样想,好好的不待在阳光明媚的加州,答应你这个疯子横穿美国。"

"不虚此行吧!"他问。

"力不从心了。"我说,接着问他:"你的球票收购得怎么样?"

"不好,一点都不好。我已经出价到四千五百美元,到现在才弄到三张票。我跟你说,我这个人什么事都经历过,就是没看过这样疯狂的比赛!册那,比我贾子渊还疯狂!他们说后天的比赛一定要看,比今天精彩几十倍,一定要见识见识,你说能有这样精彩吗?"子渊突然发现了史蒂夫,二话没说就追上了他,"哈喽,史蒂夫,为什么躲着我?北卡队,见鬼去!四千五百美元一张球票,想想,明白?"

史蒂夫与大 C 她们在一起,说说笑笑,为杜克蓝魔队的胜利高兴。他们看着子渊,用杜克大学学生的语言交谈,好像在说子渊。子渊听不懂,一头雾水,他拉着我问:"在说我吗?"

"好像是。"我说。

"说我什么?"子渊问。

"大 C 问你,为什么一定要史蒂夫的票?"我翻译着。

"咦!她母亲要的,容领导要几张前排的票,我是为她买的。"他转向大

C,说道:"大C,你跟你贾叔叔也说英文了?"

"贾叔叔,买后排的球票容易得多,为什么一定要史蒂夫的票。我们露营睡了一个多月才争取来的,史蒂夫没有答应你,你为什么老纠缠着他?"大C几乎愤怒地说。

"公主不知道了!不是你贾叔叔纠缠他,你妈妈下的命令,做叔叔的坚决服从。你读杜克大学的事,还不是叔叔想的办法,是不是?再说史蒂夫需要钱,我们需要票,叔叔办事的能力你是知道的,没有办不成的。要是在中国,我也不必亲自上阵,派几个手下就办成了。"

"这里不是中国!"大C责备着。

"叔叔看来,到哪里都一样,美国,欧洲,日本都一样。"

今晚是露营睡帐篷的最后两晚,K村一片沸腾,没人睡觉,帐篷内剩下的啤酒都搬到外面,帐篷间几只石油桶内烧起了火,大家都享受着好时光。南容她们也来了,左右陪着仍然是乐歌和巴西勒。

大C没好气地问南容:"妈妈,你今天怎么啦?"南容问:"我怎么啦?"

"你在LED屏幕上的镜头,你没注意?同学说你对辛格拉有点意思。"

南容生气地说:"没你这样说妈妈的!"

大C说:"你没这个意思吗?我也替你担心。"

"担什么心?"

大C说:"你自己知道!"大C扫了乐歌和巴西勒一眼,继续对她母亲说:"看看你身边这两个人,整天陪着你!乐歌叔叔,不是我说你,你就不能找个正经的事做做?到南卡去看看你自己的女儿,为什么整天跟着我妈妈?还有你,巴西勒叔叔,你到底是我们什么人?"

巴西勒耸耸肩,右手托起大C的脸,说道:"我认识你妈妈的时候,你还在小学呢!现在长大了,跟你妈妈当年一样漂亮。"巴西勒将他的脸凑近大C,几乎要吻她。南容见了,怒责道:"巴西勒,你放开她!"她递了个眼神给子渊。

子渊上去拍了拍巴西勒肩膀,哈哈大笑地说:"巴大哥,想法国了吗?我带你去巴黎。"他挡开了巴西勒抚摸大C的手。巴西勒玩世不恭地说:

"贾先生替我买了机票？还是请我喝茶？"

"哈哈,小意思,你就这点名堂！册那,不就是这些钱吗？我明天汇钱到你账号,大家好聚好散,没意思搞得不开心,是不是？"子渊说着,转身也看了乐欤一眼,对他说:"乐欤兄弟,你说对不对？"

巴西勒说:"一张去巴黎的机票,还有一笔钱！有贾总这句话,我放心了。飞机票我自己买,不麻烦贾总。"

"巴大哥,说实在的容领导待你不错。回巴黎后,你替容领导的别墅和葡萄园酒庄打扫一下,这事你有能力做的,钱我也一并付你。册那,就管清洁,不必过问经营了。乐欤兄弟,你帮我翻译一下,我的法语不好。"乐欤自豪地翻译,不知道他加了多少自己的内容。子渊又对巴西勒说:"册那,既然你明天去巴黎,我就不给你弄篮球票了。"

"贾总,就看明天了！大C小姐,准备在美国待多久啊？我把你转到巴黎大学去,你愿不愿意？反正你们都回不了中国了！"

"巴西勒,你放肆！"南容再也忍不住,她将大C拉到自己身边,指着巴西勒的脸说:"你如再说一遍,别说我没警告过你了！"

"妈妈,巴西勒叔叔在说什么呢？为什么我们不能回国去啊？"

"别听他的,这个法国小偷发疯了。"南容紧紧地抱住大C。

"法国小偷？哈哈,大C小姐,你巴西勒叔叔偷了你妈妈的心！"

大C感到迷惑,她问:"妈妈,今天怎么啦？"

乐欤愤怒上前,一把揪住巴西勒外套,一拳往他脸上打去,子渊也上去给巴西勒一拳。巴西勒没有还手,笑着说:"Au Revoir（再见）毛太太,Au Revoir（再见）贾先生,Au Revoir（再见）乐先生,Au Revoir（再见）大C小姐……"他离开了K村。

（3）变态的乐欤叔叔

乐欤还捏紧着拳头,今天他全胜。二月的冷风吹来,K村的旗杆发出摩擦声,四周的帐篷颜色变得更暗淡,冷,真冷,但这个时候K村真热闹。大C脸上蓝色画脸还在,她的头发系着蓝魔队专有的发带,红彤彤的脸。

这一年下来,她学会了自立,学会了提问题。南容看着女儿,心疼地对大C说:"妈妈带你到旅馆去,今夜不要再睡帐篷了,看你这一个月下来瘦的。我们毛家是有身份的,哪能跟这些人混睡,每天露营在帐篷里?"

大C看看南容,然后环视K村。站在破旧帐篷外的是成群的大学生,还留着蓝白画脸,还有涂身的,喝着啤酒。大C看见了小C,兴高采烈地说着球赛的傻事,好像只有傻事才是真实。小C的脸上几道深蓝色还在,她说从来没在自己脸上涂画过,今天试了,才知人体艺术比人类语言更早。今晚的K村像个土著人村庄,蓝色与白色,在沉睡的二月深夜,世界属于杜克蓝魔人。大C、小C、史蒂夫,还有迈克,他们都感到满足,有说不完的傻事,陶醉在今晚的分分秒秒里。

南容再次提醒大C,大C轻轻地对南容说:"妈妈,亏得他们听不懂中文。这K村的确像个印第安人村庄,但每个人都是有身份的,随便给你介绍几个,看看那个穿白色运动衫靠在电线杆上的,她是瑞典人,她父亲是瑞典政府财政部部长;再看看那个非洲人,他父亲是前总统,现在是议会主席;还有那个家伙,她是奥运会击剑亚军,一定会是下一届冠军。妈妈,我们怎么到杜克大学拼起爹来了?我们毛家在这里,拼不出什么名堂。"大C怕语言冲撞了母亲,她捂上嘴,做了个鬼脸。

迈克背着大背包,小C问迈克:"背着什么呢?"迈克不回答,走到大C帐篷前,放下背包,打开后成了一个睡袋,他脱了鞋子睡了进去。子渊惊讶起来,睁大着眼睛,迈克的疯狂让他相形见绌,他弯腰问迈克:"兄弟,冷吗?"迈克吓得坐了起来,大喊:"乌龟教授?"他卷起睡袋逃走了,K村的人起哄着,大家高兴。

南容却没笑,对大C说:"今晚跟妈妈去俱乐部睡,有事跟你谈谈。"她一把拉住了大C,紧紧地捏住她的手。大C挣脱着,口里嘀嘀咕咕地说:"三十八天了,今天是倒数第二夜,妈妈不要让我功亏一篑。"她终于挣脱了出来,跑到帐篷边,拉住小C当盾牌,小C说:"别把我也绑架了!"

乐欸还在按摩他自己的手。子渊兴奋得像刚抽完鸦片,他尽量地控制着自己的疯狂,对大C说:"你回俱乐部去,贾叔叔在这里给你顶替,北卡队,见鬼去,见鬼去!"南容白了他一眼,子渊马上改口说:"早知道这样,贾叔叔给你也弄两张球票,不就是四千美元一张吗?北卡队,见鬼去,见鬼去!"

"什么事到贾叔叔嘴里都是钱!"

"哈哈,难道不都是钱吗?"子渊真的不解。

"友谊、真诚、爱情、道德,这些都是钱?"

"哈哈,不就是钱?乐欸兄弟,你有文化,跟我们的公主说说,是不是都是钱?"

"爱情是无价的!"乐欸说,他这句话分明是给南容的。

南容无心与他纠缠,只想拉大C回俱乐部,她重重地问大C:"你真的不想跟妈妈回俱乐部?"

"妈妈,过了今晚,明天就是第三十九天了!"

"要是没有明天呢?"

"妈妈为什么这样逼我?"

"这个世界上,只有妈妈在保护你,难道你连这一点也看不出来吗?这些年来,妈妈什么都不在乎,只要你好!我可以贫困潦倒,但一定让你过得富贵。"

"妈妈,你又来了!我们同学在这里,过了三十八夜,整整寒冷露营三十八夜了,就差最后两天两夜了。我这一辈子从没做成什么事,上什么大学,穿什么名牌,戴什么名表,都是你们安排的,我从来没有独立过。我总觉得没有活过,但过了今晚,我独立了,我做成了一件自己想做的事。妈妈,你不要强逼我,你们自己回去吧,我明天一早就去俱乐部找你。"

"你这是在跟妈妈说话?"南容不敢相信。

"哈哈哈!我也想在雪地里再睡一夜!"子渊哈哈地说,扭了扭鼻子,他转身拿了别人一罐啤酒,拉开啤酒盖,气泡溅到他脸上,"朋友们,做决定的时间到了,太重要了,太决定性了,是睡在这里,还是回旅馆过舒适的生活,这是个问题。"他喝完了手上的啤酒,转身又向杜克大学学生要。没人知道他在说什么,南容也被他搞得莫名其妙,但她的脸色仍然严肃。我禁不住

271

感叹,这次横跨美国,子渊这个疯子成了精神领袖,他接着说:"各位,我平时不传人生经验,但现在绝对有用!"他用肘撞了我一下,眨了眨眼说:"钱不是问题,但我告诉你们,孙伯牛已经被保释出狱,他已在杜克,关键时刻来临了。各位,今晚好!"他拿着两个空啤酒罐敲打椅子,砰砰砰,他跳起来了,哼起《每次我们接触》的歌词:"你的双臂是我的城堡,你的心脏是我的天道。好与坏,我们经历着。你升华我,当我跌倒……"

南容夺过子渊的啤酒罐,没好气地说:"你还真会找乐子?"她扔了啤酒罐,回到正题上,认真地对大 C 说:"我们回去吧!"说着她给乐歖使了一个眼神。乐歖上前笑着说:"爱情是无价的,母女之情也是无价的。"

大 C 大声责问道:"乐歖叔叔,难道你想绑架我?"

乐歖说:"没那么严重,你妈妈只想让你睡得好一点。"

"不要靠近我!你成了什么人,成了妈妈的打手了?"

乐歖认真地说:"叔叔只懂得爱。"

"乐歖叔叔,请你不要再靠近我!你这个变态的病人,自从我懂事起,就有你这个人影子在我们家里,在我们家墙角下,你这不是爱!"

乐歖停了下来问:"不是爱是什么?"

"一个病态弱者的占有欲。"

乐歖不敢再上前,小 C 将大 C 拉进了帐篷,她们再也没有出来。南容不知道该说什么。子渊安慰说:"容领导,你们先回俱乐部去,反正来日方长!"没人听懂子渊的意思。

乐歖问他:"来日方长?"

"册那,我们回不去了,就像巴西勒说的,回不去了!"

大家一阵子沉默,大 C 再没有出帐篷,南容由乐歖陪着离开了,留下的也陆陆续续散去。已是深夜 11 点半,繁星也疲倦了,消失在睡眠中。子渊去找史蒂夫,路过迈克的帐篷,跟他打了招呼说了晚安。找到史蒂夫的单人帐篷,在外面叫喊他的名字,原来他还在读书,书是从对面哲学家帐篷里借来的,他问子渊:"这辈子活得怎样才算有意思?"子渊说不知道。

史蒂夫又问:"你这辈子想成就什么?"

"不知道,史蒂夫兄弟想得太多了。"

估计着史蒂夫没有打算出卖他的球票,隔壁的哲学家听到子渊的声音,他出了帐篷走过来,他是个精瘦的德国后裔,问子渊:"未经反思自省的人生不值得活!怎么解释'五十知天命'?"

"哈哈,今晚我们好好聊聊。"子渊兴奋得手舞足蹈。

第十九章　把理想放到遥远的过去

(1) 埃及在哪里?

上午11点多我起床,琢磨着今晨肯定又下了一场雪,窗外整齐一片的白雪世界,天气还是冷。注意到旅馆异常兴旺,华盛顿·杜克高尔夫俱乐部来了好多名人,篮球界的、影视界的、各大 NBA 球队高级猎头,在俱乐部的会议厅聚合,谈论今年"疯狂三月"淘汰赛,NBA 首席专员亚当·施尔夫刚下飞机,正往俱乐部而来。

得到消息,孙伯牛找了赵原宪谈话,没几分钟后,原宪就冒着风雪找到凯文,父子俩谈了很久。原宪来短信找我,约我再去杜克大学教堂。教堂在杜克大学校园的中心,进出不需要钥匙,现在成了我们所有约会首选地。

走出俱乐部,看见子渊在雪地上发呆,上身只穿着 T 恤衫,下面的西装长裤的拉链还开着,知道他在雪地里画了"尿图"。子渊见到我,挥手跟我打招呼,走到我跟前,靠得不能再近了,感受到他鼻子呼出的热气,他神志恍惚地说:"册那,一夜之间,老母鸡变鸭!"他捏了一下鼻子,鼻涕擦在衣袖上。

我问:"出什么事了?"

子渊认真地问:"我们是老朋友了,是不是?"

"当然了,你想说什么?"

"册那,我在想我们下一站去哪里。我们从西向东,从北到南,任性自驾游了大半个美国,不能半途而废,继续向南,到佛罗里达去,你看怎么样?"

看他的样子,我以为自己也穿错了衣服,伸手掸去他T恤衫上的雪片,手感很冷,他却哈哈地笑着,笑声由高到低,像是京剧《智取威虎山》里坐山雕的笑声。我问他怎么一个人在雪地里,提醒他把长裤的拉链拉起来,别把它"老人家"冻僵了,以后没法生混血儿。他看了裤裆,连声称赞我做事仔细,右手伸到裤裆下,把拉链拉到顶端。我这一生,第一次完整地目视这一整套动作,新的一天算是有了丰富的开始。子渊认真地说:"册那,其实周游世界用不了几个钱。"

"贾总怎么计算起钱来了?"我问。

刚从俱乐部走出了时髦年轻黑女人,子渊的眼睛盯上了她们,点头向我示意说:"北卡的黑女人太漂亮了,其实生一个伍兹老虎也不错。"总觉得子渊藏着话不说,但我无心跟他闲聊,向他告辞去杜克大学教堂找原宪去。

走进杜克大学教堂,神学院的学生正在那里举行仪式,原宪和凯文坐在最后一排。我挨着他们先坐了下来。想跟他低声说几句,却被他阻止。神学院的教授在讲《出埃及记》,教授是个黑白混血儿,他是神学院的主任,他说:"从玛山出发,去红海,绕着以东(Edom)走,人们变得不耐烦。人们出言反对上帝和摩西:'你们为什么带我们出埃及,却死在旷野里,那里没有水和食物,我们厌倦淡薄食物。'耶和华在人群里放出了毒蛇,毒蛇咬死了许多人……"我是听不懂的,正在纳闷,转身看了看原宪,他流着泪说:"我太累了,我也想回埃及去……"这是哪跟哪的事呀?我根本不知道他在说什么。神学院的仪式结束了,学生跟着十字架走出了杜克大学教堂,留下我们,我这一生第一次旁听神学院课程。

我问:"怎么想回去了,凯文你也同意了?"凯文看到他父亲泪流满面,他说:"无所谓,都一样的。"原宪自言自语地说:"如果有毒蛇,我想我肯定是第一个被咬死的人。"

我问:"你在说什么呢?谁是毒蛇?"

"完了,人倒霉的时候,遇到什么都会倒霉。他孙伯牛找到了我,说他老板已经接管毛阿大的一切。都完了,什么都没了,我们出了埃及,为了死在沙漠旷野里吗?"

凯文说:"爸爸,你越说越让我糊涂!"

赵原宪说:"我已决定回国。"

他的突然决定让我吃惊,我问:"真的打算回去?"

"聆海,我想了这些天,我想只要他们还让我上手术台,我还是有希望的。我已经不想争当院士,也可以退出领导岗位,只想当一名外科医生。"

"爸爸,有一次我去尼泊尔,住在高山上,忘记我是杜克大学学生,也忘记我是个美国人,但同样感到很愉快。"凯文认真地说。

"好孩子,爸爸真心感谢你。"

"谢我!为什么?"

"你让我知道了生命的意义在于生命的本身。也原谅爸爸给你母亲带去的痛苦,爸爸不是个好爸爸,原谅我!"

我问:"就这样结束了?"

"结束了,我累了!再也不想在冰天雪地里自驾了。"他停顿了一下,"像做梦一样,仿佛前天还在欧洲,拉斯维加斯是昨天的事,丹佛的冰钓,黄石公园漫天冰雪,还记得在纽约那些事。子渊是个疯子,他是对的,我们像一群无头鬼在周游列国,什么都没得到,我也看破了一切,什么都不重要了。"原宪眼神无光,他说看破了红尘。

我问:"埃及在哪里?"

"聆海,我真的疲倦了,我什么都不想了。"

"不看明天的球赛了?"

"没有这个勇气了,凯文,我们去机场吧!"

好在原宪没什么行李,宝马 X7 送他到机场。到了机场,在机场付了钱,将宝马 X7 还给了车行。凯文决定陪他去洛杉矶,从那里送他父亲回国。在联合航空公司窗台,原宪买了两张到洛杉矶的机票。在机场静静地等着,说了好些话。

凯文打电话给子祺,子祺说她的离婚证件都办好了,就差赵原宪签字了。原宪没打算去丹佛,也没打算签字,他说他还爱着子祺,祈求她的宽恕。子祺在手机里哭得厉害,她说原宪太残酷,说他明明不爱她,却不放她,让她在地狱里走。女儿丽贝卡也在哭,凯文安慰着母亲和妹妹。原宪说不是他残酷,他的确爱她,子祺是他的发妻,他永远不会与她离婚的。我总觉得他的思路荒唐,他没感到同时爱几个女人有什么不对,他还在答应徐仪和的婚姻,他也没感到有什么不正常,他说:"苏东坡同时爱着几个女人,同时跟几个女人结婚,都是很正常的。"

我也纳闷了,问他:"那你怎么向子祺解释呢?徐仪和能同意你重婚?"

"自从我们离开丹佛后,聆海,有过许多许多的想法,太多思绪,太多可怕的念头,我想了又想,我是个书呆子,只有在图书馆里才会有正常思考。我想我现在做任何决定,以后都会后悔的,但我不得不做些决定,我留着这个决定没做,我不离婚,也许我一辈子注定要后悔的,离了婚会后悔,不离婚也会后悔。等我回杭州,坐进我自己的图书馆,让我好好地想想。"我听不懂他的逻辑,凯文也听不懂。一个黑人小孩从我们座位上走过,好奇地看了三个亚洲人,在我们面前吹鼻子瞪眼,挥着小拳头,就是不愿意靠近一步,原宪说:"看见没有,他也懂。他什么都做了,就是不靠近一步,他不做后悔的事。"

"这样对子祺太不公平,是不是?"

"爱情本来就是自私的!再说船到桥头,自己会过桥的。我这次回国前途未卜,但我留在美国能做什么呢?聆海,美国中产阶级的平庸会窒息我的,看看丹佛城,晚上8点就找不到人影。我知道我凶多吉少,我走到哪里都欠人家爱情,我是了解她们的,我知道她们要什么。"

原宪语无伦次地说着,他不知道埃及在哪里,不知道爱情、乱情、淫乱、离婚与结婚的区别,他活在自己幻觉中的侥幸世界里。原宪他们要登机了,他请求我回杭州去看他。说话间,凯文的手机响了,是他妹妹丽贝卡,凯文说:"妹妹有什么事吗?爸爸准备到洛杉矶。爸爸当然爱你,他最爱小丽贝卡的。好的,哥哥以后常回家跟你玩。"

原宪接过手机,他控制着自己的情绪,语调变得温和。突然,原宪屏住了呼吸,他激动起来,打断女儿咿咿呀呀的指责,他说:"不,不,丽贝卡宝贝,你不懂的,这些都是大人的事,小孩子不会懂的,爸爸不是个骗子!他们怎么跟你说的?你要对他们说,你的爸爸不是骗子。"原宪眼泪流了下来,他又一阵子安慰女儿,说尽了好话,挂了手机。他不知道怎么向儿子解释,但他努力着,他说:"你妹妹说爸爸是个骗子,你一定不会这样想的,是不是?爸爸的确是个博士后,那些科学文章都是爸爸写的。你知道天下文章一大抄,大家都是这样的。凯文,相信爸爸,我没法跟你妹妹解释清楚,但你要理解爸爸,爸爸有说不出的苦衷啊!……"凯文没再说话,一阵子的沉默。

"还想回杭州吗?"我问。

"子祺看不起我,但她不应该影响丽贝卡。"原宪失魂落魄,女儿的话真正刺激了他,他从不在乎别人的评价,但女儿说他是骗子,被自己亲生女儿看成了骗子,他想哭。他坐在飞机场的椅子上,出着虚汗,望着飞机场的高高楼顶,凯文扛着他的行李,等他站立起来,原宪叹着气,他有些支撑不住。原宪认识几个中国人,原来在卫生部管药的,自己开了几家公司,专门为新药公司上市服务。山东中国科学院有几个人,走出飞机场大门,在几个年轻女人陪同下,消失在出租车里。奇异公司医疗仪器部亚洲前总裁,他看见了原宪,向原宪招手,说了几句寒暄的话。那个家伙以为我们也是为年会来的北卡,说在年会上见就走了。原宪说这个家伙结婚三次,他有六个孩子,他总在别人面前炫耀,说到处都有家,不是纽约的女儿得了钢琴大奖,就是达拉斯的儿子见到小布什,诸如此类的。

原宪情绪好些了,准备进机场过安检,他握住我的手,沉重地说:"如果我有三长两短,你会来杭州看我的,是吧?"

"别说蠢话!但我再问你一次,你有钱有知识,你不觉得留在美国更有意义?"

原宪有气无力地回答:"我在美国的一切努力,都落了一个失败下场,从来与成功无缘,我像个被魔鬼缠身的人。而在杭州,我有了第一桶金,无比快乐,拥有受人尊敬的地位,还有爱情,想到这些就让我高兴。"

"既然如此,为什么又要拖着子祺?"

"我也不知道。聆海,不要挑战我,我经不起你的子弹。再说这世上本来就没有绝对的正义,我们选择的就是正义。"

"只为了自己,为了渡过今天?"

"我知道你为我好,但我别无选择。兄弟,不要向我开枪。"

"我在向你开枪?还是你向人类最基本的道义开炮?"

"别再说了,我好不容易才平衡下来的!"

这些天他整天沉思,从儿子那里学到了虚无,从教堂神学课上学到了"原罪",加上他天才的诡辩能力,他竟然找到了他的理由。他怕生活在美国,有过太多的失败,他就这样流放了他对子祺的爱。原宪推理着,至今徐仪和还没公开她的日记,至少她还在犹豫中,纵然她公开了她的日记,也不过是他原宪又一道罪,他已经不怕杭州那些女人了,乱情纵欲不是他唯一的罪。原宪是位天才,他与乐欤不同,乐欤将权力美化了,爱上了南容,而他原宪只不过依附而已,他能重新再依附,他找到了他的平衡点。

原宪要走了,他拥抱我,说道:"你一定答应我,一定来看我。"

"我答应你。"

凯文是个好孩子,他安慰着原宪。原宪再一次紧紧抱住我,足足有几分钟,他今天太激动了,他说如果今后一切安全,他要陪我游玩,杭州七天七夜游,好好地游玩。原宪是真诚的,今天他要回杭州了。我目送原宪父子,他们顺利通过安检,他们回头向我挥手致意,作揖告别。别了,原宪!但愿你在杭州一切顺利。

我在机场租了一辆便宜的福特轿车,只有宝马 X7 租金的十分之一。我的手机显出了南容的短信:"你在哪里?"我回了她的短信:"送原宪到机场。"南容再回:"孙伯牛是流氓!"她再没回我的短信。我也离开了机场。

(2) 爱是个错觉

伯牛在华盛顿·杜克高尔夫俱乐部等我,他跟门卫说上了笑话,兴高采烈地列举监狱警察最不愿意、最恨去做的几件事。第一恨,冲入洗澡间,阻止正在洗澡的囚犯间打架,抱住赤身裸体的同性恋。第二恨,两位囚犯喜结良缘,监狱警察被邀请,成为囚犯的伴娘。第三恨,新来的囚犯是狱警过去的泌尿科医生。哈哈!门卫跟着哈哈笑。伯牛说监狱警察嫉妒囚犯,因为牢房里的有线电视频道比狱警家里还多。美国人太奢侈了,生活在监狱简直像在上大学,但千万别吃了辣椒后大便,又不冲水,保证激怒狱警;也别在集合点名时替别人假报到,反反复复喊"报到"。哈哈!他见过一位狱警,骂爷爷骂奶奶几天几夜,原来他刚对一名囚犯做完口腔肛门搜查,搜查后发现他戴的手套是破的,那个囚犯被狠狠地"教训"了一顿。

再见到伯牛已是傍晚,感叹他长得真结实,不知道加州监狱喂他什么了。伯牛拥抱我,重重结实的肌肉像铁块,人体变得像是武大郎吃了类固醇激素。伯牛今天一直哼着小调:"走走走,走呀走;喝喝喝,喝呀喝……"伯牛就是开心,他这个人天性开朗,从来没有事能烦恼他。跟他寒暄几句后,我跟他打了招呼去方便,走向会客厅边的洗漱间,他跟了进来,站在我旁边的感应小便器前方便,没几下就好了,他哈哈地取笑我,说我前列腺肥大,建议我多睡女人就会好的,他笑着走了出去。

我们俩要了两杯咖啡,他神秘兮兮地说:"他奶奶的,我曾计划过,想等我保释出来后,报报八国联军之仇,但想不到在美国也碰到自己的同胞。生姜女人是个东北人,昨天美梦成真。"他说生姜是个独生女,在一家国有工厂做工,产品堆在仓库里卖不出去,工资发不出来。生姜跟男朋友吹了,喝烈酒又吸毒,没多久积蓄就花完了。厂长看中了生姜,请她到长白山旅游,包房几个月。她想象中的卖身都是可怕的,但现实不同,厂长是个好人,他给她钱,让她学习英语。每星期生姜陪厂长出去玩,满足他只需一分钟,她觉得自己变得高尚了,纯洁了。厂长帮她戒了酒,戒了毒,还送她出国。伯牛问她怎么做起这档子买卖,她说很久没收到厂长的汇款,就出来找美国新厂长。

生姜与伯牛说得很投机,伯牛愿意做她的新厂长,伯牛说了老实话:"我现在是被保释出来的!"生姜不在乎,她说她的东北的厂长也在监狱里。伯牛继续说:"哈哈,她就想做这个。想一想,她被黑人、黄人、白人,所有肮脏男人碰过,我的民族主义正义感就出来了,我这一上午就想去救她……"我问:"救出来了?""哈哈,没有,她说她晚上才开始工作。"伯牛做了个鬼脸,他又哼起了小调,接着说:"生姜爱这一行,她不停地说好好好,她就不让亲嘴,不知道哪里来的规矩?"

我打断了他:"你还有完没完?"

伯牛停了下来,不说生姜的故事了,说上正经的,他今天晚上就回洛杉矶,后天向洛杉矶法院汇报。他从来不怕毛阿大倒台,他不是毛阿大的人,整个中国都是他老子打下的江山,不在乎有没有靠山,"我高祖父、曾祖父、祖父、爸爸都被关过监狱,都被放了出来,我怕什么?这段时间在监狱里,没事干就想事,你说我们家每一代都坐牢,为什么?时代永远是一个不顺眼,因为我们有太多的理想,想明天会更好,想自己能改变世界,这样的未来,'将来'成了个乌托邦,应该把理想放到遥远的过去,而不是将来。哈哈,去改变过去,而不是将来"。

听不懂伯牛的哲学,混乱,混乱,还是混乱!用理想去改变过去?孙伯牛说他刺杀翁后处就是为了去坐牢,他现在赞成子渊的名言,一个没有克己复礼的君君臣臣社会是个流氓社会。别人将他保释出来,给他生意做,就像在巴黎南容给他一大笔钱一样,他都做。伯牛的祖祖辈辈都是季节工,到了农忙季节少不了他,过了季节都嫌他们流民流荡的可怕。时代变了,本性改不了,伯牛还是一个季节工。他到杜克大学,找到原宪、子渊、乐欻,今天上午找到南容,少不了威胁恫吓,讨价还价,替别人做了该做的事,反正都是些空头买卖。

"翁后处现在怎么样?"我问。

"兄弟,别提这个女人的名字,我瞎了眼娶了这样女人。他奶奶的她偷了个穷光蛋,比我还大十几岁。她说穷光蛋能满足她,能引诱她,让她发烧。我当初想不通,但今天我懂了,生姜也不是想跟我好了吗?因为我能满足她!潘金莲、翁后处、东北生姜美女,从来都不向前看,把理想放在遥远的过去,忆苦思甜,改变了过去,活在当下。"伯牛要了啤酒,自己喝了起来,他接着说:"没有什么可以追求的,当下就是追求,天生我材必有用,刺激就是信仰,看看这豪华俱乐部的人,来来往往,再过二十年,都不在世界上了。自古都是这样,有限的生命做了无意义的事!"

"她跟那个老头还有来往?"我再问。

"别提起这个女人,更别提起那个老头,谢谢你。我孙伯牛不是企业家,但我命中注定要有钱,翁后处就没想到这点,她总把我当乡巴佬看,但她没想过,虽然我不是政治家,但这个天下是我们的。她给我生了两个孩子,她们都是我的孩子。她在民事法庭跟我打官司,争夺抚养权。哈哈,兄弟!美国人就是这样天真,法律也天真,这个女人更是头发长见识短,抚养权应该是女人的,谁跟她争,哪有男人抚养孩子的?抚养权就给她了,但孩子还是我的,不是她的。"

我可能听懂了他的话,正如他刚才所说的,"将来"成了个乌托邦,应该把理想放到遥远的过去,才能活在当下。伯牛坐在俱乐部的客厅里,喝着咖啡,该做的都做了,他打算晚上去旧金山,在那里办些事,再去洛杉矶找他律师。我们俩聊了一个小时,很高兴伯牛的精神状态如此好,我在俱乐部请伯牛吃西餐。

随后开车送伯牛去机场。其他人都想把他杀了,乐欤骂他是不忠的叛徒,但伯牛不在乎。他说他从来不属于任何人,他伯牛不会向毛阿大表忠,他高祖父、曾祖父、祖父打江山,三代农民起义,他说:"我们湄潭孙家,世世代代是游民,卖体力赚钱,但从不被他人拥有,这点他乐欤就做不到。我对兄弟你说实话,湄潭人自由来去,我们如果发怒,说不准就把谁打个半死,我们反过老佛爷,反过袁大头,反过蒋总司令,他毛阿大算什么东西?"孙伯牛想帮谁就帮谁,他就这样自由自在。

走出俱乐部前收到子秀发来的短信,她的休假快结束了,准备回美国,问我横跨美国感受如何。我回答她:"不可言喻,等你回家后详述。"这次美国自驾游,本来出于一时的心血来潮,真没想到经历了这样的风风雨雨、喜怒哀乐,沸沸扬扬还没结束。伯牛在车上还在唠唠叨叨他那些事,他又有钱了,他说子渊和南容的公司被吞并了,他从来没怕过杨南容。

他说上午他跟南容谈了话,南容问他:"钱呢?"

他反问:"权呢?"

伯牛在车上自言自语着,但他到底是孙伯牛,没有一丝失落感。没几十分钟就到了机场,今天我第二次来这里。在机场的体育酒吧里坐了一会儿,他不喜欢看篮球,无聊中我喝了一口啤酒,想不出跟他交谈什么,随口问他:"你还爱翁后处吗?"伯牛惊讶地看着我,他似乎不认识我似的,说道:"兄弟,我告诉你,这个世界没有爱,不是我没文化,爱是个错觉。"

"也许你是对的,不说了,伯牛你进去吧,我也该走了。"

"到洛杉矶来,一定来看我!"

"好的,保重!"送他过飞机安检,告别了伯牛,再次回杜克大学去。路上的雪融化着,滴滴答答的水声,天色已是昏暗,路上没有一辆车子。杜克大学的森林显得神秘,仿佛今天的一切都是混乱,除了混乱,还是混乱!

第二十章　最伟大对抗赛前夕

(1) 妈妈我恨你

K村里人丁兴旺,一百多帐篷里的人都到来了。杜克大学学生穿着杜克运动衫,捧着电脑,K村的气氛不可言喻,不像中国人的春节噼噼啪啪,不像麦加朝圣的人山人海,也不像奥运会。只有身在K村,在杜克大学与北卡大学对抗赛前夕,才能知道杜克大学的文化。K村多出许多摊子,提供免费纪念品,不知哪里来的乐队,村里村外都是,披头士、爵士和电子音乐交杂着,K村的角落多出几个巨型LED屏幕,同时放着杜克和北卡对抗赛的录像。二月的寒冷,低温摄氏二度,白雪堆积在帐篷外,没人指责杜克大学学生的不理智,因为他们都是卡梅伦的疯子,年复一年,这已经是三十年的传统。我独自在K村游荡,卡梅伦球场也开放着,数不尽的电视台摄像机架在里面,采访进行着,游客进进出出。其中有一位从威斯康星州来,他的样子像刚进入天堂的人,单张球票是他妻子给他的生日礼物。他觉得自己在圣殿,从他能懂事那一天起,他就是杜克蓝魔队的粉丝,与球星道金斯分享过胜利,与K教练共同渡过"黑暗岁月"。伟大的他竟然与我聊了起来,他告诉我,他的小儿子是以杜克大学球星雷迪克(J.J.Redick)命名的,他骄傲地拿出雷迪克为他小儿子签过名的照片,疯狂,疯狂的威斯康星人,他传染着一代又一代人。

出卡梅伦球场,进入K村的帐篷弄堂里,人们玩着五花十门的游戏,一群英俊的大学生玩着乒乓啤酒:乒乓球投向装啤酒的酒杯,输家就喝了那一杯。同一地点有韦伯烤炉架,烤着热狗、牛排和面包,啤酒倒在半生不熟的牛排上,芳香的蒸气飘在K村帐篷间,闻了也醉人。远远地见到子渊,他在投乒乓球,没输也大口大口喝啤酒。电视台摄像组从他们间穿过,拍摄K村的热热闹闹,停下来也喝起啤酒,与学生们一起歌唱。

晚上8点,K村突然清空,卡梅伦疯子都到K教练"教堂",疯子的礼拜在卡梅伦球场开始了,不允许媒体进入,也不准陌生人闯关。子渊和我试了几次,都被卡梅伦疯子拦住。据说这是杜克与北卡对抗赛前夕传统,K教练做赛前动员,提高卡梅伦疯子们的士气,振奋蓝魔队的传统。口号显示杜克的优雅,喝彩声从卡梅伦球场传出来。礼拜完毕,找了几个卡梅伦疯子,问他们K教练说了什么,天呢!这个疯子像真的一样,守口如瓶,找了几个意志薄弱的学生,灌他们啤酒,金钱引诱他们,这些疯子居然还是保密,没一个人说出K教练赛前动员的秘密。我拉住一个卡梅伦疯子问:"猩猩金刚比K教练,谁厉害?"他毫不思考地说:"当然是K教练!"

"超人比K教练,谁更厉害?"

"当然是K教练!"

283

"上帝比K教练呢?"我追着问。

"虽然我有些醉,你的问题太玄乎,想蒙我是不是？K教练就是上帝!"没法与这个疯子谈下去,冷风吹来,我们各自离开。

K村是春天,帐篷内外人气渐渐上升,子渊兴高采烈,与卡梅伦疯子相比,他疯得毫无法理。走到K村标记(一块竖立在草坪上的铜质區牌)前,他准备自拍,录制一段K村场景。一位金发女郎走向子渊,一大串英语,说她们联谊会正在举办仪式,让我们站好了。她们的仪式开始了,十五个金发女郎从停车场向K村标志冲刺,像土匪一样将我们团团包围,她们从身边啤酒箱内掏出啤酒罐,拼命甩动,拉响开口,集体射击,啤酒像潮水一般向我们飙射,还没等我们弄清发生了什么,这群金发女郎扔下啤酒罐,向反方向冲刺,不知道她们去追杀哪方豪强去了。我们俩面面相对,哈哈大笑,子渊说:"册那,太刺激了!"啤酒从我们的眉毛上流下来,舔了一口,仍然是啤酒味道,但就是好喝,子渊还舔了他手臂上的啤酒。

许多游客绕着帐篷1号参观,惊叹不已,美国人向来没有耐心,从来得不到世界围棋冠军,但这些卡梅伦疯子却在这里露宿四十天,不可思议!史蒂夫兄弟会朋友热闹着,乱七八糟搭起油炸机,油炸巧克力,油炸奶油夹心蛋糕,没钱的人可以买油炸奥利奥饼干。我花了六美元,油炸斯尼克巧克力,送到嘴里,顿时毛骨悚然,不敢恭维,但兄弟会学生生意兴隆,油炸机上热气升腾,啤酒与好时光在一起。

到处是欢乐,仿佛在爱丽丝仙境,各种各样饮酒游戏,乒乓啤酒。贝鲁特是乒乓啤酒进化版,一种最省力的翻酒杯游戏。他们翻着花样喝酒,层出不穷地疯狂。现场演唱声成了欢乐中的背景乐,在帐篷内传来一阵阵呐喊:"北卡队见鬼去,见鬼去!"子渊跟着他们喊,一群卡梅伦疯子头上戴着绒毛鸡帽,胸前挂着邦哥鼓,在我们中间走过。我看见大C与小C就在她们中间。"哈啰,大C!""哈啰,聆海叔叔!""咦,爸爸你也在这里啊!"小C惊讶地说,她随手胡乱敲打邦哥鼓,说道:"我们刚才去ESPN录像啦,大C多喝了一点,只说了些感叹词,呜呜啊啊的,杜克队加油,北卡队下地狱,我说她SAT考分到哪里去了。轮到我说的时候,我也没说词了,哈哈,我给他们表演舞蹈,我绝对给 ESPN 电视台人上了一堂舞蹈课,大 C 可以作证。"大 C 连连称赞说:"小 C 的舞蹈麦克·杰克逊看了也会汗颜,她比碧昂丝还棒,更加性感,ESPN 人看了都傻了,真是教授级水平。"又一阵邦哥鼓敲响起来。子渊一个劲地赞同,他竟然跳起《小苹果》,还自己伴唱,引来更多游客。已是夜晚 11 点半,人群中看见了南容和乐歆,他们都有几分醉,没见到巴西勒。

"容领导露一手!《小苹果》!"子渊邀请道。南容没心思跳舞,一曲结束后,到大 C 她们帐篷里,今晚他们十二位除了凯文都在,吉他音符在滑动,几个人在投篮,加上邦哥鼓,K 教练赛前动员营造的激情还在。帐篷外乒乓啤酒大赛接近尾声,子渊想找人划拳,但这样的狂欢中,划拳成了太复杂的游戏,没人想做算术。明天的对抗赛还有二十个小时就爆发,四十天的雪地野外露宿就要结束,没人感到明天已经来临。

当杜克大学教堂零点钟声敲响时,明天来到了,K 村一片欢呼,决赛天来临了!瞬间,铜铁瓦盆敲打声,各种喇叭,邦哥鼓,欢呼声响彻云霄。大 C 突然惊叫起来:"妈妈,这是什么照片?妈妈我恨你!"她将照片从她的睡袋旁撕了下来,递给南容,南容看了脸色发白,不知该说什么,母女俩面对着面,帐篷内的欢乐顿时冷却。南容手里是一张南容与辛格拉接吻的照片,而大 C 与辛格拉的亲热合影就在大 C 睡袋另一边。

"妈妈,这是怎么回事?"大 C 扭身想跑出帐篷。

"大 C,你听妈妈解释。"南容一把拉住大 C,说道:"这是有人在挑拨,大 C 你要冷静,有人在恫吓我们母女俩。"

"妈妈,不要再说了,为什么是这样?!"大 C 从狂欢转到哭泣,眼泪流了下来,太多的啤酒让她掌握不住真正的愤怒,她只是一个劲地问:"为什么?!"

"大 C 别激动,这事肯定是阴谋。"乐歆替南容劝解,他接着说:"巴西勒!这个巴黎小偷!上午还向你妈妈要钱,他没给我们好脸色,一定是他所为,我去找他!"

"难道照片上不是妈妈?"大 C 哭得厉害,几乎跌倒,小 C 护住了她。大

285

C一个劲地问:"你为什么要这样,天哪!妈妈你让我在别人的嘲笑中过日子吗?"南容来不及编个理由,子渊出来打圆场,哈哈地说:"接个吻有什么要紧呢?容领导如喜欢,早把他带到中国去打篮球了。"乐歗愤怒指责说:"子渊,你这个疯子,哪有这样说话的?大C,别急,让你乐歗叔叔好好想想,这是一张PS照片,你知道你妈妈的,她是世界上最疼你的人,你应该为有这样的好妈妈感到骄傲!"

大C突然不哭了,她瞪着眼看乐歗,把他看得很小,她又盯着子渊看,把他看得像小丑,最后的目光落在南容身上,她没有说话,母女俩都落泪了,大C问:"妈妈,您这是在报复父亲呢?还是在诅咒我的未来?"

"大C,我们毛家完了。但是你要相信妈妈,妈妈所做的一切都是为了你。巴西勒是个叛徒,他迫不及待要钱,他知道你爸爸出事了,他在威胁我们母女俩,这个时候只有我们自己能救自己,你会想明白的。"

"爸爸出了什么事?"

大家面面相觑,谁也不想告诉大C,一阵子的沉默,帐篷里外也没人再玩乒乓啤酒了,最后一次巡夜开始了,这个巡夜以后,四十天的野外露营也就结束了。大C急切地问:"爸爸到底出了什么事?你们说话呀!"她的眼睛寻找着答案,她在问每一个人,"说话呀!我爸爸出了什么事了?"南容给乐歗递了个眼色,乐歗走近大C,贴着她的耳朵说:"毛首长被调查了。"

"什么是调查?"没人回答她的问题,大C继续问:"聆海叔叔,调查是什么?"

"大C,调查是在规定时间内在规定地点交代问题。"

"爸爸被关进监狱了吗?"

没有人回答,大C也不再问了,她呆呆地看着南容。南容从醉态中醒了过来,哭出声来:"大C,我们毛家又完了……"大C突然发问:"既然这样,你为什么还与辛格拉接吻,你们俩到底有过什么关系?"南容没回答,大C推开所有人,冲出帐篷,跑出K村,不知她往哪里跑,她消失在新一天的漆黑中。乐歗想追赶大C,被南容拦住,她有气无力地说:"让她去吧,明天跟她好好谈谈。"南容请我陪她出 K 村,她用目光阻止了乐敩,我们走出了帐篷村,离开了卡梅伦疯子的欢乐。

天气冷得能冰冻一切,南容累了,再也跟不上卡梅伦疯子的精力,他们似乎没有时间与空间的概念,也没有温度的体验,K 村的音乐渐渐地远去,安静与寒冷使我感到陌生。南容几乎靠着我走,她说自上午与伯牛谈话后一直沮丧,伯牛出卖了她,她说毛阿大的海外财产恐怕保不住了,她说:"巴西勒更流氓,以大 C 为人质威胁她,真没想到兵败如山倒,轮回啊!我们永远在轮回中,没有涅槃的奢侈,但为什么连三善道也进不了?聆海,我冷,感觉像是在地狱里的饿鬼与畜生。"

"你在问我?"

"别!聆海别这样,别以你的冷漠对待我。你兄弟得势的时候你离我们远远的,难道你现在还是这样?"沉默了一阵,她问:"俱乐部还很远吗?"

"辛格拉的事?"我问。

"别问辛格拉的事!他是大 C 的情人,我不会动他的。我们一起去听了音乐会,他说中国女人不会老,像一朵永远盛开的花,他不是调情,说的是真话。像他这样的球星,每天都有女人追求他,他根本不在乎一次爱,我也不在乎。也许我在报复你兄弟,我们接了吻,没想到那个法国流氓暗中跟踪着,我敢肯定还有乐敩,他一定也跟在后面。聆海,我累了,陪我上楼去好吗?"陪她上了楼,跟她说了晚安。回到自己房间,望窗外繁星点点,宁静得像是时间也冰冻了,看了一下手表,已是凌晨一点,头脑涨得厉害,匆匆洗漱后就倒在床上睡去,再也没有精力动弹了……

(2) 碎了醋坛子

我这一觉才睡了三个小时,感到饥饿醒了,到楼下厨房冰箱里找到牛奶,倒入杯子,放入微波炉加热,坐在厨房的沙发上喝牛奶,电视机屏幕上是当地新闻,在市中心发生了一起车祸,受伤的是法国人,从照片上看体型上像巴西勒。

开车到杜克医院去看望巴西勒,听说他已经被送进住院部,在住院部找到他,真是巴西勒,他伤得不轻,马上就要到手术室做手术。巴西勒见到我也很吃惊,他气喘吁吁,想跟我说些什么,花了好大力气才说出一句话:"这一切像是场……噩梦!"他被推着进手术室,我握着他的手,边走边问:"感觉怎么样,伤在哪里?"巴西勒无力回答,护送巴西勒的有一位住院医生,拿着X光片,边走边看,我也看到胸片,他的肋骨、锁骨断了,胸腔积液加气胸,住院医生嘲笑我读书太认真。巴西勒进了手术室,我在外面等了一个小时,问了几个护士,谁都不回答我的问题。打手机找到乐歙,这家伙听到消息大吃一惊,他说他正准备去机场。"乐歙,你准备去哪里?"他不告诉我,于是我与乐歙约好在飞机场见面。

匆匆赶到机场,见到乐歙,这个家伙像变了一个人似的,语无伦次地说:"有人会认为巴西勒的车祸跟我有关,不要相信谣言,不是我干的。聆海,我突然想起我女儿,她离这里不远,大C的话刺痛了我,她说我是个变态的人,我睡不着……"我问:"你没事吧?"乐歙的脸色不好,看上去他才哭过,眼皮底下几道水迹,穿着杜克大学篮球队运动服,外面套着法国时尚大衣,他接着说:"太疯狂了,聆海,这一切都是疯狂,你是知道的。"

"你不是喜欢疯狂吗?"

"我也疯狂,多么疯狂啊!我觉得不可思议。"他的声音在颤抖,像又是在哭,却没有哭声,说道:"这些年来,我不是我自己,对南容的一举一动都着迷。聆海,我像生活在地狱里,我却感到对她的爱是一种美,不知道为什么有这样的感觉。但她对待我像一条狗,一条忠实的野狗,她也是爱我的,但我不能再忍受她那样的爱,她只是爱她的宠物,我不能这样活下去了。"

"别太激动,去喝杯咖啡?"

"看看我这个人,我在大学里也算一名才子,怎么落得这样的下场?但我又实实在在地爱过她。"

"为什么不继续下去?"我问。

"你不会在开玩笑吧?"

"对不起,我只想问为什么突然变了?"

"我现在的感觉很差,完了,聆海,我们的一切都完了。我疯狂时候痛苦,但醒来的时候感觉更差。再见了,我想我一定要离开她。"

"去哪里?回法国吗?"我问。

"不知道,我自己也不知道。"

"不是说你去南卡罗来纳州吗?""对,我想去看女儿。"

"这以后呢?"我问。

"不知道,我真的不知道。"

我们握了手,拥抱了一下,他情绪好了一些。我也感到荒唐,他与巴西勒是醋与醋坛子,醋坛子今天碎了,醋也流尽了。想到这里又感到自己太黑色,太冷漠了。乐歆是没机会观看今晚的对抗赛了,他不会回来了。乐歆买了一张飞机票,背着行李走入人群里。到了安检处,他停了下来,与我再次告别,这个镜头很熟悉,我这几天送走了原宪、伯牛,现在又是乐歆,还有巴西勒在医院。

"保重!"我大声喊道。……

(3) 疯狂没有根

回到俱乐部,横竖睡不着,我洗了一个冷水澡,又喝了一杯热牛奶,在才有几份倦意,回到床上睡了过去。

醒来的时候已是下午。今天是横跨美国第二十六天,伟大的星期三终于到来了。这些天来,昼夜在疯狂中变得模糊,一日三餐是随心所欲的饥饿曲,睡眠成了顺其自然的休息,世界的冷暖被疯狂打乱了,一切仿佛在超现实中进行。

我感到缺少了什么,想起"Lost Generation"一词,迷茫的一代,失落的一代,但迷茫和失落都不恰当。因为曾经拥有过,才能有失落;曾经清醒过,才能言迷茫。我渐渐意识到,子渊他们"疯狂"的根不在中国文化,也不来源于西方文化。几千年曾有过的"道",只是洒脱;有过"佛",只是看空了一切;有过"儒",真真假假装扮成"中庸"。疯狂中缺少了什么?找不到根,没有大树可以歇息,这样任性地横跨美洲大陆,疯狂没有根,如树叶在风的漩涡中飘荡,又只能是疯狂。

到俱乐部餐厅找了些吃的，就算是早中餐。子渊从外面进来，他的脸涂成蓝色的，哈哈地笑着，新涂的颜料绑紧了他的脸，笑得也疯狂，他大声说："刺激，太刺激了！"他刚从K村回来，让人给他绘制的脸画，说K村比昨天更热闹。子渊的确喜欢上了美国大学篮球赛了，他兴奋地说："刺激，册那真刺激，我说比NBA更刺激。北卡队见鬼去，见鬼去！"他倒了一杯橘子水，喝了一半，拉着我去K村。

第二十一章　最伟大对抗赛

（1）我的经历才是我这个人

K村挤满了人，每一顶帐篷的前前后后都是热闹。K村颜色也变了，蓝色的一片，交替着白色。蓝色的脸，蓝色双臂，蓝色的身体，富有创造力的蓝白人体绘画，不同的疯狂创意。子渊呆呆地观望，看着两位金发女大学生说说笑笑，任性地在对方脸上绘制，笑声感染了四周。青春啊，青春！惆怅在K村徘徊中萌发。

见到大C与小C，她们俩的脸也绘上蓝白色，大C的图形是猫咪，小C是蓝白交替的催眠图。她们俩围着史蒂夫，他光着上身，正上着蓝色涂料。我问她们："感觉怎么样？"小C笑着回答："杜克大学球迷是世界超级球迷，我们定义了超级，我们是最伟大的疯狂，蓝魔队加油！嘻嘻。"大C接着笑着说："想不到我们自己成了卡梅伦疯子，成为杜克传承人，四十天睡在野外冰天雪地，脑子变得好使了，我可以同时听音乐，与疯子们嘻嘻哈哈，同时打冷战，手指冻得僵直还在键盘上打字。有一天晚上，一只乌鸦飞到帐篷外，看见我的手指害怕了，它一定以为这些手指是疯子剑。哈哈，我还同时上三门科，全是A，疯子就是这样练成的。"史蒂夫往自己身上画了白圆蓝点，赞同说："卡梅伦疯狂是世界经典！都说英格兰球迷疯狂，说这话的人还没有见识,孤陋寡闻的言论。"他身上第一层蓝色涂料干燥后收缩,露出白色皮肤,像只白猴,再涂上一层蓝色,他的脸左面以蓝色为主体,右面以白色为主体,看出他的设计是扑克牌的脸图,史蒂夫嘴里喊着:"杜克加油!杜克加油!"K村也回响起"杜克加油"。

"爷四(yes),杜克加油!册那,爷四(yes)!北卡队见鬼去,见鬼去!"子渊成了他们中的一员,他动员着我,建议我也涂上蓝白色,我竟然同意了,疯狂有如此感染力。子渊问史蒂夫:"昨天杜克大学与耶鲁大学比赛,你们在喊什么?"史蒂夫睁大眼睛,他眼睛也是蓝色的,他说他们不是叫喊,而是喊唱。"喊唱是个大学问啊!卡梅伦疯子的喊唱是最有名的,最富有创造性。"他在女生面前炫耀着他的博学,解释说:"喊唱有国家级经典、杜克卡梅伦经典,但最重要的是即时喊唱。贾先生,经典的喊唱已经传承了一百年,历史悠久,我们先练习美国国家级经典。"

史蒂夫招手,叫来了一群卡梅伦疯子,站好了队喊唱出国家经典:"Rock, Chalk, Jay Hawk, KU!"顿时,K村响起低沉的喊唱声,一阵又一阵地回响。"让客,瞧客,杰好客,看友!"我给他注音,没人知道什么意思,但这就是经典。子渊跟着喊唱,第一次是乱唱,第二次有点感觉,第三次子渊喊出了完整的句子,第四次他有了节奏,他跟上了史蒂夫他们,然后一切完美,子渊疯狂得忘记了语言的隔阂,也不想知道自己在喊唱什么,但就是好,真是个好喊唱,气势磅礴,能将两肺气体都喊出来。

史蒂夫继续介绍杜克卡梅伦经典,当客队队员犯下任何错误,不管大小,卡梅伦疯子都会喊唱:"'你拖着全队下沉!'还得伸出臂膀,斜着身体,显出最长的臂膀,同时拍动手掌,像一对蝴蝶拍动翅膀,指向那位犯错误球员。全场一万人喊唱:'你拖着全队下沉!'懂了没有?"我们照着史蒂夫的样子做,幸亏史蒂夫没出卖他的球票,他是杰出的卡梅伦疯子,最伟大的自带干粮拉拉队员,子渊的教练,他说了几个即兴喊唱:"有一次对方球员身高才一米六八,在篮球队里是个侏儒,我们喊唱:'站起来,你这个煤球火!'其实他也不算矮,是不是?那个家伙自感残缺,他那一天就没打好过球。后来,报纸说我们太过分了,禁止我们喊他煤球火。K教练替我们说话,他

291

说：'把这个喊唱也禁止了，还算是大学篮球队吗？'他是最伟大的教练，他的伟大在于他渐渐成为我们，而不是我们成为他，懂不懂？他与我们一起懂事。"

史蒂夫停了下来，看一下我们有没有跟上他的节奏，接着说："杜克篮球赛就是疯狂，疯狂的经典在于喊唱。有一次，一个家伙打球太凶猛，将胸腔打得漏气了，一脸的绛色，他不能呼吸。我们一万卡梅伦疯子即兴喊唱'吸进来，呼出去'，反反复复地喊唱，帮助他呼吸，惊天动地的，那个家伙自己也憋不住笑了起来！救了他的命，人在生死关头需要幽默，活的成功率就高。卡梅伦疯子喊唱是世界级的，天下奇观。我告诉你们，有的人花了三千美元就是来看我们，来听我们卡梅伦疯子喊唱的。"史蒂夫得意扬扬，他感觉自己说过了头，纠正说："当然，他们也是来看杜克蓝魔队的球赛的。"

大C有同感，她看着史蒂夫上蓝色涂料，她说了两个她最喜欢的即兴喊唱："我听说，前年杜克蓝魔队最优秀球员叫葛兰，一个超级明星，家里就他一个独生子，太浪费世界优秀基因资源了。有一次他父母来观看球赛，一万卡梅伦疯子齐声喊唱：'再生一个，再生一个！'恨不得葛兰老爸老妈当场生一个宝宝，他们俩难为情了。一句很平常的话，近一万人喊唱，在卡梅伦球场内，就是不一样。哈哈，真有趣！"

不知什么时候南容出现在人群里，她的脸色很不好，一夜的时间她老了许多，到底是四十出头的人了。她孤零零地出现在我们中间，没有巴西勒的衬托，没有了乐欸的痴情追随，她仿佛不是南容了，显得单调，没了往日的性感，估计她一夜都没睡好。子渊与她打招呼："容领导也化妆一下，杜克加油，杜克加油！让客、瞧客、杰好客、看友。"他在兴奋状态中，南容没理会他，却问我："他们怎么样了？"

我说："原宪先去洛杉矶再回国；乐欸说去南卡看女儿；巴西勒在医院，据说被送进ICU，用呼吸机后不能说话了；伯牛早已回洛杉矶，过几天再上法庭，等待判决。"看上去她心不在焉，慌乱得很。南容在人群中找到大C，将大C拉到自己身边，说她昨天等了大C一个晚上，但就是等不到大C去俱乐部。"

"妈妈,我也替你绘制一个脸画。"

"妈妈没这个兴趣,看你整天野在这里,让我真不放心。"

"妈妈,你怎么又来了?"

"大C,怎么对妈妈说话的?难道你对家里的事就不关心?"

"关心你们的事,费这个精力有用吗?除了你们花不完的钱,你们俩谁关心过谁?看看我们这个家,自从我懂事起,就一直七零八落的,你们把我送到欧洲,寄放在美国,我从没有过正常童年,没有朋友,没有正常人家的家庭。"大C毫无顾虑地全盘脱出,她到底是毛阿大的女儿,语言能让对手胆战,化妆过的脸掩盖了脸部表情,但她的话刺入了南容的肌肤,南容不敢相信,她说:"大C,你真不了解妈妈,你让我伤心透了。纵然爸爸妈妈不是完人,纵然我们什么都不对,纵然我们间没有爱,但我们这一辈子的奋斗都是为了你,这点是真的,一切的一切都是为了你。"

"妈妈,你别这样说了。"

"难道你连这点也怀疑?"

"我不想再说了。"大C转身想走。都知道大C有时言不达意,但今天她说得有条有理。大C在倾诉她的苦难,在反抗,将这青少年的愤恨泻了出来。南容惊讶得醒了过来,她不再问乐欻和巴西勒的事,她环视了K村,根本找不到她的答案,她问大C:"你想说什么呢?"大C没回答,南容继续说:"大C你变得越来越不懂事了,你爸爸出了事,妈妈一人扛着这个家,多想你能帮我一把!"

大C问:"怎么帮你,替你给辛格拉传个信?"

"别胡说!辛格拉是球星,他不会成为你理想的丈夫的。"

"这也应该由我来决定,是不是?"

"你想气死妈妈?难道我们为你所做的都是错?上帝啊!为什么你在这个时候开这样的玩笑?妈妈不在乎你爸爸的二奶三奶,自从有了你,妈妈用自己的身体保护着你,在养育着你,就像一条三文鱼一样。"南容想感动大C,然而大C却偏是毛阿大的女儿,她说:"妈妈不要说得这样悲壮,我

293

扛不起你僵死的鱼身,作孽！为什么自我作孽,你在法国的别墅是为了我？法国葡萄庄园也是为了我？还有你们在纽约的空中别墅也是为了我？悲惨啊！"她们俩都很激动,而K村也在沸腾之中,四周的喊唱声冲击着帐篷,卡梅伦疯子庆祝着四十天的结束。不再需要野外露营了,不再需要帐篷了,杜克大学生倾巢而出,欢乐在我们身边跳跃。"杜克加油！杜克加油！蓝魔队加油！"此起彼伏。检票开始了,黑色帐篷的人排在最前面,她们的脸有画成美国国旗的,有画成大熊猫的,有画成印第安人的,五彩缤纷,他们高呼着,兴奋着。"哇,哇,哇喔！"大C没心思与南容继续对话,而南容却在感情的洪流中,她真切地对大C说:"这些房产都是你的,那是我们的三文鱼身体！"

"妈妈,你们不是三文鱼,我不会进入你们的僵尸过日子的,别用这样的比喻。你问过我需要什么吗？"大C说着,她就想走。南容身体晃动一下,几乎要跌倒,她绝望似的说:"真是报应！连你也不懂妈妈了,我这辈子真是虚度了。"

"妈妈,你别这样,我有我的事要做,有我自己的人生旅程要走,我不需要你的别墅,没有这些,也许我们还会有一个家。"

"我为了保护你,呕心沥血,你不知道我们经历了多少危险！"

"妈妈我要去看球了,我们以后再说。"大C真的要走,被南容大声镇住:"难道一场球真的这样重要吗？"大C根本不懂她母亲,看了南容一眼,顺口反问:"难道那些别墅、金钱真的那样重要吗？比我们全家在一起还重要吗？"

"大C,那些都是你的！"

"妈妈别这样说了,求你别继续说下去了,我不是个笨蛋。我知道我的名下存了好多的钱,我一辈子都用不完的钱,也许我的下一代,再下一代也用不完的钱,但你们那些钱让我提心吊胆,让我背上罪孽,成了我永远洗刷不干净的原始罪孽。我的名字成了你们的洗钱中心,就连我的下一代,也成了你们继续洗钱的中心。我不会要你们的钱的,我不会去巴黎管理那些庄园,去纽约替你经营别墅,这些不是我的,我也不需要这些。我是我自己的自由,妈妈,让我有自己的爱,纵然我将来失恋,被情人抛弃,但那些都是我的,我有我自己的经历才是我这个人,妈妈,难道你就不懂吗?"

南容惊讶得不知说什么,她的身体在颤抖,她寻找着乐欤,她寻找着巴西勒,她不习惯没有男人的众星捧月,她的眼神在求救,她真的支撑不住了,我上去扶住了她。

"哇,哇,哇喔!"卡梅伦球场大门打开了,第一批黑帐篷疯子在欢呼声中进入球场。第二批等待着,他们的欢呼声一阵比一阵响亮。四十天野外帐篷露营,寒冷、孤独、自我责问,引向卡梅伦球场,大C说:"我喜欢这一时刻,妈妈,我要走了!为这个时刻我奋斗了四十天,我喜欢我脸上的颜色,我喜欢蓝魔队,我成了卡梅伦疯子,妈妈再见了!"大C离开了南容,加入黑帐篷卡梅伦疯子行列。看着大C、小C、史蒂夫的高兴劲,我也被感染了,她们跳跃着进入卡梅伦球场。

南容倒在我身上,她在哭泣着说:"报应啊!真是报应啊!"她唯一存在的价值被自己女儿否定了,她把自己女儿当成洗钱机,大C拒绝了她的生活方式。"我这些年的挣扎奋斗,被大C给否定了,报应啊!活着还有什么意思?……"

(2) 疯狂中展开自我

子渊出高价弄来的球票,我们坐在教练排座位对面。

整个卡梅伦球场在热身中,一万个座位座无虚席,卡梅伦疯子与拉拉队一起舞动,双手拍打着节奏,一曲《每次我们爱抚》带出杜克篮球赛的热烈气氛。在对面挥舞的人群中,我找到了大C小C她们。经过四十天寒冷风雪中露营,卡梅伦疯子终于进入癫狂佳境,每一张脸都在欢乐之中,嘶哑地喊唱,兴奋感染着空气中的微粒。"杜克加油,杜克加油!"喊声震天动地,蓝色手臂伸向球场中心,双手像一对蝴蝶翅膀拍打着,他们喊唱着。但南容沮丧到了极点,她说:"聆海,我感到在地狱。"

等K教练带着蓝魔队入场时,欢呼声遮盖了世界上其他一切声音,全场观众都站立起来,我再也听不到南容在说什么。辛格拉出现在球场中间,大C向他招手,大C格外地高兴,她洋溢着幸福。南容轻轻地喊着辛格拉名字,她毫无表情,却从人缝中看着辛格拉,她喃喃自语地说:"疯子,真是疯子!不就是一场球赛!"她看着辛格拉,注视着他的一举一动,南容的眼泪就在眼眶里,真是历史性的时刻,她对辛格拉的兴趣,比对任何一个男人持续得长久。她竟然在流泪,如果泪水不全为悲凉,那一定也是为了爱情。我一直认为我们生活在瞻前顾后中,生活在窒息的中庸黑箱里,但今天身在卡梅伦狂热世界中,在疯狂中展开了自我,就连南容也展现了她人性中的爱。

子渊在一旁说:"从1920年起,他们就有蓝色的对抗,杜克蓝魔队是深蓝,北卡队是浅蓝色。"南容表扬了子渊,说平时那些爱得疯狂的人,到了关键时刻都溜走了,谢谢子渊还在她身边。子渊高兴,放大着嗓门说:"哈哈,容领导表扬我!根据史蒂夫的理论,纵然赢了全美大学篮球联赛,若没有赢这场对抗赛,冠军也是假的,册那,佩服啊!"

"你什么时候懂了篮球对抗赛了?"

"不瞒容领导,这几天睡帐篷,我与洋疯子在一起,又湿又冷,饥寒交迫,彻夜不眠,但人还是兴奋,我的脑子不停地运作思想,册那,他们的对抗赛跟我们的就是不一样,输了赢了明年都再来,期待更精彩,哈哈,我也上瘾了。"子渊说了,等着南容反应,但她默默无言,眼睛依旧盯着辛格拉。突然,子渊大喊起来:"二十分钟警告!开赛只差二十分钟了。时间怎么不走了?册那,难怪搞体育竞赛的人活得长命。"

卡梅伦球场到处是蓝色,上万双蓝色蝴蝶手在展翅,激情地喊唱,长久不衰的号声、鼓声,一万个卡梅伦疯子喊唱着"喔喔——喔喔——",这种疯狂不可抵抗。我也情不自禁伸出双臂,拍打起我的双手,也感觉有了一对蝴蝶翅膀,我喊唱着"喔喔",我感到释放,感到突然变了一个人,去掉了这一路的烦恼,"喔"去了毫无价值的履历和智慧,感到变得年轻,重新有了冲动与激情。我对南容说:"别这样愁眉苦脸的,来吧!跟上卡梅伦疯狂。"南容仍然坐在座位上,她捧起了自己的头,闭上眼睛什么都不说,她在痛苦中。喔喔——喔喔——,浅深蓝色的对抗,近一百年在美利坚南方土地上,美国体育对抗赛的经典,四千美元一张球票,生平第一次享受经典的奢侈,是子渊这个疯子带来的"盛世"。

突然,球场变得漆黑,灯光照在被介绍的球星身上,播放着由球星自己选择的音乐片段,队长杰弗逊,后卫琼斯,左卫辛格拉……我问南容:"不跟辛格拉打个招呼?""哦!聆海,别拿我开玩笑!"歌声停后,又是汹涌澎湃的"喔喔"声此起彼伏,震荡着每一颗心。从球场的一角掀起波浪,助喊声、喊唱声、仪乐队的鼓声、号声,这样的声势持续着,直到球赛开始。

LED巨型显示屏幕上播放着在场名人的镜头,有超级明星,有这几十年来杜克蓝魔队涌现的球星,有纵横美国篮球界的领袖,也有政界领袖,最后的镜头留在迈克尔·乔丹身上,当他注意到自己的画面时,呈现出无奈。他当年领军北卡大学篮球队,也在这个球场无数次接受过卡梅伦疯子的洗礼。

南容打破了她的沉默,她抱着自己胸口说:"这是最后一场球赛了。"她看上去很吃力,憔悴得令人难过,女人需要男人众星捧月才年轻,我才意识到乐欵对她的价值,才知道巴西勒给她带来的体面和满足。南容撩了一下头发,靠在我身上说:"我累了,实在累了,好像这世界末日就在眼前。"我问她:"因为巴西勒他们不在了?"南容摇摇头说:"别让我想起他们,让他们走吧。这些年的好梦噩梦,是真是假,是盛世是地狱,一直有他们两个饿鬼在舞蹈,让上帝保佑他们。"

"你相信上帝了?"我问。

"从来没想过,但我真希望有。"

"原宪已成为一个虚无主义者。"

"他的地狱太深了,怕没法挽救他了。聆海,你相信有神的存在吗?"

"不知道,我也从来没想过。"

"你相信因果报应吗?"

"好有好报,坏有恶报?"我问。

"噢,亲爱的,别用问题回答问题,你相信有轮回吗?"

"别胡思乱想了,还是好好享受四千美元一张球票的比赛,马上就要开始了。"南容徘徊在信仰选择的迷茫中,她怕被别人取笑,但她需要一种解释,一种安慰,一套能让她安静下来的说法,也需要一个走向纯真的归宿。她说:"信仰是个主观的大跃进。"

去年蓝魔队的五个主力,三个去了 NBA,今年的主力由大学一年级承担,辛格拉是核心,但大学篮球队球星都还是孩子,辛格拉是个大孩子,他这几天情绪不稳定,进入比赛状态很慢。开赛后前五分钟,他表现平庸,他在寻找什么,沸腾的卡梅伦球场没能振奋他,他投了几个外围三分球,篮球飞在空中,随机地碰撞球筐,进与不进球,他似乎也都无所谓。K 教练不满意,他在乎球员的得分,更在乎球星得分的球理。K 教练常说篮球竞赛不是输赢,而是整个球队去拥有球场,他说篮球竞赛最高的境界是"你是球赛,球赛是你"。

杰弗逊抢到篮球,运球到前场,几步上篮,用一个勾球,篮球进入球筐,全场一片呼呼。北卡得球,进攻到他们前场,也是三步上篮进球。辛格拉防守北卡队主力狄斯基。狄斯基七英尺高,能攻能守,又是远射能手,明年他进 NBA 火箭队。防守狄斯基从来不容易,突破他的防守更需要技术与智慧。辛格拉得到琼斯传球,但他进攻的路线早被狄斯基堵住,辛格拉左右晃动,试图突破都没有成功,他只得远距离投球,没进。而狄斯基回到自己的前半场,跳起越过辛格拉头顶远投,进了三分球。狄斯基的企图很明显,他逼着辛格拉放弃,从精神上压倒辛格拉。K 教练喊了暂停,面授辛格拉战术。

球赛在惊天动地的喊唱中进行,前五分钟双方都慌乱,防守不严,进攻效率低,比分五比五。辛格拉快速进攻,但因过于急躁,左肩撞倒狄斯基,被判进攻犯规。南容注意着辛格拉的一举一动,她问:"聆海,就这样的球赛值四千美元?"我解释说:"他们这样两支强队,胜负往往是由细碎小事决定的,比如犯规次数、罚球前后、远投命中率。想想他们一样的水准,比分呈胶着状态,往往最后一秒决定胜负,这看起来是由概率决定的,但由谁控制最后一秒,有天大的学问。"

激情的喊唱响彻卡梅伦球场,卡梅伦疯子们是幸福的,他们是快乐的。

南容自言自语地说:"聆海,我怎么也感受不到快乐,像在地狱。"她脸色苍白,我扶着她坐了下来。

杜克蓝魔队与北卡队比分咬得很紧,进球与失误相等。两队都用一对一的防守。K教练是个有耐心的人,他知道篮球对抗赛的心理,他不想改变比赛的节奏。耐心、耐心、再耐心,等待对方的错误,让对方自我暴露。K教练观察着他的球星们,他知道辛格拉不在他最佳状态,K教练频繁地替换队员,试着各种排列组合,让球星尽情发挥各自特长,从变化中寻找机会。北卡队也在寻找,也在做相应调整。

北卡队占了上风,他们竟然能忍受卡梅伦疯子的喊唱,球星们尽现他们技能,扣球远投,强行突破,球赛进行得很艰苦。杰弗逊队长犯了两次规,他被换下场。狄斯基与辛格拉一对一防守与进攻,辛格拉引诱着狄斯基犯规,他贴着对方运球,做些刻意冲撞,但对方也用这种伎俩引诱他,辛格拉犯了第二次规,他也被换了下来。前半场结束,北卡队领先八分。

中场休息,传来嘎嘎小姐演唱的美国歌曲。歌声清脆,婉转如诉,竟然感动了我,南容忍不住流出了热泪,她泪如雨下,听不清她在说什么。我也习惯她的哭泣,这次美国自驾游,也不知她有多少次借用我的肩膀了,她故意让乐欬妒忌,故意撒娇,有意无意地引诱巴西勒。我感到乐欬真的不在了,巴西勒也不在了,原宪本来能充当几小时的情人,他也走了,我看了子渊一眼,他做了个鬼脸。但南容真的在哭泣,她的身体在颤抖,她哆哆嗦嗦地说:"我也要回去了,但我真的不想回去……"

"回哪里去?"我问。

"要回去了,不得不回去,这世界没人理解我,连我自己亲生女儿也……聆海,这世界,我这一生,一切的一切,都为了大C,她……这世界,还有什么意义?被自己女儿否定了的生命,我什么都不值了……"

"孩子大了,有她们自己的世界了。"

"不要说了,什么都不需说了。中国女人……你看……"南容说话失去了以往的诱惑与逻辑,变得支离破碎,她接着说:"中国女人一生的成就、

299

幸福、快乐,就在她男人脸上与子女的笑容上,可怜的女人!你知道你兄弟是个流氓,他玩弄女人,就像当年他母亲玩弄男人。不是我没有反抗的欲望,但即便我离开了他,在别人的眼里,我仍然是他的女人,但你兄弟会垮得更快,整个世界还会指责是我的过错。我知道你听不懂,我什么都不在乎,我将所有希望寄托在女儿身上,但大C她……天啊!……我的心在流血,简直生不如死……"

嘎嘎小姐的美国歌曲唱完了,场内再次灯火通明,美女拉拉队上场,彩球劲舞,每一位美女都像裂开的石榴,场内响起了歌曲《尖叫与呐喊》:

> 我想尖叫,我想呐喊,
> 让所有都发泄出来!
> 尖叫与呐喊,让所有发泄出来,
> 我们说,喔!清晨!喔!清晨!哦!清晨!
> 我们说,喔!清晨!喔!清晨!哦!清晨!
> 我想尖叫和呐喊。
> ……

全场的人都站立起来,南容也站了起来,她跟着卡梅伦疯子,蹦跳出强烈节奏,她嘶哑着声音喊唱着:"我想尖叫和呐喊,让所有发泄出来,尖叫、呐喊……"她的头发松散了,杂乱地披散在她的脸前,她晃动着,扭动着,她似乎进入癫狂,"喔!清晨!喔!清晨!哦!清晨!……"

半场休息后,蓝魔队重新上场,辛格拉与杰弗逊都上来了,他们都有两次犯规。北卡队发挥总体好过蓝魔队,他们今晚投球命中率高。下半场开场不到五分钟,辛格拉再次犯规,这一次犯规重重地打击了他,他觉得不可思议。K教练再次把辛格拉换下,让他自己去思考琢磨。辛格拉坐在冷板凳上,似乎在人群中找到了什么,他眼神找到了我们,看到南容倒在我肩膀上,他茫然地看着我们,南容兴奋地忙向他挥手,跟大C一样的神情,她给他一个飞吻。大C看清我们,她扭头回避了。

杰弗逊也再次犯规,也被替换下来,蓝魔队没了两名主力,而北卡队越战越勇。下半场进行了七分钟,狄斯基带领的北卡队领先十二分,这是今晚两队最大的比分差距。大学篮球对抗赛中有这样巨大的领先,往往已经决定了胜负。"看起来要输了,辛格拉他们要输了。"南容心疼着他,今晚什么都是忧愁,什么都让她伤心,仿佛全场疯狂的喊唱,也是南容的四面楚歌。"聆海,全都败下来了,真是兵败如山倒!辛格拉还能成为 NBA 球星吗?"她伤心着,把什么都往最坏处想。

"球赛还没结束呢!"我说。

"要是不输该多好啊!"

"还没输呢。"

"要是你兄弟不输该有多好啊?"我不知道怎么回答她。她自己接着说:"输了,全输了,还不如美国篮球赛,总还有下一场,为什么一定要你死我活呢?"她伤心,真的伤心,她记忆中的对抗赛,有她曾祖父的突然失败,她祖父的走麦城,她父亲的莫名其妙失落,都是孤独的对抗赛。现在轮到她了,世世代代,永永远远,只有一场球赛,输了就彻底地输了。南容说她们家族从来没赢过,毛阿大也没赢过,那么又有谁赢了呢?朱元璋的子孙吊死在煤山。南容找不到答案,我也没有。

美国的历史才不到三百年,蓝魔队与北卡队,两支球队已经对抗了近一百年,还在寻找一场完美的对抗赛,每年在寻找,每一年都走向完美。卡梅伦疯子的疯狂,四十天的野外露营,今天的蓝色的喊唱,都完美着对抗赛,寻找着最完美。也许这个世界没有最完美,但这种求索是神圣的,创造了最高的价值。

辛格拉回头又寻找南容,南容还像情人般靠在我肩上,这大概是做给辛格拉看的,她是这方面的专家,辛格拉再也没有回来过。大 C 注意着辛格拉,她知道她母亲的魔力,大 C 也再没有回来看过我们。孤独的我们,我成了替代品。南容倒在我肩上说:"聆海,我要回去了,保佑我吧!也许我们再也见不着了。"

"你到底怎么啦?"

"我的心在流血,肝脏被捅了个大窟窿。"

"能有这样坏吗?你留在美国又会怎样?"

"大C不懂,难道你也不懂?"

"我该懂什么呢?"

南容长叹了一口气,说道:"我如不回去,大C她……她会不安全,我只有成为一条三文鱼,用我的尸体养活她,但她……大C她……竟然还在恨我……"南容支撑不住,完全靠在我肩上,说不清一个字。南容是如此苍白、乏力、憔悴,美丽被哭泣洗涤干净,我不知道该如何安慰她。子渊在一旁,他似乎也停止了疯狂。

卡梅伦球场又响起了欢呼,辛格拉上场了,他变了一个人似的,他找到了他自己。他得到琼斯传来的球,找到北卡队的软肋,毫不犹豫地在三分线外投射,中了!球进了球筐,再不能比这三分球更精彩了。顿时,卡梅伦球场欢呼喊唱声掩盖了一切,"喔喔——",蓝色的双臂伸向球场中心,像蝴蝶在飞翔,惊心动魄地飞翔,喊唱着:"我们将,我们将震撼你!"卡梅伦的疯狂回来了,喊唱出震撼人心的音调,像听到解放欧洲枪炮声,像震撼诺曼底的炮弹炸开……

北卡队习惯了卡梅伦疯子的疯狂,将疯狂当成了鼓励与刺激,蓝魔队与北卡队百年对抗赛,少了谁都失去了对抗,看低了对手也贬低了自己,对抗赛只为了竞赛。他们尊重卡梅伦疯子,知道这上万的才子牺牲了四十个昼夜,只是为了一场完美的对抗赛。北卡队的丹尼斯带球闯入蓝魔队禁区,他几个旋转切入就到篮筐下,没法防守他,他轻松得了两分。丹尼斯身材高大,表情总是很严肃。子渊大声喊道:"巨人,高兴时候就笑笑,伤心的时候就哭几下,没关系的!"没人懂他的上海普通话。丹尼斯罚球成功,北卡队领先九分,比分差距又拉大了。

K教练喊了暂停,卡梅伦疯子喊出了经典:"Rock, Chalk, Jay Hawk, KU!"低沉得仿佛下陷着卡梅伦球场。我们也跟着喊唱,用尽全胸腔的气体。"让客,瞧客,杰好客,看友!"过瘾,真过瘾,感到全身轻松,没有烦恼了。我让南容也喊唱,她跟我站了起来,放开嗓子喊唱:"Rock, Chalk, Jay

Hawk, KU!"知道这四个英文单词合在一起根本没意义,但喊唱能让整个球场受到感染,让人焕然一新。南容含着眼泪,大C在球场对面也疯狂地喊唱着。一万个卡梅伦疯子沉浸在对抗赛中,没有担忧,不存在害怕。暂停后,蓝魔队主力全都上场,北卡队在他们的顶峰状态中,辛格拉回到他的最佳状态,他的骄傲回来了。一万人在呼喊,听不出大C的激情,也听不到南容的悲壮,都消失在卡梅伦的疯狂中。

蓝魔队沉住气,控制住节奏,琼斯带球闯入被北卡队封住,他回球到三分线外,蓝魔队耐心地传球,琼斯再切入三分线内,又被封住,再将球传出,他巧妙地传到辛格拉手上。辛格拉得球,毫不犹豫地跳起,在三分线外远射,又中三分。辛格拉连得两个三分球,带动了整个球场,欢呼声经久不息。

"看他!一个杰出的运动员,将来的世界球星,他一定会成为世界球星的!"南容为他骄傲,为他欢呼。

北卡队进攻,狄斯基的传球被辛格拉阻截,辛格拉像箭一样扑向篮球,倒下出界之前,将球击打在狄斯基身上,反弹出线。蓝魔队重新组织进攻,琼斯左右向禁区冲击,拉出空当,将球传给左右穿插的辛格拉,辛格拉三大步穿人,上篮进球。卡梅伦球场沸腾了,蓝色世界像潮水拍礁。辛格拉、琼斯,两颗崭新球星升了起来,在世界球迷前呈现了他们的精彩。蓝魔队的两位一年级球星,扛起了美国体育对抗赛的经典。

北卡队再次进攻,丹尼斯的投球被杰弗逊盖住。由辛格拉带球进攻,他引诱狄斯基犯规,得到罚球机会,卡梅伦的每一双眼睛都盯上辛格拉,全场高喊着"辛格拉",南容的嗓子都喊得嘶哑了,她几乎忘记了刚才的痛苦,女人的红晕泛在妩媚的脸上。大C又举起"辛格拉,我爱你"的木牌,她在高喊,在欢庆,在幸福中。南容看到大C,她突然停止了呼喊,站着看辛格拉罚球。第一个罚球进了,第二个罚球在全场屏气沉默中进了篮筐,卡梅伦球场再一次沸腾,都为辛格拉欢呼,K教练也高兴得站了起来。还没等北卡队醒过来,辛格拉又一次拦截了狄斯基的传球,他一人运球进攻,如入无人之境,一个漂亮的三步上篮扣球,一气呵成,蓝魔队第一次比分领先。

在这一时刻,我们目睹了超级球星的诞生,卡梅伦球场长久不息的"喔——喔喔——喔——"为辛格拉疯狂。我们与卡梅伦疯子同欢,与青春同在。南容语无伦次地对我说:"我与辛格拉不会有幸福,但我能控制他,为了大C我放弃了他……但大C不懂,她与辛格拉不能长久的,我能看到大C将来的绝望……"但此时此刻,卡梅伦球场只有疯狂,一场疯狂的球赛,疯狂,疯狂得只有"喔——喔喔——喔——"声,什么都不重要了。杜克蓝魔与北卡队打成胶着状态,比分一路打平,这场对抗赛得分率很低,每一次投篮都仿佛在决定胜负。对抗赛只剩下最后四分钟了,比分是五十八比五十八,北卡队教练喊了暂停。

暂停结束,蓝魔队进攻,辛格拉带球进入禁区,但找不到投球机会,他将球传出禁区。琼斯强攻吸引了北卡队两名球员的防守,辛格拉与狄斯基对峙,他得到琼斯的奇妙回传,跳投时狄斯基在他背后犯规。辛格拉被压,从空中坠落下来,一定是严重的创伤,南容倒吸着冷气,但那篮球在辛格拉倒地前,神奇般飞出,在空中飞出弧线,不偏不倚地飞入篮筐,神了!不知辛格拉怎么练就这一手神投的。辛格拉再得两分,再加一次罚球,他从地上站了起来,像是大卫王弹奏神曲一样愉快。从这一秒起,仿佛每个人都还原到最本质,卡梅伦球场变得神圣。惊天动地的喊唱:"我们将,我们将震撼你!"南容也欢呼着,喊唱着,她忘记了一切。

最后两分钟时,蓝魔队领先五分。琼斯天生沉着,一位天才组织者。他控制着球,让时间在他的手下流逝,他投进了一个三分球,蓝魔队领先扩大到八分。狄斯基快速进攻,回敬了一个三分球。最后四十五秒的对抗赛,北卡队教练又喊了暂停,布置最后的战术。暂停后,北卡队拦截成功,快速上篮,将比分拉近至六十三比六十六,蓝魔队只领先三分,谁都不知道这半分钟会发生什么。卡梅伦疯子们的声音嘶哑了,子渊这个疯子也筋疲力尽。南容忘记了哭泣,她为辛格拉欢呼,她捏紧着双手,将双手放在她胸前,一个劲地为辛格拉加油,她在她内在的自由神圣中,在她女性本能的美丽中,在她爱的真实中。而球场的对面,大C也一样,欢呼在她少女的爱情中。

琼斯组织最后一次进攻,他的意图很明显,他熟练地控制着球,让时间流去,到最后一秒再进球,只留给北卡队十五秒时间进攻。琼斯被北卡队犯规,北卡队似乎乱了阵脚,他们绝不能犯规琼斯,因为他的罚球命中率高达百分之九十六。琼斯罚进了两分,蓝魔队领先五分。北卡队到底是一支超级球队,狄斯基快速回攻,只用五秒钟投入一个三分球,比分只有两分之差,留下十秒时间。但这十秒的感觉是永恒般漫长,喊唱声静了下来,北卡队叫了最后一次暂停。

　　暂停结束。由琼斯组织进攻,他不想让北卡队轻易对他犯规,他要消磨最后十秒时间。等北卡球员冲向他的时候,琼斯将球传出,辛格拉得球,北卡队冲向他。在狄斯基对他犯规的一瞬间,辛格拉跳投,篮球从他的心脏飞出,美丽的弧线,在南容、大C和全场卡梅伦疯子的注视下,辛格拉弧线的终点进了篮筐,进了!一个神奇的三分球!对抗赛还有最后两秒钟,"辛格拉,辛格拉!"卡梅伦疯子爆发了,爆发出辛格拉的名字。北卡队在最后两秒依旧组织了一次伟大的进攻,但再也无济于事了。

　　终场,彩线从天空飘落下来,彩球飞扬,人群从四面八方涌入,追逐他们的球星,蓝魔队的球员相互拥抱着,拥抱K教练。卡梅伦疯子拥抱着,欢呼着,辛格拉和琼斯滚抱在地上,欢乐、激动、幸福夹着眼泪。K教练将他们从地上拉起来,站直了,给他们一个父亲般的拥抱,他拍打着他们,有说不出的满足。K教练吻了辛格拉的额头,吻了琼斯的头发,他们三人的脸几乎贴在一起。欢乐、激动得说不出什么话,说什么都是多余的。K教练拍打辛格拉的肩膀,打乱琼斯的头发,他又一次吻了他们。琼斯用手臂抹去眼泪,而辛格拉弯下腰,激动得哭了起来。

　　南容又忘记了沉默,她高呼着:"辛格拉,辛格拉!"大C绝望地看着母亲,卡梅伦球场响起了辛格拉选择的歌曲《坠离地球》,歌声婉转,感天动地,南容跟着唱:

　　　　我从未想过分离,
　　　　想我们早已经了却那些事。

305

自从那一天，
我只想找回自己，
我现在坠落下去，
孤独地坠落下去，
我呼喊着,我呼喊着寻找你……

辛格拉在寻找,大 C 从座位上攀爬过去,他们在球场中心拥抱,紧紧地拥抱,他们接吻。南容倒在我的肩上,从她的幻觉中醒过来,她说:"赢球的感觉真好,聆海,我们为什么会输呢?"南容目睹着大 C 与辛格拉的亲热,她下滑到座位上,将我也拖了下来。我们坐在站立的人群里,她双眼无光,又一阵颤抖,喃喃自语:"聆海,该走了。"我将我的运动衫套在她的身上,她还说:"冷,聆海,我害怕,真的害怕!"过了一会儿,她镇静了下来,看着大 C 他们,南容真诚地说:"哎!摆脱不了噩运,痛!痛在心坎里,旧的还在,新痛又来了。噢,亲爱的,抱紧我,我不得不回去了,太冷了……太暗了……大 C 她不相信这一切是为了她!"

"非得回去吗?"

"别无他路了,没人懂得我的折磨。聆海,在你兄弟的眼里我不是个好妻子,我不怕,他是自作自受,是他的黑暗把我推入地狱。但是,大 C 她……聆海,大 C 说我在利用她,她不在乎我们的钱!大 C 她……是她彻底否定了我,她否定了我存在的价值,谁被……"南容停了下来,她如此虚弱,卡梅伦疯狂使她更觉得孤单,她咽下眼泪,含糊不清地接着问:"谁被自己女儿否定过?"

我问:"将来会怎么样?""不知道,聆海,我真的不知道!"

卡梅伦球场还在沸腾中,几十家电视台竞相采访球星,辛格拉被围在人群中,杜克仪乐队奏起《每次我们触摸》,等一曲奏完,大 C 和辛格拉都不见了。

(3) 你兄弟没输有多好!

我和南容走出卡梅伦球场,寒冷袭来,南容又一阵子打战。黑暗笼罩着 K 村,但 K 村人山人海,卡梅伦疯子们仍然在他们的狂欢中。"哇!哇喔!"喊声打破了深夜的寂静。看不清人群的脸,看不清任何物体,只有疯狂中的欢乐。K 村中间的烟雾升腾起来,成百上千的手机闪烁光亮,像是侏罗纪公园里的萤火虫。接着,烟雾燃烧成一团大火,火焰熊熊,升腾到天空。卡梅伦球场里的喊唱在 K 村继续,没人想结束今晚的癫狂,口燥唇干地喊唱。有了啤酒,卡梅伦疯子如痴如醉。"哇喔,哇喔,哇!杜克加油!杜克加油!"四十天的寒冷野外露营走出来的胜利,欢悦在烈火前洒脱,"哇喔,哇喔!"这些美国最高等学府的秀才们在欢庆,语言简单成"哇喔,哇喔"。他们再也不需要睡帐篷了,再也不需要节省啤酒了,再也没人怀疑这一届卡梅伦疯子的疯狂,他们创造了自我的疯狂,他们创造了自我的神圣,他们再一次定义了美国体育对抗赛的经典。

南容在人群中找大 C,找不到大 C,却找到了小 C 和史蒂夫,他们俩也一个劲地喊着:"哇喔,哇喔,杜克加油!杜克加油!"没有人再喊"北卡队见鬼去",卡梅伦疯子们将北卡队打入了地狱,他们将在地狱待上一年,等明年这个时候,再来一次疯狂。小 C 见到我,兴奋地问:"爸爸,球赛怎么样?"

我说:"哇!哇喔!"

"是的,哇!哇喔!"小 C 对我的答案感到满意。

子渊赶到我们周围,他对史蒂夫说:"这四千美元化得值得,哇!哇喔!太刺激了,册那,太刺激了。"史蒂夫说:"哇!哇喔!贾先生,小 C 和大 C 是对的,幸亏我没卖我的球票,真是一辈子才有一次的经历,太棒了!哇!哇喔!我明年还会来帐篷露营,你也来吗?"子渊睁大眼睛说:"当然了,我没有什么可担心的。太棒了!哇!哇喔!"

卡梅伦疯子们拆了他们的帐篷,将用不着的木头椅子、写字台以及帐篷的木头地基,一起扔进大火中,再也不寒冷了。教堂的钟声敲响了十二声,明天来到了今天,新的一天在烈火中诞生。他们向烈火中倒入啤酒,扔进油炸奶油夹心蛋糕,扔入油炸奥利奥饼干,将油炸斯尼克巧克力送到嘴里。南容在寻找大C,子渊将史蒂夫的饼干盒扔进火堆,他极其兴奋,跟着卡梅伦疯子歌唱,但不知道他们在唱什么。在这样的疯狂寒夜中,我反而感到一丝忧伤。我们几个老同学,人生的成败尽尝,鬓发已有几丝白霜,瞬间的一梦。但卡梅伦疯子们的快乐是真的,小C他们享受着胜利,那确确实实是欢乐,是青春激情的奔放。南容找不到大C,大C不接她母亲打来的电话,南容的情绪怀透了。

噼噼啪啪的火星在天空中疯狂地飘荡,金黄色的火光,照亮着南容,她的脸色苍白,神情迷茫。我陪着南容在K村狂欢的人群中找大C,村庄里没有大街小巷,她每走一步都是痛苦,她凄凉地说:"聆海,我怕是再也支撑不住了,你送我回俱乐部吧。"篝火燃烧得越来越旺,照亮了杜克大学,整个校园在狂欢中。南容的手机亮了,显示出短信:"巴西勒在杜克医院抢救无效,已经去世。"南容读了,她真的累了,靠在杜克大学校园的柳栎树(willow oak)坐了下来,好久没说话,坐了好久,呆呆地看着卡梅伦疯子从校园里搬来木长凳,来来去去地"哇!哇!哇喔",他们在喊唱中将长凳推入篝火,歌声围着熊熊大火唱响起来:

> 我想尖叫,我想呐喊,
> 让所有都发泄出来!

南容将子渊打发走,她拉着我说:"聆海,谢谢你陪了我这一晚上,我累了,我不得不回去了,我找不到大C,我将她托付给你了。她还是个孩子,什么都不懂,帮我开导开导她……"她伤心地流着泪,感叹说:"报应啊,报应!"我不知道该说些什么,我扶着她离开了K村。燃烧的篝火渐渐远去,更感二月雪天的寒冷。巨大的柳栎树耸立在黑夜中,月光在天空中更是凄冷。南容走得很慢,仿佛要去远行。此时已经是凌晨1点多,不知道今夜还有多长……

我们走到杜克·华盛顿高尔夫俱乐部门口前,南容停了下来,她不想进去了,她要我驾车陪她兜风,却没说驶向哪里。她的样子很糟,昔日的妩媚被痛苦扎出血,鲜血流在她的言语中。她坐在我的旁边,头斜靠在车窗上。深夜的北卡罗来纳,路边的原始森林,漆黑的世界。迎面两道平行强光,射在公路上,变得越来越炽白,耀眼得让人睁不开眼睛。明亮的盲点向车窗而来,消失在车底下。生命的大起大落,盛世里的天涯海角。将来我们的子孙一定还以为我们生活得平稳,像唯美主义电影般生活,他们不能想象我们的生命如此疯狂,像土匪在打劫一样,有谁能想象昨夜到今晨的经历?所有这一切,无尽的痛苦,内心的空虚,不知是开始还是结束?"再见了,再见了!"南容含着眼泪喃喃自语,她的纤手按在侧窗上,划出弧线。车上了高速,她也没注意,快慢行驶都是孤独,见不到一辆车子。

"聆海,再过几个星期,就会有人骂我是坏女人,你说我坏吗?"

"南容,我们回俱乐部去,你需要休息。昨天、今晨也实在够折腾,还是休息一下,也许明天会有不一样的想法,有更好的精神。"

"不会再有好精神了!"南容的手在车窗上写了一个"败"字,她叹了一口气,她说:"你还没回答我,你是从来不回答我的,但你也不提问……我的老同学,我的小叔子……辛格拉是我唯一爱过的男人。爱是美妙的,不可自控,但他太年轻,也许他会跟我生活几年,但我不想伤了女儿的心。聆海,你说辛格拉现在会在哪里?会不会与大C在一起?"

"可能吧,大C爱他爱得疯狂!"

"我也不知道为什么爱上了他,总觉得他不同。"

"有什么不同呢?"

"你也感兴趣了!这是你第一次主动问我问题。"南容不说了,胡乱地在车窗上涂鸦,抹去了那个"败"字。她的身体向我靠拢说:"中国的男人都被阉割了,如果不是舌头被截断,就是下身被阉割了,辛格拉是个完整的男人,与他在一起,我期待着被他触摸,当他的手碰到我那时,我……不跟你讲了。"

"你跟毛阿大不是这个感觉?"

"天啊,不!"

309

"那你为什么与毛阿大结婚呢？"

"别用你的冷漠审判我。"

"不过是一个简单问题。"我看着漆黑的方向，谨慎地问她。

"你问得太轻松了，好像从没在中国生活过似的！"

我问："一定得回去吗？"南容没回答，我追着问："非得回去？"

"别再问我为什么，如果我改变了主意，我也许会一辈子恨你的。"她抱怨着我不懂中国的国情，像永远停留在考"托福"那个时代的人。南容的观察很深刻，中国几个朝代华人的地理分布，改革开放的中国人在美国，清朝人在香港，而明朝末年的华人在东南亚。也许我真的不懂中国的现代，是的，我变成一个中国的旁观者，我再不问她为什么回去了。她接着断断续续地说："什么都没有了，只剩下我的身体了，用身体挡住猎人的刀枪，就此了却此生。"

在一阵子的沉默中，在黑暗的松树林里，我们行驶在弯弯的公路上，强光所射之处，世界变得苍白。我怕照见动物，更怕强光反射到动物的眼睛。不知道行驶了多久，我问南容："你让我去哪儿？"

"我们在哪里？"南容问。

"在美国的南方！"

"去飞机场吧！"

"不回俱乐部去拿行李？""用不着行李了。"她闭上眼睛，双手放在胸口上。凌晨两点多了，卫星定位仪显示我们在杜克大学与夏洛特城之间，没必要再回杜克大学，继续向南，到夏洛特（Charlotte）国际机场去。车内静寞得能听到南容的呼吸，空气凝固，烟草土地上的空气在车内加热，都是一个味道，让人昏昏沉沉。她说这个时候还是菩萨好！她说缘起性空，心无挂碍了，她在无与空中找到了平衡。

"无挂碍故？"我接着问。

"无有恐怖。"她回答。

"远离颠倒梦想！"

"亲爱的，哪里有涅槃？"

北卡罗来纳州的黑夜藏在森林里,冷冷的漆黑。想起这几十年的风风雨雨,她现在的凄凉,放下了永远解不开的色谜,倒也是解脱。我答应她照看大C,答应经常回国去看她,当然还有毛阿大,南容还是想喝酒,她问:"能找到酒吧吗?"

"夏洛特机场里有。"

"我感觉不到在前进。"

"因为你在回去的路上。"

"哦,聆海,不要再用比喻!"

我们驾驶的车出了森林尽头,深更半夜到了夏洛特城外围。漂亮的城市如蓝宝石,深蓝中下着细雨,打在车窗上,透过雨点看街灯,在雨水里这座城市与她的名字一样美丽。驶过美国银行巨型球场,钻石颜色的摩天大楼,我们到了美国南方的心脏了。与纽约不同,夏洛特的建筑没有欧洲的遗风。从手机上找到几家酒吧的地址,驱车到了那几家酒吧,门前的灯仍然闪烁,反射刚才的醉意,诱惑着迷茫的心,但都已经关门。

冷风与细雨湿凉了街心,听到了她的音乐,我突然害怕起蓝调的悲伤,承受不了南方基调的沉重,那一种烟草耕地里的吆喝,咳嗽不停,使人觉得喘不过气来。夏洛特的机场离市中心不远,我们慢慢行驶在"油画"中,黑蓝色的雨城,找不到一个人,整座城市的空然,街道为我们徘徊,而前方不是目的地。我期待着南容改变她的决定,但她现在是佛心虚空,决意回去,回头也不是岸。

南容突然让我停了车,在夏洛特的市中心,我们从车里走了出来,试了深夜的黑色,湿润的街道。前方的红灯增添了沉默,背后的深蓝色留下长长的尾巴,寒冷、寒冷,真是寒冷。疯狂冷却后是现实中的严冬,孤独得无所事事。我们走在无人的夏洛特城,不想呼喊,不想吵醒南方沉睡的人,不想让世界看到我们的错乱。

南容停了下来,她转向我,紧紧地抱住我,她在哭泣,哭声中喃喃自语:"要是你兄弟没输,该有多好啊!"不知道如何回答她,我无意中说出:"如此想来,真能让人高兴!"

311

（4）告别南容

送南容进了夏洛特机场，她再次追问我："聆海，这一切是报应吗？我们杨家永远在不尽的轮回中吗？"她的脸色如落日后的白雪，眼神是早晨的月亮。

我想了想，安慰她说："轮回是一种因果，你们杨家的命运，伯牛的孙家、原宪的赵家、子渊的贾家的命运，不能用因果论来解释。"

"那为什么我们总逃不出同一结果？"她要我回答。

"英语有个词汇，叫 myth 更恰当一些，是我们这个民族迷思的结果。"

"哦，聆海，你总有好词汇来安慰我，但我还是要一个迷思，给我一个迷思。"

我说："在楚国的大变迁里，屈原将楚国的巨石绑在自己身上，走入神秘的汨罗江，他的躯体种植在楚国的河床泥土里，沉没后死亡，然后又开出美丽。几千年来我们的灵魂都系着这个迷思，影响着我们的精神。"

"哦！聆海，你反反复复用了三个'楚国'，就怕我不懂，是不是？那我们逝去的青春呢？为什么刚爱上，就非得这样老去？"她已经没有眼泪了。

"'老'是个存在的问题，每个人都这样经过的，黛玉的《葬花吟》里有：'明媚鲜妍能几时，一朝漂泊难寻觅……'"

南容接了过去，她凄凉地吟诵："'花开易见落难寻，阶前愁杀葬花人。'你给了我一个民族的迷思，一部《红楼梦》的存在，作为我离别的安慰，谢谢你，我的老同学，再见了！经常回来看我！"我答应她。她紧紧地拥抱我，在我的脸颊上吻了一下，南容转身离开了。送她进了安检，送她消失在人群中。我等在她进去的入口处很久，盼望着她改变主意，没见她出来。我看了一下手表，已是清晨 5 点。累了，我实在累了。夏洛特机场航班屏幕上，显示南容的飞机已经离开了，她没出来，她真的离开了。我在夏洛特机场附近找到旅馆，开了房，一头睡去……

第二十二章 疯狂后的凄凉

（1）何以解忧，唯有杜康

这几星期日夜颠倒，今天更是，不知我在夏洛特机场旅馆睡了多久。大概在下午的时候，子渊来的手机吵醒了我，拿起手机一看，子渊已经拨打了六次。

"册那，我到处找你，你到哪里去了？"

重新回到杜克大学去，到达的时候已是傍晚，我与子渊在杜克大学教堂会面，突然见到凯文孤零零坐在那里，手里捧着《圣经》。我走向凯文，他说爸爸已经回中国，他为他担心。我感到凯文变了，他不再无所谓，他心事重重。

我与子渊再去Ｋ村，一切都结束了，Ｋ村只留下一座座空帐篷，村旗被风吹得粉碎，但破烂旗子仍在飘扬，仿佛还能听见喊唱声，仿佛疯狂还在继续。离开Ｋ村，我与子渊一起坐进咖啡店，一屁股坐在软软的沙发上，闭上眼睛享受温暖。周围都是杜克大学学生，有捧着电脑做功课的，也有聊天的，早已不是昨天的蓝白涂脸，但仍然说着昨天的对抗赛。我喝着咖啡，全身细胞的饥饿被咖啡唤醒，饿了，真的饿了，买了咖啡店里的点心，什么都好吃，像是冬眠醒来的泰迪熊。子渊跟着吃，还买了大杯的绿茶，忘了已经不在卡梅伦球场，他大声地喊道："完了，都结束了！"咖啡店里的人回头看我们。

"是啊！都结束了，你打算到哪里去？"我问。

"不知道，容领导回国了？"子渊的声音不再疯狂。

"是的，才送走她。"

"她不该走！……不说了，也许容领导有她的道理，人与人不同。册那,但你想一想,钱是拿来用的,她不懂这一点。"

"我昨晚没睡,你说得明确一点。"

"容领导以为钱是她的,放不下啊!我从来没拥有过财富,但总有地方拿钱。你玩过股票,是不是?做短线就喜欢股市大起大落,这样的股市能赚钱。不知哪位革命领袖说过'大炮一响,黄金万两',也是这个道理。我说得够简单明确了吧?……还不明白?册那,不管怎么做,我告诉你,钱是拿来用的。哈哈,你懂了吗?不能拥有金钱,钱不能用来传代的。"

"容领导就错在这里?"我问。

子渊说:"毛首长不对,他太认真!出事了,你看弄得大家都没趣。"

时间错乱得很,我们走出咖啡店,今天吃不了太重口味的东西,索性去日本料理店。几杯米酒下来,空肚挡不住米酒的后劲,我的脸潮红起来,与日本厨师胡乱说了几句话。子渊红着脸,兴高采烈,竖着拇指夸日本老板娘:"卡哇伊(可爱的),你的大大的美丽。"日本老板与他闲聊,子渊说起这一次美国自驾游的战绩,横扫拉斯维加斯,单枪匹马战金发女郎,诸如此类的故事,子渊说:"我问你,美国的日本兄弟,中国电影里,日本鬼子鼻子底下有一撮毛,到底有没有?"日本厨师还是不懂,只是点头说:"阿里噶多(谢谢)!"我总是羡慕日本大厨,他们从来不寂寞,也没有油腻污染,没事就与顾客干杯,他们是世界上最逍遥的人。子渊与日本人喝上了,南辕北辙什么都说。

子渊疯狂地喝着,没有人像他这样喝酒。日本厨师劝他:"贾君,别喝得太多,伤身体啊!"他自己却从容不迫,一杯再一杯。

"日本兄弟,我伤心啊!你看我的兄弟明天要离开了,从此我就天涯孤旅啦。"他竟然哭了起来,像上次他在黄石公园时哭得一样悲惨,日本米酒容易让人伤感,他口齿不清地说:"我们兄弟来的时候,有原宪,他的女人太多,纠缠不清。伯牛兄弟被美国关了,册那,他已经被放了出来,自己再去自首。巴西勒是我们的法国兄弟,被车撞了,死在医院里,还没人收他的尸体……不说了,说了你也不知道。我们继续喝,八个鸭鹿的(混蛋)!何以解忧,唯有杜康!"贾子渊今晚太伤感,借着酒性诗性,朗诵起曹操的《短歌行》："对酒当歌，人生几何？……青青子衿，悠悠我心。但为君故，沉吟至今……"他乱七八糟吟着，几滴眼泪打在米酒上，我也被感动了，再次问他："你打算到哪里去？"

"兄弟，你真的回加州去？"

"该回去了，子秀再过四五天就回来了。"

"你说再过四五天，就是说四五天后才回来？"子渊问后，他不哭了，眼神闪出奇异的光芒。我突然明白他在想什么。他接着说："'月明星稀，乌鹊南飞！'兄弟，这五天时间就朝南飞吧！"他的醉翁之意显露出来了，哈哈地喊老板娘加酒："卡哇伊（可爱的），米酒的大大地上！我研究过地图，向东已经没有土地了，向南，到佛罗里达去！兄弟，到美国最南边去，怎么样？"他的神情像是孩子在祈求。我想了想，答应了。子渊高兴得从座位上跳了起来，与我拥抱，他的肥胖身体散发着酒味，他竟然吻了我，他这个疯子！

子渊喝得酩酊大醉，我开车将他送回华盛顿·杜克高尔夫俱乐部，今晚是在杜克大学的最后一夜。我与大C通了电话，她还在生南容的气，根本不理解父母所做的一切。她从小到欧美生活，再也不能理解她母亲生活的逻辑。我说她母亲回国是在保护她，大C没有惊讶，她真的是不懂，她的纯洁让南容变得黑暗。

之后，我与小C通了电话。她仍然沉浸在杜克大学胜利后的幸福里，她高兴地说："我的耳朵还响着'喔喔——喔喔——'，你觉得够精彩吧？够刺激吧？我们赢了，要是今年蓝魔队赢得了全国冠军，我的四年大学读得也值了，只是我怕吃不消的，哈哈，爸爸，想象每一场球赛都是这样疯狂，我这辈子的疯狂也用完了。"小C不用再睡在帐篷里了，她对自己的房间赞美个不停。我告诉他明天去佛罗里达，她说："去基维斯特（Key West），爸爸你会喜欢的。天啊，海明威故居，大海，海钓，长长的海上公路，太羡慕了！"被她这么一说，我怕今晚睡不好觉了。

(2) 自驾,继续向南

我与子渊一起上了车,同去佛罗里达。这几天的疯狂昼夜颠倒,我们都累极了,等车子上了州间40号高速,子渊早已睡去。转到州间95号高速,向南,想到要经过美国南方沿海各州,北卡罗来纳、南卡罗来纳洲、佐治亚州和佛罗里达州,联想着棉花农庄、汤姆叔叔小屋、蓝调、乡村音乐、橡树上的西班牙苔藓……

也不知我们什么时候进入了南卡罗来纳州,已经驶过了美军基地的费耶特维尔,沿途是几个小时的松树林。子渊醒来,他跳下车子,到松树林中去方便,回来我们换了座位,他驾驶着深入美利坚南方。南方人生活节奏缓慢,这个世界仿佛再没有人能超越子渊这个疯子了。南卡人的大卡车载物太沉重,缓慢地前进着,像是行驶着的蓝调。州间95号高速沿途松林间断处有农田、溪流、沼泽,还有黑幽幽的流水,这些打破了视野的沉闷。

佐治亚州、南卡罗来纳州的土地融化在萨凡纳河(Savannah River)水里,我们驾车驶过宽宽的河桥,进入萨凡纳市,美丽呈现在我们面前,意想不到的典雅,仿佛进入巴黎城。上帝啊!如此辉煌美丽。喷泉在残阳中舞蹈,草坪绿色茂盛,百年橡树飘摇着西班牙苔藓。我们停了车,胡乱地沿着萨凡纳河畔走,就像几年前在巴黎的塞纳河畔。

萨凡纳城的最东面是江街,沿江街向南,走在卵石路上,被魔力驱使着来到一家海盗酒店。夜已深,但酒店里坐满了人,少不了要了佐治亚州的大虾,法式烹调,也少不了满满的啤酒。子渊突然说看见鬼了,我只当他啤酒喝得太多。子渊喝着跟"闲走的人"打招呼,但我没见到任何人。吃饱喝足后我们又回到卵石路上,听见海风吹到橡树上,拂动苔藓发出了声音,子渊说又听见鬼叫了。时间也不早了,我拉着他找到萨凡纳最好的旅馆基欧旅店(Kehoe House),要了两间房间,各自去休息。

据说基欧旅店闹过鬼。如同中国的闹鬼故事,越是古老城市,越是典雅的建筑越闹鬼。南方炎热,老奶奶编出闹鬼故事,用来吓唬乘凉的孩子,说萨凡纳城里游走的死鬼比活人还多。这些年过去了,妖魔游竟然成了萨凡纳的观光项目。这座城市每天晚上都有妖魔游,一队一队游客朝着基欧旅店看,导游指手画脚编排故事。子渊的身影显在窗门上,吓着了外面的游客,游客尖叫的声音也吓着了子渊。他敲了我的房门,我开了门,见他只穿着短裤,说他听到了小女孩嘻嘻玩闹的声音。我没心思听他的胡言乱语,将他推出房门,然后上了门链条锁,关灯蒙头就睡。

刚迷迷糊糊睡着,又听见打门声,听上去还是子渊这个疯子,他喊着我的名字,他的声音带着惊慌:"册那,闹鬼,你开门啊!"开了门,子渊裹着白色床单,没看见他的头,但两眼发光,他重重地吓了我一跳,正想把他关在门外,他露出头来说:"外面那一群人刚走,我才准备闭上眼睛,就见到一位金发女郎绕着我的床走,她见我这个模样有些惊奇。我这才见到墙上的照片,册那,都是些电影明星美照,原来我睡在大明星睡过的床。金发女郎只看我,就不上床,我以为我在做春梦,但她弯下腰,在我的额头吻了一下,你看看我的额头,是不是有胭脂红?灯光,再亮一点,册那,你仔细看看。"

我什么都没看见,子渊还没完没了地说:"就算是我的春梦,金发女郎一晃不见了,我又睡去,没多久,房间里有女孩的玩闹嬉笑声,也在我床边。我睁开眼睛,她就在床脚那一头,她拨开我的床单,小小的右手在我脚底搔痒,我问:'忽啊油(你是谁)?'她听不懂我的英文,她嘻嘻地把身子躺在写字台下面,跟我捉迷藏……"

"后来怎么样了?"

"我起床到写字台边,册那,我没穿短裤,她一声尖叫就没人了。我怎么找都没找到,我把鬼给吓跑了。"他裹着白床单倒在我床上,赶不走他。

闹了一夜的鬼,第二天起床,没心思在基欧旅店多待一会儿了,匆匆忙忙洗漱了一下就上了路。我们也不想在萨凡纳城吃早餐,在车内吃了几块饼干,喝了瓶装水,上了州间95号高速,向南,穿越佐治亚州南部的森林,向佛罗里达州任性地飞驰过去。

(3) 佛罗里达的橄榄树

上了车后,听到子渊一直在哼曲子,一遍又一遍,很熟悉的歌曲,但我

就是想不出歌名来。我对他说:"别哼了,唱出来吧!"我马上就后悔让他唱出声来,他这以后的一小时就是这些歌词:

不要问我从哪里来,我的故乡在远方,为什么流浪,流浪远方,流浪……

我恍然大悟,他唱的是《橄榄树》。忘了,我彻彻底底地忘了,把它埋在过去的时光里。子渊今天唱出来,仿佛带我回到了往日。我不想再回首,让子渊别唱了,他改成哼哼。我请他别哼哼了,他停了,但他仍在这首歌的旋律里,每隔半分钟就哼出一个音符,让我自己去填充。州间95号高速,车辆寥寥无几,高速所经地势平坦,两条白线通向遥远的地方,延伸到无穷无尽的草地和森林。我不知道这里村庄的名字,也不熟悉这里山水树草的名字,视野的尽端是两侧森林的融合,灰蓝色的天,阳光躲在灰蓝色中。在歌曲《橄榄树》的流浪情绪里,穿不尽的绿色森林,子渊一直哼着这首歌,真的把我逼疯了,我不得不对他大声喊:"别唱了!"

我们快要进入佛罗里达时,车窗两侧仍然是森林,当然,还有车里子渊的《橄榄树》。

"你是不是想家了?"我问。

他终于不唱《橄榄树》了,说:"我那年逃到镇海,将自己反锁在房间,一天二十四小时要打发,只好在房间里找东西,后来我找到了一本《共产党宣言》,如获至宝,但读不懂啊! 册那,尽管如此,它还是给我莫大的兴奋,脑子里有了归宿。你知道人的大脑要思想,否则就浑身不舒服……"他用手拍打着大腿,重新唱起《橄榄树》:"不要问我从哪里来,我的故乡在远方……"他的脑子需要归宿,今天的归宿是《橄榄树》。我请求着:"子渊,别唱了,麻烦你了!"

"行,不唱了。"他停了下来,顿时车内变得空虚,什么都走远了,超越了几辆大卡车,听到沉沉的蓝调,飘在森林里,感到沉闷,仿佛棉花庄园里的黑奴幽灵在吆喝。

参天大树遮住了太阳,高速公路上没有几辆车子,悲伤,悲伤,就像唱不完的蓝调,就像说不尽的南北战争故事,就像子渊的《橄榄树》。我们不再说美利坚南方奴隶的故事,只想穿越森林。我们花了两个小时,完成两百英里的州间95公路的驾驶,留下了身后的松树林,告别农田,转入沿海沼泽,过了圣玛莉河进入佛罗里达州。

第二十三章 迈阿密夜总会的芭蕾

(1) 人生难得几回醉

佛罗里达,一个半岛延伸至阳光洒出的海滩。棕榈树是艳丽的少女,看日出日落,闻风吟云叹,留下青春美丽来享受。享受过海钓、美酒,参加过派对,才不会遗憾这一生的好时光。一路的沙滩,棕榈滩、可可海滩、南沃顿海滩、沃顿堡海滩,每一分钟都可停下来,不再远游徘徊,没有冰雪,永远是温暖,永远是海滩。

在下午的时候进入迈阿密,我们停了下来,来不及找旅馆。我们向往着海滩,也不知道到了迈阿密哪个海滩。当双脚伸入海水那一刻,这个冬天都被海水冲洗干净了。海水溅到身上,我们哈哈傻笑。周围是五彩缤纷的世界:嬉皮士唱着《铃鼓先生》(Mr. Tambourine Man),旧皮帽磨损出大窟窿,和尚式长服装不上纽扣,紫红色的胸脯露在外面。孩子们骑着单轮车。沙球抛向天空。

强尼抱着简·爱,傻乎乎的一对,在迈阿密的沙滩上,他们俩才认识了几天,已经难舍难分,天生的一对。简·爱踩上了水母,脚底被刺出血泡,她对强尼说:"亲爱的,你能在我脚上撒泡尿吗?"强尼二话不说,照着简·爱的吩咐做了。简·爱激动地说:"以后结婚了,随时随地有你在我身边了。"强尼对简·爱说:"我们俩现在有点爱了,对吗?""强尼,我的好好先生,我要你正式向我求爱。"他们俩开始接吻。

子渊惊讶地注视着强尼,他惊呆了,他被他们的天真惊呆了。久闻金发女郎艳笨,今天是见证日,纯真是真的,美丽是真的,但傻笨也是真的,犹如亚当和夏娃在伊甸园,不知羞耻。这世界上的爱不在长久,而在尽情。情是一天的骄阳,爱是今春的牡丹,必须开得艳丽,一定有让人惊叹的纯真。

我们像痴呆一样为他们喝彩,嬉皮士歌声唱着:"带我消逝在环环烟圈般的沉思中,忘却时间的模糊废墟,远离冰冻的树叶,以及令人困扰受惊的树林,去那海风吹拂的海滩……"

我们到海滩边商店买了一套海滩装,再回到沙滩上碰见不少中国富人和他的情妇,他们骄傲地呼吸着空气,一身名牌。不远处的一个情妇戴的项链和镯链是配套的,穿着 Asos 衬衫、Ray Ban 太阳镜、7 for all mankind 牛仔裤。南容是对的,如果毛阿大没有输,南容也会出现在这里。然而,都结束了,一切都结束了。

我们再次上车,行驶在著名的迈阿密南海滩上,无法抗拒这里的美丽,下了车再到新的沙滩上,海风与潮水仿佛点燃了每一个生命细胞,赏心悦目,却又感到孤独。子渊和我,置身在蓝天、海洋和金沙世界里,有着超现实一般的感觉,大西洋对岸的大陆,也映衬在无影的向往中,仿佛这一生的周游世界,总有到达不了的彼岸。更可惜的是,我只有最后三天假期了。我们决定明天去基维斯特,到世界海钓的天堂去。我开始被沉沉的海水驱动,向往着明天。

子渊碰了我一下说:"那个女人像不像容领导?"我点了点头,子渊惦记着南容,他感叹地说:"在坏女人与坏母亲之间,她选择了做坏女人,不容易啊!母羊用生命保护乳羊,想不到容领导是这样坚强的女人,母性伟大啊!但是,册那,千万不要用道德去断定,兄弟你说对不对?"子渊是个聪明透顶的人,他似乎说到了什么。

我问他怎么评论我们俩,他笑了起来说:"不知道。"子渊不肯评论我们俩,但他终究说了出来:"你们这些人,册那,是创造历史的人,不是说你如何创造的历史,但是历史由你们这些人写的。假如说兄弟你有一天真的没事干了,将我们这一次美国自驾游写了下来,你怎么写就成了我们的历史,成为我们周游列国的意义。但我希望你只写经过,我跟金发女郎生混血儿的事,就这些事,不要纳入你的价值系统,册那,千万不要用善与恶,好与坏,不要用这些来断定和审判,这些东西都不要写。"子渊说得诚恳,他真的认为无聊的文人编写了历史,他要记录而不是编写。

"贾总厉害啊!那你有什么打算?"我问。

"我能有什么打算?说老实话,昨天晚上我真给吓着了,碰见鬼了,金发女郎吻了我,那个小女孩在我脚底挠痒,我还见到巴西勒的幽灵在她们中间,他追着我,我吓出一身冷汗……册那,好在我相信马克思无神论,想通了也没什么好怕了。从基维斯特到佛罗里达,我悟出了道理,活得开心,其实不需要太多钱。"

"听起来你没钱了,所以才这样说。"

"哈哈,瞒不过自己兄弟。"子渊说着话,眼睛却盯着前面的女人,她坐在敞篷轿车里,海风吹乱了她的头发,女人显露娇野,犹如南海滩的美丽与野性。子渊接着他的感叹说:"册那,如果真有神仙,一定住在这里!是啊,快没钱了,真是喝酒的好时光,李白就是这样的,没钱就喝酒,人生难得几回醉,莫使金樽空对月。哈哈,没钱也有好处,我贾子渊成了大诗人了。"

(2) 他们来自中国!

迈阿密的夜景在潮水起伏的节奏中,在摩天大楼的灯色中,向人在海市蜃楼里。子渊想去生混血儿,他说这样的机会不多了。我们打了一个瞌睡,晚上9点醒来,打开窗,闻到厨房的牛奶香,下楼去餐厅,匆匆吃了晚饭,走出旅馆,闻到海水的咸味,暖暖的海风,重重的夜,与加州干燥的海风不同,我们真的在迈阿密了。

夜总会门侍接过福特车钥匙,瞪着眼睛看我们,给他五十美元的小费,他才高兴地开着福特车走了。不能怪他,夜总会门前成了豪华车展和模特秀,美女云集,帅哥遍地,棕榈树疯狂得如潮水,海风吹高了帅哥美女的衣裙,全是疯狂的红色。其中有五位帅哥美女是从中国来的,都是在美国高中的四年级学生,他们是这里的常客。夜总会老板是个荷兰人,他的名字叫"鹿鹿",他出来招呼中国客人:"哈啰,哈啰!"他与帅哥美女拥抱,喊着中国高中生的名字:"哈啰,丹尼、咪咪、西西!哈啰,呦呦!哈啰,玖玖!"鹿鹿身边穿着透明装的金发女郎,她也与五位中国高中生拥抱接吻,又一轮的"哈啰,丹尼、咪咪、西西、呦呦、玖玖"。我也记住他们的名字了,我喜欢丹尼、咪咪,但更喜欢呦呦和玖玖的名字。

金发女郎问鹿鹿:"你从哪里找来这一群宇宙极品?"

鹿鹿回答:"他们来自中国!"

金发女郎说:"我快嫉妒死了,看她长得多巴黎!"

鹿鹿兴高采烈地说:"巴黎也流行中国风。亲爱的,哪一天你想去中国,跟他们几个打一声招呼,北京、上海一路专机专车接送你。是不是,我的朋友们?"

"鹿鹿不会忽悠我的,哈啰,丹尼、咪咪、西西……什么时候带我去中国?"

咪咪是他们的校花,丹尼是个领头,西西、呦呦、玖玖三位是韩流青年。鹿鹿的手下人带来化妆面具,他自己是白色面具、白色西装、白色手套。他开的门,白手套引出深蓝色的俱乐部空间。俱乐部里设计得像太空宇宙飞船,舞会厅能容纳六百多人。舞会厅后面是厨房,从来没见过的摆设,十二人的太空餐桌倒置在天花板上,地面是一排排圆形床,一张床足够四人同睡。

厨房酒吧柜台内有一对金童玉女,他们来回给客人倒咖啡。子渊走近厨房柜台与金童玉女聊天。男的是从危地马拉来的,他的名字叫"马可";女的叫"丽莎",她是从基督教重地的俄亥俄州来的。子渊正与马可和丽莎聊天,丹尼他们也来了。

"你需要来一杯?"马可问丹尼。丹尼回答:"一杯'性感海滩'!"子渊问:"什么是'性感海滩'?"他感到自己成了刘姥姥进了大观园。丹尼没回答。丽莎说:"伏特加混入桃味烈酒橙汁,再加蔓越莓汁。"咪咪要了一杯

"火中情爱",玖玖要了"Woo Woo",都是"性感海滩"的衍生酒。子渊说:"册那,我们在法国巴黎的时候,我请客喝'沉默之船',那是世界上最昂贵的香槟,三十万美元一瓶。"子渊凑进去与他们交谈。丹尼、咪咪、西西都不跟他说话,转身看了我一眼。呦呦是位漂亮的女孩,从北京来,一口娇滴滴的北京话,呦呦问我:"大叔,与您在一起的那位从哪里来呀?"

"他是贾总,我们也是同学,上海人,你们是……"我回答说。

"贾爷爷,您这是哪个朝代的事了?喝了'沉默之船'不就成了古董了吗?"咪咪说,她自己喝了一口"火中情爱",亲热地倒在丹尼的肩膀上,丹尼吻了咪咪的额头。我问西西:"他俩是一对情人?"西西瞪大眼睛,从头到脚打量了我一番,他说:"我还以为您比贾爷爷年轻一辈呢!您怎么想得出来丹尼与咪咪是情人?"他们五人哈哈大笑。

"难道现在年轻人不谈恋爱了?"我问。

"那都是过去式啦!"西西说。

"这个我同意西西美女,我也不谈恋爱,结婚就是为了离婚。我是你们的精神先驱。我这次自驾美国,从西部到东部,在冰天雪地里游了黄石公园,再从北部到南方。册那,在我的精神深处,我和你们一样年轻。"子渊说。

"贾爷爷下一站去哪里?"呦呦问。

"我跟我兄弟明天去基维斯特海钓。"

"还是老年活动!"呦呦说。

"这之后我们准备自驾日本游!"子渊编着故事说。

"贾爷爷是汉奸!"玖玖说。他们五人投来不满的目光,他们不再理睬子渊了,各自喝酒,各说自己家庭的背景。音乐响起来了,我们回到了舞厅,舞厅里早已挤满了人。迈阿密的夜总会的确不同,那些从来没听到过的声音,没听见过的鸟声,又像钢琴与萨克斯的合成音,仿佛弹吹在海底。摸不清的感觉,又像是男模走着美女的秀腿。每分钟一百五十拍,六百人随着节拍起舞,不跳也难,我也跟着强劲的电子音乐蹦跳。自由的幻觉如同变动的投影在舞蹈,四面八方的灯光秀,从来没见过的光,不是红黄蓝白,也不知道是什么颜色,灯光、投影与音乐一样疯狂。

　　水蒸气从舞厅的地面升起来,像是浓浓的氧气,闻起来似迈阿密海滩的潮讯那样温馨。舞,狂舞,每分钟一百五十拍,子渊想变得年轻,如同咪咪、西西一样的年轻。没人在乎世界的存在,只有盛世的好时光永恒。子渊大喊着:"刺激,从没有过的激动,从没见过的光,从没听过的音乐,册那,好!就是好!兄弟我太激动了,有使不完的激情,今天我要生个混血儿……"他蹦跳得比音乐的节拍还快,像张旭的狂草,但更无规律。

　　我们在疯狂中又过去了一天,过了深夜12点,应该是星期天了。音乐突然变化,舞厅里让出一块空地,夜总会的明星们演出芭蕾。迈阿密的夜总会芭蕾,是不寻常的芭蕾,表达的不是贝多芬交响曲的正义和命运,不是蓝调爵士的自我发挥,不是乡村音乐的怀旧倾诉,更不是饶舌音乐的疯狂。迈阿密夜总会的芭蕾,是盛世的海市蜃楼,表现的是超越现实的疯狂感受。

　　我要了一杯"性感海滩",到处找子渊,找遍了舞厅,找到厨房,到夜总会的休闲室、家庭室,夜总会的"老奶奶"们都说不知道,马可和丽莎也不知道。我问了中国的高中生,她们才不关心子渊的存在。终于在一间小卧室里找到子渊,他流着泪,见到我后他倒在床上,大哭起来:"我没用了,我成了一个废人……"

　　我问:"怎么了?""我心都软了。"子渊泪流满面,我不知道这短短几小时发生了什么?子渊真的不行了,他的身体蜷在一起,久久不动。我在他的床沿坐了下来,安慰着他,已是深夜3点左右,子渊哭着说:"我真的成了贾爷爷了!聆海,做人还有什么意思?"我又一阵子安慰他,他的情绪稳定了一些。他说起这次美国自驾游,说南容不该回去,说母爱是本能的东西,但毁了南容下半辈子,真是没意思。说原宪不会有好结果的。说伯牛是个混账。他数落了乐欵自我设计的痴情,"痴,他是个痴子!"子渊认真地说。我问他巴西勒到底是怎么回事?他没回答,他停了伤感叹惜地说:"完了,一切就这样结束了。麻木,册那!这是一场麻木且毫无感觉的梦。梦有好梦和坏梦,巴西勒做的是一场噩梦,他成了死鬼。册那,我们成了闹鬼。"

　　子渊又喝了一杯"性感海滩",恍恍惚惚又想睡。我请来夜总会服务员,将子渊扶出夜总会。凌晨的迈阿密有繁星、清风和潮水,让我感到我还在地球上,回到了现实的深夜,惘然不已。寂静、退潮的海洋盛世不再,疯狂沿着黝黑的沙滩远去,蛎鹬追踪着沙蟹,海鸥低空盘绕,不断轰炸退却的潮水。将子渊放入车内,随后驾车回到自己的旅馆,将他放在床上后,我再也不能动弹了,夜总会的每分钟一百五十拍真能消耗人。

第二十四章　别了,天涯海角

不知睡了多久,醒来后子渊不见了,我在旅馆里里外外找不到他,他的行李也不见了,我皮夹子里剩下的几千美元也没有了。我打手机找子渊,他的手机号已说是无效了,子渊离开了我。他曾说过的,钱是拿来用的,现在应验了。我担心起他这一去的凶吉,真的想知道他去哪里了,但子渊说过"我是流氓我怕谁",我也就不再为他担心。也许他躲在黄石公园的一幢孤楼里,将自己再次反锁起来;也许他会在纽约,在中国餐馆打工;也许他跟李小姐生活在一起,去了墨西哥海湾的对面。

剩下的两天我独自一人去了基维斯特,脑子里还想着南容、子渊、原宪他们,任凭福特车自由向南,向海洋,一直到美国的最南端。周围全是海洋,我又一次驾驶穷尽了美利坚的土地。随后我驾车再向东,沿着沼泽地上的苗条海桥向东。桥,通向下一个海岛,海桥漂在汪汪大海上。我到了海明威故居停了下来,喂了海明威的黑猫,留下的时间用来看日出日落和船锚。

最后一天,跟着钓鱼艇出了海,我不知东南西北。经过几小时的海上旅程后,能看见远处古巴的哈瓦那城。钓了一阵子海鱼,钓上几条鲣鱼,笨重得如炸弹,拉它上来用去了我身上留下的最后一点精力。鱼艇上的钓鱼狂吃喝着、拼搏着,渔竿弯曲出深海鱼的挣扎。

太阳西下到船尾远处,茫茫大海里找不到第二条渔艇。我置身在墨西哥湾海洋中心，鱼线垂直坠下，不必抛甩鱼线，远近浅深地看，我都是孤帆一片。生命的真谛，是鱼儿上钩那一刻，也是手抓到鱼儿的那一瞬间。鲭鱼是美丽的，梭鱼是美丽的，旗鱼的长长吻尖挣扎在海面，弯曲的鱼身在天空中翻腾。钓鱼狂就为了寻找这种刺激，像西班牙斗牛士感受刺刀扎入雄牛的那一刻，也像欧洲人在非洲大草原上的狩猎，都在拼杀中显示生命的存在。我不想钓鱼了，将渔竿抛在一边，坐在鱼艇甲板上，看风飘鱼跃，看渔艇的剪影摇晃在日落的余晖中。

大西洋的庞然水体向南倾斜，墨西哥湾的海流由东向西，不同的海色，在渔艇前融合。我坐在船上好久，面对晚霞，面对五彩缤纷的海水，在美丽中闭上眼睛，视网膜上的美丽盛世渐渐消失，浮现出记忆中的影像，我看到一幅幅"水上人"的画像，有屈原、庄子、苏东坡、李白，想起他们的诗词歌赋，几千年沉沦的悲伤，无可奈何……又过了几分钟，记忆中的图像也消失了，更没有声音了，没有感叹，连子渊的"册那"也没有了，整个世界变得贫血般苍白。这以后的视网膜上什么都没有了，一股陌生的空虚、寂寞和荒凉。我还能感到鱼艇在晃动，无依无靠，狂人在钓鱼，视网膜上突然一片红色，鲜血溅在白色甲板上，鲜红鲜红的猩红……

该回家了，看我这一次周游美国，从西海岸到东海岸，又到美国的最南端。子秀明天回加州，我盼望能见到她。我吃力地睁开眼睛，摆脱幻觉中的苍白和猩红。晚霞真美，想起这一路的同行人，我想他们，惦记着他们，不知他们现在在哪里。他们的头像在夕阳灿烂下变得模糊。"笑魑头，别走得太远！"记忆中听到外婆叫喊我们的声音。我面对茫茫大海，见到风与船，海与天，觉得我们这一代，没必要再做任何事，也不需要再说任何话。这暗红的大海，没有孩子的哭泣，没有路，也没有了胡乱的叫喊。等这一丝晚霞遗失在地平线下，整个世界将变得漆黑，黑黑的大海，但真实会继续，往后还会有数不尽的日出日落，还会有迷思下的反反复复，还会有不尽的六道轮回。我不愿再去想这些，也不想去做任何更改，再不愿用生命去体验茫然。我停止了一切反思，生命静止在晚霞的漂流中，我享受着一叶孤舟的无家可归，自由自在。在那一瞬间，我仿佛切断了时间和空间的禁锢，我与苍天同枕于海,我感受无穷……外婆在喊:"小笑魖头臭股股,遇见小尼姑,红红布衫绿绿裤,露着屁股打腰鼓!……"

别了,子渊!别了,原宪和伯牛!

别了,乐欬和他错爱过的南容!

后记　Merde 62 的册那!

　　我回到加州,又回到从前那样,上班、看病人、下班、回家吃饭和晚上读书,生活回归平静。但当太阳挂到后院鸿湖那边,湖水闪烁着亿万个亮点,落下的余晖照到眼底的时候,我又回想起与子渊他们横跨美国的经历,看着眼底的辉煌,仿佛又回到了墨西哥海湾,仿佛又能感受到那一个月的美国自驾游的颠簸。我忽然想念绵绵不绝的公路,怀念路上的神秘的白线,向往伸向世界的蜿蜒道路,和那一路的疯狂,那一路的旋律,那一路的风风雨雨。我惦记着同路过的老同学,不知道他们现在怎么样了,我没有他们的音信,我想知道又怕知道他们的下落,我不敢上网,真想回国去看看他们。

　　又过了半年,接到施之常的电话,说他和张有若又分居了,他说张有若生活在另一个世界,她不习惯芝加哥的清静,虽然她的奢侈品部门被公司解散,她喜欢上海,还是回了国。我为他们感到遗憾,却不知遗憾什么。他们选择的生活,又何必用我自己既成的生活情调来框住他们。

　　李小姐突然来了个电话,问我子渊在哪里。我惊讶她还在找子渊,问她为什么找子渊。李小姐说子渊是个流氓,他偷走她的钱,又企图骗去她的心。我安慰李小姐,说子渊不是小偷,他是流氓拿钱用,将来他如果再发财,一定会还她的。李小姐生气了,说我总是包庇自己的同学。她真不了解我,要是子渊突然出现,我们还会一起自驾横跨美国的,她哪里知道我们曾有过的疯狂。

又过了九个月,感恩节那一天,上午我忙着烤火鸡,削土豆皮,在家里帮着子秀忙碌着,准备一年中最丰盛的一次晚餐。小C回家了,她邀请大C一起来过感恩节。我突然接到玛利亚打来的电话,她感谢我给她几千美元。我纳闷不知道她在说什么,我从没给过她钱。从她手机的背景声音里,有子渊的叫喊:"麦玛利亚,麦华芭,我的腰不能动了……"我问玛利亚:"你在哪里?"她挂了手机没回答。从显示屏上玛利亚的手机号码看,她是从美国之外打来的,查了她的手机区号,危地马拉?他们在危地马拉!

我情不自禁地笑了,骂了子渊一句:"Merde 62 的册那!"